Anita Nair

# *Das Salz der drei Meere*

*Roman*

Aus dem Englischen
von Angelika Naujokat

Hoffmann und Campe

Die Originalausgabe erschien 2001 unter dem Titel
»Ladies Coupé« bei Penguin Books, India

1. Auflage 2002

*www.hoffmann-und-campe.de*
Schutzumschlaggestaltung: Büro Hamburg/Annette Hartwig
Foto: Zefa/Wood
Satz: Buch-Werkstatt GmbH, Bad Aibling
Druck und Bindung: Clausen & Bosse, Leck
Printed in Germany
ISBN 3-455-05384-X

HOFFMANN
UND CAMPE

*Ein Unternehmen der*
GANSKE VERLAGSGRUPPE

*Für meine Mutter, Soumini,*
*die mich alles Wissenswerte*
*gelehrt hat und mich dann*
*meinen eigenen Weg gehen ließ*

*Wenn es uns möglich wäre, uns selbst*
*dabei zu beobachten, wie*
*wir einen Raum betreten, so würden*
*nicht viele von uns feststellen,*
*dass unsere Herzen erblühen, wenn*
*sich der Türknauf dreht.*
*Aber wir kämpfen für unsere Rechte,*
*wir werden nicht zulassen,*
*dass uns irgendjemand den Atem nimmt,*
*und wir widersetzen uns*
*allen Versuchen, uns vom Gebrauch*
*unseres Willens abhalten zu lassen.*

Rebecca West

# 1

So ist es schon immer gewesen: Der Geruch eines Bahnsteigs bei Nacht erfüllt Akhila mit einem Gefühl des Entkommens.

Der lange Betonkorridor, der sich in die Nacht erstreckt, von Anschlagtafeln und dem Licht und Schatten der Bahnhofslampen in Abschnitte unterteilt. Die Zeiger einer Uhr, die einen dringlichen Rhythmus schlagen zum Lärm hoch hängender Fernsehbildschirme und dem Quietschen der mit Körben und Säcken beladenen Gepäckwagen. Das Knacken der Lautsprecheranlage, die pfeifend zum Leben erwacht, Ankunft und Abfahrt verkündet. Ins Haar geflochtener Jasmin, Schweiß und Haaröl, Talkumpuder und abgestandenes Essen, feuchte Sackleinentaschen und der rohe, grünliche Gestank von Bambuskörben. Akhila atmet all dies ein und denkt aufs Neue an Flucht. Eine anschwellende Zahl von Menschen, die sich alle in die Aussicht auf Erfülltheit flüchten, von der sie keine Vorstellung hat.

Akhila hat schon oft davon geträumt, Teil einer solchen Welle zu sein, die sich in Abteile ergießt, sich auf Sitzen niederlässt, Gepäck verstaut, Fahrscheine umklammert hält. Mit dem Rücken zu ihrer Welt dazusitzen, den Blick nach vorn gerichtet. Wegzulaufen. Davonzufahren. In einem Zug, der rumpelt, ruckelt, rollt.

In ihrem Traum sitzt Akhila an einem Fenster. Alles außer

dem Zug steht still. Der Mond hängt an ihrer Schulter und begleitet sie auf ihrer Fahrt. Sie reist durch eine Galerie von Nachtbildern, jedes einzelne eingerahmt von ihrem Fenster. Ein Licht in einem Haus. Eine Familie, die sich um ein Feuer drängt. Ein heulender Hund. Eine Stadt in der Ferne. Das schwarze, ölige Wasser eines Flusses. Ein bedrohlich aussehender Berg. Eine sich dahinschlängelnde Straße. Ein Bahnübergang, an dem sich die Straßenlichter in den Brillengläsern eines Mannes auf einem Motorroller widerspiegeln, dessen Hände an den Seiten herabbaumeln; einen Fuß hat er auf dem Boden abgestützt, den Kopf zur Seite geneigt, und er schaut und wartet, dass der Zug vorbeisaust.

Am Bahnhof werden Impressionen durch Porträts ersetzt. Wiedervereinigungen. Verabschiedungen. Ein Lächeln. Tränen. Wut. Ärger. Angst. Langeweile. Reglosigkeit. Akhila sieht sie alle. Der Zug setzt sich in Bewegung.

Akhila träumt davon, wie es wäre, dort zu sein. Und nicht dort zu sein. Davon, eine Erinnerung hinzuzufügen.

Aber in Wahrheit hat Akhila bis zu diesem Augenblick noch niemals eine Fahrkarte für einen Schnellzug gekauft. Sie hat noch niemals einen Schlafwagen betreten, um an einen Ort zu gelangen, an dem sie noch niemals zuvor gewesen ist.

Akhila ist so eine Frau. Sie tut, was man von ihr erwartet, und träumt vom Rest. Daher sammelt sie auch Epithetone der Hoffnung, wie Kinder Fahrscheinabschnitte sammeln. Für sie ist die Hoffnung verstrickt mit unerwiderten Sehnsüchten.

Blauer Himmel, ein Schimmer am Horizont, ein Aufreißen der Wolkendecke – Akhila weiß, dass dies bloße Illusionen sind, verursacht durch das Aufsetzen einer rosa Brille. Sie hat ihre rosa Brille schon vor langer Zeit zertreten und ist zu einem Metallgestell übergegangen, dessen Gläser in Innenräumen farblos sind und sich draußen fotochromatisch tönen. Selbst die Sonne hört auf zu scheinen, wenn sich Akhilas Gläser in ein dunkles Braun verwandeln.

Also, dies ist Akhila. Fünfundvierzig Jahre alt. Ohne rosa Brille. Ohne Ehemann, Kinder, ein Heim und Familie. Mit Träumen von Flucht und Raum. Hungrig nach Leben und Erfahrung. Erfüllt von einer Sehnsucht nach anderen Menschen.

Akhila war kein impulsiver Mensch. Sie nahm sich Zeit für jede Entscheidung. Sie überlegte, erwog, schlief darüber, und erst wenn sie jeden einzelnen Aspekt, jeden einzelnen Standpunkt bedacht hatte, kam sie zu einem Entschluss.
Selbst die *saris*, die sie trug, verrieten dies. Gestärkte Baumwoll-*saris*, die genauer Planung und vorausschauenden Denkens bedurften. Nicht so wie diese hauchfeinen Chiffons und pflegeleichten Polyester. Die waren etwas für Leute, die es sich mindestens sechs Mal am Morgen anders überlegten, bevor sie sich endlich entschieden, was sie anziehen wollten. Die waren etwas für die Wankelmütigen und die Nutzlosen. Gestärkte *saris* setzten einen methodischen Verstand voraus, und Akhila war stolz darauf, eine bestens organisierte Person zu sein.
Aber als sie an diesem Morgen erwachte, geweckt von einer winzigen Stubenfliege mit zarten Flügeln und einem kecken schwarzen Leib, die, hoffnungslos verloren, unstet und ruhelos, summend über ihrem Gesicht kreiste, da verspürte Akhila in ihrem Inneren eine seltsame Empfindung von Rastlosigkeit. Die Nachwirkungen des Traums von letzter Nacht, dachte sie.
Die Fliege ließ sich für einen flüchtigen Moment auf ihrer Braue nieder und rieb energisch ihre Beine gegeneinander. Fliegen machten dies andauernd, luden Krankheit und Verzweiflung auf und ab. Aber diese hier, kaum erwachsen, hatte nichts weiter abzuladen als Bazillen der Unruhe. Akhila wischte die Fliege mit einer Handbewegung weg, aber diese hatte ihre Aufgabe erfüllt. Ein Knäuel madenähnlicher Vorstellungen schwamm durch die Röte von Blut und Ge-

danken, bis Akhila ein großes Verlangen verspürte, in einen Zug zu steigen. Wegzugehen. An einen Ort zu fahren, der nicht von Land eingeschlossen war, wie Bangalore, die Stadt, in der sie lebte. Bis ans Ende der Welt vielleicht. Ihrer Welt zumindest. Kanyakumari.

In Kanyakumari treffen sich die drei Meere. Die Bucht von Bengalen, der Indische Ozean und die Arabische See. Ein ruhiger, männlicher Ozean, flankiert von zwei unruhigen, weiblichen Seen. Akhila hatte davon gehört, dass es in Kanyakumari war – das damals allerdings noch Kap Comorin hieß –, wo sich der dickköpfige, ruhelose Narendra in das aufgewühlte Wasser und die Salze der drei Meere geworfen hatte und zu einem Felsen geschwommen war, auf den er sich voller Entschlossenheit setzte, um auf Antworten zu warten, die ihm sein ganzes Leben lang nicht gekommen waren. Als er den Felsen verließ, da wurde er zu Vivekananda, zu dem, der die Freuden der Weisheit gefunden hat. Der Heilige, der die Welt lehrte, sich zu erheben, aufzuwachen und nicht zu ruhen, bis das Ziel erreicht ist.

Sie hatte gelesen, dass Kanyakumari seinen Namen von der Göttin erhalten hatte, die – ganz wie sie selbst – ihr Leben auf Eis gelegt hatte, zum ewigen Warten verdammt. Und dass der Strand dort aus vielfarbigem Sand bestand; die versteinerten Überreste eines Hochzeitsschmauses, der nie serviert oder gegessen worden war.

Akhila lag in ihrem Bett, starrte aus dem Fenster und entschloss sich zu gehen. Heute Abend.

Akhila wusste, dass Padma das nicht gefallen würde. In letzter Zeit begegnete ihre Schwester allem, was sie tat oder sagte, mit Misstrauen. Akhila spürte, wie sich ihr Mund zu einem Strich verzog. Padma nannte Akkas Mund den Alte-Jungfer-Mund: verbissen, entschlossen und keine Einmischung duldend.

Sie stand auf und ging zu dem Kalender hinüber, der an ihrer Wand hing. Sie überflog die Daten. 19. Dezember. Das

Jahr würde bald zu Ende sein, dachte sie, und dann, ohne zu wissen, warum, suchte sie am Ende des Kalenders nach der Nadel, die sie dort ins Papier gebohrt hatte, mit einem weißen Faden versehen, bereit für den Notfall: ein loses Häkchen, ein aufgehender Saum … Die Nadel war verschwunden. Eins der Mädchen musste sie wohl genommen und dann vergessen haben, sie wieder zurückzubringen. Das machten sie andauernd, wie oft sie ihnen auch sagte, dass sie sie wieder an Ort und Stelle zurückbringen sollten. Das und der Spiegel am Waschbecken, der mit kleinen braunen Filzpunkten übersät war – selbsthaftende *bindis*, die sich eine jede von der schmutzigen Stirn schälte und für einen weiteren Tag an den Spiegel klebte –, gaben den Ausschlag für ihre Entscheidung. Sie würde gehen. Sie musste es tun, oder sie würde verrückt werden hinter den Mauern dieses Hauses und bei dem Leben, das zu leben man von ihr erwartete.

Akhila öffnete den Schrank und holte einen schwarz-roten *Madurai chungdi sari* hervor. Er war aus Baumwolle und gestärkt, aber die Farben und die eingewobenen Goldfäden ließen Padma überrascht aufblicken. Akhila hatte schon vor langer Zeit aufgehört, leuchtende Farben zu tragen, und es vorgezogen, sich hinter tristen Mottentönen zu verstecken. Aber an diesem Morgen war Akhila ein Schmetterling. Mit zauberhaften Farben und fröhlicher Ungezwungenheit. Wo ist die Motte geblieben? Warum sind deine Flügel nicht gefaltet? Warum versuchst du nicht so zu tun, als ob das Holz und du eins wärt? Warum versteckst du dich nicht hinter den Vorhängen?, fragten Padmas Augen.

Padma wird wissen, dass dieser Tag nicht wie all die anderen ist, dachte Akhila, als sie das Erstaunen über das Gesicht ihrer Schwester huschen sah. Niemand soll mir nachsagen, dass ich sie nicht gewarnt hätte.

»Aber du musstest doch noch nie geschäftlich verreisen«, wandte Padma ein, als Akhila ihr zur Frühstückszeit von ihrer Reise erzählte. Akhila hatte zunächst ihr Frühstück zu

sich genommen – drei Reiskuchen, eine kleine Schüssel *sambar* und eine kochend heiße Tasse Kaffee –, und erst dann erwähnte sie die Reise. Padma würde gewiss Einwände erheben, würde viel Aufhebens darum machen, vielleicht sogar eine Szene – was bei Akhila nur dazu geführt hätte, dass sie ihren Appetit verlor. All dies wusste Akhila mit ebensolcher Sicherheit, wie sie gewusst hatte, dass sich Padmas Augen zu misstrauischen Schlitzen verziehen würden.
Als Akhila nicht antwortete, beharrte Padma: »Kommt das nicht ziemlich plötzlich?«
Für einen kurzen Moment schlich sich eine Lüge in Akhilas Mund: Es ist etwas Offizielles, man hat mich erst gestern darüber informiert.
Aber warum?, sagte sie sich. Ich schulde ihr keine Erklärungen. »Ja, es kommt plötzlich«, sagte sie.
»Wie lange wirst du fort sein?« In Padmas Augen glitzerten Zweifel, als sie Akhila beim Packen zusah. Akhila wusste, was Padma dachte. Wird sie allein reisen oder begleitet sie jemand? Ein Mann vielleicht. Padmas Nasenflügel blähten sich, als könnte sie den Gestank verbotener Affären riechen.
»Ein paar Tage«, sagte sie. Es lag eine gewisse Befriedigung darin, sich nicht festzulegen, entschied Akhila, als sie den Ausdruck auf Padmas Gesicht sah.

Frachträume rochen alle gleich. Akhila blähte erwartungsvoll die Nasenlöcher. Nur einen Moment noch und sie würde sich erlauben, tief einzuatmen. Sie fuhr nun schon zwanzig Jahre mit Vorortzügen, die sie zur Arbeit und wieder zurück brachten, so dass sie an das gewöhnt war, was andere für gewöhnlich voller Abscheu die Gesichter verziehen ließ. Bei Fisch hörte für sie allerdings der Spaß auf. Sie wartete, bis die Gepäckmänner, die für die Fracht zuständig waren, einen Korb voller Fisch ans hintere Ende des Bahnhofs gezogen hatten. Als sie fort waren, schritt sie zur Bahnsteigkante und starrte auf die Schienen hinunter. Lange Metallgleise, die sich am Horizont verloren. Sie hätte den Bahnhof nicht betreten müssen, aber sie hatte das Gefühl, bei Tageslicht sehen zu müssen, wo ihr Fluchtweg seinen Anfang nehmen würde. Der Bahnsteig lag verlassen da. Dennoch verspürte sie eine Leere in ihrer Magengrube, als würde ihr Zug jeden Moment in den Bahnhof einlaufen und als wäre die Zeit für sie gekommen, sich zu verabschieden. Akhila lächelte angesichts ihres albernen Verhaltens. Sie ging zum Reservierungsschalter, wo Niloufer auf sie wartete.

Am hintersten Ende des Schalters wartete eine lange Schlange. Eine lange Schlange, die überwiegend aus Frauen bestand. Ehemänner, Brüder und manchmal Väter hielten Wache, standen am Rand herum, während die Frauen, deren Hände die Enden ihrer *sari pallus* knoteten, von einem Fuß auf den anderen traten und darauf warteten, bis sie an der Reihe waren.

Akhila las das Schild über der Schlange: »Damen, Senioren und Behinderte«. Sie wusste nicht, ob sie wütend sein oder sich geehrt fühlen sollte. Es lag ein gewisser altmodischer Charme, eine seltene Ritterlichkeit in dieser Geste der Eisenbahnverwaltung, die verkündete, dass eine Frau nicht dem Gewühl, den lüsternen Blicken und tastenden Händen, den verschwitzten Achselhöhlen und den Schimpfwörtern ausgesetzt werden sollte, die mit zur Erfahrung gehörten, wenn man am allgemeinen Schalter anstand. Aber warum es verderben, indem man Frauen mit Senioren und Behinderten zusammenlegte? Akhila unterdrückte einen Seufzer und hielt Ausschau nach Niloufer.

In einem früheren Leben musste Niloufer wohl eine Biene gewesen sein. Sie steckte immer mitten in irgendeinem Vorhaben. Für eine Weile war es die chinesische Küche gewesen, dann Tufting, und zuletzt hatte sie Bilder nach Vorlagen gestickt. All dies bedeutete, dass ihr niemals die Gesprächsthemen ausgingen. Man musste nur zuhören, während sie das Reden übernahm. Aber trotz ihrer Geschwätzigkeit gehörte sie zu den wenigen Menschen, die Akhila mochte und respektierte. Sie steckte ihre Nase nicht in die Angelegenheiten anderer. Sie war keine Klatschtante, arbeitete hart und war tüchtig. Sie war nicht Katherine. Aber Akhila war auch nicht auf der Suche nach einem Ersatz für Katherine.

»Niloufer«, hatte Akhila gesagt, sobald sie das Büro der Einkommenssteuerstelle betreten hatte, »kannst du mir einen Fahrschein für den Zug nach Kanyakumari für heute Abend besorgen?«

»Warum? Was ist denn dort los?« Niloufers kohlumrandete Augen weiteten sich. Niloufer zog sich gern schön an. Sie trug eine Menge Schmuck, schminkte sich das Gesicht und wählte ihre *saris* danach aus, ob sie zu ihrem Schmuck passten.

»Muss irgendetwas dort los sein, damit ich hinfahre?«, erwiderte Akhila.

»Es könnte schwierig werden. Es ist gerade Hochsaison. Jeder möchte nach Kerala in Urlaub fahren, und ganze Horden von religiösen Eiferern befinden sich auf ihrem Weg nach Sabarimala«, sagte Niloufer, während sie ein Papierbündel durchblätterte. »Aber meine Freundin am Reservierungsschalter kann bestimmt helfen. Ganz besonders, wenn ich ihr erkläre, dass es für dich ist. Ich werde sie sofort anrufen.«

Nur wenige Minuten später war Niloufer lächelnd an ihren Tisch getreten. »Es ist alles geregelt. Ich werde eine halbe Stunde vor der Mittagspause hingehen. Du kannst ein wenig später nachkommen.«

Akhila entdeckte Niloufer. Sie stand neben der für die Reservierung zuständigen Angestellten und unterhielt sich mit ihr. Die beiden schienen die Menschenmenge und die zornigen Blicke, die ihnen zugeworfen wurden, gar nicht zu bemerken. Akhila hob verstohlen die Hand. Sie wollte mit ihrem Winken keine Aufmerksamkeit erregen. Niloufers Augen begegneten den ihren durch das Glas des Schalters hindurch. Ihr Gesicht strahlte, und sie wedelte mit einem Fahrschein.

»Sie hat alles versucht, aber der Zug ist voll. Es gibt nichts mehr in den klimatisierten Schlafwagen und auch keine Fahrscheine mehr für die erste Klasse. Aber sie hat dir einen Schlafwagenplatz in einem Abteil der zweiten Klasse besorgt, allerdings im Damen-Coupé. Ist dir das recht? Du wirst mit fünf anderen Frauen eingepfercht sein, die bestimmt alle neugierig auf deine Lebensgeschichte sind.« Die goldenen Glöckchen an ihren Ohrläppchen bimmelten.
Akhila lächelte. »Genau das, was ich brauche«, murmelte sie und zog ihr Scheckbuch aus der Handtasche.
Um halb neun war Akhila bereits am Kantonnement-Bahnhof von Bangalore. Er lag nur wenige Minuten von ihrem Wohnort entfernt. Aber sie hatte es eilig wegzukommen. Es war ganz so, als ob sie – nun, da sie sich einmal entschieden hatte – den heimatlichen Staub von ihren Füßen schütteln wollte.
»Wie kannst du allein zum Bahnhof gehen?«, hatte Padma gefragt, als Akhila am Abend nach Hause kam.
»Ich reise ja auch allein, oder etwa nicht?«
»Aber es wird schon spät sein, wenn du von hier losgehst.«
Akhila hielt ihre Verärgerung im Zaum und erwiderte: »Mach dir keine Sorgen. Es gibt jede Menge Auto-Rikschas, und sie sind alle sehr sicher. Außerdem ist der Bahnhof ja nicht so weit entfernt.«
Aber Padma wollte einfach nicht aufhören, und so waren die letzten Worte, die Akhila vernahm, als sie ihr Zuhause verließ, von Verdruss durchzogen. »Ich weiß nicht, was Narayan Anna und Narsi Anna sagen werden, wenn sie hören, wie plötzlich du gegangen bist und dazu noch ganz allein …«
Aber Akhila hörte schon gar nicht mehr hin. »Zum Kantonnement-Bahnhof«, teilte sie dem Rikschafahrer mit einem singenden Tonfall in der Stimme mit.
Zehn Minuten später stand sie vor dem Bahnhofseingang und ließ den Blick über die Gesichter in der Menge wandern. Ich bin hier, pochte ihr Herz im Galopp. Eine kleine,

schaumgekrönte Welle purer Emotion durchfuhr sie. Sie spürte, wie sich ihre Lippen zu einem Lächeln verzogen. Ich bin Teil einer Woge, die dieser Stadt heute Abend entkommen wird. Ich werde einen Zug besteigen und ihm erlauben, mich an einen neuen Horizont zu führen.

Akhila schritt zum Büro des Bahnhofsvorstehers. Draußen an der Wand suchte sie das Anschlagbrett nach der Passagierliste ab. Der Anblick ihres Namens beruhigte sie. Unter ihrem Namen standen fünf andere. Sheela Vasudevan, Prabha Devi, Janaki Prabhakar, Margaret Paulraj und Marikokolanthu. Das waren wohl die anderen Passagiere des Coupés. Für einen kurzen Moment fragte sich Akhila, wer diese Frauen wohl sein mochten. Wohin fuhren sie? Wie lebten sie?

Akhila wandte sich von der Reservierungsliste ab, um ihren Waggon auf dem Positionsschaubild zu suchen. Der elfte, von der Lokomotive aus gerechnet. Sie nahm ihren Koffer in die andere Hand und ging langsam dem Schild mit der Nummer elf entgegen. Die Bänke waren alle besetzt, und so stellte sie sich in die Nähe eines tropfenden Wasserhahns. Sie biss sich unsicher auf die Lippe. War dies die richtige Stelle? Sie wandte sich an ein älteres Ehepaar, das ein Stückchen entfernt stand, und fragte: »Hält hier der S7-Waggon des Kanyakumari-Express?«

Der Mann nickte. »Ich glaube schon. Wir sind im selben Waggon.«

Das ältere Paar hatte etwas an sich, das sie veranlasste, ihren Blick immer wieder auf die beiden zu richten. Sie strahlten eine besondere Ruhe aus; eine Insel gelassenen Wartens in einem unruhigen Menschenmeer. Als ob sie wüssten, dass der Zug früher oder später einlaufen würde und sie dann an der Reihe waren, die drei Stufen zu dem Waggon hinaufzusteigen, der sie an ihr Ziel brachte. Es bis dahin keinen Sinn machte, die Hälse zu recken, mit den Füßen zu scharren oder andere Zeichen der Unzufriedenheit an den Tag zu legen.

Der Uringestank kam und ging mit der Brise. Gepäckträger in roten Hemden mit silbernen Armbinden standen neben aufeinander getürmten Koffern. Ein Bettler mit verkrüppelten Gliedern streckte seinen Blechbecher hierhin und dorthin. Ein Gassenkind und ein Hund rannten von einem Ende des Bahnsteigs zum anderen. Ein gelangweilter Polizist starrte zu dem Fernsehschirm hinauf.

Der Udayan-Express, der eigentlich laut Fahrplan vor dem Kanyakumari-Express hätte eintreffen müssen, hatte Verspätung. Der Bahnsteig war überfüllt. Neben Akhila stand eine ganze Familie mit Onkeln, Tanten, Cousins und Großeltern, die gekommen war, um einen einzelnen Mann zu verabschieden. Er reiste nach Bombay, von wo aus er ein Flugzeug in ein Land des Mittleren Ostens nehmen würde.

Sie fragte sich, wie es wohl sein musste, die Frau eines Mannes zu sein, der viele Jahre von zu Hause fort war und der, wenn er nach Hause kam, von Eltern, Geschwistern, Cousins, Verwandten und Freunden für sich beansprucht wurde. Akhila betrachtete den Mann, auf dessen Schultern die Träume anderer Menschen lasteten. Damit kannte sie sich nur zu gut aus. Das konnte sie verstehen.

Sie wandte sich von dem Mann ab und beobachtete das ältere Ehepaar. Die Frau trug einen *sari* in einem blassen Rosa mit einer schmalen, goldfarbenen Bordüre, eine zarte Goldkette um den Hals und eine Brille mit Metallfassung. Ihr Haar lag, zu einem kleinen Knoten geschlungen, in ihrem Nacken. An ihrem Handgelenk funkelte eine goldene Armbanduhr. Die eine Hand hielt eine Wasserflasche, die andere umklammerte eine schmale Lederhandtasche. In ein paar Jahren werde ich wie sie aussehen, sagte sich Akhila. Nur einen Mann wie ihn werde ich nicht an meiner Seite haben.

Er machte einen netten Eindruck. Die gut geschneiderte Kleidung, die Hornbrille, der immer noch muskulöse Körper, die gefälligen Züge, die Art, wie sein Haaransatz zurückgewichen war, die Weise, in der er dort neben seiner Frau stand – all dies schien auf ein wenig aggressives Selbstvertrauen hinzudeuten. Das Paar machte den Eindruck, als gehörte es zusammen.

Was hatte es mit der Ehe nur auf sich, dass sie es möglich machte, einen Mann und eine Frau, ihre Leben, ihre Träume und selbst ihre Gedanken auf eine so absolute Weise zu vereinen? Bei ihren Eltern war es auch so gewesen. Sie hatten einander mit ihrer breiten, hohen Stirn, der leicht gekrümmten Nase und dem Grübchen im Kinn sogar ähnlich gesehen. Sie tranken ihren Kaffee mit zwei Löffeln Zucker und bevorzugten ihren Quark leicht und locker. Er musste beinahe wie Milch schmecken.

Wie oft hatte ihre Mutter an etwas gedacht und ihr Vater nur den Bruchteil einer Sekunde später genau den gleichen Gedanken geäußert, woraufhin ihre Mutter erklärte: »Genau das wollte ich gerade sagen.«

Dann hatte er sie angestrahlt und schallend gelacht vor Freude. »Das liegt daran, dass wir so gut zueinander passen. Wir sind zwei Körper und eine Seele.« Und ihre Mutter hatte ihn schüchtern angelächelt.

Akhila erinnerte sich daran, dass sie als Teenager einmal einen Roman über ein Ehepaar gelesen hatte, das auch nach vielen Ehejahren immer noch leidenschaftlich ineinander verliebt war. Jahre später konnte sie sich weder an den Buchtitel noch an die Handlung erinnern. Nur eine einzige Zeile war ihr im Gedächtnis haften geblieben: Die Kinder von Liebenden sind wie Waisen.

Als Kind hatte ihr die Zusammengehörigkeit ihrer Eltern nichts ausgemacht. Sie gehörte selbst zu diesem Zauberkreis. Aber als sie heranwuchs, da verlieh ihr ihre Ausgelassenheit, ihre Zuneigung füreinander, das offensichtliche Vergnügen, das sie in der Gegenwart des anderen fanden, das Gefühl, ausgeschlossen zu sein. Später dann machte es sie verlegen. Doch sie nahmen ihre Verlegenheit nicht im Geringsten wahr. Und selbst wenn sie sie gespürt haben sollten, so konnte doch nichts ihre praktisch lebenslang andauernde Liebschaft stören oder herabsetzen.

Als ihr Vater starb, waren ihre Eltern beinahe zweiundzwanzig Jahre verheiratet gewesen. In jedem der darauf folgenden Jahre weinte und schluchzte ihre Mutter an ihrem Hochzeitstag: »Dein Vater hatte versprochen, mir zu unserem fünfundzwanzigsten Hochzeitstag einen diamantenen Nasenring zu kaufen. Ein Diamant für die Königin meines Herzens, hat er immer gesagt. Er hat mich so geliebt.« Mit jedem Jahr, das verstrich, schien der Schmerz ihrer Mutter nur noch größer zu werden.

Sie hatte mehr als nur einen Ehemann verloren. Er war seit ihrer Geburt Teil ihres Lebens gewesen. Als ihr Onkel hatte er sie auf seinem Arm getragen, hatte ihr Schmetterlinge und Krähen gezeigt, den Mond und den Regenbogen, die Wunder der Natur. In vielerlei Hinsicht war es nur natürlich, dass er auch derjenige sein sollte, der ihr die Wunder des Frauseins zeigte.

Akhilas Mutter heiratete ihren Vater, als sie fünfzehn Jahre alt war. Er war vierundzwanzig. Akhila wurde zwei Jahre und acht Monate später geboren.

»Aber, Amma, wie konntest du nur die Zustimmung geben, deinen Onkel zu heiraten?«, hatte Akhila ihre Mutter einmal gefragt. »Das ist doch unnatürlich.«

»Was ist denn unnatürlich daran?«, hatte diese daraufhin wütend geantwortet. »Es gilt in unserer Gemeinschaft als akzeptierter Brauch. Was glaubst du eigentlich, wer du bist, dass du es in Frage stellst?«

Akhila war erst vierzehn damals. Aber dennoch seufzte sie vor Erleichterung, dass nicht irgendwo ein Onkel darauf wartete, dass sie heranwuchs.

Ihre Mutter warf ihr einen bösen Blick zu und wies sie an,

hinauszugehen und die Wäsche von der Leine zu nehmen.
»Wer faulenzt, kommt auf dumme Gedanken. Gefährliche Gedanken«, sagte Amma finster.
»Wenn du die Wäsche zusammengelegt und sortiert hast, kannst du sie bügeln. Aber überlass Appas Hemden mir. Er ist nur dann zufrieden, wenn ich sie gebügelt habe«, fügte sie hinzu.
Akhila verzog das Gesicht, denn sie wusste, dass das nicht stimmte. Ihrem Vater war es egal, wer seine Hemden bügelte, Hauptsache, sie wurden gebügelt. Aber Amma gefiel sich darin, diesen Mythos über den tyrannischen Ehemann aufrechtzuerhalten, der leicht zu verärgern war und sich nur durch ihre völlige Hingabe besänftigen ließ. Ganz anders als andere Männer in der Nachbarschaft, die es zuließen, dass ihre Frauen sie beherrschten. Wie Karpagams Vater zum Beispiel.
Karpagams Mutter gab Tanzunterricht. Jeden Abend zwischen vier und sechs erteilte sie den Kindern aus der Nachbarschaft Stunden. Am Ende eines Unterrichtsjahres hatten ihre Schülerinnen genug gelernt, um an Tanzwettbewerben in der Schule teilzunehmen und Preise zu gewinnen. Daher kamen viele Mädchen zu ihr zum Unterricht. Außerdem verlangte sie nur fünfunddreißig Rupien im Monat pro Schülerin. Sie verdiente genug Geld, um Karpagam und sich kleine Schmuckstücke zu kaufen. Vielleicht war das der Grund, warum Amma auf Distanz zu Karpagams Mutter ging. Amma mochte Menschen nicht, die anders waren als sie.
Eines Morgens, als Akhila ungefähr neun Jahre alt war, brachte Karpagam einen gut dreißig Zentimeter langen Bleistift mit, auf dessen oberes Ende eine drollige, kleine, pinkfarbene Plastikhand gesteckt war. Akhila wollte sofort auch so einen Bleistift haben.
»Wo hast du den her?«, flüsterte sie, als Karpagam ihr zeigte, wie man sich damit den Rücken kratzen konnte.

»Meine Mutter hat ihn mir gekauft«, erwiderte ihre Freundin und kratzte sich ein weiteres Mal genüsslich den Rücken.

»Was kostet er?«

»Sechs Rupien. Aber Mutter hat ihn am Moore Market gekauft. Sie hat mit den Ladenbesitzern gehandelt und ihn für drei Rupien bekommen. Aber eigentlich ist er sechs Rupien wert«, sagte Karpagam und lieh Akhila den Bleistift, damit sie sich damit auch einmal den Rücken kratzen konnte.

»Fühlt sich das nicht herrlich an?«, fragte sie, als sie den verzückten Ausdruck auf Akhilas Gesicht sah.

»Ganz wunderbar. Darf ich ihn für einen Tag mit nach Hause nehmen? Ich werde ihn meiner Mutter zeigen und sie bitten, mir auch so einen zu kaufen«, sagte Akhila und liebkoste die Umrisse der Bleistifthand, als streichelte sie eine echte Hand. Sie wollte ihn haben.

Karpagam zögerte. »Da muss ich erst meine Mutter fragen …«, setzte sie an.

»Ich verspreche dir, dass ich ihn morgen wieder mitbringe. Schau, wenn ich auch so einen Bleistift bekomme, dann können wir uns zusammen den Rücken kratzen«, erklärte Akhila mit ernster Stimme.

»Du bist albern«, erwiderte Karpagam kichernd. Die Vorstellung, wie sie beide mit ihren Bleistiften auf ihre Rücken losgingen, amüsierte sie. Vielleicht war das der Grund, warum sie Akhila erlaubte, den Bleistift mit nach Hause zu nehmen.

Amma war zunächst verärgert, dann wurde sie wütend. »Karpagams Mutter kann ihr alles Mögliche kaufen. Karpagams Mutter hat ein eigenes Einkommen. Ich kann es mir nicht leisten, dir solche nutzlosen Dinge zu kaufen. Ist dir eigentlich klar, wie schwer Appa arbeitet und dass wir trotzdem Schwierigkeiten haben zurechtzukommen? Und ich will nicht, dass du die Sachen anderer Leute mit nach Hause bringst. Was ist, wenn du den Bleistift zerbrichst oder verlierst? Woher soll ich dann das Geld nehmen, um ihn zu ersetzen?«

Am nächsten Tag gab Akhila Karpagam den Bleistift zurück. »Wie ist es gelaufen?«, fragte sie. »Wann kauft dir deine Mutter einen eigenen Bleistift?«
»Sie hat mir gesagt, dass sie es sich nicht leisten kann, mir Dinge zu kaufen wie deine Mutter«, erwiderte Akhila.
Aber Akhila dachte den ganzen Tag und später dann die ganze Nacht darüber nach. Wenn Amma arbeiten würde, dann hätte sie auch ihr eigenes Geld, und sie könnte ihr die Dinge kaufen, die sie brauchte, ohne Appa damit zu behelligen. Aber was könnte Amma tun, um etwas Geld zu verdienen?
Am nächsten Morgen hörte Akhila, wie ihre Mutter leise vor sich hin sang, als sie die Hausarbeit erledigte. Akhila hatte schulfrei, und so konnte sie sich den ganzen Tag vorbereiten, bevor sie sich ihrer Mutter mit einem meisterlichen Zug, wie sie fand, näherte.
»Amma«, begann Akhila, als sie meinte, ihre Mutter in einer recht empfänglichen Stimmung anzutreffen. Amma kämmte gerade ihr Haar und sang leise vor sich hin. »Warum gibst du keinen Musikunterricht?«
Amma blickte überrascht auf.
Akhila machte sich hastig daran, eine Erklärung zu liefern. »Du singst so schön, und Appa sagt doch immer, dass du die beste Singstimme hättest, die er jemals gehört hat. Warum gibst du keinen Musikunterricht, wie Karpagams Mutter Tanzunterricht gibt? Dann hättest du etwas eigenes Geld …«, endete sie recht lahm und fragte sich, ob sie zu viel gesagt hatte.
»Ich billige das, was Karpagams Mutter tut, nicht. Alle möglichen Leute kommen in ihr Haus. Brahmanen und Nicht-Brahmahnen. Glaubst du etwa, dein Vater würde ein solches Kommen und Gehen hier dulden? Weißt du denn nicht, wie streng er ist? Glaubst du wirklich, er würde mir so etwas überhaubt erlauben? ›Wenn ich eine Frau hätte haben wollen, die arbeiten geht, dann hätte ich so eine geheiratet‹,

hat er mir einmal ganz am Anfang unserer Ehe gesagt. ›Ich möchte, dass meine Frau sich um meine Kinder und um mich kümmert. Ich will nicht, dass sie sich mit irgendeiner Arbeit beschäftigt und keine Zeit mehr für das Haus oder für meine Bedürfnisse hat.‹ Und das war auch genau das, was ich selbst sein wollte. Eine gute Ehefrau.«

Amma hatte ihre eigenen Theorien, was eine gute Ehefrau ausmachte. Zuerst einmal konnte eine gute Ehefrau nicht zwei Herren dienen – womit sie ihren Vater und ihren Ehemann meinte. Eine gute Ehefrau lernte, die Interessen ihres Mannes über die eines jeden anderen zu stellen, selbst über die ihres Vaters. Eine gute Ehefrau hörte auf ihren Mann und hielt sich an das, was er sagte. »So etwas wie Gleichheit in der Ehe gibt es nicht«, sagte Amma. »Die Frau sollte am besten akzeptieren, dass sie ihrem Mann unterlegen ist. Auf diese Weise kommt es erst gar nicht zu Unfrieden und Disharmonie. Erst wenn einer seine Ebenbürtigkeit beweisen will, bekriegt und zankt man sich die ganze Zeit. Es ist so viel einfacher und leichter, die eigene Stellung im Leben zu akzeptieren und sich entsprechend zu verhalten. Eine Frau ist nicht dafür geschaffen, in die Rolle eines Mannes zu schlüpfen. Sonst hätten die Götter sie entsprechend geschaffen. Was soll also dieses ganze Gerede über Gleichheit in der Ehe?«

Amma überließ Appa sämtliche Entscheidungen. »Er weiß, was das Beste ist«, sagte sie. »Wir haben noch niemals irgendeine Entscheidung bedauern müssen, die er getroffen hat, selbst wenn er sie in meinem Namen getroffen hat.«

Aus diesem Grund hatte Amma ihrem Mann einige Jahre nach der Hochzeit, als sie ein kleines Stück Land in ihrem Dorf erbte und er es verkaufen wollte, ohne Einwände zugestimmt. Jahre später hatte ihr eine Cousine geschrieben, dass dasselbe Stück Land für den zehnfachen Preis weiterverkauft worden sei. »Hätten wir es behalten, hätten wir uns ein kleines Haus kaufen können«, seufzte sie.

Als Akhila in ihr Seufzen einstimmte, veränderte sich ihr Gesichtsausdruck, und sie sagte: »Ich will damit nicht sagen, dass dein Vater eine übereilte Entscheidung getroffen hat. Wer hätte schon ahnen können, dass die Grundstückspreise so in die Höhe schießen würden, und das sogar an einem Ort wie Mettupalayam?«
Ammas Familie war ziemlich wohlhabend. Aber sie war die Tochter einer ersten Frau, die gestorben war, als Amma gerade einmal elf Jahre zählte. Ihre Mutter war bei der Geburt eines Jungen gestorben, der auch nicht überlebt hatte. Ein Jahr später hatte ihr Vater wieder geheiratet. Er war viel zu vernarrt in seine zweite Frau und die Söhne, die sie mit einer solchen Leichtigkeit und Regelmäßigkeit in einem Abstand von achtzehn Monaten gebar, um sich viel mit seiner Tochter abzugeben. Als Amma ins heiratsfähige Alter kam, arrangierte er eine Hochzeit für sie. Eine sehr schmucklose Hochzeit mit Appa. Schließlich war alles schon seit vielen Jahren arrangiert und beschlossen worden. Eigentlich schon seit ihrer Geburt.
Es war von allem genug vorhanden, so dass niemand einen Grund zur Klage hatte, aber es gab nicht zu viel Geld oder Schmuck oder irgendetwas von bleibendem Wert. Das Stück Land war ihr einziges Erbe von einem Vater gewesen, der alles andere seinen Söhnen hinterlassen hatte.
Aber Appa hatte darauf bestanden, dass sie nichts mehr mit ihrer Familie, die sie so schäbig behandelt hatte, zu tun haben dürfe, und so entschied er, das Land zu verkaufen. »Von nun an bin ich alles, was du hast«, hatte er ihr erklärt. Und Amma hatte dies bereitwillig akzeptiert. Nach dem Tod ihrer Mutter hatte niemand sie so sehr geliebt. Und dies war für sie ein weiterer Beweis, wie viel sie ihm bedeutete.
Viele Jahre später erwähnte Akhila einer Kollegin gegenüber, die vielleicht ihre einzige wirkliche Freundin war, dass ihre Mutter auch die Nichte ihres Vaters sei. Katherine hatte sie schockiert angestarrt. »Aber wie kann eine Frau ihren

eigenen Onkel heiraten? Das ist Inzest!«, hatte sie gerufen, den Mund zu einem großen, runden »O« aufgerissen.
»Das ist es wohl«, stimmte ihr Akhila zu. »Vielleicht ist das der Grund, warum sie sich von Anfang an so wohl miteinander gefühlt haben.«
»Ich kann eure Religion wirklich nicht verstehen.« Katherine schüttelte den Kopf. »Ein Ei zu essen ist für euch Sünde. Aber es spricht nichts dagegen, den eigenen Onkel zu heiraten!«
Akhila verstand Katherines Standpunkt, aber aus irgendeinem seltsamen Grund hatte sie das Gefühl, ihre Eltern verteidigen zu müssen. Erklären zu müssen, wie ihre Ehe gewesen war. »Sie waren sehr glücklich miteinander. Waren am glücklichsten, wenn sie zusammen sein konnten. Manchmal glaube ich, dass es daran lag, dass sie sich schon so lange kannten. Stell dir nur einmal vor, meine Mutter muss meinem Vater als Baby über den Rücken gesabbert haben. Hat ihn vielleicht voll gepinkelt! Sie hat erlebt, wie er in den Stimmbruch kam, und die ersten Barthaare auf seiner Oberlippe gesehen.«
»Alles schön und gut. Aber man muss ja nicht gleich seinen Onkel heiraten, um seinem Mann nahe zu sein«, hatte Katherine eingewandt. »Dann kannst du auch gleich den eigenen Bruder heiraten!«
»Nein, das meine ich doch gar nicht. Aber weißt du was? Vor einigen Jahren, als ich immer noch gern eine Ehefrau gewesen wäre, da hätte ich jedem Heiratskandidaten zugestimmt. Sogar einem Onkel«, hatte Akhila, nur halb im Scherz, gesagt.

Akhila warf einen Blick auf ihre Uhr. Sie wartete voller Ungeduld auf die Glocke, die die Ankunft ihres Zuges verkünden würde. Der Udayan-Express war gekommen und wieder abgefahren, und nun war der Bahnsteig voller Menschen, die auf den Kanyakumari-Express warteten. Das ältere Ehepaar

war ein paar Schritte nach vorn getreten. Akhila fragte sich, wie lange die beiden dort wohl schon warten mochten.
Der Mann begann jetzt einen unruhigen Eindruck zu machen. Er fragte die Frau etwas. Sie nickte. Er schlängelte sich durch die Menge zu dem Kiosk am Bahnhofseingang und kehrte mit einer Limonade für sie zurück. Sie nahm einen Schluck und bot sie ihm an. Er schüttelte den Kopf.
Warum verschwende ich meine Zeit damit, die beiden zu beobachten? Akhila schürzte die Lippen. Hier ist der Beweis für all das, was meine Familie mir erklärt hat. Eine Frau kann nicht allein leben. Eine Frau kann nicht allein klarkommen. Der Wechsel des Signals bewahrte sie vor weiterem Grübeln. Die Zugscheinwerfer bewegten sich auf den Bahnhof zu, und über die Lautsprecheranlage wurde die Ankunft des Zuges angekündigt. Akhila nahm ihren Koffer und umklammerte den Griff. Sie war zum Einsteigen bereit.
Die Menschenmenge drängte sich in einer einzigen großen Woge in Richtung Zug. Akhila wurde von Furcht getrieben. Der Zug hielt hier nur zwei oder drei Minuten. Wie sollten all diese Menschen in dieser kurzen Zeit einsteigen? Sie arbeitete sich mit den Ellenbogen durch die Menge. Als sie die Tür erreicht hatte, erblickte sie dort den älteren Mann. Er half gerade seiner Frau die Stufen in den Waggon hinauf. »Kommen Sie, steigen Sie rasch ein«, sagte er zu Akhila gewandt. Er hielt die anderen Passagiere zurück, während Akhila ihren Koffer hochhob und in den Zug kletterte.
Das Damen-Coupé befand sich am Anfang des Waggons. Sie trat ein und blickte sich suchend nach ihrer Sitznummer um. Es gab sechs Schlafplätze in dem Coupé. Drei auf jeder Seite. Sie hatte eine der unteren Liegen. Aber für den Moment würden alle sechs Passagiere auf den unteren Liegen Platz nehmen, bis es Schlafenszeit war. Dann musste man die mittlere Liege an der Wand hochklappen und an der

oberen befestigen. Akhila verstaute ihren Koffer unter ihrem Sitz und schaute sich um. Die ältere Dame saß ihr gegenüber. Ihr Mann hatte den Koffer unter ihren Sitz geschoben und blies ein kleines Kissen auf. Als es prall gefüllt war, tätschelte er es und legte es neben sie. Er schob das Fenster in die Höhe und hakte es sorgfältig ein, damit es ihr nicht auf die Hand fallen konnte. »Benötigen Sie Hilfe mit Ihrem Fenster?«, fragte er und drehte sich zu Akhila um.
Sie lächelte und lehnte dankend ab.
»Du wirst doch zurechtkommen?«, wandte er sich wieder seiner Frau zu. »Wenn du schlafen möchtest, lass die hölzernen Rollläden herunter. Auf diese Weise hast du frische Luft und musst dir keine Sorgen machen, dass dir jemand deine Kette oder die Ohrringe stiehlt. Vergiss nicht, deine Medizin zu nehmen. Ich bin im selben Waggon, also mach dir keine Sorgen, ich werde immer mal wieder nach dir sehen.«
Als er fort war, warf die ältere Frau Akhila einen gequälten Blick zu und sagte erklärend: »Wir haben unsere Fahrscheine erst vor zwei Tagen reserviert, und das hier war alles, was wir noch bekommen konnten. Er hat nicht einmal einen Schlafwagenplatz.«
»Wie mir scheint, ist eine der Liegen nicht besetzt«, erwiderte Akhila. »Es könnte sein, dass die TTR sie ihm doch noch überlässt. Sie erlauben auch älteren Herren, das Damen-Coupé zu benutzen.«
»Die Liege ist bereits reserviert. Man hat uns gesagt, die Dame werde an der nächsten oder übernächsten Station zusteigen.«
Der Zug setzte sich in Bewegung, und Akhila blickte sich um. Sie dachte über das nach, was Niloufer ihr gesagt hatte, und lächelte in sich hinein. »Fünf Frauen, unaufhörliches Geplapper. Wirst du das aushalten?«, hatte sie Akhila aufgezogen.
Eine schlanke, hübsche Frau mit einem Bubikopf und Au-

gen, die Onyx-Scherben glichen, saß neben der älteren Frau. Ob sie Ärztin war? Sie schien alles und jeden genau zu mustern. Die Frau bemerkte, dass Akhila sie ansah, und lächelte. Ein kurzes, verkrampftes Lächeln, das ihrem Blick ein wenig die Intensität nahm. Akhila erwiderte das Lächeln und blickte neben sich. Dort saß eine zierliche, gut aussehende Frau mit heller Gesichtsfarbe, deren Kleidung auf Geld schließen ließ. An ihren Handgelenken baumelten Goldreifen, und sie trug Diamantohrringe. Ihre Fingernägel waren lang und in einem matten Rosa lackiert. Sie erweckte den Eindruck, als hätte sie in ihrem ganzen Leben noch nicht ein einziges Mal gearbeitet. Akhila fragte sich, was sie wohl in einem Zweite-Klasse-Abteil zu suchen hatte.

»Wohin fahren Sie?«, fragte die Frau sie.

»Ich fahre nach Kanyakumari, und Sie?«, erkundigte sich Akhila.

»Kottayam. Ich bin zu einer Hochzeit eingeladen. Eigentlich hätte ich mit meinem Mann im Wagen fahren sollen, aber er musste geschäftlich nach Bombay, und er wird von dort mit dem Flugzeug direkt nach Kochi kommen.« Das hier war der einzige Platz, den ich so kurzfristig noch bekommen konnte, sagte ihr Gesichtsausdruck, auch wenn die Worte nicht ausgesprochen wurden.

»Was ist mit Ihnen?«, fragte die ältere Dame die hübsche Frau, die neben ihr saß.

»Ich fahre bis Coimbatore«, sagte sie. Ihre Stimme war ebenso lieblich wie ihr Gesicht, und doch hatte sie etwas, das Akhila ein unbehagliches Gefühl vermittelte. »Und Sie?«

»Ernakulam«, erwiderte die ältere Dame.

Die Frau, die am weitesten entfernt saß, hatte sich auf ihrem Platz der Tür zugewandt. Sie schien die anderen Frauen in dem geschlossenen Raum überhaupt nicht wahrzunehmen.

Alle starrten sie an. Sie war keine von ihnen. Sie sah nicht aus wie eine von ihnen. Es lag nicht etwa daran, dass sie ärmlich angezogen oder den Geruch von Armut gehabt hätte. Es war schlicht der Ausdruck auf ihrem Gesicht. Als ob sie schon alles gesehen hätte, den Wankelmut und die Fehlbarkeit des Menschen, als könnte sie gar nichts in diesem Leben mehr überraschen. Im Vergleich dazu waren die Gesichter der anderen – obwohl viel älter als das ihre – ungezeichnet von Erfahrung und Leid. Außerdem waren sie davon überzeugt, dass sie kein Englisch sprach, wie alle anderen. Und das war Grund genug, um eine Kluft zwischen ihr und ihnen zu spüren.

Die Frau, die neben Akhila saß, öffnete einen kleinen Korb und nahm einige Orangen heraus. »Ich wollte sie zu Hause nicht verschimmeln lassen. Hier, nehmen Sie eine«, sagte sie, und hielt ihr die Früchte hin.

»Mein Name ist Prabha Devi. Und wie heißen Sie?«, fragte sie an niemanden im Besonderen gewandt.

Prabha Devi. Der Name der älteren Dame lautete Janaki. Der der hübschen Margaret. Und ihrer Akhila, Akhilandeswari.

Die Frau an der Tür hatte auf den Fahrkartenkontrolleur gewartet und war dann auf die oberste Liege geklettert und eingeschlafen. Aus irgendeinem Grund wusste Akhila, dass sie sich alle besser fühlten, weil sie sie nun nicht in ihre Unterhaltung mit einbeziehen mussten, nicht vorzugeben brauchten, dass sie etwas mit ihr gemeinsam hatten. Sich nicht mit ihr zusammentun mussten, nur weil sie alle Frauen waren.

Der Duft von Orangen füllte das Coupé. Und mit ihm erwachte eine stille Gemeinschaft zwischen den Frauen.

Akhila ließ ihre Sandalen von den Füßen gleiten, kuschelte sich mit angezogenen Beinen in den Sitz und lehnte sich gegen das Fenster. Die Brise zerzauste ihr das Haar. Der Mond hing auf der Höhe ihrer Schulter.

»Mein Enkelkind hat mir einen Schokoriegel geschenkt. Damit ich während der Nacht etwas zu knabbern habe«, sagte die ältere Dame lächelnd. »Möchten Sie ein Stück?« Sie reichte die Süßigkeit in die Runde.

Akhila nahm ein Stück Kit Kat und riss das Silberpapier ab. Margaret schüttelte den Kopf. »Nicht für mich, danke. Ich muss auf mein Gewicht achten.«

Janaki schüttelte ungläubig den Kopf. »Warum müssen Sie auf Ihr Gewicht achten? Sie sind doch so schlank!«

»Ich war einmal dick. Nicht mollig, sondern richtig dick«, erwiderte Margaret. »Als ich mit meiner Diät begann, da musste ich auf eine Menge Dinge verzichten, und jetzt habe ich wohl den Geschmack daran verloren. Ich habe Schokolade früher wirklich sehr gern gegessen. Aber jetzt nicht mehr …«

»Ich esse auch keine Schokolade«, erklärte Prabha Devi und gab Janaki die Schokolade zurück. »Mein Sohn ist siebzehn Jahre alt, aber wenn es um Schokolade geht, benimmt er sich immer noch wie ein Dreijähriger. Jedes Mal, wenn mein Mann beruflich ins Ausland reist, bringt er Schokolade für ihn mit. Meine Tochter isst sie nicht mehr, seit sie entdeckt hat, dass sie davon Pickel bekommt. Manchmal glaube ich, dass sie ihre ganze Zeit vor dem Spiegel verbringt, um ihr Gesicht nach einem Pickel oder einem anderen Makel abzusuchen. Jetzt verlangt sie von meinem Mann, dass er ihr Make-up aus einem Laden namens Body Shop mitbringt.«

»Was macht Ihr Mann?«, erkundigte sich Janaki.

»Wir haben ein Juweliergeschäft«, erwiderte Prabha Devi. »Ich sollte nicht ›wir‹ sagen. Er hat ein Juweliergeschäft. Ich bin Hausfrau.«

»Daran ist doch nichts Schlimmes. Ich bin auch Hausfrau«, sagte Janaki. »Was ist mit Ihnen?«, wandte sie sich an Margaret.

»Mein Mann ist Schulrektor. Ich unterrichte Chemie an derselben Schule«, sagte sie.

»Streitet man sich da nicht über alles?«, fragte Prabha Devi kichernd, und dann – als wäre ihr plötzlich bewusst geworden, was sie gesagt hatte – schlug sie die Hand vor den Mund und versuchte zu erklären: »Sie sehen sich ja nicht nur zu Hause, Sie haben auch denselben Arbeitsplatz.«

»Anfangs hatten wir einige Schwierigkeiten, aber inzwischen sind wir in der Lage, Spannungen abzubiegen, wenn sie auftreten, und das Schulleben von unserem Leben daheim zu trennen. Und wissen Sie was? Meine Tochter geht auch auf dieselbe Schule!«, sagte Margaret mit einem leisen Lachen.

»Was macht denn Ihr Mann beruflich?«, erkundigte sich die ältere Dame und sah Akhila an.

»Ich bin nicht verheiratet«, antwortete sie.

»Oh.« Janaki versank in Schweigen. Akhila konnte sehen, dass Janaki glaubte, sie sei gekränkt. Sie atmete einmal tief durch.

»Ich bin fünfundvierzig Jahre alt und habe immer bei meiner Familie gelebt«, sagte sie.

Prabha Devi wandte sich ihr zu. Aber es war Margaret, die als Erste sprach. »Haben Sie eine Stelle?«

Akhila nickte. »Ich arbeite für die Einkommenssteuerstelle.«

»Bitte nehmen Sie mir die Frage nicht übel, aber warum haben Sie nie geheiratet?«, fragte Prabha Devi und lehnte sich zu Akhila hinüber. »Haben Sie sich bewusst dagegen entschieden?«

Was soll ich ihr nur sagen?, fragte sich Akhila.

Plötzlich spielte es keine Rolle. Akhila wusste, dass sie diesen Frauen alles erzählen konnte: ihre Geheimnisse, ihre Wünsche, ihre Ängste. Und im Gegenzug konnte auch sie alles fragen, wonach ihr der Sinn stand. Sie würden einander nie wieder sehen.

»Ich habe es mir nicht ausgesucht, allein zu bleiben. Es ist einfach so geschehen«, sagte sie. Als sie die Neugier in ihren Augen sah, fuhr sie fort: »Mein Vater ist gestorben, und ich musste mich um die Familie kümmern. Als sie sich dann alle in ihren Leben eingerichtet hatten, da war ich schon viel zu alt, um zu heiraten.«

»Aber dafür sind Sie noch nicht zu alt«, sagte Janaki. »Sie können immer noch einen guten Mann finden. Die Zeitungen sind voll mit Heiratsanzeigen von Männern Mitte und Ende vierzig, die eine passende, reifere Frau suchen, mit der sie ihr Leben teilen können.«

»Wenn Sie mich fragen, dann sind solche Männer nur auf der Suche nach einer Haushälterin – jemand, der für sie kocht, wäscht und ihnen alles richtet. Wenn sie glücklich ist, warum sollte sie heiraten?«, sagte Margaret.

»Sind Sie glücklich?«, fragte Prabha Devi.

»Ist irgendjemand glücklich?«, erwiderte Akhila.

»Das kommt darauf an«, sagte Prabha Devi und schob sich eine Haarsträhne hinter das Ohr. »Das kommt darauf an, wie man Glücklichsein definiert.«

Akhila lehnte sich zu ihr hinüber und sagte: »Soweit es mich betrifft, ist die Ehe unwichtig. Gesellschaft, ja, das würde mir gefallen. Das Problem ist, dass ich gern allein leben würde, mir aber jeder erklärt, dass eine Frau gar nicht allein leben kann.«

»Warum sollte eine Frau das auch tun? Es gibt immer einen Mann, der bereit ist, mit ihr zu leben«, sagte Janaki, nahm ihre Brille ab und rieb sich den Nasenrücken. »Haben Sie denn niemals jemanden getroffen, den Sie gern geheiratet hätten?«

»Das habe ich«, antwortete Akhila, und für einen Moment huschte ein dunkler Schatten über ihr Gesicht. »Aber es hat nicht sollen sein.«

»Warum?«, erkundigte sich Prabha Devi. »Warum sagen Sie das?«

»Wir waren einfach nicht füreinander geschaffen. Außerdem beschäftigt mich die Frage einer Heirat dieser Tage kaum mehr. Ich versuche mich davon zu überzeugen, dass eine Frau allein leben kann.«

»Sie sollten Ihren Instinkten vertrauen«, sagte Margaret. »Sie müssen Ihre eigenen Antworten finden. Das kann Ihnen keiner abnehmen.«
Akhila schwieg für einen Moment und hob dann erneut an. »Meine Familie hat mir erklärt, dass ich, wenn ich mit anderen Leuten redete, erfahren würde, wie albern es von mir, einer allein stehenden Frau, sei, allein leben zu wollen. Aber ich hatte nichts anderes von meiner Familie erwartet. Also habe ich so getan, als würde ich mit einigen Leuten reden. Ich war mir sicher, dass ich allein leben wollte und niemanden brauchte, um mir das zu sagen. Aber eines Nachts, da bin ich aus dem Schlaf geschreckt. Mein Herz raste in meiner Brust, und ich war wie gelähmt vor Angst. Wie komme ich nur darauf?, fragte ich mich. Wie komme ich darauf, dass ich, die ich noch niemals auch nur eine Woche von meiner Familie getrennt war, die Zukunft allein bewältigen kann? Was weiß ich denn schon darüber, wie man einen Haushalt führt? Was passiert, wenn ich krank werde? An wen soll ich mich wenden? Was weiß ich schon vom Leben? Und als ich dann dieses Coupé betrat und Sie alle hier sah – ich weiß, dass Sie alle verheiratet sind –, da dachte ich, wenn ich mit Ihnen rede ... würde es mir vielleicht bei meiner Entscheidung helfen.«
Prabha Devi und Margaret sahen sich amüsiert an. Dann betrachtete Margaret ihre Fingernägel und sagte mit einem verschmitzten Lächeln: »Was wäre, wenn ich Ihnen raten würde, allein zu leben, aber sie« – sie deutet auf Prabha Devi – »Ihnen sagt, dass Sie das unmöglich tun können? Dass Sie bei Ihrer Familie bleiben sollten. Was tun Sie dann?«
»Machen Sie sich nicht über sie lustig«, sagte Janaki. Janaki, die gut und gern ihre Mutter und auch die der anderen hätte sein können. Wie leicht sie doch in vertraute Rollen schlüpften. Eine Mutter und drei Töchter. Zwei Schwestern, die sich gegen die dritte verbündeten.
»Es ist ihr ernst damit. Können Sie das denn nicht sehen?«

Akhila zuckte mit den Schultern. »Ich weiß nicht, ob Sie mir helfen können. Aber sagen Sie mir doch Ihre aufrichtige Meinung. Kann eine Frau allein zurechtkommen?«
»Sind Sie auf der Suche nach einem Rat?«, fragte Janaki.
»Nein, ich suche keinen Rat. Ich möchte lediglich wissen, ob Sie glauben, dass eine Frau es allein schaffen kann«, sagte Akhila mit leiser Stimme.
Janaki starrte ihr ins Gesicht, blickte ihr suchend in die Augen. Akhila saß da, ohne etwas zu sagen. Janaki seufzte. »Die beiden«, sagte sie und deutete auf die beiden anderen Frauen, »sind Ihnen vom Alter her näher. Sie sollten mit ihnen reden. Ihre Meinung wird Ihnen mehr bedeuten als meine. Ich bin nicht die richtige Person. Mein Mann und ich sind seit vierzig Jahren verheiratet. Das ist eine lange Zeit für ein Ehepaar. Wie sollte ich Ihnen sagen können, was es für eine Frau bedeutet, allein zu leben?«
Es wurde still im Coupé. Einen Moment lang hatte Akhila geglaubt, dass sie eine Verbindung zueinander aufgebaut hätten. Föten, die sich innerhalb der Wände eines Mutterleibes drängten, sich vom Leben der anderen ernährten, unterstützt von der Dunkelheit, die sie umgab, und der Tatsache, dass das, was sie innerhalb dieser Wände teilten, nicht über diese Nacht oder den begrenzten Raum hinausgehen würde.
»Ich weiß nicht genug über die Welt oder Sie, um Ihnen einen Rat geben zu können. Ich kann Ihnen nur von mir selbst, von meiner Ehe erzählen und was sie mir bedeutet«, begann Janaki mit einem Mal langsam, ganz so, als müsste sie jedes einzelne Wort behutsam wählen. »Ich bin eine Frau, die immer umsorgt worden ist. Zuerst waren da mein Vater und meine Brüder; dann gab es meinen Mann. Wenn mein Mann fort ist, wird mein Sohn da sein, um dort weiterzumachen, wo mein Mann aufgehört hat. Frauen wie ich sind meist zart und zerbrechlich. Unsere Männer behandeln uns wie Prinzessinnen. Und weil das so ist, blicken wir

auf Frauen herab, die stark sind und allein zurechtkommen. Verstehen Sie, was ich damit sagen will?
Vielleicht aufgrund meiner Erziehung, vielleicht aufgrund all dessen, was man mir beigebracht hat, habe ich immer geglaubt, dass es die Pflicht einer Frau sei, zu heiraten, eine gute Ehefrau und Mutter zu sein. Ich habe an das abgegriffene alte Klischee geglaubt, dass das Zuhause das Königreich der Frau ist. Ich habe sehr hart gearbeitet, um das meine zu erhalten. Und dann, eines Tages, spielte es plötzlich keine Rolle mehr. Ich verlor das Interesse an meinem Heim; keine der Überzeugungen, auf denen ich mein Leben errichtet hatte, besaß mit einem Mal noch irgendeine Bedeutung. Ich glaubte, dass ich, wenn ich dies alles verlieren sollte, damit zurechtkommen würde. Es mit Leichtigkeit schaffen würde, sollte ich jemals allein bleiben. Ich war mir sehr sicher, was das anging. Ich glaube, ich war es einfach leid, immer die Zarte, Zerbrechliche zu sein.«
Akhila blickte suchend in Janakis Gesicht. Was meinte sie mit »war«?
»Aber inzwischen haben Sie Ihre Meinung geändert. Warum?«, fragte Akhila.
Janaki tätschelte das Kissen, als wäre es die Hand ihres Mannes, und sagte: »Inzwischen weiß ich, dass es, selbst wenn ich zurechtkommen würde, nicht mehr dasselbe wäre, wenn er nicht bei mir ist.«

# 2

## *Ein gewisses Alter*

Federn. Weiche, zarte Daunen. Das Rascheln von Satin auf der Haut des Innenarms. Jede Nacht lag Janaki auf der Seite, drückte ihr Gesicht in die Ellenbeuge und dachte an all die hübschen und leichten Dinge des Lebens. Alles, um die Geräusche zu übertönen, die durch die Wände des Badezimmers drangen. Geräusche, die sie während der letzten vierzig Jahre fast jede Nacht gehört hatte.

Das Gluckern des Spülkastens, wenn er die Wasserspülung betätigte. Das Platschen auf dem Boden, wenn die Dusche das lauwarme Wasser aus ihren zweiundfünfzig Düsen hervorspritzen ließ. Er war so ein Mensch – Extreme jeglicher Art beunruhigten ihn. Sein unmelodisches Summen, während er sich energisch einseifte und der duftende weiße Schaum seinen Körper überzog. Imaginäres Fruchtwasser, bevor er sich wie ein Fötus zu einem Ball neben ihr zusammenrollte. Mehr Wasserplatschen. Das Klirren seiner Zähne in einer Porzellantasse. Er putzte sein Gebiss und die verbliebenen Zähne jeden Abend sorgfältig. Gurgelte. Spuckte. Und immer wieder das unmelodische Summen.

Höre ich diese Geräusche wirklich? Oder ist es lediglich mein Wissen um sie?, fragte sich Janaki. Haben wir wirklich vierzig Jahre lang zusammengelebt?

Janaki heiratete Prabhakar, als sie achtzehn war und er siebenundzwanzig. Es war eine arrangierte Heirat; die Horoskope harmonierten, die Familien mochten einander, und alle waren davon überzeugt, dass sie gut zusammenpassten. Janaki wusste nicht, was sie von einer Ehe zu erwarten hatte. Zwar war ihre ganze Erziehung darauf ausgerichtet gewesen – ihre Mutter und ihre Tanten hatten ihr die Kunst des Kochens beigebracht, wie man putzte, nähte und Pickles einlegte –, aber man hatte nie von ihr verlangt, dass sie wusste, was es wirklich hieß, verheiratet zu sein, und sie war auch nicht neugierig darauf gewesen. Es würde ihr schon irgendwie zufliegen, wie es bei ihrer Mutter auch geschehen war, dachte sie. In ihrer Hochzeitsnacht, als er ihre Lippen mit den seinen berührte, verspürte sie lediglich, dass sich etwas in ihrem Inneren verhärtete. Es war nicht bloß Schüchternheit. Vielleicht war es das Ungewohnte. Sie war niemals zuvor mit einem Mann allein in einem Raum mit verschlossenen Türen gewesen. Die Gesellschaft von Männern war immer mit einem Stirnrunzeln bedacht worden, und plötzlich, nun, da sie verheiratet war, hieß es, es sei völlig in Ordnung, mit ihm zusammen zu sein, sich von ihm berühren, ja sogar ausziehen zu lassen.

»Er ist dein Ehemann, und du musst hinnehmen, was immer er tut«, hatten Janakis Tanten ihr zugeflüstert, als sie sie zum Schlafzimmer führten, das mit Jasmin geschmückt war und nach Weihrauchstäbchen duftete.

Er legte sich neben sie und zog ihre Handflächen an seine Brust. »Berühre mich«, forderte er sie auf, und ihr einziger Gedanke war, wie rau doch die Haare auf seiner Brust waren. Er rieb sein Kinn an ihrem Hals, und wieder schlug ihr diese Welle des Widerwillens entgegen: Was tue ich hier? Worauf habe ich mich da eingelassen?

Er berührte. Er streichelte. Er liebkoste und schmuste, und dennoch verspürte Janaki nichts weiter, als dass sich etwas in ihrem Inneren verschloss.

Ihre Ehe wurde erst über zwei Monate später vollzogen. Er tat ihr keine Gewalt an. Es war nicht etwa so, dass er es aufgab, sie empfänglicher zu machen. Er redete ihr gut zu, versuchte sie zu überzeugen, flehte sogar. Er gab sich große Mühe, sie dazu zu bewegen, ihn in ihren Körper aufzunehmen. Aber jedes Mal zuckte sie beim kleinsten Schmerz zusammen, und er zog sich zurück und ließ sie in Ruhe. Langsam erwuchs in ihr der Wunsch, dass er aufhören möge, so sanft zu sein, und sie zwang sich dazu, die Augen vor ihrem Widerwillen zu verschließen. Denn sie hatte Angst. Angst, dass er sich anderweitig umschauen würde, wenn sie ihm nicht gab, was er wollte.

Und so besiegte Janaki schließlich ihre Abscheu, reagierte auf seine Zärtlichkeiten, empfing ihn in ihren Armen, öffnete ihre Beine, zermahlte den Schmerz, als er zwischen ihre Zähne gelangte, und schluckte ihn mit einem Schrei, der in ihrer Kehle aufwirbelte, hinunter. In jener Nacht presste er sie ganz eng an sich und flüsterte immer wieder in ihr Haar: »Du bist meine Frau. Du bist meine Frau.«

Und da dachte sie, dass nichts anderes zählte als das Wissen darum, dass sie seine Frau war und ihn zufrieden gestellt hatte.

In den Wochen nachdem sie ihm den Zugang zu ihrem Körper gewährt hatte, entdeckte sie langsam die Freuden, die in den Ritualen des Beisammenseins verborgen lagen: seine alten Hemden im Bett zu tragen, zu spüren, wie der Stoff über ihre Haut glitt. Eine Tasse Tee zu teilen, seinen Mund in dem ihren zu schmecken. Zusammen zu baden. Einander voll zu spritzen, während der Luffa-Schwamm zu einem lebenden Wesen wurde, wenn ihre Finger einander neckten und liebkosten. Das flauschige weiße Baumwollhandtuch schien zu sagen: »Sieh nur, wie sehr ich dich liebe«, als es sie beide sanft in einem Kokon aus Wärme umschloss und die Feuchtigkeit mit tausend Lippen aufsaugte.

Wann hörten sie auf, Hand in Hand ins Badezimmer zu gehen? Bevor das Baby kam oder danach?
Wenn man lange genug verheiratet ist, wird das Baden zu einer Prozedur, die lediglich der Reinigung dient. Das andere ist nach den Flitterwochen vorbei.
Janaki drehte sich auf den Rücken und zog die Bettdecke bis zum Kinn hoch.

Jeden Abend lag Janaki wach, bis sie das Quietschen und Stöhnen der Sprungfedern vernahm, sobald sie sein Gewicht aufnahmen. Erst wenn er sich zum Schlafen hingelegt und seinen Körper so platziert hatte, dass er nicht in ihren Raum eindrang, erlaubte sie sich einzuschlafen. Er wusste, dass sie es nicht mochte, wenn das Laken Falten schlug oder sich die Decke um ihre Beine schlang. Also hielt er Abstand mit einer eigenen Decke. Er wälzte sich hin und her. Sie tat es nicht. Am Morgen, wenn sie erwachten, war es so, als hätten sie in verschiedenen Zimmern, in verschiedenen Betten geschlafen.
An manchen Abenden unterhielten sie sich. Redeten einfach drauflos. Über ihren Sohn. Einen Nachbarn. Oder vielleicht einen Film, den sie früher am Abend gesehen hatten. Manchmal schwelgten sie in Erinnerungen. Erinnerungen, die doppelköpfig waren. Er entsann sich der Dinge anders als sie. Aber welche Rolle spielte das schon? Im Rückblick zählte doch nur, dass man auf Gemeinsames zurückschauen konnte.
In manchen Nächten suchte er sie, und ihre Körper verschmolzen miteinander. In manchen Nächten hieß sie ihn willkommen und in anderen ertrug sie geduldig die Wärme seiner Haut, Lippen, Hände und Schenkel, die ihr so sanft aufgedrängt wurde. Später, wenn sie erschöpft waren, wurden sie wieder zu eigenständigen Lebewesen und schliefen – jeder auf seiner Seite des Bettes – ein.
Nach vierzig Jahren gab es keine Überraschungen mehr,

keine Misstöne, kein Guckguckspiel hinter Türen hervor. Da war nur diese freundschaftliche Liebe. Die Art von Liebe, aus der die Werbung so gern Kapital schlägt.
Schließen Sie eine Versicherungspolice ab und verbringen Sie Ihren Ruhestand auf paradiesische Weise – Strandspaziergänge mit dem Hund, Sandburgen mit den Enkelkindern bauen, genüsslich Kokosnussmilch trinken. Keine Motorradtouren mit wehendem Haar. Keine Purzelbäume den Berghang hinunter. Man trank seinen Horlicks und erntete die Früchte seiner Versicherungspolice.
Warum nur ließen sie diese Jahre wie eine Wartezeit auf den Tod aussehen?, fragte sich Janaki. Sie schaltete jedes Mal um, wenn eine Werbesendung für Lebensversicherungen auf dem Bildschirm erschien.
Aber lebten sie nicht genau so? Geliehene Momente aus Fernsehwerbesendungen. Die Witze, das Lachen, die Wehmut, wenn sie sich zusammen Fotoalben ansahen. Freundschaftliche Liebe. Die Wölbung des Regenbogens, bevor er im Wolkendunst verschwindet.

Janaki tastete nach ihrer Brille auf dem Nachttisch. Wie viel Uhr war es? Als sie ihre Brille aufsetzte, sah sie, dass dort kein Wecker war. Der vertraute weiße Wecker, der zu Hause neben ihrem Bett stand, fehlte. Stattdessen hing eine Uhr in Rosenknospenform an der Wand. Sie würde das Licht einschalten müssen. Sie tastete am Rand des Nachttisches entlang. Hier war irgendwo ein Lichtschalter. Warum bloß schafften sie keinen Platz für einen Wecker, statt all diesen albernen Krimskrams dort abzustellen? Sie konnte sich allerdings nicht beschweren. Dies hier war schließlich das Zimmer ihrer Enkeltochter, und sie waren nur zu Besuch.
Sie hätte beinahe das Wasserglas umgestoßen.
Jeden Abend in den vergangenen zehn Jahren hatte er eine einzelne Trika-Tablette neben einem Glas Wasser für sie zurechtgelegt. Wenn er dies tat, kam ihr ihre Unfähigkeit,

auf natürliche Weise einzuschlafen, irgendwie nicht mehr so schlimm vor.

Der Arzt hatte ihr geholfen, ihre Beine aus den Haltern zu nehmen, die über dem Untersuchungstisch hingen, und hatte ihren aquagrünen Krankenhauskittel über ihren Oberschenkeln glatt gezogen. Er hatte gelächelt und ihr versichert: »Sie sind vollkommen gesund. Und was Ihre Schlafstörungen angeht …« Er hatte beiläufig mit den Schultern gezuckt. »Ab einem gewissen Alter wird es mit dem Schlafen etwas schwieriger.«

Ab einem gewissen Alter. Sie war eine Frau in einem gewissen Alter. Aber was war mit ihm? Er war ein unruhiger Schläfer, aber er hatte keine Schwierigkeiten einzuschlafen. Wie ein Baby. Ein prächtiges Baby. Ein hübscher Junge.

Als sie sieben Monate verheiratet waren, in jenen Tagen, als jeder Tag noch immer eine köstliche, neue, kleine Entdeckung mit sich brachte, die die Liebe wie eine völlig neue Theorie erscheinen ließ, der sie beide erst Bedeutung verliehen hatten, waren sie in die Gewohnheit verfallen, in Babysprache miteinander zu kommunizieren.

Guu guu, juju mani, sang sie leise. Lu lu, murmelte er, während er an ihrem Ohrläppchen knabberte. Unsinnige Töne, die nur sie zu deuten vermochten.

Dann entdeckte Janaki eines Tages, dass sie schwanger war. Sie verspürte ein Verlangen nach Tabak und rauchte die Zigarettenstummel, die er in den Aschenbechern zurückließ. Sobald er den Arm um sie legte, schob sie ihn mit unverhohlener Wut wieder weg. Sie hasste ihn, Gott allein wusste, warum, aber der Arzt erklärte ihr, dass es ganz natürlich sei, so zu empfinden. Schieben Sie die Schuld auf die Hormone, riet er ihr lachend.

Als das Baby zu treten begann, ließ ihr Hass ebenso nach wie ihre eigenartigen Gelüste. Sie redete in zunehmendem Maße in Babysprache mit ihm, zauste ihm liebevoll durchs Haar und begann an einer Patchwork-Decke für das Babybett zu nähen. Und wie alle zukünftigen Väter presste auch er sein Ohr an ihren Bauch, der hin und her wogte. Ein Wünschelrutengänger, der darauf wartet, dass ihn die inneren Kräfte lenken und näher heranziehen.

Als das Baby geboren war, brachten sie es mit Rasseln und Affen, die auf eine Trommel schlugen, wenn sie mit einem Schlüssel aufgezogen wurden, zum Lächeln. Sie zählten die winzigen Zehen, drückten es an ihr Herz und redeten Kauderwelsch.

Im Bett beschränkte sich ihre Unterhaltung auf: Ist die Windel nass? Hast du die Teddy-Lampe ausgemacht? Ich glaube, ich habe Weinen gehört. Du auch?

Von da an füllten sie nicht mehr diese kleinen Tests aus, in denen man erfuhr, wie gut man seinen Partner verstand oder ob die eigene Ehe noch romantisch war. Stattdessen kreuzten sie Kästchen an, um herauszufinden, ob sie gute Eltern waren und ihr Kind richtig aufwuchs.

Dieser Eingriff in ihre Privatsphäre machte ihnen nichts aus. Sie blickten das Kind an und sahen sich selbst in ihm. Der Junge war eine Erweiterung ihrer eigenen Abbilder. Wenn er mit einem Silberpokal nach Hause kam, dem Preis für ein Schul-Tennismatch, dann machten ihre Herzen einen Sprung. Ist es zu glauben, dass er aus uns entstanden ist?, bedeuteten sie einander in telepathischer Verzückung.

Nichts vermochte dieses Wunderkind aufzuhalten, das sie mit Cornflakes und Milch, Toast und Butter, weich gekochten Eiern und Vitamintabletten zum Frühstück ernährten. Durch ihn war ihr Leben so erfüllt. Zeugnisse, Pflaster, Sommerferien, Geburtstage … dieses Kind machte ihre Ehe vollkommen.

Auf Partys waren sie das perfekte Paar. Er wusste immer genau, wann sie aufbrechen wollte, und erhob sich dann aus seinem Sessel und stellte den Drink zur Seite, von dem er den ganzen Abend über getrunken hatte. Sie lächelte und murmelte höfliche Abschiedsworte, während er schwungvoll verschiedene Hände drückte und dabei die ganze Zeit über lachte. In dieser Ehe war er der Joviale mit Elan. Wenn sie über die Straßen der Stadt, wo sie auf umhertaumelnde Betrunkene und zu schnell fahrende Wagen Acht geben mussten, wieder zu Hause angelangt waren, war es niemals später als halb elf. Er parkte den Motorroller, während sie nach dem Hausschlüssel kramte. Gemeinsam betraten sie das Zimmer ihres Sohnes. Sie brachte dem Jungen ein Glas warme Milch, während er von der Tür aus zusah. Später dann, im Bett, fühlte sie, wie sich sein Arm um ihre Taille schlang. »Hattest du einen schönen Abend?«, flüsterte er. (Als der Junge noch ein Baby war und in einem Kinderbettchen in ihrem Schlafzimmer schlief, hatten sie leise geredet, um ihn nicht aufzuwecken. Das Baby war inzwischen beinahe vierzehn Jahre alt und schlief in seinem eigenen Zimmer, aber sie flüsterten immer noch im Bett.) Sie murmelte schläfrig: »Mmmm … schöner Abend.« Selbst in diesem halbkomatösen Zustand schickte sie ein stilles Gebet zu Gott. Dieser Mann ließ sie vergessen, was der Spiegel und das Tageslicht ihr auf so ärgerliche Weise deutlich machten. Die Falten an ihrem Hals, die schlaffer werdenden Brüste, ihr herabhängender, zerfurchter, narbiger Bauch, der sich, nachdem er ein anderes Lebewesen gefangen gehalten hatte, niemals mehr ganz erholt hatte. In jenen Tagen war sie noch keine Frau in einem gewissen Alter gewesen.

Wann war Janaki nur in dieses gewisse Alter gekommen? War es ihr zum ersten Mal aufgefallen, als es ihr nicht mehr gefiel, seinen Arm um ihre Taille zu spüren? Oder als sie einen gewissen Druck in den Schläfen verspürte, der schlimmer wurde, wenn er so laut lachte, wie er es immer tat? Oder als sie eines Abends ihren Sohn, ihren beinahe erwachsenen, ein Meter achtzig großen, breitschultrigen Sohn, Siddharth, zum Schuheinkauf mitnahmen und sie sah, wie Prabhakar versuchte, ihn zu den Schuhen zu lotsen, die seinen eigenen Vorlieben entsprachen? Weiche Lederschuhe mit vernünftigen Sohlen. Schuhe für Männer mittleren Alters. Janaki beobachtete, wie das Gesicht ihres Sohnes einen rebellischen Ausdruck annahm. Die Schuhe gefielen ihm nicht. »Nein, die nicht«, sagte er. »Und die auch nicht.«

Prabhakar reckte die Arme in die Höhe und machte keinen Hehl aus seiner Verärgerung. »Was suchst du denn? Das hier ist heute Abend schon der vierte Laden, und nichts gefällt dir. Was willst du denn eigentlich? Weißt du überhaupt, was du willst?«

Und sie spürte, wie sich diese eigenartige Wut langsam in ihrem Inneren entrollte. »Lass ihn doch selbst aussuchen, was er haben will. Ich verstehe gar nicht, warum wir überhaupt hier sind. Siddharth ist alt genug, sich selbst ein Paar Schuhe zu kaufen«, zischte sie.

»Ich habe nur versucht zu helfen«, sagte er.

»Das ist keine Hilfe. Du möchtest ihn kontrollieren. Du willst jeden kontrollieren. Alle sollen sich immer nach dir richten«, sagte sie, ohne sich darum zu scheren, ob sie jemand hörte.

»Janu«, sagte er. »Stimmt etwas nicht? Geht es dir gut?«

»Ach, lass mich in Ruhe«, fuhr Janaki ihn an, marschierte aus dem Laden hinaus und ließ Vater und Sohn einfach stehen.

Oder war es an jenem Tag, als Siddharth sechs andere Jungen aus seiner Klasse zum Mittagessen mitbrachte und Janaki mit einem Willkommenslächeln an der Tür stand und versuchte, ihre Panik im Zaum zu halten? Da war kaum genug zu essen, um es für vier zu strecken. Aufgeregt und voller Angst eilte Janaki in die Küche, um mehr zu kochen, und stellte fest, dass die Gasflasche leer war und sie vergessen hatte, die Firma anzurufen, um eine neue zu bestellen. Janaki stand vor dem Herd, der sich weigerte zu brennen, betrachtete den gewaschenen, eingeweichten Reis, das geschnittene

Gemüse und brach in Tränen aus. Was soll ich nur tun? Was werden Siddharths Freunde von mir denken?
Als Prabhakar zum Mittagessen nach Hause kam, fand er sie zusammengekauert und heulend in der Küche, während Siddharth und seine Freunde am Esstisch saßen, sich unterhielten und so taten, als wäre alles in Ordnung und als käme das Schluchzen, das sie sehr deutlich hören konnten, möglicherweise aus dem Fernseher im Wohnzimmer.
Das gewisse Alter. Vielleicht war es über sie hereingebrochen, als sie erkannte, dass die liebevolle Nachsicht in den Augen ihres erwachsenen Sohnes einer Verärgerung gewichen war, die an Verachtung grenzte. Oder vielleicht traf es sie, als sie aufhörte, im Kalender die Tage ihrer Periode einzutragen, und ihr Mann stattdessen jeden Monat ein Rezept über dreißig Tabletten Trika zum Krankenhausapotheker trug.
Dreißig Tage haben September, April, Juni und November …
»Was ist mit dem Rest des Jahres?«, hatte Janaki geschimpft.
Aber er wusste wie immer eine Lösung. Er war ein guter Ernährer. Er vergaß in den jeweiligen Monaten niemals, den Doktor an diesen Extratag zu erinnern.
Was war mit ihm? Was war in all den Jahren mit ihm geschehen?

Männer verändern sich nicht so stark. Zumindest glauben Frauen das. Die Haare fallen ihnen aus, ihre Augen werden schwächer, aber sie beharren dennoch darauf, die Türen zu überprüfen, nachdem ihre Frauen sie abgeschlossen haben.
Er war nicht anders. Das Pochen seines Herzens zwang ihn dazu, die Dinge langsamer anzugehen, manchmal hämmerte es in seinen Ohren, aber er vergaß niemals seine Rolle als Ehemann, Vater und Ernährer.
Sie glaubte nicht, dass er sie wegen ihrer Stimmungsschwan-

kungen weniger liebte. Er verstand es einfach – verständnisvolle Menschen leiden immer.

Das heißt allerdings nicht, dass er gelitten hätte. Sie hatte sich immer sehr bemüht, eine gute Ehefrau und Mutter zu sein. Erst in letzter Zeit, seit sie in diesem gewissen Alter war, wurde sie zunehmend empfindlicher.

»Sag mir doch, ob du auch nur ein anderes Paar wie uns kennst? Unser Sohn lebt in guten, geregelten Verhältnissen. Wir sind abgesichert und gesund. Wir leben in unserem eigenen Haus. Was will man nach vierzig gemeinsamen Jahren denn noch mehr verlangen?«

Ja, sie hatten wirklich alles, nicht wahr? Sie hatten sogar gelegentlich Sex (wie sie das Wort verabscheute).

»Als meine Eltern in unserem Alter waren, hörten sie auf zu leben. Ich meine damit nicht, dass sie gestorben wären. Sie haben geatmet, gegessen, geschlafen. Das war alles, was sie mit ihrem Leben angefangen haben«, erklärte sie diesem Feind in ihrem Kopf, der ihre Ehe in Frage stellte.

Es gab sehr wohl etwas, das sie teilten. Eine unsichtbare Verbindung, die zwischen den meisten Paaren existiert, die schon lange verheiratet sind. Sie wusste nicht, wie sie es beschreiben sollte. War es Gemeinschaft? Freundschaft? Oder bloße Teilhaberschaft, die zwischen zwei Menschen entsteht, die ein Bett, ein Kind, ein Leben teilen? Was auch immer es sein mochte, bei ihrem Sohn und seiner Frau konnte sie es nicht entdecken.

Janaki tat das Mädchen Leid, und sie wünschte, sie könnte das Kinn ihres Sohnes mit ihrer Hand umfassen, wie sie es immer getan hatte, als er noch ein kleiner, aufsässiger Junge gewesen war, um ihn mit strenger Stimme zu ermahnen: Du wirst sie mit deiner Gefühllosigkeit, mit deinem kalten, mürrischen Gesichtsausdruck noch vertreiben. Verhält sich dein Vater etwa mir gegenüber so? Also, wer hat dir beigebracht, dich so zu benehmen?

Dann kam Janaki der Gedanke, dass er vielleicht nach ihr kam. Dass dieser egoistische Zug ihr Beitrag zu seiner Erbmasse gewesen war. Dass sie allein die Schuld trug und niemand sonst.

Wenn sie Gäste hatten, wenn die Familie zu Besuch war, wenn das Haus von Geräuschen und Lachen widerhallte und sie in der Küche war, um das Essen anzurichten, schlich Prabhakar immer um sie herum, wollte ihr helfen, sie nicht allein lassen. Und selbst wenn es nichts für ihn zu tun gab, stand er an die Arbeitsplatte gelehnt da, brachte das Eis in seinem Rum mit Sodawasser zum Klirren und wartete.

»Geh nur, ich komme auch gleich«, sagte Janaki dann für gewöhnlich, doch er rührte sich nicht.

Manchmal, wenn sie ein Ehepaar zu Besuch hatten, das sie mochten, oder eine Cousine, die Janaki als Kind angebetet hatte, dann flüsterte er ihr ins Ohr: »Glücklich?«

Und sie lächelte. In solchen Momenten war sie wirklich glücklich.

Janaki legte das Trika auf ihre Zunge und schluckte es schnell mit etwas Wasser herunter. Dann streckte sie den Arm aus und schaltete die Lampe aus.

Sie hatte keine Ahnung, warum sie sich in diesem Zimmer so unwohl fühlte. Die Fremdheit machte ihr zu schaffen. Sie waren erst am Morgen aus Hyderabad, wo sie Freunde besucht hatten, in Bangalore angekommen und wollten eine Woche bei Siddharth bleiben. Eine Woche in diesem Zimmer kam ihr wie eine Ewigkeit vor.

Dieses Bett mit seiner gerüschten Tagesdecke, den Betttüchern mit hundertblättrigen Rosen und den Kopfkissen in gedämpftem Rosa schien aus einer Zeitschriftenwerbung zu stammen. Selbst die Steppdecke war mit rosafarbenem Satinband abgepaspelt. Die Nachttischlampe war eine rosenrote Wolke auf einem Terracotta-Fuß. Dieses Zimmer, es überwältigte sie.

Jaya, ihre Schwiegertochter, hatte mit ihrer fröhlichen, fließenden Mädchenstimme auf sie eingeplappert: »Wir nennen es das Rosa Zimmer. Es ist Suchis Zimmer, deshalb haben wir es auch ganz in Rosa gehalten. Aber ich habe all ihre Spielsachen herausgeräumt, damit es nicht wie ein Kinderzimmer aussieht. Ich hoffe, ihr werdet es dort bequem haben.«

Manchmal ging ihr die Schwiegertochter auf die Nerven. Doch sie verbarg die kleinste aufkeimende Feindseligkeit hinter der beherrschten Fassade, die zu erlangen sie so hart gearbeitet hatte. Wenn man in ein gewisses Alter kam, spielte nichts mehr wirklich eine Rolle. Man klammert sich nur noch an die eigene Gelassenheit und überlässt das Träumen und Stürmen denen, durch deren Adern noch dampfendes Blut fließt. Emotionen sind etwas für die Jüngeren; die Älteren haben keine Verwendung für sie. Außerdem schickte es sich nicht. Zu diesem Schluss war sie bereits vor langer Zeit gelangt.

Janaki dachte an ihre Mutter. An deren Verzweiflung, weil ihre Kinder sie als selbstverständlich hinnahmen. Ihre Unfähigkeit, die Senilität zu akzeptieren, so dass ihnen allen nichts anderes übrig blieb, als sie gewähren zu lassen. Janaki hatte geschworen, niemals wie ihre Mutter zu werden, mit tränenverschmierten Augen, einer Stimme, die vor Kummer versagte. Wenn man in ein gewisses Alter kam, zählte nur noch die eigene Gelassenheit.

Nach ihrer Hochzeit und der anschließenden Hochzeitsreise kamen Siddharth und Jaya sie besuchen. Janaki spürte, wie Jayas Augen Prabhakar und ihr den ganzen Tag über folgten, während sie ihr Ballett der Hausarbeiten erledigten. Eine aufeinander abgestimmte Inszenierung, die in jahrelanger Übung zur Perfektion gereift war. Er schnippelte. Sie kochte. Er spülte das Geschirr. Sie trocknete ab und räumte ein. Sie hing die Wäsche zum Trocknen nach draußen. Er nahm sie ab und brachte sie herein. Sie schlug die Betten auf. Er schaltete das Licht aus.

Ein paar Tage später, als Janaki gerade *dosas* in der Küche zubereitete und Prabhakar am Esstisch saß und Gemüse für die *sambar* klein schnitt, nahm Jaya einen Schluck von ihrem Tee und sagte: »Mummy, du hast ein solches Glück, einen Mann wie den Onkel als Mann zu haben. Er hilft dir auf jede nur erdenkliche Weise, nicht wahr?«

Janaki beobachtete, wie ihr Mann zu strahlen begann, und dachte bei sich, dass sie Recht hatte. Sie konnte nicht eine einzige Sache im Haus ohne seine Hilfe tun.

»Seit Papas Tod muss Mama alles allein machen. Aber sie sagt, das habe sie zu einer stärkeren Frau gemacht.« Der Stolz in Jayas Stimme legte sich um Janakis Kehle. Aus irgendeinem Grund gab er ihr das Gefühl der Unzulänglichkeit. Willst du damit sagen, dass ich ein schwaches, hilfloses Geschöpf bin?, hätte sie am liebsten gefragt.

Prabhakar blickte vom Schneidebrett auf. Er verharrte mitten in der Bewegung beim Durchschneiden einer Zwiebel und sagte: »Nur weil sie mich braucht, um ein Glas zu öffnen oder die Zwiebeln zu schneiden, musst du nicht glauben, dass Mummy eine schwache Frau ist.

Kurz nach unserer Hochzeit, als ich in einer kleinen Stadt in der Nähe von Hyderabad stationiert war, setzten bei unserer Nachbarin, Mrs. Bhatt, die im achten Monat schwanger war, die Wehen ein. Es gab niemanden, den Mummy hätte um Hilfe bitten können. Damals gab es keine Telefone, keine Rikschas oder Taxis an jeder Straßenecke. Und das nächste Krankenhaus lag fünf Kilometer entfernt. Weißt du, was sie getan hat? Mummy ist zur Hauptstraße gelaufen und hat einen Lastwagen angehalten. Der Fahrer und Mummy brachten Mrs. Bhatt ins Krankenhaus. Wenn Mummy das nicht getan hätte, wäre Mrs. Bhatt gestorben.

Sie mag dir ja zerbrechlich und verwöhnt erscheinen, aber sie ist eine starke Frau. Mummy ist zu vielem fähig, wenn sie nur will.«
Diese Geschichte erzählte er jedem. Und er erzählte sie mit einem solchen Stolz, dass Janaki die Zähne zusammenbiss. Er erzählte sie, als handelte es sich dabei um die einzige lohnende Tat ihres Lebens. Sie hätte am liebsten den Spatel hingeworfen, die Schüssel mit dem *dosa*-Teig umgekippt und auf dieses Gesicht eingeschlagen, bis der Stolz in seinen Augen zerbröckelt und in alle Winde verstreut sein würde. Sie hätte am liebsten geschrien: »Nenn mich nicht Mummy. Ich bin nicht deine Mummy. Ich bin deine Frau. Du hast mich einmal Janu gerufen, erinnerst du dich noch? Liebling. Schatz. Liebste. Und wenn es dir schwer fällt, das zu sagen, dann nenn mich doch Frau, aber nicht Mummy!«
Janaki fühlte die Augen ihrer Schwiegertochter auf sich ruhen und wandte ihr Gesicht ab. Sie wollte nicht, dass sie die Wut in ihren Augen sah. Janaki wollte, dass Jaya sie für eine beherrschte und zufriedene Frau hielt.

Janaki schaltete die Nachttischlampe ein. Er war schon seit mehr als einer Viertelstunde im Bad. Wo blieb er nur? Sie vernahm keines der vertrauten, beruhigenden Geräusche. War er ausgerutscht und hingefallen? Hatte er eine eigenartige Schwäche verspürt und war auf dem Boden zusammengesackt? Sie wollte noch ein paar Minuten warten, bevor sie aufstand und nach ihm sah. Sie hatte ihn nie bemuttert. Er würde es seltsam finden, wenn sie nun damit anfing.
Was hatte ihre Mutter empfunden, als ihr Vater starb? Wie würde es sein, wenn er nicht mehr war?
Janaki weigerte sich, darüber nachzudenken. Siddharth brachte es ab und zu während einer Unterhaltung zur Sprache.
»Mummy, wie willst du in diesem riesigen Haus ganz allein wohnen, wenn Daddy einmal nicht mehr da ist?«

»Du wirst eines Tages dein Zuhause ohnehin bei uns haben.«
»Ein Freund von mir ist Immobilienmakler. Wenn die Zeit gekommen ist, werde ich ihm Bescheid geben.«
Janaki wechselte jedes Mal das Thema, wenn Siddharth darauf zu sprechen kam. Doch in diesem Zimmer gab es kein Ausweichen. Wie würde es sein, wenn sich jede Nacht bis an den Horizont erstreckte?
Du könntest doch diejenige sein, die zuerst stirbt, sagte eine kleine Stimme. Aber das werde ich nicht, ich weiß es. Janaki spürte, wie eine Träne in ihr Haar hinunterglitt. Ihr würde das Los des Leidens zufallen. Seelen wie die seine genossen das Leben. Sie rauschten nicht nur einmal, sondern Millionen von Male durch Geburt und Tod.
Wie würde es wohl sein, allein in einem Bett zu schlafen und allein in einem Zimmer aufzuwachen? Am frühen Morgen, nachts. Allein, allein. Bitte, Gott, betete Janaki, lass mich einschlafen, damit ich nicht nachdenken muss.

Als es an der Zeit war, Jaya für den Kaiserschnitt ins Krankenhaus zu bringen, rief Siddharth seine Eltern an. »Bitte, Ma, könntet ihr nicht kommen? Jayas Mutter ist hier, und sie findet sich wunderbar zurecht mit allem, aber wenn ihr da wärt, würde ich mich sehr viel sicherer fühlen.«
»Möchtest du hinfahren?«, erkundigte sich Prabhakar bei Janaki.
»Wir können wohl nicht anders«, erwiderte Janaki, während sie *saris* aus dem Schrank zu ziehen begann und sie in kleinen Stapeln aufs Bett legte, damit Prabhakar sie in den Koffer legen konnte. »Er ist unser Sohn. Wir müssen für ihn da sein, wenn er uns braucht.«
Am dritten Tag begannen die Streitigkeiten. Prabhakar hatte gewusst, dass es so kommen würde. Seit Siddharths Heirat machte ihn beinahe alles, was seine Mutter sagte oder tat, wütend. Es war ganz so, als hätte er begonnen, seine Mutter mit einem neuen Maßstab zu messen, und als wäre es ihr un-

möglich, seinen Erwartungen zu entsprechen. Janu war genauso, dachte Prabhakar. Sie klagte, dass sich ihr Sohn verändert habe und sie diesen Mann, dessen Stimme von unterdrückter Abneigung erfüllt war, wenn sie an sie gerichtet wurde, nicht mehr kannte. Eine unterdrückte Abneigung wogegen? Was habe ich denn falsch gemacht?, fragte sie Prabhakar immer und immer wieder.

Es gab keine wirklichen Gründe für die beiden, auf so hinterhältige Weise übereinander herzufallen, doch sie taten es ständig. Sie warfen einander versteckte Beleidigungen wie Bälle zu, während Prabhakar zwischen ihnen stand, unwillig, Partei zu ergreifen.

Dann, eines Tages, als Prabhakar auf dem Bett im Gästezimmer lag, hörte er Siddharth zu seiner Mutter sagen: »Du bist verwöhnt. Jeder, den du kennst, hat dich verwöhnt. Erst deine Familie und dann Dad. Du bist eine solche Prinzessin. Alles muss nach deiner Nase gehen, egal, wie egoistisch es auch sein mag. Und wenn jemand nicht mitspielt, dann fängst du an zu schmollen, bis er tut, was du willst. Wenn ich dagegen Jayas Mutter sehe, wie großzügig sie ist, wie sie sich für ihre Kinder aufopfert. Du machst das nicht. Wann hast du jemals an einen anderen Menschen als an dich gedacht?«

Prabhakar war ins Esszimmer gestürmt, wo die beiden saßen, und hatte mit eiskalter Stimme gesagt: »Janaki, pack deine Sachen zusammen. Wir reisen auf der Stelle ab. Einen solchen Unsinn musst du dir nicht länger anhören. Wie kann er es wagen, in einem solchen Ton mit dir zu reden!«

»Dad, jetzt dramatisiere doch nicht so. Immer ergreifst du für sie Partei, egal, wer im Unrecht ist. Und es gibt noch etwas, das ich dir sagen möchte. Du bist der Grund, warum Mom so ist, wie sie ist.« Siddharth breitete die Arme in einer Geste der Hilflosigkeit aus.

»Du hältst den Mund«, sagte Prabhakar und schüttelte wütend einen Finger in Richtung seines Sohnes. »Ich will nichts mehr mit dir zu tun haben, bis du dich bei deiner

Mutter entschuldigt hast. Wenn ich nicht für sie Partei ergreife, wer dann? Ich bin ihr Mann, verdammt noch mal, und ich werde verflucht noch mal für sie Partei ergreifen.«
Janaki begann zu weinen. Siddharth hatte sich reuig auf die Knie herabgelassen und flehte seine Mutter an, mit dem Weinen aufzuhören, während Prabhakar zuschaute. Die Wut ließ sein Gesicht blass und abgehärmt aussehen.
Später am Abend hatte er gesagt: »Wir werden in zwei Tagen abreisen. Es hat ja keinen Sinn, hier zu bleiben, wenn die ganze Zeit so dicke Luft herrscht. Aber es gibt etwas, das mir viel mehr Sorgen macht: Wenn er so mit dir umspringt, solange ich noch am Leben bin, wie wird er dich dann behandeln, wenn ich einmal nicht mehr da bin, um mich um dich zu kümmern?«
Aber Janaki hatte ihre Hand auf seinen Arm gelegt und versucht, die Wogen zu glätten, so gut es eben ging, denn das war es, was Mütter tun sollten. »Jetzt reg dich nicht so auf. Er ist kein schlechter Sohn. Ich weiß, dass er sich Sorgen macht, ob das Baby gesund auf die Welt kommt. Ich weiß, dass in der Firma großer Druck auf ihm lastet. Es ist der Stress, der ihn so gemein macht. Er ist kein schlechter Sohn. Das weiß ich.«

Ein Lichtstrahl fiel von der Badezimmertür in den Raum. Janaki sah ihn im Türrahmen stehen und spürte, wie ein ungeheures Gefühl der Erleichterung sie überkam. »Wo bleibst du denn? Ich wollte schon aufstehen und nach dir sehen«, sagte sie und setzte sich im Bett auf. »Ich hatte Angst, dass … dass dir etwas zugestoßen sein könnte.«
»Sei nicht albern«, sagte er, als er zu seiner Bettseite tapste. »Soll ich sie um eine zweite Decke bitten? Hier ist nur eine Bettdecke für uns beide.«
Sie fühlte, wie ihr Herz zu pochen begann. »Nein, nein. Lass nur«, sagte sie leise.
»Bist du dir sicher?«

»Ja, ich bin mir sicher. Komm ins Bett. Mir wird schon ganz kalt, wenn ich dich da bloß so stehen sehe.«
Janaki spürte, wie sie im Dunkeln rot wurde. Sie verstand dieses Aufflammen der Gefühle nicht. Frauen in ihrem Alter sollten nicht so empfinden. Sie wandte sich ihm zu und beobachtete, wie er die übliche Distanz zwischen ihnen schuf.
»Können wir nicht schon morgen nach Hause fahren?«, erkundigte sie sich.
»Wie bitte?«, fragte er.
»Können wir nicht schon morgen nach Hause fahren? Ich bin diese Herumreiserei der letzten Wochen satt. Ich möchte gern nach Hause fahren.«
»Sie haben uns die Plätze im Zug für den Vierundzwanzigsten reservieren lassen. Siddharth hat gesagt, dass sogar das schon sehr schwierig gewesen sei und er seine Kontakte habe spielen lassen müssen. Vorher gibt es keine Plätze in der ersten Klasse mehr.«
»Es macht mir nichts aus, zweiter Klasse zu reisen«, sagte sie.
»Bist du dir sicher? Es ist nicht besonders sauber dort, und die Schlafwagenabteile haben keine sehr breiten oder weichen Liegen. Du wirst bestimmt müde sein, wenn wir zu Hause ankommen.« Er lag auf dem Rücken und räusperte sich.
»Das macht nichts.«
»Siddharth wird das nicht gefallen. Er wird gewiss ein großes Theater machen.«
»Lass ihn doch. Ich möchte nur nach Hause.«
Und dann flüsterte sie, ganz langsam, weil sie diese Worte noch niemals zuvor gesagt hatte: »Ich bin es leid, dich mit allen anderen zu teilen. Ich möchte dich für mich haben.«
Sie rückte näher und schmiegte ihren Körper der Länge nach an den seinen. Sie spürte, wie er den Atem anhielt und dann allmählich voller Staunen ausatmete.

Sie passte ihre Atmung der seinen an, atmete diese Mischung aus Feuchtigkeit, Zahnpasta und Seife ein, die seinen Duft ausmachte. Er schloss sie in die Arme, und sie lag dort, mit ihrem Kopf an seine Schulter gekuschelt.

Freundschaftliche Liebe. Unter einer Decke war alles möglich, dachte sie, als sich ihre Augen schlossen und seine Wärme in sie hineinglitt.

# 3

PANIK FACHT DIE FLAMMEN DER ANGST AN. Panik betäubt. Panik macht stumm. Panik zerrt an hochfliegenden Träumen und schleudert sie zu Boden. Panik zerstört.

Akhila spürte, wie die Panik sich auf ihrem Gesicht breit machte. Sie war entkommen. Aber wovor war sie entkommen, und was erwartete sie?

*Quo vadis.* Akhila erinnerte sich an den Namen der Riemensandalen, die ihr Vater kurz vor seinem Tod gekauft hatte.

»*Quo vadis*«, las Appa laut von der Seite der Schachtel ab. »Weißt du, was das bedeutet? Es ist Lateinisch für ›Wohin gehst du?‹. Mir imponiert die Überheblichkeit eines Sandalenpaars, das sich diese Frage zu stellen wagt. Etwas, das ich mich selbst schon lange Zeit nicht mehr gefragt habe.« Er rechtfertigte die Kosten seines teuren Schuhwerks und dass er sich dazu verleiten ließ, einen Markenschuh aus einem Ausstellungsraum zu kaufen, anstatt sich ein Paar in seinem üblichen Schuhladen auszusuchen.

*Quo vadis?*, fragte sich Akhila. Dann in Sanskrit: *Kim gacchami?* Dann in Tamil: *Nee yenga selgirai?*

Akhila beherrschte keine weiteren Sprachen, aber die Frage dribbelte in bekannten und unbekannten Zungen an den Grenzen ihres Verstandes. Getreten von einer Kreatur namens Panik in einem gelb-rot gestreiften Trikot und Stollenstiefeln.

Akhila sah sich als eine Schlange, die jahrelang zusammengerollt und schlummernd dagelegen hatte. Sie sah das Leben als einen Lotus mit tausend Blütenblättern, den sie erst finden musste, bevor sie Erfüllung erfahren durfte. Panik überkam sie. Wie und wo sollte sie anfangen zu suchen? Sie ließ ihre Stirn gegen die abblätternden rötlich braunen Fensterstäbe sinken. Für den Rest ihres Lebens würde der Geruch von Orangenschalen und Rost für sie den Geruch von Panik verkörpern.

Der Zug stampfte und keuchte durch die Nacht. Die Fensterstäbe fühlten sich kalt an auf Akhilas Haut. Janakis leise Stimme hallte in ihrem Kopf nach. Mit einem Mal kam es Akhila in den Sinn, dass sie es vollkommen falsch anstellte. Sie betrachtete das Leben einer anderen Frau, als handelte es sich um ein Selbsthilfebuch, in dem klare Antworten zu finden waren, die ihr zeigten, was sie am besten als Nächstes tun sollte. Sie ließ zu, dass dieser Gedanke ihre Zunge löste. Das hatte sie schon lange Zeit nicht mehr getan. Einfach so ihren Gefühlen, ihren Gedanken freien Lauf zu lassen, ohne sich dabei Sorgen machen zu müssen, dass man sie eines Tages gegen sie verwendete.

»Sie haben Recht«, sagte Akhila langsam, an Margaret gewandt, und spürte mit großem Genuss, wie sich die Worte in ihrem Mund formten. »Andere Menschen können mir meine Entscheidungen nicht abnehmen. Sollte ich eine Entscheidung aufgrund dessen treffen, was Janaki über ihr Leben erzählt hat, müsste ich wohl weiter bei meiner Familie leben. Auch wenn ich sie vielleicht nicht liebe, so ist sie doch zumindest da.«

»Sie haben doch bisher nur Janakis Geschichte gehört. Wie können Sie da so leicht aufgeben?«, fragte Prabha Devi. Die Enttäuschung in ihrer Stimme war offensichtlich.

»Ich habe ja nicht gesagt, dass ich aufgebe«, erwiderte Akhila.

»Und was wollen Sie tun?«

»Ich weiß es nicht. Noch nicht … Als ich in Madras gearbeitet habe, hatte ich eine Freundin. Eine junge Angloinderin. Sie hieß Katherine Webber. Ich war jede Woche einmal bei Katherine zu Besuch, und ihre Mutter unterhielt sich mit mir. Einmal, da sagte sie, dass man selbst in Steinen Predigten finden könne. Ich weiß gar nicht mehr, in welchem Zusammenhang sie es erwähnte, und ich habe auch nicht verstanden, was sie damit meinte, aber jetzt tue ich es. Ihre Leben unterscheiden sich von dem meinen. Und es ist albern von mir, zu glauben, dass es mich in meiner Entscheidung leiten könnte, wenn Sie mir von sich erzählen, von Ihrem Leben. Und dennoch …« Akhila zuckte mit den Schultern, unfähig, fortzufahren, die Gedanken mit einem Mal vollkommen wirr.

Janaki, die ihre Haare kämmte, verharrte mitten in der Bewegung und lächelte.

»Warum lächeln Sie?«, erkundigte sich Akhila.

»Ich beobachte bereits eine Veränderung an Ihnen. Zum ersten Mal an diesem Abend sehe ich Leben in Ihren Augen. Ich kann die Aufregung in Ihrem Inneren beinahe spüren. Anfangs, als ich Sie auf dem Bahnsteig stehen sah, dachte ich bei mir, was für eine streng aussehende Frau, mit Händen, die zupacken können, und einer unerbittlichen Miene. Ich dachte, Sie seien Schulleiterin oder Oberkrankenschwester.«

»Ich wusste gar nicht, dass Schulleiterinnen ein bestimmtes Aussehen haben«, sagte Margaret, ohne sich die Mühe zu machen, ihren Verdruss zu verbergen.

»Oh doch, das haben Sie«, mischte sich Prabha Devi ein. »Sie tun oft so, als ob die ganze Welt aus einem Haufen ungebärdiger Kinder bestehen würde, die man in ihre Schranken verweisen muss. Aber so sehen Sie nicht aus … Sie wirken eher wie eine Frau, die in einem multinationalen Konzern arbeitet, finde ich, die erfolgreich ist, selbstbewusst …«

»Schon gut, schon gut, ich verstehe, was Sie meinen«, sagte Margaret lächelnd. Ein strahlendes Lächeln war es, das ihre Augen zum Leuchten brachte und alle überraschte.
»Ich bin nicht so, wie alle meinen«, sagte Akhila mit schleppender Stimme.
»Das weiß ich ja inzwischen. Aber Sie verstecken sich hinter einem solchen Panzer der Selbstkontrolle, dass die meisten Menschen große Furcht vor Ihnen haben müssen«, sagte Janaki.
Als Akhila stumm blieb, fügte sie leise hinzu: »Es war nicht meine Absicht, Ihre Gefühle zu verletzen.«
»Das haben Sie auch nicht. Ganz und gar nicht«, erwiderte Akhila. »Ich habe über Ihre Worte nachgedacht. Ich war nicht immer so; so steif und beherrscht. Ich musste mir diesen Panzer zulegen. Um mich zu schützen. Um Kränkungen und Schmerz abzuschmettern. Hätte ich es nicht getan, wäre ich wohl verrückt geworden.«
Janaki streckte die Hand aus und berührte sie am Arm. »Es tut mir Leid, wenn ich die Erinnerung an etwas Schmerzhaftes geweckt habe, das in Ihrer Vergangenheit liegt. Vergessen Sie es. Vergessen Sie diese Unterhaltung einfach.«
Sie flocht flink ihr Haar und wandte sich dann den anderen zu: »Sollten wir nicht langsam einmal darüber nachdenken, uns für die Nacht einzurichten?«
Eine nach der anderen öffneten sie ihre Taschen und zogen Laken und Kissen hervor. Janaki hatte die untere Liege. Sie erhob sich, damit Margaret und Prabha Devi die mittlere Liege hochklappen und an der obersten befestigen konnten.
»Welche möchten Sie? Die mittlere oder die obere?«, erkundigte sich Prabha Devi bei Margaret.
Diese zuckte mit den Schultern. »Das ist mir egal.«
»In dem Fall nehme ich die obere.«
Janaki goss sich ein Glas Wasser aus einer Flasche ein, drehte den Deckel eines kleinen Fläschchens auf und schüttelte eine Tablette heraus. Als sie Akhilas Blick begegnete, husch-

te ein ironisches Lächeln über ihre Lippen. Keine Geheimnisse mehr, schien es zu sagen. Und plötzlich löste sich die Verlegenheit, die sich zwischen sie geschlichen hatte, in Luft auf.

Prabha Devi stand an der Tür des Coupés. »Soll ich den Riegel vorschieben?«, fragte sie.

»Nein, seien Sie unbesorgt. Ich werde die Tür verriegeln, wenn die letzte Reisende zugestiegen ist. Ich bin noch nicht müde«, sagte Akhila.

»Gute Nacht«, schwebte es von Liege zu Liege, von Frau zu Frau.

»Träumen Sie etwas Schönes«, kicherte Prabha Devi.

»Ich träume nie«, sagte Janaki wehmütig.

»Ich schon. Glaube ich zumindest. Aber ich erinnere mich nie an meine Träume«, erklärte Margaret.

Für Akhila trieben ihre Stimmen irgendwo in weiter Ferne dahin. Sie starrte wieder aus dem Fenster.

Sie schloss die Augen und versuchte sich durch den Rhythmus des Zuges in den Schlaf wiegen zu lassen. Und in die Vergangenheit …

Appa war ein zurückhaltender Mann mit gebeugten Schultern und einem ergrauenden Haarschopf. Ein Angestellter bei der Einkommenssteuerstelle, der den Verlauf der Zeit anhand der Zahl der braunen Akten maß, die am Montag sein Eingangskörbchen bevölkerten und bis zum Samstag in sein Ausgangskörbchen gewandert waren. Von morgens bis abends schleppte er sich durch den Arbeitstag, ohne viel von ihm oder sonst jemandem zu erwarten, außer, dass sie ihn einmal in der Woche in Ruhe ließen.

Für Appa waren die Sonntage eine sich wöchentlich wiederholende Generalprobe für den Tag, wenn er in Pension gehen und wieder zu seinen eigenen Bedingungen würde leben können. Er hätte Gelehrter werden sollen; jemand, dessen Arbeit darin bestand, über alten Schriften zu sitzen, den Staub von Stapeln von Palmenblättern zu pusten, auf denen ein scharfes Schreibinstrument die Lehrsätze des Lebens und der Religion eingeprägt hatte; vor sich hin zu murmeln, sich Dinge zu vergegenwärtigen, logische Folgen auszuarbeiten, die es ihm erlaubten, über die inneren Wege seines Verstandes zu wandern, während sich das Leben schweigend um ihn hüllte.

Stattdessen hatte man ihn in ein Büro gesteckt, wo ihm ständig jemand etwas zu sagen hatte: eine Spöttelei, eine höhnische Bemerkung, eine Beleidigung, irgendeine ausgesuchte Belanglosigkeit, die auf eine verwickelte Weise eine Spiegelung seiner selbst darstellte. Er war die Zielscheibe so manchen Scherzes, und man lachte über ihn. Man lachte über die Art, wie er ging, über die Kleidung, die er trug, das Essen, das er zu sich nahm … sogar darüber, wie er unter all dem Spott litt. Er schluckte seine Beschämung hinunter in der Hoffnung, dass man ihn in Ruhe lassen würde. Stattdessen stachelte dies seine Peiniger nur noch mehr an und brachte sie dazu, ihn noch größerer Lächerlichkeit preiszugeben.

Außerdem war da noch die Sache mit den Bestechungen. Eine Akte bewegte sich in diesem Büro nur dann von einem Tisch zum nächsten, wenn ihr die beschwerliche Reise durch kleine Geschenke versüßt wurde. Aber Appa ließ sich nicht bestechen. Was zur Folge hatte, dass die Akten auf Appas Tisch länger verweilten, bis sie weiterwanderten. Er setzte nur dann seine Unterschrift unter einen Vorgang, wenn er jedes einzelne Wort gelesen, jede Zahl überprüft hatte und sicher sein konnte, dass alles seine Ordnung hatte. Einige seiner Kollegen schimpften, dass er dies mit Absicht tue; dass es seine Sache sei, wenn er selbst nichts annehmen wolle, aber doch nicht andere daran hindern dürfe, sich schmieren zu lassen. »Wenn er die Weitergabe jeder Akte verzögert, was glaubt ihr wohl, wer dann noch bereit ist, zu zahlen?«, wollten sie wissen.

Andere – clevere Bezirksbeamte und manchmal auch Steuerzahler mit fehlerhaften Zahlen – verachteten Appa für seine alberne Integrität und sagten: »Es ist doch nicht so, als ob Sie etwas tun müssten. Machen Sie es einfach so wie wir alle. Schauen Sie weg und stellen Sie keine peinlichen Fragen. Dafür wird man Sie großzügig entlohnen. Was für ein Mann sind Sie denn nur? Sie wissen nicht, wie man eine günstige Gelegenheit ausnutzt.«

Aber Appa hörte immer auf sein Gewissen. Und so beugte er den Kopf, zog die Schultern hoch und sagte: »Ich muss mit mir selbst leben können, und deshalb ist dies die einzige Möglichkeit für mich.«

Appa erzählte oft von seinem Vorgesetzten, einem Mann namens Koshy. »Wie kann dieser Koshy nur nachts ruhig schlafen?«, fragte er dann. »Er ist so korrupt, dass er sogar Bestechungsgeld verlangt, wenn man ihn nur um die Erlaubnis bittet, in seinem abgeteilten Raum zu niesen. Selbst die Vorgänge, die ich geprüft und abgezeichnet habe, legt er gesondert auf einen Tisch, um so zu tun, als hätte ich eine riesige Diskrepanz in der Berechnung entdeckt und die Akte nur freigeben würde, wenn das Bestechungsgeld stimmte. Erst heute Nachmittag habe ich gehört, wie er jemandem erklärte, er selbst sei unbestechlich, doch er wisse nicht, wie es um andere in seinem Büro stehe. Wen meinte er wohl damit? Mich. Und all diese Leute gehen nach Hause und glauben, dass ich der Grund bin, warum sie wieder und wieder zur Steuerbehörde kommen müssen. Und als wäre das nicht schon genug, hat er, da er weiß, dass ich mich nicht bestechen lasse, den Boten beauftragt, die Schmiergelder durch diesen Jain hereinzuholen, der keine Skrupel hat, sie für sich oder sonst irgendjemanden anzunehmen.«

Der skrupellose Jain, Babu, der Bote, Dorai, der Kollege, der neben ihm saß – diese Namen gehörten zu ihrem Leben, aber es war Koshy, den Akhila und ihre Familie hassen lernten. Sie hatten keine Ahnung, wie Koshy aussah, aber in ihrer Vorstellung war er ein Dämon. Ein Narakasura, ein Hiranyakahyapu, ein Ravana, alle zu einem einzigen abscheulichen Monstrum vereint, in dessen Adern Gift anstelle von Blut floss und das Federkiele statt Worte benutzte. Koshy, der Appa quälte und dessen Güte auf eine harte Probe stellte. Koshy, der Appa hasste und jedes Jahr dafür sorgte, dass Appas Personalakte in keinerlei Beziehung zu dem stand, was Appa tatsächlich im Büro leistete.

Jahr um Jahr warteten Akhila und ihre Mutter auf Appas Beförderung, warteten auf die Gehaltserhöhungen und Gratifikationen, damit sein Gesicht endlich einmal strahlen und Amma genug Taschengeld haben würde. Aber Jahr um Jahr blieb Appa nur die Enttäuschung. »Solange dieser Koshy mein Vorgesetzter ist, wird es wohl mein Schicksal sein, mich wie ein Esel abzurackern, ohne dafür entlohnt zu werden«, erklärte Appa dann, und die Wut ließ seine Stimme anschwellen. Und Akhila und ihre Mutter wandten sich in dem Bewusstsein ab, dass sich nichts an ihrem Leben ändern würde, solange Koshy herrschte.

Der Gang zum Laden an der Ecke, um den *Hindu* zu kaufen, stellte sonntags das erste Vergnügen dar, das Appa sich an seinem freien Tag gönnte. Wenn ihn die Zeitung im Büro erreichte, war sie immer schon mit Teeflecken und Tintenklecksen beschmutzt und an den Ecken ganz zerfleddert. Und ein oder zwei Seiten fehlten grundsätzlich. Sonntags las Appa die Zeitung gründlich durch, er begann mit der Art-Buchwald-Kolumne auf der letzten Seite und arbeitete sich nach vorn zur ersten Seite durch, wobei er unterwegs endlos viele Kleinanzeigen durchkämmte. Manchmal glaubte Akhila, dass er auch diese Wort für Wort durchlas. Erst wenn er damit fertig war, durften die anderen die Zeitung überhaupt anfassen.

Um Viertel nach zehn stand Amma für gewöhnlich in der Küchentür und wischte sich die Hände an einem Tuch ab. Dann schaute Appa von der Zeitung auf und bedachte sie mit einem prüfenden Blick. Ihre Lippen öffneten sich auf eine einladende Weise, die jeden anderen ausschloss, und sie fragte: »Ja, bist du denn gar nicht hungrig? Das bist du bestimmt. Du hast seit dem Aufstehen nichts gegessen!«

Akhila und die anderen Kinder wussten, dass sie auf ihre Mahlzeit zu warten hatten, bis Amma ihren Vater bedient hatte. Wenn ihre Mägen knurrten, so wurde von ihnen erwartet, dass sie sich außer Hörweite begaben, damit er sich beim Essen nicht hetzte. Manchmal fragte sich Akhila, ob Appa es nicht vorgezogen hätte, gemeinsam mit ihnen allen zu essen, aber es war ihr niemals gelungen, das herauszufinden. Amma gefiel es so besser.

Appa nahm auf einem kleinen hölzernen Podium Platz, und Amma legte das grüne Plantain-Bananen-Blatt vor ihn hin. Der weiße Reishaufen glänzte weißer als sonst. Sonntags kochte Amma Appas Lieblingsgerichte. Kochend heiß, eine duftende Mischung aus Dampf, Gewürzen und Ammas Hingabe an diesen Mann, der sich um ihretwillen und der Kinder wegen sechs Tage die Woche von Reis und Quark und einer Scheibe Limonen-Pickles ernährte, ohne sich auch nur ein einziges Mal zu beschweren.

Wenn Appa gerülpst hatte, um zu signalisieren, dass er gesättigt war, ging er zu dem breiten Holzbrett hinüber, das an dicken Eisenketten von der Decke herabhing. Er legte sich darauf, schlug die Beine übereinander und ließ sich von dem sanften Schwingen in eine Benommenheit einlullen, in der all seine Sorgen und Ängste keinen Platz mehr zum Toben fanden.

All die anderen – Amma, die Jungen Narayan und Narsimhan, Padma, die Jüngste der Familie, und Akhila – legten sich auf die Grasmatten. Draußen brannte die Sonne vom Himmel herab, doch der kalte Steinboden kühlte sie. Dort lagen sie dann mit vollen Bäuchen, und der Schlaf legte sich schwer auf ihre Lider, und ein jeder gab sich den eigenen Sehnsüchten hin.

Was mochten sich ihre Brüder wünschen, um den Kreis ihres Lebens vollkommen zu machen? Ein Spielzeug? Ein Buch? Etwas Geld, um eine Eintrittskarte für die Matinee-Vorstellung im Kino zu kaufen?
Und wovon träumte ihre Mutter? Von einem eigenen Haus? Einem Schmuckstück? Padmas Träume kannte Akhila. Sie wünschte sich einen Seidenrock und eine Bluse. Akhila wusste nicht, wonach sie sich selbst sehnte. Sie verspürte nur diese seltsame Ruhelosigkeit, in der das lang gezogene Stöhnen der Schaukel widerhallte, die hin und her schwang.
Eine Stunde lang verharrte das Haus in Trance. Gegen Mittag gehörte es zu Akhilas Pflichten, das Radio einzuschalten. Sie hörten sich sonntagnachmittags verschiedene Sendungen an. Appa hielt es für förderlich, wenn die Jungen aufmerksam die Bournvita-Quizshow verfolgten. Amma und Akhila warteten auf die Horlicks-Familiensendung – *Suchitravin Kudumbam.* »Suchitras Familie, die fröhliche Horlicks-Familie«, lautete der Slogan, der in Werbeanzeigen benutzt wurde. Da waren Bilder von Suchitra und ihrer Familie, wie sie fröhlich beisammensaßen, während im Hintergrund eine riesige Flasche und dampfende Tassen Horlicks standen. Jeder wusste, dass es sich um eine gesponserte Radiosendung handelte. Aber für Amma und Akhila stellten Suchitra und ihre Familie die Verwandtschaft dar, die sie nicht hatten. Wenn sie in einer Zeitschrift oder einer Zeitung eine Horlicks-Werbung entdeckten, verweilten sie, betrachteten das Bild ganz genau und brannten die Gesichter von Suchitra und ihren Kindern in ihr Gedächtnis ein.
Amma und Akhila lauschten Woche für Woche den Ereignissen in Suchitras Leben, kicherten über die Eskapaden der Kinder, Raju und Sujatha. Da gab es noch den Ehemann Shankar und den besten Freund der Familie, Bhaskar. Aber es war Suchitra, die sie beide liebten. Die gute, witzige, warmherzige Suchitra, die Probleme löste, ihre Großzügigkeit und Liebe über alle ausschüttete und Horlicks ver-

teilte. Die perfekte Mutter und Ehefrau. Sie verkörperte die Frau, die Akhila sein wollte.

Wenn die Horlicks-Familienshow zu Ende war und die Musiksendung begann, lehnte sich Amma mit dem Rücken an die Wand und begann den Reis für die kommende Woche zu säubern. Es befanden sich Staubflocken und dunkle Körner, Kieselsplitter und Teile von Spelzen darin. All dies musste sorgfältig heraussortiert werden. Amma hätte es gern gesehen, wenn Akhila ihr geholfen hätte. Aber Akhila saß mit ihrem Knäuel aus Bindfäden da. Akhila sammelte jedes noch so kleine Stück Bindfaden, das sie finden konnte. Jeden Freitag, wenn sie ihren wöchentlichen Einkauf tätigten, gab es einen neuen Haufen, der groß genug war, um sie zufrieden zu stellen. Die Einkäufe wurden in Zeitungspapier gewickelt und mit Bindfäden zugebunden. Sobald die Vorräte in Blechdosen verstaut waren, legte Akhila die Fäden in eine Tüte, und am Sonntagnachmittag saß sie dann da, entwirrte die Knoten und verband die losen Enden, so dass sie die entstandene Schnur nur noch mit dem Knäuel verbinden musste, das bereits so groß war wie eine Kokosnuss.

Amma rümpfte verächtlich die Nase, wenn sie dies tat. »Man könnte meinen, es seien Seidenfäden. Warum verschwendest du deine Zeit damit? Welchen Nutzen hat das? Die Leute werden noch glauben, dass du in einem Lebensmittelladen arbeitest. Wenn du diese Zeit am Sonntag damit verbringen würdest, tausend Mal ›Sree Rama Jayam‹ zu schreiben, dann könntest du zumindest genug Segnungen sammeln, um einen guten Ehemann zu finden.«

Aber Akhila tat immer so, als hörte sie nicht zu. Sie hatte Freude daran, ihr Knäuel wachsen zu sehen. Im Übrigen wandten sich Amma und die anderen immer an sie, wenn sie Bindfäden benötigten. Akhila hätte Amma dann gern gefragt: »Würde dir das Schreiben von ›Sree Rama Jayam‹ jetzt dabei helfen, dein Paket zuzubinden?«

Später dann schaltete Amma das Radio aus und weckte

Appa, indem sie seinen Kopf vorsichtig auf das Kissen ihres Schoßes gleiten ließ. Sie summte leise einige der *kirtanas*, von denen sie wusste, dass er sie gern hörte. *Chelmela ra saketh Rama, chelmele ra* … Warum bist du so starrsinnig, mein Herr, warum bist du so starrsinnig?
Wenn er wach war, begann sie Erdnüsse im Takt zur Musik zu schälen, zur Bewegung der Schaukel, zum Rhythmus ihres gemeinsamen Lebens. Zerbrach die Schale in zwei Hälften, ließ sie die Nüsse erst in ihre Handfläche rollen und dann zwischen seine Lippen gleiten. Gelegentlich steckte sie sich auch eine in den Mund. Mit jeder Gabe brachte sie ihm ein Stückchen seines Selbstwertgefühls zurück, das am Ende einer Woche der Erniedrigungen im Büro dahingeschwunden war.
Akhila hatte ihnen den Rücken zugewandt und war damit beschäftigt, die Fäden zu entwirren und sie sich um den Finger zu wickeln – unfreiwillige Zeugin dieses sonntäglichen Mittagsrituals der Liebe, des Gebens und des Heilens.
Gelegentlich, aber nur gelegentlich, stieg ein säuerlicher Gedanke wie der Nachgeschmack eines besonders öligen *masala dosa* in ihrer Kehle auf: Wann werden sie endlich begreifen, dass ich kein Kind mehr bin? Wann werden sie erkennen, dass sich in mir Sehnsüchte regen, die ich nicht begreife? Dieser Schmerz, diese Nässe, dieses Überfluten der Nervenenden, was hat dies alles zu bedeuten?
Aber sobald dieser Gedanke ihren Mund füllte, schluckte sie ihn auch schon wieder hinunter und eilte in die Küche, um ihre hässlichen Gedanken zum Verstummen zu bringen.
Sonntags bestand Amma darauf, jede einzelne Mahlzeit selbst zu kochen, und wies sämtliche Hilfsangebote zurück. Sie schnitt Auberginen in Halbmonde, tauchte sie in Teig, der mit fein gehackten Zwiebeln, grünen Chilis und Curryblättern gesprenkelt war, und gab sie in eine Pfanne mit heißem Öl, die über dem Kerosinofen rauchte. Die Auber-

ginen, die mit Ammas Bedürfnis überzogen waren, ihre Wertschätzung für Appa zu beweisen, zischten und brutzelten und beruhigten sich dann, um sich in goldbraune Reliquien der Ergebenheit zu verwandeln. Im Inneren saftig weich, mit einem bloßen Hauch von Gewürz, um seinen Appetit anzuregen. Schwelge, schwelge, mein lieber Mann, mein Herr und Meister. Tue dich gütlich an meinem Fleisch, meiner Seele, meinen *kathrika-bhajis.*

Aber Halt, Amma mischte den Absud des Filterkaffees niemals mit Milch, bevor sie nicht die Süßigkeit zubereitet hatte. Goldbraun gerösteten Grieß. In der doppelten Menge Wasser gekocht, mit der gleichen Menge Zucker, reichlich *ghee* und einem Hauch von Kardamom. Gut gerührt, bis die einzelnen Körner glitzerten. Mit Safran gefärbt. Mit Rosinen und gerösteten Cashewnüssen verziert. Sie tranken den Kaffee, bissen in die *bhajis*, ließen ihre Zähne in die reiche Süße des *kesari* sinken und sahen zu, wie Amma Appas Teller mit doppelten Portionen füllte, die er unberührt stehen lassen würde, während die Jungen und Padma nach nur einem kleinen Bissen mehr hungerten.

Später rannten die Jungen hinaus, um unter dem Mangobaum zu spielen, und Amma holte die Würfel für ein Spiel hervor. Die Würfel, die zu Ammas Mitgift gehört hatten. Das Klirren der Messingwürfel, die aus ihren Händen fielen. Das Quietschen der Kreide auf der Tafel, während Padma das Alphabet übte. Das Knacken des Radios, das im Hintergrund spielte. Das Summen der Stimmen, wenn sie sich unterhielten. Appa hatte all dies, um eine ganze Woche voller Qualen im Büro durchzustehen.

Später dann, als ihr Leben aus den Fugen geriet, erinnerte sich Akhila an diese Sonntage zu Appas Lebzeiten wie an eine Zeit, in der alles gut gewesen war – so, wie es sein sollte.

An dem Tag, an dem Appa starb, ging die Sonne wie jeden Morgen auf. Tage später würde Amma behaupten, dass sie eine gewisse Vorahnung gehabt habe. Die ganze Nacht hindurch hatte ein einsamer Hund geheult. Sie war mit einem zuckenden rechten Augenlid aufgewacht. Die Milch war geronnen, als sie sie kochte, und das Gefäß mit dem *dosa*-Teig war ihr aus den Händen geglitten, zu Boden gefallen und hatte ihn mit einem dickflüssigen weißen Rinnsal gärender Angst überzogen. Als sie sich auf der Türschwelle von Appa verabschiedete, da hatte sie gesehen, wie eine streunende Katze seinen Weg kreuzte …

»In dem Moment hätte ich ihn aufhalten sollen. Ich hätte die Zeichen erkennen müssen, die mir sagten, dass sein Leben in Gefahr ist, und ich hätte ihn zu Hause, bei mir, festhalten sollen. Aber stattdessen habe ich dagestanden und zugesehen, wie er in den Tod ging«, klagte Amma immer und immer wieder den Frauen gegenüber, die sich um sie drängten, während sie die Nachtwache an seiner kalten, starren Seite hielt.

Falls die Götter es für angebracht gehalten hatten, Amma wegen der bevorstehenden Veränderungen ihres Schicksals zu warnen, so mussten sie wohl zu dem Entschluss gelangt sein, dass Akhila solche Zeichen nicht benötigte. Ganz im Gegenteil: Sie wachte an jenem Morgen wie beseelt auf, verspürte ein Hochgefühl, das sie mit einem Satz aus dem Bett trieb und durch die morgendlichen Waschungen eilen ließ.

Akhila hasste den Morgen eigentlich. Nun, da sie mit dem Abschluss ihrer Kurse die Berechtigung für die Universität erlangt hatte, betrachteten ihre Eltern ihre Ausbildung als abgeschlossen und erwarteten von ihr, dass sie ihre Fähigkeiten im Haushalt zur Vorbereitung auf den Tag ihrer Hochzeit verfeinerte.

Amma bestand darauf, dass sie draußen vor der Türschwelle jeden Morgen ein *kolam* zeichnete. Sie wurde niemals müde, Akhila zu erklären, dass man ein Haus danach beurteilte. »Weißt du, was Thiruvalluvar gesagt hat? ›Die ist eine wahre Ehefrau, deren Tugenden ihrem Heim entsprechen.‹«

Akhila seufzte. Der bärtige Dichter-Heilige mit dem verfilzten Haar hatte sie schon während ihrer Schulzeit mit seiner überaus produktiven Poesie gequält. Der Lehrer, der ihre Klasse in Tamil unterrichtete, stellte zu seinem Entsetzen fest, dass sie stockte, als sie gebeten wurde, Thiruvalluvars Dichtung aus dem Gedächtnis aufzusagen, während sie bei ihren englischen Vorträgen immer fehlerfrei blieb. »Wer ist denn schon dieser Wordsworth? Ein Winzling, wenn man seine Dichtung mit der des unsterblichen Thiruvalluvar vergleicht. Lehrt er dich etwa, wie man eine gute Ehefrau und Mutter wird? Geben dir seine Worte einen Einblick in das, was von einem Sohn oder einem Schüler erwartet wird? Und dennoch lernst du lieber seine Verse auswendig. Worum ging es noch in dem Gedicht, das du kürzlich in der täglichen Versammlung vorgetragen hast?« Er blickte sie mit einer hochgezogenen Augenbraue an.

»Um Narzissen, Herr Lehrer«, murmelte Akhila.

»Narzissen. Und was soll das? Hast du schon jemals eine gesehen? Glaubst du, dass du jemals eine in deinem Leben sehen wirst?«, fragte er mit einem höhnischen Lächeln. »Kann sie sich mit dem Duft unseres Jasmins messen oder mit der Farbe unserer Tagetes?«

»Das weiß ich nicht, Herr Lehrer.«

»Setzen. Steh da nicht herum wie ein riesengroßer Vogel«, sagte er und lehnte sich, von Rührung übermannt, gegen die Tafel. »Tamil ist die älteste lebende Sprache, aber halten wir sie deshalb etwa für wichtig? Wir lernen lieber etwas über Narzissen und Nachtigallen. Lasst euch eins gesagt sein: Indien mag wohl seine Unabhängigkeit erlangt haben, aber wir sind immer noch die Sklaven der englischen Sprache … Klasse, schlagt die Seite sechzehn auf.«

Aber der Geist des Thiruvalluvar verfolgte sie noch weiter. Jedes Mal, wenn Akhila in einen Bus einstieg, war er da. In beinahe allen Bussen, die durch die Straßen Madras' und seiner Vororte fuhren, war über dem Kopf des Fahrers ein dunkelbraunes Metallschild mit einer Illustration und einem Zitat befestigt.

Akhilas Tamil-Lehrer wusste, dass sie mit dem Bus zur Schule kam, und erfand neue und einzigartige Wege, sie dazu zu bringen, sich mindestens ein paar hundert Strophen aus Thiruvalluvars reichhaltigem Schaffen einzuprägen. Jeden Morgen musste sie im Tamil-Unterricht die Strophe aufsagen, die mit ihr im Bus gefahren war. Es scherte den Lehrer nicht, ob es dabei um den idealen Fahrgast, die Autofahrer oder um das Reisen ging … solange sie nur aus Thiruvalluvars Feder stammte. Und da war er nun. Tanzte auf Ammas Zungenspitze und lud Kohlen und hausfrauliche Tipps auf ihren neunzehnjährigen Kopf.

»Ein nachlässig gezeichnetes *kolam* legt die Vermutung nahe, dass die Frau des Hauses nachlässig, gleichgültig und unfähig ist. Und ein kunstvoll gezeichnetes deutet darauf hin, dass sich die Frau zu sehr mit sich selbst beschäftigt, zu Verschwendung neigt und unfähig ist, die Bedürfnisse anderer über die eigenen zu stellen. Komplizierte und schwierige *kolams* spart man sich besser für besondere Gelegenheiten auf. Aber dein alltägliches *kolam* sollte ausdrücken, dass du sparsam bist, aber nicht geizig. Es sollte deine Freude an der Schönheit ebenso deutlich machen wie dein Auge fürs Detail. Außerdem Beherrschung, eine gewisse Eleganz und – ganz wichtig – ein Verständnis deiner Rolle im Leben kundtun. Dein *kolam* sollte widerspiegeln, wer du bist: eine gute Hausfrau«, erklärte Amma in den ersten Tagen, nachdem Akhila ihre College-Lehrbücher für immer weggelegt hatte.

Amma besaß ein selbst gebasteltes Album verschiedener *kolam*-Entwürfe, ausgeschnitten aus den Seiten der tamilischen Zeitschriften, die sie regelmäßig las. Für jede nur erdenkliche Gelegenheit in einem brahmanischen Haushalt gab es ein passendes *kolam* und darüber hinaus noch viele mehr. Beispielsweise eine Sammlung *kolams* für den Alltag. *Kolams* für die gute Hausfrau, randvoll mit all den hausfraulichen Tugenden, die Schwiegermütter veranlassten, über ihre Schwiegertöchter zu sagen, dass sie »das Licht sind, das die Familie leitet«.

Was für die meisten Haushalte ein bloßes Ritual darstellte, wurde bei Amma zur Wissenschaft. Und das alltägliche *kolam*, das Akhila zeichnete, war ein wissenschaftliches Experiment, das sie jeden Morgen aufs Neue beurteilte. Zuerst musste Akhila den Boden fegen und ihn dann mit Wasser sprenkeln, damit sich der Staub legte. Da sie in einer Stadt lebte, blieb es ihr erspart, auch noch Kuhdung mit dem Wasser zu mischen. Dann nahm sie die Schüssel mit dem groben Steinstaub, den Amma jeden Monat säckeweise kaufte, und machte sich daran, ein *kolam* zu kreieren. Acht Punkte in einer Reihe. Vier oben und vier darunter. Als die Punkte gestreut waren, umkreiste sie sie mit verbindenden Linien. Sobald sie fertig war, kam Amma heraus, um ihr Werk zu betrachten. »Nicht schlecht, aber das nächste Mal achte darauf, dass der Abstand zwischen den Punkten immer gleich ist, und unterbrich die Linie zwischen zwei Punkten nicht. Das Kunststück besteht darin, einen ununterbrochenen Strom aus Staub aus den Fingern hervorrieseln zu lassen. Und jetzt komm und sieh mir zu, wie ich das *kolam* drinnen mache.«

Amma entwarf das *kolam* im *puja*-Zimmer selbst. Sie benutzte feines Reismehl dafür, und der Entwurf entstammte dem Album ihrer Erinnerungen. Akhila hasste es. Akhila hasste alle *kolams* – die draußen und die drinnen. Sie hasste diese Vorbereitungen, dieses Warten und nicht zu wissen, wie ihr wirkliches Leben einmal sein würde.

Aber an diesem Morgen beabsichtigte Akhila, ein wundervolles *kolam* zu zeichnen, das Ammas Mund seltene Worte des Lobes entlocken würde. Akhila wollte sie sagen hören:

»Akhilandeswari, das ist ein wundervolles *kolam*, wie es sich für ein gutes brahmanisches Heim geziemt.« Und genau das tat Amma auch. Vielleicht war dies das Omen, das die Götter Akhila sandten, um ihr zu bedeuten, dass mit diesem Tag etwas nicht stimmte.

Später, am Nachmittag, als Akhila all ihre Arbeiten im Haushalt erledigt hatte, ging sie zu ihrer Mutter, die auf der Schaukel lag und eine Zeitschrift las. »Amma, ich gehe zu Sarasa Mamis Haus. Sie hat mich gebeten, herüberzukommen und ihr dabei zu helfen, *vadaam* zuzubereiten.«

Amma blickte von ihrer Zeitschrift auf und murmelte: »Ist es nicht schon etwas spät am Tag für die Zubereitung von *vadaam*?«

»Jaya und ich wollen nur den Sago säubern und einweichen. Sarasa Mami hat versprochen, dass sie ihn mahlen und den Teig würzen wird. Ich muss also morgen früh nur hinübergehen, bevor die Sonne zu heiß wird, und ihr helfen, den Teig auf die Stoffstücke zu löffeln. Oh, und Amma, sie lässt fragen, ob du noch alte *dhotis* von Appa im Haus hast, die sie benutzen könnte …«

Amma setzte sich seufzend auf. »Sarasa ist eine listige Person. Wie viele Jahre frage ich sie jetzt schon, womit sie ihr *vadaam* würzt. Nie hat sie mir all die Zutaten genannt. Vielleicht verrät sie es ja dir. Richte ihr aus, dass du die alten *dhotis* morgen früh mitbringen wirst, und richte ihr auch aus, dass ich nicht möchte, dass du in der Sonne stehst. Ich will nicht, dass du dir die Haut verbrennst. Du musst auf deinen Teint achten. Die Männer wollen hellhäutige Ehefrauen, selbst wenn sie selbst schwarz wie Kohle sind!«

Das war Ammas Art, ihr die Erlaubnis zu erteilen, sich auf den Weg zu machen. Die Freunde von Padma und den Jungen wohnten in derselben Straße. Aber Sarasa Mami lebte zwei Straßen weit entfernt. Und jedes Mal musste Akhila ihre Mutter fragen, ob sie sie besuchen dürfe. Amma zufolge lauerten auf den Straßen alle möglichen Gefahren, die sie ihres Hymens berauben würden, bevor es auf legale Weise von dem Mann perforiert werden durfte, der einmal ihr Ehemann sein würde. Womit sie Schande über ihren Vater, ihre Familie und die ganze brahmanische Gemeinschaft bringen könnte.

Draußen brannte die Sonne vom Himmel herab. Der Mai war der heißeste Monat in einem Jahr, das aus heißen Monaten und einigen wenigen heißen und feuchten Monaten bestand. Der Kathiri-Stern war zu sehen, und niemand, der bei Verstand war, begab sich tagsüber aus dem Haus. Die Hitze versengte einem die Kopfhaut und trocknete die Kehle aus. Selbst um drei Uhr nachmittags verharrten die Schatten kniehoch. Die Blätter des riesigen Feigenbaums am Ende der Straße zitterten ausgebleicht und grau in der Hitze. Hunde kauerten neben Abwasserkanälen, die entlang der Straße verliefen. Luftspiegelungen schwammen einem innerhalb von Minuten vor den Augen. Akhila eilte auf Sarasa Mamis Haus zu. Sie scherte sich nicht um die Hitze oder die verlassenen Straßen, aber die Nachbarn taten es. Sollte sie jemand entdecken, würde man gewiss einen Weg finden, ihre Mutter auf all die Übel hinzuweisen, die zu erwarten waren, wenn man ein junges Mädchen wie Akhila allein durch die Straßen gehen ließ.

Sarasa Mami besaß eine ganze Truhe voller Bücher. Romane, die ihr Schwager während seiner College-Jahre gekauft und für die er nun keine Verwendung mehr hatte. In dieser Truhe hatten sie gelegen, bis Sarasa Mami Akhila eines Tages einmal gebeten hatte, ihr dabei zu helfen, sie zu säubern. »Alle paar Monate hole ich sie hervor, staube sie ab und töte die Silberfische, die sich zwischen den Buchseiten zu vermehren scheinen, nur um sie dann wieder zurückzulegen«, erklärte sie, während sie den Deckel der Truhe öffnete. »Ich habe meinem Schwager schon so oft gesagt, dass er sie mitnehmen soll, aber er hat jedes Mal wieder eine neue Ausrede.«

Akhila ließ ihre Hand über die Bücher gleiten. Da waren Perry Masons und Schmöker von James Hadley Chase, Harold Robbins und Irving Wallace und der eine oder andere Klassiker. Gewagte, eselsohrige, vergilbte, süßlich riechende Bücher, die ihr Blut im Herzen zum Pochen brachten und verbotene Gedanken entfesselten. Sarasa Mami ließ sie jeweils nur ein einziges Buch ausleihen. »Bist du sicher, dass deine Mutter nichts gegen diese Bücher einzuwenden haben wird?«, fragte sie beim ersten Mal.

»Es sind ja keine schlimmen Bücher. Die haben diesen Einband nur, um Aufmerksamkeit zu erregen«, beeilte sich Akhila zu erklären, bevor es sich Sarasa Mami anders überlegen und ihr die Bücher doch nicht ausleihen würde.

»Da hast du wahrscheinlich Recht. Aber wenn deine Mutter deshalb Theater macht, erzähl ihr nicht, dass ich sie dir gegeben habe. Sie würde mir das Leben zur Hölle machen.«

»Sarasa Mami«, rief Akhila, als sie an ihre Tür klopfte.

Subramani Iyer, der die Tür öffnete, grinste von einem Ohr zum anderen. »Ja, wen haben wir denn da«, sagte er. Man sah ihn selten ohne ein Lächeln im Gesicht. »Und angezogen wie eine Prinzessin, wie ich sehe.«

Akhila blickte verlegen an ihrem *davani* herab. Der Rock und die Bluse waren alt. Aber der purpurfarbene Georgette-Halbsari war ziemlich neu. Niemand außer Subramani Iyer bemerkte so etwas.

Akhila war niemals zuvor einem Menschen wie ihm begegnet. Sie war schon Zeugin geworden, wie er auf Sarasa Mami zuschlenderte und sie in seine Arme schloss, während sie errötete und versuchte, sich aus seiner Umarmung zu winden. Er nannte sie seine Königin und bezeichnete seine Kinder als seinen Schatz. Akhila hatte ihn auch schon dicke Tränen vergießen sehen, weil er von der tragischen Geschichte eines Films, den sie sich alle gemeinsam an einem Nachmittag im Kino angesehen hatten, so berührt gewesen war. Jeden Monat brachte er an dem Tag, an dem er seinen

Lohn erhielt, eine große Schachtel Süßigkeiten aus dem großen Süßwarenladen Ramakrishna Lunch Home auf dem Broadway mit. Zum Deepavali kaufte er so viele Knallkörper, dass er damit zehn Jungen hätte glücklich machen können. Er schenkte sie Akhilas Brüdern und gesellte sich dann zu ihnen, als sie die Kracher blitzen und sausen und explodieren ließen und die Luft mit Rauch und dem beißenden Gestank von Schießpulver erfüllten. Das Einzige, worum er bat, war, dass sie dem blinden Srini eine angezündete Wunderkerze zu halten gaben, damit er sich nicht ausgeschlossen fühlte. »Er kann nicht sehen, aber all seine anderen Sinne sind intakt und funktionieren wahrscheinlich besser als die unseren«, erklärte Subramani Iyer und zauste seinem Sohn liebevoll das Haar.

Er hatte eine hohe Stirn mit einer halbmondförmigen Narbe, die sich direkt über seiner Nasenwurzel befand. »Was für ein Glück für mich, nicht wahr? Selbst wenn ich einmal vergessen sollte, mir *vibuthi* auf den Kopf zu schmieren, denkt jeder, ich hätte es getan …« Er befingerte die Narbe und kicherte dabei. Seine Augen quollen ein wenig hervor, was ihm einen ständigen Ausdruck des Staunens verlieh. Wie ein Kind, das zum ersten Mal eine Kirmes besucht.

Seine Kleidung war immer liederlich und hing an ihm herunter, als gehörte sie einem anderen. Seine Hemdsärmel flatterten, und seine Hosensäume endeten fast zehn Zentimeter über seinen Fußknöcheln. Er arbeitete als Bote in einem Büro, wo es, abgesehen von einer endlosen Zahl von Pflichten, zu seinen Aufgaben gehörte, Tee und Kaffee zu holen, Akten von einem Tisch zum anderen zu tragen, die Papierkörbe zu leeren und jeden Morgen das Büro zu putzen. Aber bei ihm war nichts von dieser Aura des Leidens zu spüren, von der Appa mit seiner besseren beruflichen Stellung umgeben war.

»Er ist eben ein unbekümmerter Kerl«, behauptete Akhilas missmutiger Vater gern. »Wie er das mit einer erwachsenen

Tochter, einem blinden Sohn und zwei kleinen Töchtern sein kann, das ist mir allerdings ein Rätsel.«

Aber als der Krankenwagen am frühen Abend mit quietschenden Reifen und laut heulenden Sirenen die Straße entlangfuhr und jemand mit der Nachricht, dass Akhila sofort nach Hause kommen solle, es habe einen Unfall gegeben, zu Sarasa Mamis Haus gelaufen kam, da war es Subramani Iyer, der mit ihr hinauseilte und murmelte: »Keine Sorge, es wird schon nichts Ernstes sein. Pattabhi Iyer ist ein guter Mann. Es könnte ihm niemals etwas Schlimmes zustoßen.«

Wer waren diese Menschen? Woher kamen sie? Warum waren sie alle hier? So hämmerten die Fragen in Akhilas Kopf, während sie auf ihr Heim zuhasteten. Zur Begrüßung bot sich ihr das Bild des kahl werdenden Schädels ihres Vaters, ein beständiges Stimmengemurmel und Ammas Jammern: Wie konnte das nur geschehen? Wie konnte er mir das nur antun?

Appa lag auf einer Schilfrohrmatte auf dem Boden. Man hatte ihm ein weißes Laken bis zum Kinn hinaufgezogen, unter dem seine Glieder ordentlich angeordnet dalagen. Seine Augen waren geschlossen, und Watte steckte in seinen Nasenlöchern. Es sah aus, als schliefe er tief und fest. Da war nichts mehr von dieser quälenden Erschöpfung, der Frustration und Bitterkeit, die sein Gesicht am Tage gezeichnet hatten. Im Tod schien er völlig zufrieden und befreit.

»Es ist direkt vor dem Bahnhof passiert. An dieser Abzweigung zwischen dem Hauptbahnhof und dem Ripon-Gebäude … Gott weiß, was er sich dabei gedacht hat, auf die Straße zu treten. Der Busfahrer behauptet, er habe Vorfahrt gehabt … Es wird eine Untersuchung geben und all das. Aber ich habe Einfluss bei der Polizei, und deshalb haben sie die Leiche vor einer Stunde freigegeben. Sie haben eine Obduktion vorgenommen, also sorgen Sie bitte dafür, dass die Familie die Leiche nicht zu fest umarmt und drückt. Es ist alles in Eile geschehen, wissen Sie, daher könnte es sein, dass die Stiche nicht allzu gut halten …« Jemand aus Appas Büro sprach leise mit Subramani Iyer. Akhila bemühte sich, dieser Stimme ein Gesicht zu geben, aber durch den Tränenschleier hindurch vermochte sie nicht mehr als ein Miasma von Zügen zu erkennen.

War er einer von Vaters Peinigern? War er einer von denen, die sie zu hassen gelernt hatten, weil er ihrem Vater solche Qualen bereitet hatte, dass er jegliche Fähigkeit verlor, Freude über ihre kleinen Triumphe zu empfinden?

So dass er, wenn Narayan oder Akhila einen Preis in der Schule gewann, nicht anders zu reagieren vermochte, als in sich zu versinken und zu seufzen: »Alles gut und schön, aber wird euch das im richtigen Leben eine Hilfe sein? Welchen Nutzen hat schon irgendeine Urkunde über einen Englischvortrag oder die beste Handschrift? Die sollten euch darin unterrichten, wie man denen wehtut, die einem selbst wehtun, wie man auf den Hoffnungen anderer herumtrampelt, das würde euch helfen zu überleben und nicht all das andere. Ich will ja nicht behaupten, dass ich nicht glücklich bin …«, schloss er dann meistens und wischte sich mit dieser kleinen Geste müder Resignation über die Stirn, die sie inzwischen nur allzu gut als den Auftakt zu einem Kopfschmerz erkannten.

Das war die andere Sache mit Appa. Seine Kopfschmerzen. Es brauchte nicht viel, um sie auszulösen. Ein heißer Tag. Ein bedeckter Himmel. Ein Lautsprecher in einer anderen Straße, aus dem religiöse tamilische Lieder hervorplärrten. Der Duft von Räucherstäbchen. Ein verdorbener Magen. Padmas Geplapper. Narsi, der sich auf der Straße das Knie aufschrammte. Eine flackernde Lampe. Ein klirrender Teller. Ein heulender Hund. Ein startendes Motorrad vor der Tür. Ein schlimmer Tag im Büro. Die vollen Züge. Die Erinnerung an eine Kränkung. Ein beunruhigender Brief von einem Verwandten …

Sie hatten gelernt, Appa vor den meisten Dingen zu schützen, die ihm Kopfschmerzen verursachten, aber er bekam trotzdem oft einen Anfall. Dann zog er sich in das dunkle Zimmer in der Hausmitte zurück und knallte die Tür zu. Zwei Stunden später erschien er dann wieder, nach Amrutanjan-Balsam stinkend und mit tausend Fältchen um die Augen herum, wenn er nach der langen Zeit in der Dunkelheit ins Licht trat. Selbst nachdem der Kopfschmerz verschwunden war, öffnete er ein Glas mit Balsam, ließ seinen gekrümmten Zeigefinger darin versinken und schaufelte eine Portion zähe gelbe Salbe heraus, die nach Zitronengrasöl stank, und rieb sich die Schläfen mit einer langen, hinausgezögerten Bewegung ein, wobei sich das ganze Haus mit diesem unverwechselbaren und unauslöschlichen Gestank füllte. Dann verrieb er die Überreste, die an seinem Finger hingen, an seinem Daumen und schnupperte daran. Ein Mal. Zwei Mal. Und ein letzter tiefer Atemzug, der möglicherweise die Schärfe des Balsams ins Innere seines Schädels trug. Er beendete das Ganze, indem er sich die Finger an seinen Nasenlöchern abwischte.
Und nun würde Appa nie wieder unter Kopfschmerzen leiden. Er lag dort, vollkommen ungerührt von dem Lärm der weinenden Fremden, der Fahrzeuge, die anhielten und wieder anfuhren, während neue Trauben von Menschen eintrafen, um zu kondolieren und Anteil zu nehmen, ungerührt auch von dem sich ringelnden, widerlich süßlichen Rauch einer ganzen Packung Räucherstäbchen, die angezündet in der Nähe seines Ohrs standen. Appa ruhte endlich in Frieden.
Amma lag zusammengerollt auf dem Boden. Ein Häufchen verletzter Emotionen. Als sie Akhila erblickte, setzte sie sich auf. Die Frauen kauerten an ihrer Seite, legten die Arme um sie. Man musste eine Witwe gut bewachen. Die Trauer vermochte ansonsten vernünftige Menschen dazu zu bringen, übereilte, dumme Dinge zu tun. Amma schüt-

telte sie ab und streckte ihr Gesicht Akhila entgegen. »Wie konnte er uns das nur antun? Wie konnte uns so etwas zustoßen?«
Akhila blickte sie hilflos an. Was sollte sie darauf antworten? »Wo sind die Kinder?«, murmelte sie und setzte sich neben Amma.
»Die sind irgendwo hier«, erwiderte diese und legte ihren Kopf auf Akhilas Schulter. Nach einer Weile schob Akhila Ammas Kopf sanft von ihrer Schulter und machte sich auf die Suche nach ihren Geschwistern. Narsi und Padma saßen auf der Veranda und spielten ein kompliziertes Spiel, das mit Autonummernschildern zu tun hatte. Sie schienen ziemlich begeistert von all der Aufregung und dem Kommen und Gehen. Offenbar hatten sie noch nicht begriffen, dass ihr Vater tot war. Oder falls doch, so ließ sie das, was sein Tod bedeutete, scheinbar ziemlich ungerührt. Aber schließlich war Narsi erst acht und Padma sechs.
Akhila entdeckte Narayan, der in einer Ecke hockte und die Knie mit den Armen umschlungen hielt. Sein Gesicht war ganz angespannt von der Anstrengung, den Tränen nicht nachzugeben. Er war fünfzehn – dieses heikle Alter zwischen Mann und Junge. Er wusste nicht, was er sein sollte. Ein Mann, stark genug, den Tod zu akzeptieren – selbst einen so vorzeitigen wie diesen –, oder ein Junge, der den Tod und die Leere, die er verursachte, fürchtete. Akhila legte den Arm um ihn. Seine Schultermuskeln waren angespannt. »Akka«, fragte er den Boden, »warum hat er das wohl getan?«
»Was getan?«
»Warum hat er versucht, die Straße zu überqueren, während der Verkehr floss? Er weiß doch, wie gefährlich diese Straße ist …« Narayan versagte die Stimme.
Zum ersten Mal dämmerte es Akhila, dass dies vielleicht kein Unfall gewesen war. Akhila erinnerte sich an diesen argwöhnischen Unterton in den Worten von Appas Kolle-

ge. Und nun dies: Narayans Frage war oberflächlich betrachtet eine unschuldige, doch sie las den Zweifel darin. Hatte Appa am Morgen an dem Fußgängerüberweg gestanden und beschlossen, dem allen ein Ende zu setzen? War ihm dies als Mittel gegen seine immer öfter auftretenden Kopfschmerzen erschienen? War der Druck, Vater einer erwachsenen Tochter und drei weiterer Kinder zu sein, zu groß für ihn geworden? Hatte Appa geglaubt, Koshy und all die Qualen, denen ihn dieser aussetzte, nicht mehr ertragen zu können? Was mochte Appa gedacht haben, als er in den vorbeiströmenden Verkehr trat? *Quo vadis?* Wohin gehst du? *Kim gacchami? Nee yenga selgirai?*

Hatte er einfach seine Augen geschlossen und war hineingetaucht? Oder war er in seinen Tod gegangen, ohne sich bewusst zu sein, wohin ihn seine Füße trugen?

Oh, Appa, warum nur? Was war so unerträglich, dass du dein Leben beenden musstest, um dem zu entfliehen?

»Akka«, sagte Narayan. »Was werden wir jetzt tun?«

»Wir werden ihn einäschern lassen, und dann … dann werden wir einen Weg finden, uns über Wasser und am Leben zu halten.« Die Schärfe ihrer Stimme erstaunte sie ebenso sehr wie Narayan. Sie unterdrückte die Tränen, die ihr in die Augen gestiegen waren. Wut hatte die Trauer verdrängt, und damit konnte Akhila besser fertig werden. Tränen brachten einen dazu, sich auf der Suche nach jemand, an den man sich klammern, dem man sein Leid klagen konnte, hektisch im Zimmer umzublicken. Tränen machten einen verwundbar und verzerrten den Blick auf das Wesentliche. Aber Wut machte einen stärker. Wut machte einen unantastbar. Wut bereitete einen besser darauf vor, mit Dingen fertig zu werden.

»Woher kommen diese Leute? Wer hat sie hergebracht?« Narayans Verblüffung durchbrach die Gedanken, die sich wie eine Stahlspirale um Akhila wickelten.

Appa hatte seine Verwandten immer auf Distanz gehalten.

Sie sahen sie nur selten – höchstens anlässlich einer Hochzeit oder einer anderen Familienfeier. In den Schulferien, wenn andere Leute auf einen Besuch zu ihren Verwandten fuhren, blieben sie in ihrem Haus in Ambattur. Im Sommer gelang es Amma hin und wieder, Appa zu überreden, mit ihnen nach Madras zu fahren. »Es ist doch gar nicht weit. Und die Kinder sollen auch einmal etwas Spaß haben«, sagte sie dann.

Anfangs runzelte Appa die Stirn. »Als ich heranwuchs, da hatten wir keinen Spaß. Wir hielten es auch gar nicht für notwendig. Wir haben gelernt oder unseren Eltern bei der Hausarbeit geholfen.« Das Ganze würde bloß wieder neue Ausgaben für ihn bedeuten, und was gab es schon in Madras? Es war doch nichts weiter als ein anderer Ort, der etwas entfernt lag. Aber Amma hörte nicht auf, ihn zu beschwatzen und zu bitten, bis er schließlich widerstrebend zustimmte.

Amma verlieh der ganzen Reise den Anschein von einem großen Abenteuer. Zuerst einmal hieß es den Bus in die Stadt zu nehmen. Das Umsteigen von Bus zu Bus und die lange Wartezeit dazwischen versetzte Appa immer in eine schlechte Stimmung. Daher machten sie sich erst mittags auf den Weg, wenn die Busse leer waren und jeder einen Sitzplatz finden würde. Sie stiegen in der Nähe des Hauptbahnhofs aus und gingen zu Fuß zum Moore Market. Die imposanten roten Mauern und Türme verliehen ihm das Aussehen eines Forts, und wenn sie dann durch die langen, dunklen Korridore spazierten, in denen sich Verkaufsstand an Verkaufsstand reihte, wo man alles nur Erdenkliche kaufen konnte, dann fühlten sich Akhila und die anderen Kinder einen Tag lang wie Prinzen und Prinzessinnen. Jeder hatte zwei Rupien, die er ausgeben durfte. Amma suchte meistens etwas für sie aus, das sie gerade benötigten, und nahm das Geld, um dafür zu bezahlen. Aber irgendwie machte allein die Tatsache, dass es sich um etwas Neues

handelte, das Geschenk – ob Tasche oder Bluse oder auch einfach ein Atlas für die Schule – zu einer Kostbarkeit.
Sie tranken einen Kaffee und aßen eine Kleinigkeit in einem Restaurant am Straßenrand, ehe sie eine weitere kleine Busfahrt nach Marina Beach unternahmen. Amma und Appa setzten sich in den Sand, während die Kinder mit nackten Füßen herumliefen. Akhila, Narayan, Narsi und Padma fassten sich an den Händen und ließen sich von den Wellen die Zehen kitzeln.
»Seid vorsichtig. Geht nicht noch weiter hinein«, mahnte sie Amma.
Sie kauften Erdnüsse in Papiertüten und Eiskrem in kleinen Bechern. Appa spürte, wie ihm die Meeresbrise durch das Haar fuhr und seine Sorgen mit sich wegtrug.
»Wir sollten nächste Woche wiederkommen«, sagte er dann für gewöhnlich mit einem Lächeln.
Und die Kinder sahen ihn glücklich an. Zumindest die jüngeren. Akhila und Narayan wussten, dass Appa unterwegs auf der Rückfahrt Kopfschmerzen bekommen würde. Und dass er für den Rest der Ferien über den Schwachsinn schimpfen würde, in der Mittagshitze durch die Straßen zu wandern und Dinge zu kaufen, die sie nicht benötigten, und Essen zu verzehren, das mit ranzigem Öl zubereitet war und von Millionen von Krankheitserregern wimmelte.
Ein einziges Mal nur nahm Appa die Urlaubsreisezulage in Anspruch und unternahm mit ihnen eine Fahrt zu verschiedenen Pilgerzentren. Auf diese Weise sah Akhila Rameswaram, Madurai und Palani. Aber es war nie genug Geld vorhanden, um sich eine der Touristenattraktionen anzuschauen. Appas Arbeitgeber bezahlte wohl alle vier Jahre die Fahrtkosten für jedes beliebige Ziel im Land, aber all die anderen Kosten mussten selbst getragen werden. Wenn man irgendwo bei der Familie unterkam, musste man nichts bezahlen. Wenn man bei Verwandten übernachtete, kümmerten die sich um alles. Und so kam Narayan und Akhila

in einem Jahr der Gedanke, ihren Vater zu bitten, ihnen das Dorf zu zeigen, wo er geboren war.

»In diesem Dorf gibt es nichts mehr für uns«, sagte Appa, als Narayan und Akhila ihn darauf ansprachen.

»Aber könnten wir nicht bloß ein einziges Mal hinfahren? Nur um zu sehen, wo du aufgewachsen bist«, beharrte Narayan.

»Lasst euren Vater in Frieden. Könnt ihr nicht sehen, dass er müde ist?«, schrie Amma sie an. Und in der Tat runzelte Appa bereits die Stirn und rieb sich die Schläfen.

Aber Appas Tod hatte Verwandte in ihr Heim gebracht, von denen sie nicht einmal die Namen kannten. Und mit ihnen waren die Leute gekommen, die man fürs Mittrauern bezahlte. Wer hatte wohl nach ihnen geschickt? Und wie kam es, dass sie so rasch erschienen waren?

Narayan und Akhila sahen zu, wie sich die Familie und die Mittrauernden um Appas Leiche versammelten und ihr Wehklagen anstimmten. Was wussten die schon von Appa, um ihn betrauern zu können? Und dennoch erschien ihre Trauer so echt.

Amma, die, von Emotionen erschöpft, in Schweigen verfallen war, begann wieder zu weinen. Subramani Iyer kam zu ihnen herüber. »Das sind Pattabhi Iyers Verwandte. Sie stammen alle aus Poonamallee. Geht zu eurer Mutter«, sagte er zu den beiden. »Ihr zwei müsst jetzt Verantwortung zeigen.«

Amma starrte ungläubig auf Akhilas trockene Augen. »Wie bringst du es fertig, nicht zu weinen? Weine, verdammt noch mal, weine. Vergieß ein paar Tränen für den Mann, der dort liegt. Du wirst nie wieder um ihn weinen. Weine wenigstens um des Anstands willen!«

Und so weinte Akhila. Während der nächsten zehn Tage, als sie all die Rituale des Todes und des Trauerns durchliefen, vergoss Akhila all die Tränen, die für ein ganzes Leben bestimmt waren. Sie weinte, als sie beobachtete, wie ihre

Brüder die Begräbnisrituale ausführten. Sie sahen so jung und zerbrechlich aus. Wie konnte sie sie nur mit irgendwelcher Verantwortung belasten?
Sie weinte jeden Abend, wenn sie eine Schüssel Reis kochte und sie gemeinsam mit einem Krug Wasser hinstellte, damit Appas Seele, die immer noch in ihrem Haus schwebte, weder hungrig noch durstig sein musste. Appa, weinte sie, so wie ich heute Abend für dich sorge, werde ich für die Familie sorgen müssen, die du auf so herzlose Weise im Stich gelassen hast. Wie soll ich das nur anstellen?
Als sich Amma vor Sonnenaufgang des zehnten Tages als Braut kleidete und sich die anderen Witwen um sie versammelten, um ihr die Zeichen der Ehe zu nehmen, da weinte Akhila, denn sie wusste, dass dies bedeutete, eine Frau zu sein.
Und dann weinte sie niemals wieder.

Der Zug kam knirschend zum Stehen. Der Bahnhof war in Dunkelheit gehüllt. Akhila blickte auf ihre Uhr. Es war beinahe Mitternacht. Sie reckte den Hals und versuchte den Namen des Bahnhofs zu lesen, aber die Buchstaben waren kaum zu erkennen. Es war ein kleiner Bahnhof; der Zug würde hier höchstens anderthalb Minuten halten.
Akhila hörte, wie sich die Tür des Abteils klappernd öffnete. Sie spähte durch das Fenster, um einen Blick auf die Person zu erhaschen. Die Züge waren nicht mehr so sicher wie früher. Die seltsamsten Leute gelangten hinein und begingen alle möglichen Verbrechen. Dies war eigentlich ein sicherer Bereich, aber selbst hier war Vorsicht geboten.
Ein Mädchen stand an der Tür des Coupés. Das musste der Passagier sein, den Janaki erwähnt hatte. Das Mädchen kam herein und verstaute sein Gepäck unter dem Sitz. Es schaute sich im Coupé um, und sein Blick fiel auf Akhila.
Auf der anderen Seite waren alle Schlafplätze belegt. Das Mädchen hatte die Liege in der Mitte.

»Möchtest du dich schlafen legen?«, fragte Akhila. »Du kannst dir die Liege ausklappen, wenn du möchtest.«
»Nein, nein«, sagte das Mädchen. »Ist schon gut. Ich bin nicht müde.«
Akhila wartete darauf, dass sie einen Walkman oder einen Liebesroman herausholen würde. Stattdessen saß sie da, presste eine Tasche an die Brust und starrte zu Boden.
Sie konnte nicht älter als vierzehn oder fünfzehn sein. Im Grunde noch ein Kind. Etwas an der Art, wie sie dasaß, erinnerte Akhila an ihren Bruder Narayan und wie sie ihn an dem Tag, an dem ihr Vater gestorben war, erlebt hatte. Da war die gleiche innere Anspannung. Das gleiche Bedürfnis, den Tränen keinen freien Lauf zu lassen und sich zu blamieren. Die gleiche Würde. Weder Kind noch Frau. In Jeans und einem rot-weiß gestreifen Oberteil.
»Ist alles in Ordnung?«, fragte Akhila mit sanfter Stimme.
Das Mädchen blickte Akhila erschrocken an. »Mir geht es gut«, sagte sie. »Danke, dass Sie gefragt haben.«
Akhila spürte, dass etwas nicht stimmte.
»Wie heißt du?«, fragte sie.
»Sheela«, erwiderte das Mädchen.
»In welche Klasse gehst du?«, erkundigte sich Akhila, überrascht von ihrer eigenen Geschwätzigkeit. Sie betrieb selten oberflächliche Konversation und begann niemals eine Unterhaltung mit Fremden. Aber am heutigen Abend hatte sie ein so ganz und gar untypisches Verhalten gezeigt. Bereitwillig ihre Geheimnisse ausgeplaudert. In anderen Leben herumgestochert. Den Wunsch zu reden verspürt.
»Ich gehe in die neunte Klasse der Klosterschule der Heiligen Engel«, sagte das Mädchen.
»Reist du ganz allein?«, fragte Akhila.
Das Mädchen schüttelte den Kopf. »Mein Vater ist im Abteil nebenan.«
»Und deine Mutter?«
Sie blickte auf ihre Füße hinab und machte eine schlurfen-

de Bewegung mit ihrem rechten Fuß, der in einem Turnschuh steckte. »Meine Mutter ist schon am frühen Nachmittag vorgefahren mit meiner …«, ihre Stimme versagte, » … meiner Großmutter.«
»Meine Großmutter …«, fuhr sie, nach erklärenden Worten suchend, fort, »meine Großmutter war sehr krank. Sie lag im Sterben. Sie ist auf dem Weg nach Hause gestorben.«
Akhila berührte das Mädchen am Ellenbogen. »Das tut mir Leid.«
»Sie war sehr krank, und ich bin froh, dass sie tot ist. Ich glaube, sie war auch froh zu sterben. Sie kam mir ohnehin schon scheintot vor«, sagte Sheela.

# 4

## *Ammumma*

Genau vier Monate nach Sheelas vierzehntem Geburtstag schrieb ihre Großmutter einen Brief, in dem sie ihnen mitteilte, dass sie zu Besuch kommen werde. Solange sich Sheela zurückerinnern konnte, hatte ihre Großmutter sie noch niemals besucht. Sie waren immer diejenigen, die zu ihr gehen mussten – loyale Untertanen, die Geschenke wie duftenden Kautabak und mit Marie-Keksen gefüllte Schachteln darbrachten. Sie begrüßte sie hoheitsvoll, erwartete eine vollkommene Ehrehrbietung. Etwas Geringeres hätte sie nicht zufrieden gestellt.

Als Sheela zur Welt kam und es Zeit wurde, ihr einen Namen zu geben, da entschied ihre Großmutter, wie sie heißen sollte. Sie hatte den Namen durch Zufall in einer Zeitschrift entdeckt. »Der Klang gefällt mir«, sagte sie. »Außerdem ist es mein Recht, einen Namen für mein Enkelkind zu wählen.«

Und so wurde aus Sheela Sheela und nicht etwa Mini oder Girija oder Nita oder Sharmila oder Asha oder Vidya, wie auf der Liste geschrieben stand, die Sheelas Eltern bei ihrer Geburt zusammengestellt hatten.

Sheela konnte sich nicht daran erinnern, sich jemals auf dem Schoß ihrer Großmutter zusammengekuschelt zu haben oder in ihrer Armbeuge eingeschlafen zu sein. Obwohl ihre Mutter darauf beharrte, dass ihre Großmutter Sheela als Baby überall mit hingenommen habe. Für ihre Großmutter bedeutete Zuneigung ein Drücken des Arms, ein Hundertrupienschein, der Sheela am Ende der Ferien in die Hand gedrückt wurde, und eine Mahlzeit im besten Restaurant der Stadt. Aber sie war schließlich auch ganz anders als andere Großmütter.

Sheela hatte noch eine andere Großmutter. Achamma. Die Mutter ihres Vaters. Sie besuchte sie alle paar Monate und blieb immer mehrere Wochen an einem Stück bei ihnen. Achamma war klein und mager: ein kleiner grauer Spatz mit einem winzigen Mund und einem hinten im Nacken zusammengerollten kleinen Haarknoten. Wenn sie zu Besuch kam, gab es keinen Grund für besondere Vorbereitungen. Achamma war mit wenig zufrieden. Sie pickte an ihrem Essen und lag zusammengerollt unter einer Decke und las die meiste Zeit. Abends sprach sie ihre Gebete und ging früh zu Bett. Manchmal war das einzige Zeichen ihrer Anwesenheit das Gebiss, das sie in einen kleinen Plastikbecher auf dem Spülbecken im Badezimmer legte.
Achamma passte sich ihrem Leben an. Sie tat dies so gut, dass Sheela manchmal ganz vergaß, dass Achamma überhaupt existierte. Das wäre ihr bei der Mutter ihrer Mutter niemals passiert.
Sheela nannte sie Ammumma statt *ammama*. Ihre Großmutter wollte es so, denn sie hasste jeden Hinweis darauf, dass sie alt wurde. Ammumma war mehrdeutig, während *ammama* nur das eine bedeutete: Großmutter. Niemand konnte es so ganz begreifen, aber Sheela wusste, dass das Ersetzen des Vokals ihrer Großmutter viel bedeutete.
Ammumma war neunundsechzig Jahre alt, besaß mehrere Häuser in Alwaye, 4000 Quadratmeter Land, mit Teakbäumen bewachsen, und verschiedene Reisfelder. Außerdem hatte sie sechs graue Haare, die aus ihrem Kinn hervorsprossen und die sie alle paar Tage sorgfältig auszupfte.
Sheela lebte in einer Wohnung in einem Vierparteienhaus.

Die Wohnung hatte zwei Schlafzimmer und einen beinahe quadratischen Balkon nach vorn heraus, von dem aus man auf einen Park voller Mangobäume blickte. Ammumma hielt sich gern auf diesem Balkon auf, an dessen Rand Töpfe mit Krotons, Begonien und einem knorrigen Jasminbusch standen. Sie starrte dann auf die Bäume, die sich still hin und her bewegten, und auf die blaugrauen zylindrischen Holzstücke, die zwischen der Brüstung und der Balustrade eingezwängt waren. Manchmal atmete sie die Luft sehnsüchtig tief ein und sagte: »Hm, der Duft der Heimat …«
Sheelas Eltern blickten sich dann immer erfreut an und stimmten ihr zu. Sie hielten dies für eine Art Triumph, weil sie glaubten, Ammumma beginne sich in ihrer Wohnung heimisch zu fühlen. Aber Sheela wusste, dass das Einzige, was ihre Großmutter an der Wohnung erträglich fand, die Fülle von Mangoblüten war, die sie umgab.

Sheela wusste dies, wie sie alles wusste. Wie sie wusste, dass ihre Großmutter sich auf den Weg zu ihnen gemacht hatte, weil sie sterbenskrank war. Nicht, dass Ammumma eine Ahnung gehabt hätte, wie es um sie stand. Schließlich war es nichts Neues für sie, dass etwas in ihrem Bauch wuchs. Sieben Mal war ihr Leib erblüht und hatte seine Frucht beizeiten ausgespuckt. Warum sollte es dieses Mal anders sein? Aber dieses Mal war das Baby in ihrem Bauch ein böser Gnom mit üblen Absichten. Sein wütendes rotes Gesicht und seine klammernden Tentakelhände hatten gierig in sie hineingelangt und sich an ihr gelabt. Ein Parasitenkind, das niemals den Schutz ihres Leibes verlassen würde, bis das der Tod sie schied.
Sheela wusste, warum Ammumma bei ihnen wohnte und nicht in dem riesigen Haus, das ihr gehörte. Sheela wusste, warum Ammumma darauf beharrte, dass die Ärzte in dem Krankenhaus nahe der Wohnung ihrer Tochter besser qualifiziert seien als irgendwo sonst. Ammumma wollte ihre

Söhne wissen lassen, dass sie sie aus ihrem eigenen Haus getrieben hatten. Sie wollte, dass sie sich vor schlechtem Gewissen wanden, wenn sie an sie dachten. Sie war ihnen böse, weil die Söhne ihr die Ehefrauen vorzogen. Sie es zugelassen hatten, dass die Frauen mit den sanften Gesichtern und den harten Herzen ihnen den Kopf verdrehten und die Liebe zu ihr befleckten.

Sheela wusste, dass Ammumma erkannt hatte, dass Mummy, die sie die längste Zeit ihres erwachsenen Lebens ignoriert hatte, dankbar sein würde für jeden noch so kleinen Krümel von Aufmerksamkeit. Dankbar, die Auserwählte unter den Geschwistern zu sein. Sheela wusste, dass Ammumma mit Mummys Unsicherheit spielte. Sie wusste, wie erfreut Mummy sein würde, nach einem Jahr der Entfremdung wieder Ammummas Wohlwollen zu besitzen. Im letzten Sommer hatten sie eine heftige Auseinandersetzung über die Abfassung von Ammummas Testament gehabt und waren für den Rest des Jahres sehr distanziert miteinander umgegangen. Augen begegneten sich nicht, Hände berührten sich nicht, Herzen vereinten sich nicht. Wenn Briefe geschrieben wurden, so waren sie kalt und höflich. Zum ersten Mal überhaupt blieb Mummy Ammummas Haus während der Schulferien fern.

Sheela wusste, warum Ammumma sich sträubte, ihr Testament zu schreiben, ihren Besitz aufzuteilen und ihn ihren Kindern zu vermachen. Die Art und Weise, wie ihre Kinder abwarteten und nach ihrem Tod ihr Leben einfach weiterzuführen gedachten, musste für sie den Beigeschmack von Treulosigkeit und Verrat haben. Dieses Verlangen, die Zukunft auf ihrer Asche zu errichten. Wie konnten sie es wagen, überhaupt nur an Glück zu denken, wenn sie nicht mehr da war? Wie konnten sie so einfach ohne sie auskommen? Und was blieb ihr überhaupt noch anderes zu tun, außer zu sterben, wenn sie erst einmal ihr Testament geschrieben hatte?

Und so wusste Sheela, warum Ammumma auf den Moment wartete, bis ihre Eltern sich im Zimmer aufhielten, ehe sie eine goldene Halskette hervorzog und sie um Sheelas Hals legte. Sie wollte lediglich sicherstellen, dass Mummy ihr nicht untreu wurde wie ihre Brüder.

Ammumma herrschte und regierte eine ganze Woche lang. Sie bestand darauf, dass Sheela zu Hause blieb, wenn sie aus der Schule kam. »Sie ist ein erwachsenes Mädchen. Du solltest sie nicht herumlaufen lassen. Und wer sind all diese Männer, mit denen sie Badminton spielt? Sie mag sie ja ›Onkel‹ nennen, aber sie sind nicht ihre Onkel, und wie kann es dieser Naazar wagen, seinen Arm um sie zu legen? Sie ist kein kleines Mädchen mehr. Und ich habe diesen Ausdruck in seinen Augen gesehen … Wenn du nicht aufpasst, wirst du es eines Tages bereuen.«

»Amma«, sagte Mummy, »das sind Freunde ihres Vaters. Sie ist wie eine Tochter für sie.«

»Das habe ich schon einmal gehört. Erinnerst du dich denn nicht mehr daran, was mit diesem Mädchen aus deiner Nachbarschaft passiert ist? Dieser hoch aufgeschossenen Person namens Celine?«

Mummy hustete, um Ammumma davon abzuhalten weiterzureden. Sie hatte bemerkt, dass Sheela lauschte.

Aber Sheela wusste Bescheid über den Vorfall mit Celine, obwohl er schon lange zurücklag. Sheela war damals fünf gewesen. Jeder in der Wohnsiedlung wusste Bescheid über Celine. Wie sie zum Spielen zu ihrer Freundin nach Hause gegangen war und wie der Freund des Vaters Dinge mit ihr getan hatte, die Freunde von Vätern nicht tun sollten. Und so wurde Celine schwanger, und beide Familien verließen die Siedlung und die Stadt in Schande. Celine und ihre Eltern zogen an einen Ort, wo niemand etwas von ihrer Abtreibung wusste. Und der Freund des Vaters ging in eine ferne Stadt, wo er viele junge Mädchen finden würde, deren Leben er ruinieren konnte, wie die Leute sagten.

Sheela wusste, wie leicht man zu einer weiteren Celine werden konnte. Den Avancen eines älteren Mannes nachzugeben. Naazar war der Vater ihrer Freundin und ihres Vaters Freund. Seine Tochter, Hasina, ging mit ihr in dieselbe Klasse. Eines Sonntagnachmittags, als Sheela sie zu Hause besucht hatte und mit Schweißperlen auf der Oberlippe aus der Hitze hineingeeilt kam, da hatte Naazar seine Hand ausgestreckt und ihr den Schweiß mit dem Zeigefinger abgewischt. Die Berührung seines Fingers hatte noch lange auf ihrer Haut gekribbelt. Danach wischte sich Sheela jedes Mal das Gesicht mit einem Taschentuch ab, bevor sie Hasinas Heim betrat. Ein anderes Mal hatten sich die Schleifen an den Ärmeln ihrer Bluse gelöst, und Naazar hatte sie wieder zugeknotet, während Hasina und ihre Mutter zusahen. Ganz langsam und sorgfältig hatte er sie zugeknotet. Sheela hatte gespürt, wie ihr der Atem in der Kehle stockte, doch als sie den verletzten Ausdruck in den Augen von Hasina und ihrer Mutter sah, da hatte sich ein Gefühl der Scham um sie gelegt. Sie hatte diese Bluse nie wieder getragen.

Sheela wusste, warum Ammumma das über Daddys Freunde sagte. Ihre Mutter war ihrer Ansicht nach zu vertrauensselig, zu naiv. Aber Ammumma wusste es besser, und Sheela kam zu dem Entschluss, Hasina nie wieder zu Hause zu besuchen.

Dann kam der Tag, bevor Ammumma ins Krankenhaus gehen sollte. Ammumma konnte einfach nicht mehr aufhören zu essen. Es begann direkt nach dem Frühstück mit einem Korb jadegrüner Weintrauben. Sie aß sie eine nach der anderen und spuckte die Kerne in ihre Handfläche. Als sie sie fast aufgegessen hatte, ging sie auf den Balkon hinaus und rief einen Obstverkäufer von der Straße herbei. Sie kaufte ihm beinahe sämtliche Früchte ab, die er hatte. Sapotillen, so herrlich prall, dass man ihre Reife in Ammummas Atem

riechen konnte. Sie löffelte das Fruchtfleisch heraus und schlang es gierig hinunter. Zur Mittagszeit war nur noch ein Haufen träger Schalen und glänzender schwarzer Samen übrig. Dann aß sie alles, was zum Mittagessen für sie vier gekocht worden war. Einen großen Berg Reis, ein ganzes zerlegtes Huhn, mit Zwiebeln und Gewürzen gebraten, eine Dose *papad*, eine ganze Schüssel mit dickem, cremigem Joghurt, sämtliche Gemüsegerichte und das Garnelencurry, auf das sich Sheela den ganzen Morgen gefreut hatte. Als sie alles gegessen hatte, was auf dem Tisch stand, ging sie in die Küche auf der Suche nach Töpfen und Pfannen, in denen das Essen zubereitet worden war. Sie riss dicke Stücke aus einem Laib Brot, putzte damit die Töpfe aus und stopfte sich das Brot in den Mund. Sie fuhr mit ihrer Völlerei fort, bis sämtliche Lebensmittel im Haus vernichtet waren. Mummy betrachtete ihre geplünderte Küche und stieß einen Seufzer aus, der einem Schluchzen glich. Daddy schlich sich hinaus, um etwas zum Mittagessen zu kaufen, und Ammumma schlief ein. Sie schlief den ganzen Nachmittag und den ganzen Abend, und als die Nacht anbrach, da schnarchte sie immer noch, und Mummy schüttelte nur den Kopf und murmelte: »Warum benimmt sie sich nur so seltsam? Was ist mit ihr los?«
Sheela hätte es ihrer Mutter sagen können, aber sie wusste, dass man sie nicht ernst nehmen würde. Dieser Tag war Ammummas letzter Tag als ganze Frau, und das hier war ihre Art, zu vergessen, was ihr bevorstand. Am nächsten Tag würde man einen Teil von Ammumma wegnehmen, und sie wusste, dass sie nie wieder dieselbe sein würde.

Ammumma legte Wert auf die Betonung von Weiblichkeit. Sie betrachtete jede Frau, die ihr begegnete, mit einem prüfenden Blick, und die meisten bestanden nicht vor ihrem kritischen Auge. »Das nennst du eine Frau? Eine richtige Frau hat schönes, volles Haar und einen üppigen Busen.«

Und einen Leib, der bereitwillig erblühte. Morgen stand Ammummas Weiblichkeit auf dem Spiel.

Ammumma hasste Unvollkommenheit jedweder Art. In ihrem Haus war kein Platz für einen gesprungenen Teller, ein fleckiges Handtuch oder ein ausgeblichenes Kissen. Und nun sollte sie in ein Krankenhaus gehen, wo aller Wahrscheinlichkeit nach angeordnet würde, dass man einen Teil von ihr wegschnitt und sie somit dazu verdammte, für ihr restliches Leben mit einem Makel behaftet zu sein. Sheela wusste, dass Ammumma einen Widerwillen gegenüber ihrem eigenen Körper empfand.

Am späten Abend bat Ammumma Sheela, ihr die vereinzelten Härchen unter dem Kinn auszuzupfen. Mummy lachte: »Wer wird dich denn schon so genau anschauen?«

Ammumma warf ihr einen kalten Blick zu und erwiderte: »Darum geht es nicht.«

Als Sheela mit der Pinzette und einem kleinen Handspiegel – damit Ammumma einen Blick auf Sheelas Tun werfen konnte – auf dem Balkon saß, da sagte Ammumma: »Du darfst keine von diesen Frauen werden, die sich herausputzen, um anderen zu gefallen. Du selbst bist die Einzige, der du gefallen musst. Wenn du in einen Spiegel blickst, dann sollte dich das Bild, das du darin siehst, glücklich machen. Ich habe mich bemüht, das deiner Mutter und deiner Tante beizubringen. Aber sie sind beide alberne Frauen. Sie begreifen nicht, was ich ihnen zu erklären versucht habe. Du dagegen … du wirst keine solche Närrin sein, hoffe ich.«

Als Sheela nickte, strich Ammumma ihr übers Haar und sagte: »Du erinnerst mich an mich selbst, als ich in deinem Alter war. Allerdings war ich draller und hatte weiblichere Formen. Du isst nicht genug. Du bist so mager. Kein Mann wird dich zur Frau haben wollen. Männer mögen keine Gerippe im Bett. Männer mögen Kurven.«

Aber du hast Mummy doch erzählt, dass dir der Ausdruck in Onkel Naazars Augen nicht gefallen hat. Wenn ich mager und hässlich wäre, warum sollte er mich dann auf diese Weise ansehen?, hätte Sheila gern gefragt. Aber ihre Mutter kam ihr zuvor.

»Rede dem Kind keinen solchen Unsinn ein«, sagte ihre Mutter vom Türrahmen aus.

»Du magst es Unsinn nennen. Aber du vergisst, dass ich ihre Großmutter bin und das Recht darauf habe, ihr zu sagen, was mir passt«, fuhr Ammumma sie an.

Mummy blieb noch eine Minute dort stehen, ehe sie wieder ging, und Sheela fuhr fort, Ammummas Kinn nach irgendwelchen Härchen abzusuchen, die der Pinzette entkommen waren.

Sheela wusste, dass Ammumma sich an diesem letzten Abend perfekt fühlen wollte. Jeden Abend, bevor Ammumma zu Bett ging, stand sie vor dem Spiegel in ihrem Zimmer und trug Galmeilotion auf Gesicht und Hals auf. Dann bestäubte sie ihr immer noch glattes Gesicht, ihren faltigen Hals, ihre rundlichen Schultern und ihren mächtigen Hängebusen mit Talkumpuder, der nach Lavendel duftete. Schließlich öffnete sie ihren Schmuckkasten, streichelte über das Gold und die funkelnden Edelsteine, legte ihre Lieblingsstücke an und schlief mit dem Gewicht des Schmucks auf der nackten Haut ein – eine warme Ersatzfaust, die sich zwischen ihre Brüste schmiegte und einen großen Teil ihres Brustkastens bedeckte. Sheela wusste, dass Ammumma dies tat, damit sie, sollte sie im Schlaf sterben, noch besonders gut aussah. Ihre Kinder taten es natürlich als ein Zeichen des Alters und der damit verbundenen Exzentrizität ab.

Daddy kam zwei Wochen später aus dem Krankenhaus zurück und sagte: »Der Krebs ist inoperabel. Sie wollen es mit Strahlenbehandlung versuchen.«

Mummys Schwester und Brüder überfielen sie. Ein Schwarm Heuschrecken, der das gleichmäßige Gewebe ihres Familienlebens vernichtete.

Mummy, Sheelas tüchtige Mummy, wurde ein wenig zerstreut. Der Hausarzt der Familie erklärte, das liege am Stress, der seinen Preis fordere. Es handele sich um eine Depression, ausgelöst durch die Krankheit eines geliebten Menschen. Er war der Ansicht, dass es nichts Ernstes sei, nichts, was Ruhe und Antidepressiva nicht wieder heilen könnten.

Aber Sheela wusste, dass es sich anders verhielt. Mummy war von Ammumma, die ihrem Leben ein Gefühl der Kontinuität verlieh, abhängig. Mummy wollte sich in dem sicheren Wissen aalen, dass es jemanden gab, der ihr sagte, was zu tun war, und der sich dabei niemals irrte. Jemanden, der all die Antworten auf die zahllosen Zweifel kannte, die aus den entferntesten Winkeln ihrer gepeinigten Seele in ihren Verstand drangen. Und mit einem Mal bestand die Gefahr, dass dieser Jemand plötzlich nicht mehr da sein würde. Sheela wusste, dass Mummy sich verloren und hilflos fühlte. Sheela wusste, dass Mummy zum ersten Mal die Last der Verantwortung spürte, die sich nun, da Ammummas Leben zu Ende ging, auf sie verlagerte. Ihre Schwester und die Brüder würden in ihr die Weisheit und Stärke suchen, die Ammumma besaß. Während sie sich nichts sehnlicher wünschte, als in einem Zustand ewigen Tochterdaseins zu verharren. Verhätschelt, verwöhnt und für den Rest des Lebens entbunden von jeglichen mütterlichen Tugenden.

Daddy, Sheelas ansonsten liebenswürdiger Daddy, verwandelte sich in eine scheußliche Bestie. Sheela konnte ihm nichts mehr recht machen. Er hackte auf ihr herum und hatte an allem etwas auszusetzen: Du hilfst deiner Mutter nicht genug. Deine Freunde sind nicht der richtige Umgang für dich, das ist doch nur Gesindel! Du siehst zu viel fern. Du spazierst andauernd nur herum. Wer hat dir beigebracht, ständig »Scheiße« zu sagen? Wer ist dieser Junge, mit dem du dich am Eingang zum Park unterhalten hast?

Die Liste war endlos und steckte voller Widersprüche. Sheela versuchte erst gar nicht, vernünftig mit ihm zu reden, wie sie es früher getan hätte. »Wie kann ich den ganzen Tag fernsehen und gleichzeitig andauernd herumspazieren, wie du es behauptest?«, hätte sie gefragt, als sie noch jünger war.
Aber Sheela redete nicht mehr so mit ihrem Vater. Wenn sie heute eine ihrer Ansicht nach witzige Bemerkung machte, schalt er sie wegen ihrer angeblichen Unhöflichkeit.
»Aber ich dachte, du magst es, wenn ich witzig bin. Dass du stolz bist auf meinen Sinn für Humor«, hätte Sheela am liebsten gerufen. Als kleines Mädchen hatte er sie immer ermuntert, wie eine Erwachsene zu reden. Mit messerscharfem Witz und einer fein entwickelten Schlagfertigkeit. Aber nun, da sie erwachsen war, sah er eine Frau, wenn er sie anblickte, und nicht mehr sein kleines Mädchen, und er war wütend über das, was er als eine Aberkennung seiner Autorität empfand.
Manchmal, wenn Freunde zu Besuch kamen und ein kleines Mädchen dabei war, dessen Vater über die spontanen Antworten seiner Tochter vor Stolz strahlte, hätte Sheela sich am liebsten eingemischt und ihn gebeten: »Tun Sie ihr das nicht an. Mein Vater war auch so. Er fand es lustig, wenn ich kess war. Heute nennt er es Widerworte geben, und es macht ihn furchtbar wütend. Bitte tun Sie das Ihrer Tochter nicht an. Sie wird heranwachsen und glauben, dass man so sein soll. Bringen Sie ihr lieber bei, ihre Worte herunterzuschlucken. Nette, angenehme, harmlose Dinge zu sagen. Töten Sie ihr Wesen und zähmen Sie ihre Zunge. Damit sie, wenn sie erst einmal größer ist, nicht wie ich wird und sich fragen muss, was sie Falsches gesagt hat und welche Dummheit sie als Nächstes begehen wird, sobald sie den Mund öffnet.«
Sheela hörte sich an, was ihr Vater zu sagen hatte, und wartete darauf, dass er das Zimmer verlassen würde. Wenn er

wütend war, verließ er das Zimmer immer, und zwar auf eine Weise, als hätte er Angst, irgendeinen Schaden anzurichten, wenn er bliebe. Sheela machte das nichts aus. Daddy war genauso, wenn er sich in Ammummas Haus aufhielt. Sheela war oft diejenige, an der er seinen Zorn ausließ.

Sie wusste, warum er sich so grässlich gebärdete. Er hasste es, seiner Position als Haushaltsvorstand, als Mann der Familie, enthoben zu werden. Die reichen Brüder hatten die Führung des Haushalts übernommen; Rechnungen, Einkäufe – sie kümmerten sich um alles. Das Essen, das er ihnen anbot, stellte sie nicht zufrieden. Ihnen gelüstete es nach Spezialitäten, die nur sie sich leisten konnten. Als Daddy eine Flasche Armee-Rum hervorholte, ignorierten sie sie und tranken stattdessen den Scotch aus dem Dutyfree-Shop, den sie mitgebracht hatten.

Das Haus war überschwemmt von dem Duft nach Flugzeuginterieurs und fremden Ländern. Und die reiche Schwester bemächtigte sich ihres Lebens, erteilte ihnen Ratschläge, die voller Selbstbelobigungen und Beleidigungen steckten. Sheela war die Einzige, bei der Daddy seine Macht ausüben konnte. Und Sheela wusste, dass es kein Entkommen vor dem Zorn der Bestie gab, bis Ammumma wieder abgereist oder gestorben sein würde.

Sheelas Großmutter verlor den Verstand. Ammumma setzte sich im Bett auf, schüttelte das dünne Baumwolltuch ab, mit dem Mummys ältester Bruder und ihr Lieblingssohn sie bedeckt hatte. Sie starrte auf die verblassten rosafarbenen Wände und begann die Ecke der Wand anzureden, die ihrem Bett am nächsten war. »Mutter«, sagte sie. Und Sheelas Mutter und ihre Tante blickten sich überrascht an. Warum sprach ihre Mutter mit ihrer toten Großmutter?

Frauen wenden sich an ihre Mütter, wenn sie niemanden sonst haben, an den sie sich wenden können. Frauen wissen, dass nur eine Mutter es fertig bringt, einen Fetzen Mitleid und Liebe aufzubringen, wenn die Gefühle anderer schon längst zu Asche zerfallen sind. Sheela wusste, warum Ammumma ihre Mutter suchte.

»Mutter«, sagte Ammumma mit einem Anflug von Dringlichkeit in ihrer Stimme. »Sieh dir nur diese Schlampe an, wie sie mit ihren langen Beinen ins Zimmer stolziert kommt. Er sieht nur die blasse Haut auf der Innenseite ihrer Schenkel, sieht ihre Milch-und-Honig-Haut und verliebt sich nur noch mehr in sie. Dieser törichte Narr!« Sie sprach von ihrer Schwiegertochter, der Ehefrau von Sheelas ältestem Onkel; Lieblingsobjekt ihres Hasses und Zielscheibe ihrer Giftpfeile. Wollte man Ammumma Glauben schenken, so war sie der Grund für alle wirklichen und eingebildeten Probleme.

Mummy beruhigte ihren verzweifelten Bruder. »Reg dich nicht so auf. Das ist nur die Hitze. Die Bestrahlung verursacht unvorstellbare Hitze in ihrem Organismus und bringt sie dazu, Unsinn zu reden. Dreh einfach die Klimaanlage etwas höher.« Und später erklärte sie ihrer Schwester: »Die Hitze hat all die Dämonen losgelassen, die in unserer Mutter geschlummert haben.«

Sheela wusste, dass es nichts mit der Hitze zu tun hatte. Ammumma war endlich bewusst geworden, dass ihre Zeit abgelaufen war, und sie hatte nicht vor zu sterben, ohne ihre Gedanken ausgesprochen zu haben. Aber dennoch ging Sheela zur Krankenhauskantine und bestellte sich ein Glas Pfeffer-*rasam*. Der Kellner warf ihr einen neugierigen Blick zu. Sie war die Einzige an dem Tag – an diesem heißen Tag –, die nach etwas Feurigheißem fragte statt nach etwas Kaltem – einem *badaam kheer* oder einem *basundi*-Milchgetränk –, wie es alle anderen taten.

Sheela saß schwitzend da. Der Schweiß rann ihr über die Stirn herab, während sie von dem heißen Pfeffer-*rasam* trank, um zu sehen, ob es auch in ihr die Dämonen entfesseln, auch ihr den Mut verleihen würde, ihrem Vater zu sagen: »Warum lässt du mich nicht in Ruhe? Hör doch auf, dich wie ein Monster zu benehmen! Das Einzige, was du im Moment tust, ist, mich mit gerunzelter Stirn anzublicken und mich anzufahren. Ich habe meine Großmutter nicht krank gemacht. Ich bin nicht dafür verantwortlich. Verstehst du das denn nicht?«

Wenn es sie doch nur in die Lage versetzen würde, ihrer kratzbürstigen Tante zu sagen: »Halt die Klappe, du Fettwanst, tyrannisiere doch jemand anderen – deinen Mann, deine Kinder, dein halbes Dutzend Dienstboten –, aber lass meine arme Mutter in Ruhe.«

Wenn es sie doch nur dazu bringen würde, ihren Onkeln einen zornigen Blick zuzuwerfen und ihnen zu sagen: »Wenn ihr eure Großzügigkeit, euren Reichtum zeigen wollt, dann heuert einen Koch an für meine überarbeitete Mutter und einen Mann, der zwischen der Wohnung und dem Hospital und all den anderen Orten hin und her läuft, um eure endlosen Wünsche zu erfüllen, anstatt meinen Vater wie euren Laufburschen zu behandeln.«

Die Flammen loderten, aber die Dämonen ließen sich nicht hervorlocken. Und so bestellte sie zwei Kugeln Rum-Rosinen-Eis, um das Feuer zu löschen. Sie wusste, dass sie die ganze Zeit über Recht gehabt hatte.

Sechs Wochen später brachten sie Ammumma mit nach Hause. Die Brüder und die Schwester waren nach ein paar Tagen abgereist. Mummy und Daddy wechselten sich mit Ammummas Pflege ab. Aber der Krebs wollte seinen Griff nicht lockern. Außerdem ging alles schief, was nur schief gehen konnte: Ihr Blutdruck stieg in Schwindel erregende Höhen, ihre Nieren versagten, und die ganze Zeit über wuchs der Gnom in ihrem Leib weiter. Wieder einmal wurden die Brüder und die Schwester an ihr Bett gerufen.

Sheela stand auf dem Balkon, beobachtete die Straße und

wartete darauf, dass Ammumma aus dem Krankenhaus zurückkehren würde. Plötzlich kam ihr die ganze Welt so müde vor. Die Mangobäume wirkten erschöpft. Die Hecken waren mit einer Staubschicht bedeckt, und sogar die Farben der Krotons in den Töpfen schienen matt und leblos. Drinnen in der Wohnung weinten Mummy und ihre Schwester und umarmten sich, während sie schluchzend sagten: »Mutter, verlass uns nicht.«
Einmal, als Sheela einen verstohlenen Blick auf sie warf, sah sie, dass sie einander die Tränen abwischten, bis der nächste verzweifelte Ausbruch das Wasser wieder überfließen lassen würde. Wenn man sie so sah, mochte man kaum glauben, dass diese Frauen ständig gegeneinander Krieg führten und versuchten, einander auszustechen. Aber Sheela wusste, dass dieser Frieden nur für den Moment war. Schon bald würde diese neu gefunde Schwesternliebe wieder zu Ende sein.
Als der grüne Kastenwagen vor dem Wohnhaus hielt, wusste Sheela, dass Ammumma sich darin befand. Sie sah, dass sie den Wagen im schmalen Schatten eines Ashoka-Baumes parkten. Sie wartete darauf, dass Ammumma hinter den Männern aussteigen würde. Doch es war nichts von ihr zu sehen. Zum ersten Mal wusste Sheela nicht, was vor sich ging.
Wo ist sie?, hätte sie am liebsten geschrien. Sie fühlte, wie Daddy sie am Ellenbogen berührte. Als sie sich zu ihm umdrehte, sagte er leise: »Setz dich zu ihr. Sie ist im Wagen.«

Eine hilflose Kreatur, ein mächtiger, nach Urin und Eau de Cologne stinkender Fleischhügel lag hinten im Wagen. Der Mund der Kreatur war halb offen, die Lippen aufgesprungen und trocken. Die Haut war zu zahllosen Falten groben Pergaments zerknittert, und das Haar erinnerte an Stahlwolle. Die Kreatur lag da und sog die Luft mit röchelnden Atemzügen ein. Sheela blickte sie an und wusste mit absoluter Sicherheit, dass ihre Großmutter diesen Körper be-

reits verlassen hatte. Sie befand sich in einem himmlischen Reich, saß auf einem Himmelbett aus Wolken und schmückte sich mit tausend Sternen.
Und trotzdem war dies Ammummas zurückgelassener Körper, und Sheela wusste, wie sehr sie es verabscheut hätte, sich so zu sehen. Als Sheela einmal einen Sommer bei ihr verbracht hatte, war Ammumma mit einem gequälten Gesichtsausdruck von der Beerdigung einer Verwandten zurückgekehrt. Einige Zeit später hatte sie Sheela den Grund dafür erklärt. »Lakshmi war zu ihren Lebzeiten eine so gepflegte Frau. Aber du hättest einmal sehen sollen, was sie heute mit ihr angestellt hatten. Sie haben sie vollkommen nackt auf ein Bananenblatt gelegt, so dass jeder Leberfleck, jede Vene, jeder Makel zu sehen war. Ihr Haar war ungekämmt, ihr Körper wirkte ungewaschen, und sie trug nicht das kleinste Quäntchen Gold an sich. Wie konnten sie ihr nur ihre Würde und jegliche Anmut nehmen? Mir ist bewusst geworden, dass auch ich eines Tages so aussehen werde, wenn ich tot bin. Und es gibt nichts, was ich dagegen tun kann.«
Sheela fächelte der Kreatur Luft zu, flößte ihr einen Löffel Wasser ein und sprach: »Keine Sorge, ich werde nicht zulassen, dass die Welt dich so sieht.« Sie zupfte ihr die Härchen aus dem Kinn, kämmte ihr vorsichtig das spröde Haar und flocht es zu einem Zopf, den sie am Ende mit einem glitzernden Gummiband umwickelte. Sheela verteilte Grundierung auf das Gesicht, die Schultern und den Brustkorb ihrer Großmutter und bestäubte die Haut auf die gleiche Weise mit dem teuren Talkumpuder ihrer Tante, wie es ihre Großmutter immer getan hatte. Auf das Gesicht, den Hals, die Schultern und unter die Brüste, die schlaff herabhingen wie leere Beutel. Als sie mit einer Patina aus duftendem Kreidegrau bedeckt war, umrandete Sheela ihr die Augen mit einem Kajalstift und zog ihre Augenbrauen mit fedrigen Strichen nach, wie es in ihrem Schminkbuch empfoh-

len wurde. Sheelas Tante hatte bereits Ammummas ganzen Schmuck an sich genommen. Und so schmückte Sheela sie mit Modeschmuck. Ein Halbmond ruhte auf ihrem schlaffen Busen. Ein Wasserfall aus Glaskugeln ergoss sich von ihren Ohren herab.

Als die anderen herunterkamen, da keuchten sie alle vor Entsetzen auf. »Du schreckliches Mädchen«, schrie Mummy. »Wie konntest du nur?«

Sheela sah, wie ein Unheil verkündender, verkniffener Ausdruck auf Daddys Gesicht erschien. Seine Finger verbissen sich in stummer Wut in das Fleisch an ihrem Oberarm. Sheela wusste, dass sie glaubten, sie habe ein Sakrileg begangen. Sie wusste, dass sie dachten, sie habe Ammumma in eine widerliche Kreatur verwandelt – eine prunkende, herausgeputzte sterbende Hure. Aber Sheela wusste, dass Ammumma lieber so ausgesehen hätte als krank und dem Verfall geweiht.

Es blieb keine Zeit mehr, um sie zu waschen. Es war immer ihr Wunsch gewesen, in ihrem eigenen Bett zu sterben, und sie hatten eine lange Fahrt vor sich, bis sie ihr Zuhause erreichen würden. Ihr Zuhause. Durch einen Dunst aus Schmerz und Beschämung beobachtete Sheela, wie die Brüder und Schwestern in den Wagen stiegen und sich um den sterbenden Körper ihrer Mutter kauerten. Daddy stand an Sheelas Seite. Missbilligung und Enttäuschung hatten ihm eine strenge Miene verliehen. Aber das war ihr egal. Sie wusste, dass es Ammumma gefreut hätte.

# 5

Als Akhilas Vater starb, geschahen zwei Dinge: Der Sonntag wurde zu einem ganz normalen Wochentag und Akhila zum Mann in der Familie.

Da Appa »auf dem Weg zur Arbeit« gestorben war und Akhila als eine der Besten ihre Prüfungen für die Zulassung zur Universität abgelegt hatte, bot man ihr »aus familiären Gründen« eine Tätigkeit bei der Einkommenssteuerstelle an und damit die Verantwortung, Leib und Seele der Familie zusammenzuhalten. Akhila war neunzehn Jahre alt, aber sie war sich im Klaren darüber, wie ihre Entscheidung auszufallen hatte und was man von ihr erwartete.

Narayan, der Älteste ihrer jüngeren Geschwister, würde im nächsten Jahr das Polytechnikum besuchen. Narsi, der erst elf war, sollte weiter zur Schule gehen. Er hatte noch vier Jahre vor sich, und Akhila hoffte, dass sie es sich bis dahin leisten konnten, ihn aufs College zu schicken. Sie sagte: »Stell dir doch nur einmal vor, er wird der erste Akademiker in unserer Familie sein. Ein Magister der philosophischen oder der naturwissenschaftlichen Fakultät – welche Richtung auch immer er bevorzugen mag. Und was Padma angeht, so müssen wir uns um sie für den Moment keine Sorgen machen. Sie ist zufrieden, solange ich ihr Satinbänder fürs Haar kaufe und gläserne Armreifen für ihre Handgelenke.«

Damit blieb nur noch Amma übrig, die Sorgenfalten auf der Stirn trug und es sich zur Gewohnheit gemacht hatte, ihre Hände zu kneten und zu ringen, als hätten sie sich in den zahlreichen Falten ihres voluminösen, neun Meter Stoff verschlingenden *saris* verfangen, in den sie sich hüllte.
»Es ist mir egal, was die Leute sagen«, erklärte Akhila. »Aber ich werde es nicht zulassen, dass du dir den Schädel kahl rasierst und deine hübschen *madisars* gegen einen safranfarbenen *sari* eintauschst. Du musst dich ja nicht in ein grauenhaftes Monstrum verwandeln, nur weil Appa nicht mehr ist.«
Akhila sah die Erleichterung in Ammas Augen und verspürte anfangs ein Gefühl von Stolz. Erst später verwandelte es sich in eine Schwere, die die Muskeln in ihren Schultern zu angespannten, harten Knoten machte. Für Amma war Akhila zum Oberhaupt des Haushalts geworden. Jemand, der den Schicksalsverlauf der Familie an sichere Ufer lenken würde.
Die nächsten Jahre vergingen ohne große Vorkommnisse. Ihr Leben verlief mit militärischer Präzision. Das war die einzige Möglichkeit für Akhila, Ordnung zu wahren und dafür zu sorgen, dass die Familie sich nicht aus ihrer Vertäuung löste. Die Morgendämmerung schien in die Abenddämmerung überzugehen, und der Sonntag schrumpfte auf den Tag zusammen, an dem sie ihre sechs Baumwoll-*saris*, die ihre ganze Bürogarderobe darstellten, wusch, stärkte, trocknete und bügelte.
Akhila dachte jeden Morgen an ihren Vater, wenn der *sari*, schwer von Stärke und vom Sonnenlicht, um sie herum raschelte, als würde jemand die Seiten einer Zeitung umblättern. Wenn sie die letzte Falte in ihrer Taille festgesteckt und das *pallu* über ihre linke Schulter geworfen hatte, zog sich der Saum ihres *saris* neckisch um ihre Beine in die Höhe, so dass Padma sich, bevor Akhila das Haus verließ, immer noch einmal zu ihren Füßen hinhockte und dem *sari* das Gesetz der Schwerkraft beibrachte. Zupf, zupf … was

hinaufsteigt, muss auch wieder herunterkommen und dort bleiben. Bis zum Abend besaß der *sari* weder die Energie noch die Stärke, um der Anziehungskraft der Erde zu widerstehen. Die schwüle Luft und die schweißtreibende Hitze zerfraßen selbst den standhaftesten menschlichen Geist – welche Chance hatte da schon ein Klecks Stärke?
Es mochten diese Jahre gewesen sein, in denen die Stärke in Akhilas Seele gedrungen war. Jede einzelne ihrer Handlungen und jedes Wort mit einem feinen Film der Steifheit überzogen hatte, bis es scheinbar zu ihrer zweiten Natur geworden war, so zu sprechen und zu sein.
Manchmal lag Akhila am Sonntagnachmittag auf der Schaukel, wie es ihr Vater getan hatte. Die Eisenketten stöhnten wie immer, doch nun hallte darin ihre Trauer um das wider, was einmal gewesen war und niemals wieder sein würde.

Amma kämmte Akhila das Haar. Zog an den Knoten und entwirrte sie mit einer Behutsamkeit, die Akhila beinahe zum Weinen brachte. Dies waren die einzigen Momente, in denen sie das Gefühl hatte, die Augen schließen zu können, während das Leben sich selbst erledigte, ohne dass sie es planen und entwerfen musste.
Narayan begann als Maschinenschlosser in der Kesselfabrik. Narsi wurde der erste Akademiker in der Familie und fand eine Anstellung als Lehrer. Akhila spürte, wie sich die eisernen Bänder um ihre Brust zu lockern begannen: Darf ich es wagen, wieder zu atmen? Wieder zu träumen? Jetzt, wo die Jungen zu Männern herangewachsen sind, darf ich mich langsam wieder als Frau fühlen?
Narsi entschloss sich zu heiraten. Seine Auserwählte war die Tochter des Rektors des Colleges, an dem er unterrichtete, und eine Brahmanin. Es ließ sich nichts an seiner Wahl aussetzen und nichts dagegen einwenden, außer vielleicht: Solltest du nicht besser warten, bis deine ältere

Schwester verheiratet ist, bevor du selbst über eine Frau und eine Familie nachdenkst?

Aber wer hätte diese Zurechtweisung aussprechen sollen?

Akhila wartete darauf, dass Amma oder Narayan etwas sagten. Das Thema von Akhilas Heirat anschnitten. Als sie es nicht taten, schluckte Akhila den Schmerz, den sie empfand, hinunter und ließ die Wut, die in ihr wuchs, lodern. Sie bestand darauf, dass eine passende Braut für Narayan gesucht wurde. »Die beiden Hochzeiten sollen zusammen stattfinden. Derselbe Hochzeitssaal, derselbe Tag, dieselbe Zeit … Narayan hat sich um die Familie gekümmert, und es wäre ihm gegenüber nicht fair, wenn er übergangen würde, nur weil der Herr College-Professor es mit seiner Hochzeit so eilig hat.«

Aber selbst da fragten Amma und ihre Brüder nicht ein einziges Mal: »Und was ist mit dir? Du bist seit Appas Tod das Oberhaupt der Familie. Möchtest du denn keinen Ehemann, Kinder, ein eigenes Heim?«

Akhila hatte in ihren Köpfen aufgehört, als Frau zu existieren, und sich bereits in eine alte Jungfer verwandelt.

Außerdem war da noch Padma. Als sie zum ersten Mal ihre Regel bekam, kleidete Amma sie wie eine Braut und ließ sie in einem Studio am Ort fotografieren – mit dem Rücken zu einem Spiegel, damit man das kunstvolle Blumenarrangement auf ihrem Zopf auch sehen konnte. Sie zeigte Akhila das Foto, damit sie es bewundern konnte, und blickte ihr dabei von hinten über die Schulter.

»Jetzt ist meine Kleine auch eine Frau«, sagte sie leise.

Die Botschaft hätte nicht deutlicher sein können. Bald schon würde die Zeit für sie kommen, zu heiraten, und eine Mitgift sammelte sich nicht von allein an wie Staub auf einem Fenstersims.

Padma war zweiundzwanzig, als Akhila schließlich eine Mitgift für sie zusammengestellt hatte: Goldschmuck, einen diamantenen Nasenstecker, einen Stahl-*almirah*, ein Kinderbett und eine Matratze, Kochtöpfe aus Edelstahl und Bronze, Silberlampen, einen Goldring und eine teure Armbanduhr für den Bräutigam und zwanzigtausend Rupien in Bargeld. Und selbst dann war es nicht leicht. Die potenziellen Bräutigame sorgten sich, dass sie nach einer Heirat mit ihr nur noch wenig von der Familie zu erwarten hätten. Schließlich fanden sie jemanden, der Akhila Glauben schenkte, als sie sagte, sie würde ihre Padma nicht im Stich lassen.

Akhila war vierunddreißig. Was tut eine allein stehende Frau als Nächstes im Leben?

Jeden Morgen nahm sie von Ambattur aus den Zug zu ihrer Arbeitstelle in Madras. Die Arbeit verlangte ihr nicht allzu viel ab, schließlich war sie nur eine einfache Angestellte. Am Abend fuhr sie dieselbe Strecke zurück und war gegen sieben Uhr wieder zu Hause. Ihre Mutter wartete, bis Akhila eingetroffen war, ehe sie den Dampfdrucktopf aufsetzte. Sie aßen zusammen, hörten Radio und gingen um Viertel vor zehn zu Bett. Sie führten ein ruhiges, gestärktes und gebügeltes Leben, in dem kein Platz war für chiffonähnliche Gefühlswallungen oder mit schwerem Gold-*zari* gefütterte Seiden-Unmäßigkeiten.

Wenn sie krank wurden, gingen sie ins Steadford-Krankenhaus. Und für ihr Seelenheil besuchten Akhila und ihre Mutter jeden Montag den Shiva-Tempel in Thirumulavayil. Während Amma mit zusammengepressen Handflächen und geschlossenen Augen dastand und ihre Lippen sich zum Gebet bewegten, stand Akhila verzückt neben dem Nandi, der den Eingang des Tempels bewachte.

Sie berührte die Flanken des Steinbullen, der im Gegensatz zu anderen Nandis mit dem Rücken zum Allerheiligsten ruhte. Ein Abweichler wie ich, sagte sie sich jeden Montag mit einem ironischen Lächeln.

Wäre der Nandi richtig aufgestellt worden, hätte der Tempel als einer der heiligsten Shiva-Schreine gegolten, es sogar mit dem Kailasa-Tempel aufnehmen können. Denn im

Garten des Thirumulavayil-Tempels wuchsen die seltenen Blumen Lingam und Yoni. Manifestationen der Gegenwart Shivas und Shaktis an jedem Zweig. Sie parfümierten die Luft mit der Macht einer göttlichen Vereinigung.

Egal wie oft Akhila den Nandi auch sah, er faszinierte sie immer wieder. Dieser Nandi hatte seinem Herrn und Meister den Rücken gekehrt, um einen religiösen Eiferer davor zu bewahren, von seinen Feinden getötet zu werden. Ob sich der Nandi wohl jemals gefragt hatte, was Vorrang hatte – die Ergebenheit oder die Pflicht? Ob er gewusst hatte, dass er mit dieser Geste den Tempel entweiht und Shivas Gegenwart abgewiesen hatte? War sich der Nandi bewusst gewesen, was er da tat?

Einmal im Monat lud Akhila ihre Mutter zum Essen ins Dasaprakash-Hotel ein, wo sie immer die Spezialitäten des Hauses aßen. Eine sämige, tückische rote Tomatensuppe, zwei *puris* und eine Schüssel Gemüse-*korma*, eine Portion Quarkreis und eine Portion *sambar*-Reis, eine Schüssel *rasam*, drei verschiedene Gemüsesorten, einen *appalum*, zwei Pickles, so viel einfachen Reis, wie man wollte, und schließlich einen Fruchtsalat, der mit einer halben Kirsche obendrauf und einer Cremewaffel serviert wurde, die in der schmelzenden Eiskrem steckte.

Akhila beobachtete mit verborgener Verärgerung, wie ihre Mutter aß. Sie stocherte in ihrem Essen herum, als hasste sie jeden einzelnen Bissen, und protestierte dennoch energisch, als Akhila vorschlug, einmal ein anderes Restaurant auszuprobieren. »Was stimmt denn nicht mit dem Dasaprakash? Es ist ein Ort, an dem Brahmanen essen können, ohne sich darüber Gedanken machen zu müssen, wer das Gemüse putzt, die Speisen zubereitet oder abwäscht. Ist dir eigentlich schon einmal aufgefallen, dass die Jungen, die uns bedienen, die Opferschnur tragen?«

Für Amma waren alle Kellner Jungen und alle Brahmanen

über jeden Vorwurf erhaben. Was auch der Grund war, warum Amma, als sie Sarasa Mami, Subramani Iyers Witwe, mit ihrer ältesten Tochter Jaya an der Bushaltestelle stehen sah, lediglich die Falten ihres *saris* fester um sich schlang und vorgab, sie nicht zu kennen.

Wäre es jemand anders gewesen, hätte Amma ihre Zunge wie eine Sense benutzt und die Reputation, den Charakter, den Mangel an Scham ihres Gegenübers schonungslos niedergemäht und mit ihrem Lieblingsausspruch geendet: »Ich an ihrer Stelle hätte meinen Kindern Gift gegeben und mich umgebracht. Alles ist besser, als seine Ehre zu verkaufen.«

Aber Sarasa Mami war eine Brahmanin. Und es war leichter, einer Brahmanin zu vergeben als dem Rest der Welt, der aus Fleischessern und Totengräbern bestand, egal, wie schwerwiegend das Verbrechen auch sein mochte.

Vielleicht tue ich Amma Unrecht, dachte Akhila, während sie ihre Mutter betrachtete. Vielleicht fällt es Amma leichter, das zu akzeptieren, was Subramani Iyers Witwe getan hat, weil es ihr ebenso gut hätte widerfahren können.

Als Subramani Iyers Augen eines Morgens starr zur Decke hinaufblickten, als wäre ihm dort in aller Frühe eine Offenbarung zuteil geworden, da hatte Sarasa Mami die Augen Hilfe suchend zum Himmel gewandt. Was soll ich nur tun?, hatte sie geweint und sich gegen die Brust geschlagen. Wie soll ich damit fertig werden? Wie soll ich mich nur um drei Mädchen und einen blinden Jungen kümmern?

Was erwartete sie denn nur? Akhila sah zu, wie Sarasa Mami die verschiedenen Gottheiten anbettelte und anflehte, die ihre Familie seit Generationen verehrte. Dachte sie ernsthaft, dass eine dieser Gottheiten auf die Erde herabsteigen und ihr in ihrer Not helfen würde?

Sarasa Mami wurde eine Weile allein fertig. Sie verkaufte all die kleinen Schmuckstücke, die sie besaß. Als ihr schließlich nichts mehr von Wert geblieben war, was sie hätte veräußern können, und der Hunger an ihrer dahinwelkenden Ehre nagte und jegliche Anständigkeit aus ihren Knochen schüttelte, da verkaufte sie ihre älteste Tochter Jaya.

Sie nahm den einzigen Kancheepuram-*sari,* den sie besaß, aus ihrer Zinntruhe und faltete ihn vorsichtig auf. Sarasa hatte es noch nicht über sich gebracht, sich von ihm zu trennen, denn er war für die letzte Reise ihres Lebens vorgesehen gewesen. Sie hatte wie alle guten Hindu-Frauen jeden Tag darum gebetet, dass es ihr vergönnt sein möge, vor ihrem Ehemann zu sterben. Wie hatte sie sich gewünscht, die Himmelsleiter hinaufzusteigen, erleuchtet von einem strahlend roten Kreis *kumkum* auf ihrer Stirn, während der vor ihr liegende Weg vom Duft der Jasminranken in ihrem Haar erfüllt war und alle, die sie betrachteten, bei sich dachten: Wie gesegnet sie doch ist, wie eine Braut auszusehen. Und dieser *sari* hätte die Welt vor den Kopf gestoßen, wenn sie herbeigeströmt wären, um einer Frau die letzte Ehre zu erweisen, die sie im Leben ignoriert hatten. Nun, da dies nicht mehr der Fall sein würde, erlaubte Sarasa ihren Träumen, aus den Falten des *saris* hervorzurutschen. Mottenkugeln gleich, die sich in nichts auflösen, wenn sie mit der Luft in Berührung kommen.

Was mochte Sarasa Mami gedacht haben, als sie Jaya mit dem *sari* half? Ein bisschen tiefer um die Hüften. Zeig den Schwung deiner Taille. Etwas enger über dem Busen. Versteck nicht die Wölbung deiner Brüste. Lass den Stoff über deine Schulter und deinen Rücken hinunterfließen, damit er die Fülle deiner Hüften andeutet, wenn du gehst. Vielleicht kam es ihr so vor, als helfe sie dabei, eine Braut anzukleiden, oder vielleicht war es auch eine Leiche, die ihr in den Sinn kam, während sie die Bahnen des gewebten Stoffes ordnete.

Und Jaya? Was mochte Jaya gedacht haben, als ihre Mutter sie bat, sich eines Abends früher als gewöhnlich zu baden? Fühlte sie eine Wolke aus Schmetterlingen in ihrem Bauch tanzen, als Sarasa ihre Augenlider mit der Schwärze der Dunkelheit nachzog und ihr Jasminblüten in den Zopf flocht? Jaya musste gedacht haben, dass sie heute Abend zumindest nicht hungrig zu Bett gehen musste. Das taten sie niemals wieder nach diesem Abend.

Es war nicht so, als ob Jaya an den Straßenecken gestanden und Kunden angeworben hätte. Da war noch der kaum wahrnehmbare Hauch von Ehrbarkeit, den Sarasa sich erspann, um zu verbergen, was von Jaya erwartet wurde. Die Männer, die in den Junggesellenquartieren lebten, benötigen jemand, der für sie kocht, sagte sie. Das sei alles, was Jaya tue, behauptete sie, wenn sie gefragt wurde. »Sie behandeln sie gut und sind großzügig«, fügte sie für gewöhnlich noch hinzu.

Bald schon wurde es ein vertrauter Anblick: der blinde Srini, der vorgab, ein Auto zu sein, während er jeden Abend an der Seite seiner Schwester zu den Baracken lief. Tüüt … tüüt …, hupte sein Mund, wenn sie die Straße überquerten. Wrumm … wrumm …, plärrten seine Lippen, wenn sie dahineilte, um den wissenden Blicken zu entfliehen, die ihr die Nachbarn wie Pfeile zuschossen.

Was mochten die Toten über das Chaos denken, das ihre Abwesenheit verursachte? Subramani Iyer? Appa? Ob sie sich in irgendeinem brodelnden Reich ohne Wiederkehr vor Schmerzen wanden? Oder war es gerade das, um was es beim Tod ging? Gehen zu dürfen. Aufhören, sich zu sorgen. Frei zu sein.

Anfangs sah die ganze Nachbarschaft in entsetztem Schweigen zu. Dann unterhielten sie sich mit Stimmen, die vor gerechtem Zorn über den Schandfleck zitterten, den Sarasa Mami durch ihr unverschämtes Verhalten hinterließ. Auf Subramani Iyers gutem Namen. Auf der Gemeinschaft der Brahmanen. Auf allen Frauen. Gab es denn keinen ehrenhafteren Weg, um am Leben zu bleiben?

»Sagen Sie mir doch, wie«, entgegnete Sarasa einer Nachbarin, die sich entschloss, ihr gegenüberzutreten. »Ich bin ja gewillt zu arbeiten. Jede Art von Arbeit würde ich annehmen, um mir den Lebensunterhalt zu verdienen. Ich bin zu jedem Haus in der Nachbarschaft gegangen und habe gefragt, ob jemand ein Dienstmädchen benötigt. Und jeder hat so reagiert wie Sie. Hat mir eine Hand voll Reis gegeben, als wäre ich eine Bettlerin, und mich dann weggescheucht.«

»Das habe ich nicht getan«, verteidigte sich die Nachbarin.

»Nein, Sie waren noch schlimmer. Sie haben sich in einem Zimmer versteckt und ihre Tochter vorgeschickt, um mir zu sagen, dass Sie einkaufen gegangen seien.«

»Das stimmt. Ich war auch einkaufen«, sagte die Nachbarin trotzig.

Sarasa zuckte mit den Schultern. Sie wollte nicht über etwas debattieren, das schon Monate zurücklag. Denn sie hoffte, dass ihr Schweigen diese Frau und ihre gemeine Neugierde, die sie hinter nachbarlicher Besorgnis verbarg, von ihrer Türschwelle fegen würde.

»Nun, wie auch immer, aber das?«, beharrte die Nachbarin und zeigte ihren Widerwillen mit einem Kräuseln der Lippen, Nasenlöchern, die sich verengten, und einer großzügigen, umfassenden Geste.

»Wenn ich jünger wäre, hätte ich mich selbst verkauft, um meine Familie zu ernähren und zu kleiden. Aber das hier ist müdes Fleisch. Kein Mann hat Verwendung dafür. Und es ist nicht so, als verkehrte sie mit mehreren Männern. Es ist nur ein Mann. Ein Stammkunde. Und sie ist zufrieden.«

»Sie widern mich an«, stieß ihre Nachbarin hervor, als sie davonging. »Das ist doch unnatürlich. Welche Frau würde davon reden, dass ihre Tochter einen Stammkunden hat?«

Bis zum Abend hatten die Bewohner des Hauses Nummer 21 für die brahmanische Gemeinschaft für immer zu existieren aufgehört.

Welch ein Glück, dass sie nicht in einem *agraharam* lebten, dachte Akhila. In dem brahmanischen Ghetto, in dem selbst der Luft nur durch schmale Durchgänge Zugang gewährt wird; wo zinnoberrote Streifen die getünchten Außenwände

der Häuser zieren und eine Striktheit des Denkens und eine Enge des Glaubens vermitteln; wo das komplizierte Reispulver-*kolam* auf der Türschwelle die Ankunft neuer Gedanken verhindert und jegliches abweichende Verhalten durch Zensur und völlige Isolation ausgetrieben wird.
Akhila hatte schon oft gedacht, dass eine umherziehende Gottheit ein *agraharam* schon an der Art erkennen könnte, wie sich ein Haus an das andere klammerte. Gleich einer exotischen Spezies von Raupen mit Millionen roter und weißer Beine, die sich ineinander verhaken und einen seltsam einzigartigen Gestank nach Asafötida und Soapnut von sich geben.
Aber auch wenn sie nicht in einem *agraharam* lebten, so verhielt sich die brahmanische Gemeinschaft doch, als täte sie es. Und daher wurden Sarasa, ihre Hurentochter, ihr blinder Sohn und ihre zukünftigen Hurentöchter exkommuniziert. Für Amma war dieses Schicksal schlimmer als der Tod. Denn was war eine Brahmanin schon, wenn sie in der brahmanischen Welt nicht als solche akzeptiert wurde?
»Sieh nur, wer da ist«, murmelte Akhila. Aber Amma fiel nicht auf den Köder herein. Sie gab vor, Akhila nicht zu hören, und starrte zum Horizont, auf dass der Bus erscheinen möge und sie von dort wegbrachte, bevor Akhila etwas Peinliches tun könnte, wie etwa auf die beiden zugehen und eine Unterhaltung mit ihnen beginnen.
»Da drüben stehen Jaya und ihre Mutter«, beharrte Akhila. »Möchtest du denn nicht mit Sarasa Mami reden? Sie war doch einmal deine beste Freundin, nicht wahr? Warum tust du es denn nicht? Niemand wird davon erfahren. Wir sind so weit von zu Hause weg. Oder liegt es daran, dass du nichts mit einer Frau zu tun haben willst, die ihre Tochter, wie man annimmt, in die Prostitution verkauft hat?«
Amma machte einen Schmollmund und runzelte die Stirn. »Wirst du wohl still sein?«
»Sei nicht so gemein«, fügte sie nachträglich hinzu.

»Wer ist hier gemein?«, fuhr Akhila sie an, denn der selbstgerechte Tonfall ihrer Mutter machte sie wütend. »Willst du mir etwa vorhalten, ich sei gemein? Oh, nein, nicht ich bin es, die hier gemein ist. Ihr seid es, du und deine Brahmanen-Freunde. Ihr seid es doch, die diese arme Frau und ihre Familie ächtet.«

»Ich wünschte, es wäre nicht so. Aber wenn man in einer Gesellschaft lebt, dann muss man sich anpassen und nach bestimmten Regeln richten. Ich bin keine Revolutionärin, die sich gegenüber der Welt behauptet. Ich bin eine einfache Frau. Eine Witwe. Und ich muss zu der Gesellschaft gehören, in der wir leben.«

»Ist dir klar, dass es genauso gut wir sein könnten, die dort stehen, Amma?«, fragte Akhila leise.

»Ich weiß sehr wohl, dass es so sein könnte. Das ist auch der Grund, warum ich nie ein Wort gegen sie sage, egal, wie sehr die anderen sie auch verleumdet haben.« Und dann wandte sich Amma Akhila zu und legte ihr die Hand auf die Schulter. »Aber ich hatte ja dich.«

Akhila spürte, wie sich die Schwere der Hand auf sie herabpresste. Amma hatte sie, die sie vor Armut und Erniedrigung rettete. Amma hatte Akhila, die ihr den Ehemann als Oberhaupt des Haushalts ersetzte. Amma hatte sie – Akhila. Akhilandeswari. Hüterin aller Welten. Herrin von keiner.

Am meisten vermisste Akhila, dass niemand mehr sie bei ihrem Namen rief. Ihre Brüder und ihre Schwester hatten sie immer Akka genannt. Ältere Schwester. Im Büro sprachen sie ihre Kollegen mit »Madam« an. Alle Frauen wurden mit »Madam« angesprochen und alle Männer mit »Sir«. Und Amma hatte es sich zur Gewohnheit gemacht, sie Ammadi zu nennen. Als wäre es eine Beleidigung ihrer Stellung als Oberhaupt des Haushalts, sie Akhila zu rufen.

Wer also war Akhilandeswari? Existierte sie überhaupt? Falls ja, welche Identität hatte sie? Setzte ihr Herzschlag für eine Sekunde aus, wenn sie einen mit Blüten übersäten

Mangobaum sah? Bekam sie eine Gänsehaut, wenn sie Regen auf ihrer nackten Haut spürte? Sang sie? Träumte sie? Weinte sie jemals ohne irgendeinen Grund?

Akhila dachte oft an einen tamilischen Film, den sie vor einigen Jahren gesehen hatte. Er handelte von einer Frau, wie sie eine war, dazu bestimmt, nicht mehr als ein Arbeitstier zu sein. Eine Frau, die ihr Leben und ihre Liebe für ihre Familie aufgibt.

Als der Film in einem Kino in ihrem Viertel gezeigt wurde, hatte sie ihn sich gemeinsam mit Amma angesehen. Obwohl sie schon viel darüber gelesen hatten und wussten, worum es ging, waren sie beide dennoch von dem Film überrascht. Akhila hätte die Heldin sein können, und auch ihre Verzweiflung war Akhila vertraut. Sie hatten sich den Film schweigend angesehen, und als in der Pause die Lichter angingen, bemerkte Akhila, dass ihre Mutter es vermied, ihr in die Augen zu blicken. An diesem Abend sprachen sie nicht viel, und Amma ging früh zu Bett. Akhila konnte nicht schlafen. Sie betrachtete Padma, die, zu einer Kugel zusammengerollt, neben ihr lag. Padma, die langsam zur Frau wurde. Ihr Gesicht hatte die kindliche Rundlichkeit verloren und ließ langsam erkennen, wie sie als Erwachsene aussehen würde. Akhila fragte sich, ob sie einen Mann, der sie wie verrückt liebte und sie heiraten wollte, für Padma aufgeben würde. Nein, das würde sie nicht, sagte sie sich. Akhila tat den Film als sentimentalen Kitsch ab und drehte sich auf die Seite. In jenen Tagen war sie noch jung genug, um zu glauben, dass dies nicht das Muster für den Rest ihres Lebens sein würde. Eines Tages würde auch sie ein eigenes Zuhause und eine eigene Familie haben.

Aber als Akhila zehn Jahre später an diesen Film dachte, spürte sie, wie die Dunkelheit an ihr leckte. Ob ihr Leben wohl wie das Leben der Frau in dem Film enden würde?

Akhila ließ es nie zu, dass ihre Gedanken bei diesen Dingen verweilten. Das zu tun hieße, gefährliches Terrain zu betreten. Stattdessen entschloss sie sich an ihrem fünfunddreißigsten Geburtstag, endlich dafür zu sorgen, dass sie eine Ausbildung bekam.

Sie schrieb sich für einen Magister der Philosophischen Fakultät an der Fernuniversität ein. Akhila wählte Geschichte als Hauptfach. Niemand ist wohl geeigneter, um Geschichte zu studieren, als eine alte Jungfer, dachte sie. Den Aufstieg und Fall von Zivilisationen zu verfolgen. Die komplizierten Details zu studieren, die eine bestimmte Dynastie dazu brachte, sich in einer gewissen Weise zu verhalten. Die Enträtselung des Lebens von den Seitenlinien aus zu betrachten. Über Monarchen und Konkubinen zu lesen, über Kriege und Helden. Zu beobachten und nicht mehr.

Es war Katherine Webber, die ein Ei in Akhilas Leben brachte.

Katherine war die einzige Freundin, die Akhila jemals hatte. Obwohl Akhila schon seit mehr als sechzehn Jahren im selben Büro der Einkommenssteuerstelle arbeitete, hatte sie dort immer noch keine Freunde. Für sie waren die Menschen dort nichts weiter als Kollegen, mit denen sie ihre Arbeitszeit verbrachte, und nicht mehr. Es lag nicht daran, dass es keine freundschaftlichen Annäherungsversuche gegeben hätte, aber Akhila zog es vor, Abstand von ihnen zu halten und all dem, was in ihren Leben vor sich ging. Akhila war die einzige unverheiratete Person in einem Büro mit vierundzwanzig Leuten. Und sie hatte nichts mit ihnen gemeinsam. Was verstand sie schon von dem Leid eines Vaters, dessen Kind ständig krank war? Oder der Freude einer Mutter, wenn ihr Kind die ersten Schritte machte? Die Welt der Hausbesitzer war nicht ihre Welt.

Sie war vom *gurukula*-Stadium des Lebens direkt ins *vanaprastha*-Stadium eingetreten. Und sie wollte nichts mit dem karmischen Fluss eines anderen Menschen zu tun haben.

In diesem Büro mit all seinen Ehemännern und Ehefrauen

trafen Katherine und Akhila aufeinander. Katherine Webber war von Bangalore versetzt worden. Ihre Familie lebte in Madras, und sie sagte, sie habe die Versetzung nur mit großen Schwierigkeiten bewilligt bekommen. Akhila mochte Katherine. Ihr gefielen Katherines wadenlange Kleider und die Art, wie ihr dünnes Haar ihr Gesicht umrahmte. (Das einzige Mal, als Amma ihr begegnet war, hatte sie nur finster gemurmelt: »Haben die denn kein Öl zu Hause? Wenn ich ihre Mutter wäre, dann hätte ich ihr das Haar eingeölt und zu einem schönen, festen Zopf zurückgebunden. Was denkt sich ihre Mutter nur dabei, ein junges, unverheiratetes Mädchen so herumlaufen zu lassen? Die Haare offen, so dass sie sich über den ganzen Rücken ergießen, und in einem Kleid, in dem die ganze Welt ihre Beine sehen kann!«)
Akhila gefiel es, dass Katherine unermüdlich redete und nur eine Pause einlegte, um zu kichern. Aber sie mochte Katherine vor allem deshalb, weil sie vielleicht die einzige Person war, die sie kannte, die nicht die ganze Zeit an die vier Eckpfeiler des *grihasthashrama* dachte: den Ehemann, das Baby, das Haus und die Schwiegermutter.
»Warum haben Sie sich mit dieser Angloinderin angefreundet?«, murmelte Sarala, Mitarbeiterin aus einer übergeordneten Abteilung, eines Tages, als sie gemeinsam über eine Akte gebeugt saßen.
»Warum? Was ist denn dabei?«, fragte Akhila leise.
»Gar nichts. Aber Sie wissen doch, was man über Angloinder so sagt. Die essen Fleisch und stinken. Männer wie Frauen rauchen und trinken. Und Moralvorstellungen, wie wir Hindus sie haben, kennen die nicht. Wenn Sie eine Freundin suchen – es gibt doch in diesem Büro so viele andere Frauen. Und alle kommen aus anständigen Familien wie Sie«, sagte Sarala, presste ihren Finger auf den feuchten Schwamm und blätterte eine Seite um.
»Seien Sie nicht albern!«, fuhr Akhila sie an. »Katherine ist ein gutes Mädchen und ebenso anständig wie Sie und ich.

Nur weil sie keine Hindu ist, heißt das ja nicht, dass sie automatisch eine unmoralische Person sein muss.«
Saralas Mund verzog sich zu einem süffisanten Lächeln. »Das werden Sie eines Tages schon selbst herausfinden.«
Saralas Warnung festigte ihr Verhältnis nur noch mehr. Katherine und Akhila begannen zu reden. Nicht das übliche Geplapper, das ihre frühen Unterhaltungen beherrscht hatte. Sie unterhielten sich stattdessen über das, was ihnen wirklich wichtig war. Katherine erzählte Akhila von ihrem Vater, dem Klavierlehrer, der trunken vor Glück war, wenn er sein Klavier spielte, und ansonsten billigen Alkohol bevorzugte, um sich zu berauschen. Sie erzählte Akhila von ihrer Mutter, von der sie ihre helle Haut, ihr braunes Haar und eine Vorliebe für Männer mit Schnurrbart und Grübchen am Kinn hatte (ihr Vater besaß beides). Sie erzählte Akhila von ihren Brüdern und Schwestern, die dem Mief aus Daddys Alkoholdämpfen und Mummys Unzufriedenheit entkommen waren, um sich ein eigenes Leben aufzubauen. Und dann erzählte sie Akhila von Raymond, ihrem Freund, der nach Melbourne gegangen war und sie vergessen hatte. In gewisser Weise fühlte sich Akhila getröstet. In Katherine hatte sie jemanden gefunden, der wusste, wie es war, allein und einsam zu sein.
Sie teilten ihre Geheimnisse und das Mittagessen. Katherine mochte Ammas Küche – den Zitronenreis und den Kokosnussreis, die *idli* und *vada*, das *puri* und das *korma*. Akhila wiederum fand Gefallen an den Marmeladenbroten, die Katherine separat verpackt für sie mitbrachte. Und dann öffnete Katherine eines Tages ihre Butterbrotdose und holte daraus ein Ei hervor.
Akhila hatte noch nie ein Ei aus der Nähe gesehen. Sie beobachtete, wie Katherine es vorsichtig gegen den Tisch klopfte, und sah, wie ein Riss in einer Zickzacklinie an der Schale entlanglief. Als Katherine die Schale stückchenweise entfernte, da kam es Akhila so vor, als müsste es sich da-

bei um die schönste Sache der Welt handeln, die man sich vorstellen kann. Und dann erschien unter der Hülle – wie bei einer russischen Puppe – eine weitere Schicht aus Weiß. Was mochte sich wohl darunter verbergen? Wie mochte das Innere riechen? Wie sich anfühlen?

Akhila verspürte einen großen Drang, es herauszufinden, und bevor sie überhaupt wusste, wie ihr geschah, platzte sie heraus: »Darf ich einmal beißen?«

Zuerst starrte Katherine sie mit offenem Mund an. Dann sagte sie: »Natürlich.«

»Hier, nimm nur«, forderte sie Akhila auf und hielt ihr das Ei hin.

Diese nahm es vorsichtig in die Hand. Es fühlte sich kalt und glatt an. Beim nächsten Mal würde sie die Schale gern selbst aufschlagen. Doch nun, da sie das Ei in der Hand hielt, bekam es Akhila mit der Angst zu tun. Was würde Amma sagen, wenn sie davon wüsste? Akhila hatte so etwas noch nie getan.

»Iss es hiermit«, riet ihr Katherine und schob Akhila ein zusammengeknülltes Papiertuch mit etwas Salz darin hin. Dann kicherte sie. »Meine Mutter sagt immer, ein Ei ohne Salz zu essen ist, wie einen Mann ohne Schnurrbart zu küssen.«

»Wirklich?«

Katherine kicherte noch lauter. »Ach, hatte ich ja ganz vergessen. Du bist ja noch nie geküsst worden.«

Akhila zuckte mit den Schultern und biss in das Ei. Der erste Bissen war nichts sagend. Es schmeckte weder gut noch schlecht.

»Das Weiße von einem Ei hat keinen Geschmack«, erklärte Katherine, als sie den überraschten Ausdruck auf Akhilas Gesicht sah.

Dann folgte eine Spur von Gelb. Das Eigelb zerkrümelte in ihrem Mund, überzog ihre Zunge, klebte an ihrem Gaumen, und das sogar noch, als es bereits ihre Kehle hinunterrutschte, und in seinem Kielwasser breitete sich eine einzigartige Empfindung von Freude in ihr aus.

»Wie ich sehe, schmeckt es dir«, sagte Katherine, die sich darüber amüsierte, welche Wirkung ein einfaches Ei auf Akhila hatte. »Vielleicht sollte ich dir hin und wieder ein Ei zum Mittagessen mitbringen.«

Akhila, die immer noch ein wenig überwältigt war von dem, was sie getan hatte, nickte. Sie hatte tatsächlich ein Ei gegessen.

Ein ganzes Jahr lang gab sich Akhila dem Genuss von hart gekochten Eiern hin. Entgegen der Überzeugung von Katherines Mutter benötigte sie weder Salz noch Pfeffer. Akhila mochte ihr Ei pur, damit sie das durchsichtige Weiß des Albumins, das undurchsichtige Gelb des Eigelbs, den kombinierten Genuss heimlicher Freuden schmecken konnte.

Dann trafen Katherines Papiere für ihre Emigration ein. Sie zog nach Australien, wo sie, wie sie behauptete, zweiundfünfzig Cousins habe, neun Onkel und zwölf Tanten. Die würden sich um sie kümmern, ihr dabei helfen, sich einzuleben, sie ihren Freunden vorstellen und ihr behilflich sein, sich ein neues Leben aufzubauen.

Akhila wusste, dass die Dinge niemals wieder so sein würden wie zuvor. Sie kaufte Katherine zum Abschied einen schmalen, mit einer Perle besetzten Goldring. Und Katherine schenkte ihr ein Paar Sandalen mit hohen Absätzen und schmalen Riemchen und noch einen Lippenstift dazu.

»Akhila, du bist eine sehr gut aussehende Frau. Damit wirst du noch attraktiver aussehen. Du bist erst sechsunddreißig. Also hör auf, so zu tun, als wärst du fünfzig«, sagte sie, als sie das in Geschenkpapier eingeschlagene Päckchen auf Akhilas Schreibtisch legte.

Akhila lächelte ein Dankeschön. Sie wusste, dass sie keines von Katherines Geschenken jemals tragen würde. Dann legte Katherine eine Jute-Einkaufstasche auf Akhilas Tisch und murmelte spitzbübisch: »Schau einmal rein.«

Akhila spähte in die Tasche und erblickte eine grüne Plastikdose, wie man sie zur Aufbewahrung von Eiern benutzte.
»Da sind vier Eier drin«, flüsterte Katherine. »Die kannst du mit nach Hause nehmen. Versteck sie irgendwo und koche sie dir, wenn deine Mutter schläft oder nicht da ist. Weißt du, wie man Eier kocht? Du musst einfach einen Topf mit Wasser füllen, bis das Ei bedeckt ist, und es für ungefähr acht Minuten kochen. Dann gießt du kaltes Wasser drüber, und es wird schön durch und fest sein. Wenn du es nur fünf Minuten kochst, ist das Weiße fest und das Eigelb noch ein wenig breiig. Das ist auch lecker. Versuch hin und wieder einmal ein weich gekochtes Ei, ich glaube, es wird dir schmecken.«
Akhila stellte die Tasche neben ihre und fragte sich besorgt, was sie damit anstellen sollte. Vielleicht konnte sie sie ja einfach im Zug stehen lassen, und damit wäre die Sache erledigt. Aber als es Zeit war, aus dem Zug zu steigen, da nahm Akhila die Tasche doch mit hinaus. Auf dem Nachhauseweg zog sie in Erwägung, sie hinter irgendeinen Busch zu stellen, aber dann, mit einem Mal, bog sie in ihre Straße ein und wusste, dass sie die Eier mit nach Hause nehmen und ihrer Mutter davon erzählen würde.
Amma akzeptierte ihre Vorliebe für Eier, wie sie die Begeisterung von Akhilas Vater für Schnupftabak erduldet hatte. Man tat es zwar nicht, aber es hätte schlimmer kommen können. Was, wenn Akhila sich angewöhnt hätte, Fleisch zu essen? Ein Ei konnte man in gewisser Hinsicht zu den Milchprodukten zählen. Amma bat Akhila lediglich, die Eier in der Stadt zu kaufen und die Schalen heimlich und weit weg von ihrem Haus und der Nachbarschaft wegzuwerfen.
Akhila kochte und aß die Eier in der Küche ihrer Mutter. Amma gab ihr einen Topf, einen langstieligen Löffel und eine kleine Schüssel, Dinge, die in die entfernteste Ecke der Küche verbannt wurden, wenn sie nicht in Gebrauch waren.
All ihre wundersamen Erkundungen und magischen Entdeckungen steckten in der zerbrechlichen Schale eines Eis.

Anfangs war da das perfekte Acht-Minuten-Ei, das sie sich auf ein mit Butter beschmiertes Brot schnitt und sorgfältig darauf verteilte. Dann war da das Fünf-Minuten-Ei. Akhila klopfte ein kleines Loch oben auf die Spitze und löffelte das beinahe feste Weiße und das zitternde, noch leicht flüssige Gelbe tiefer drinnen heraus. Aber es war das Drei-Minuten-Ei, das Akhila ein Gefühl von Abenteuer vermittelte. Das Drei-Minuten-Ei war ein beinahe rohes Ei, das sie hinunterstürzte, ohne ein einziges Mal zu würgen. Aber es musste kochend heiß sein. Einmal versuchte Akhila ein rohes Ei mit einer Tasse Milch zu verquirlen. Sie hätte sich beinahe übergeben. Ein Ei war für sie nur dann ein Ei, wenn es von einer Schale umgeben und von kochendem Wasser getauft war.

Akhila – unverheiratet, Regierungsangestellte, Historikerin, Ei-Esserin – dachte an all die vergangenen Jahre zurück. Mit welcher Leichtigkeit die Erinnerungen heute Nacht über sie hereinstürzten. Wie einfach es war, zurückzublicken, während das Coupé sich wiegte und schaukelte, einer Mutter gleich, die einem über die Stirn strich und sagte: Häng nur deinen Gedanken nach, mein Kind. Träum weiter, mein Kind …
Akhila stützte sich auf den Ellenbogen und spähte hinaus. Eine in Nacht gehüllte Landschaft sauste vorüber. Sheela war endlich müde geworden, und gemeinsam hatten sie die mittlere Liege hergerichtet, auf der das Mädchen nun zusammengerollt lag. Es hielt immer noch seine Ledertasche an die Brust gepresst.
Sheela und Janaki. Zwei Enden eines Spektrums. Ein junges Mädchen und eine alte Frau, und dennoch – wie sehr unterschieden sich ihre Leben eigentlich von dem ihren? Sie hätten an ihrer Stelle sein können, dachte Akhila. Und sie selbst hätte eine dieser beiden sein können. Eine jede bemüht, dem Leben entgegenzutreten und aus seinen ungewissen Wendungen schlau zu werden. Wenn ihnen das nach

besten Kräften irgendwie gelang, warum sollte sie selbst es nicht auch schaffen? Als ihr dieser Gedanke kam, begann sich eine stille Freude in Akhila zu sammeln. Ein kleiner Strom zunächst, der eine Reihe von hoffnungserfüllten Rinnsalen speiste, die zu Nebenflüssen anschwollen. Die Erwartung, dass das, was sie beabsichtigte, vielleicht doch nicht umsonst sein und sie auf die eine oder andere Art triumphieren würde.

Akhila streckte sich wieder auf ihrer Liege aus. Die hitzige, geräuschvolle Paarung von Rad und Schiene hallte in ihrem Kopf wider. Sie zog die Decke bis zum Kinn hoch und schloss die Augen. Zum ersten Mal fühlte sie sich behütet. Vor ihrem eigenen Selbst geschützt. Der Zug wusste, wohin er fuhr. Sie musste ihm nicht sagen, was zu tun war. Der Zug würde wach bleiben, während sie schlief.

So umsorgt, geschützt und sicher, spürte Akhila, wie der Schlaf über sie hinwegglitt. Ihre Lider wurden ganz schwer. Es war eine Ruhepause von ihrem Dasein als Akhila. Sie träumte:

Akhila ist ein kleines Mädchen. Sie befindet sich in einem Zugabteil. Einem Erste-Klasse-Coupé. Sie sind alle da: Appa, Amma, Narayan, Narsi und Padma. Sie fahren nach Vishakapatnam. Warum ausgerechnet dorthin, weiß Akhila nicht. Aber sie weiß, dass es weit weg liegt, am Meer. Die Landschaft ist ihr fremd – Sanddünen und eine See, die von einem beinahe unmöglichen Marineblau ist. Appa ist glücklich. Er lacht. Amma auch. Die Jungen spielen mit einem Auto, und Padma singt laut. Akhila ist so selig, dass ihr schier das Herz bersten will.

Amma öffnet die große Lunchbox, die auf dem kleinen Tisch steht, der an der Wand des Coupés befestigt ist. Schicht für Schicht kommen ihre köstlichen Gerichte zutage. Vor *ghee* fetttriefende *mysorepak* und runde, kieselähnliche *cheeda*. Kokosnussreis und *puliyodhare*. Quarkreis, besetzt mit Juwelen aus glitzernden Granatapfelker-

nen, smaragdgrünen Chilischeibchen und Korianderkringeln.
Sie essen. Akhila schmeckt den Oregano in dem *murukku.* Sein Salz überschwemmt ihren Mund. Ein Krümel bleibt in ihrem Mundwinkel kleben. Sie schlängelt ihre Zunge hervor und leckt ihn ab.
Appa steht auf und kämmt sich das Haar vor dem Spiegel über dem kleinen Tisch. Er lächelt sich im Spiegel zu und sagt: »Lasst uns alle ein kleines Nickerchen machen.«
Akhila bestaunt diesen anderen Appa, der gar nicht aufhören kann zu lächeln.
Sie legen sich hin. Das hier ist ein Erste-Klasse-Coupé. Es gibt nur vier Liegen. Amma und Appa haben jeder eine. Die Jungen teilen sich eine und die Mädchen eine andere. Akhila legt ihren Arm um Padmas Taille und singt sie leise in den Schlaf.
Plötzlich wacht Akhila auf. Das Coupé liegt im Dunkeln. Es ist niemand sonst da. Sie ist allein. »Amma, Appa«, ruft sie. Aber sie erhält keine Antwort.
»Narayan, Narsi, Padma, wo seid ihr?« Sie weint jetzt. Klettert herunter. Das Coupé ist leer. Das glaubt sie zumindest. Doch dann erblickt sie den Mann, der am Fenster sitzt. Sie fährt herum. Die Tür ist verriegelt.
»Wer sind Sie? Was machen Sie hier?«, verlangt sie von ihm zu wissen. Ihre Stimme ist die einer Erwachsenen. Akhila ist kein kleines Mädchen mehr.
»Du kennst mich nicht«, sagt er. »Aber ich kenne dich. Ich weiß alles von dir.«
»Was … was soll das heißen?«, stottert sie verwirrt.
»Du bist Akhila«, sagt er, steht auf und kommt zu ihr herüber. »Du bist Akhila, die Frau. Alle anderen mögen die Frau in dir vergessen haben. Aber ich sehe sie. Ich sehe das Verlangen in ihren Augen, sehe die Farben in ihrem Herzen.«
Seine Stimme ist tief und rau. Akhila spürt, wie sie sich um

sie schlingt. Eine Pythonschlange, die sie in der habgierigen Spirale ihres Körpers umfängt.
»Kennst du mich wirklich nicht, Akhila?«, fragt er. »Denk nach. Denk sehr genau nach.«
Aber Akhila kann sich nicht erinnern. Sie weiß nur, dass sie mit einem Mal eine seltsame Hochstimmung verspürt. »Aber ja«, sagt sie. »Ja, ich erinnere mich«, lügt sie.
»Erinnerst du dich an das hier?«, fragt er und zieht die Umrisse ihrer Lippen mit dem Zeigefinger seiner rechten Hand nach. Akhila stockt der Atem. Sie weiß, dass sie eigentlich empört sein sollte. Aber sie ist es nicht. Sie hat das Gefühl, als würden Elektroschocks durch ihren Körper jagen.
Seine Finger bewegen sich an ihrem Kiefer entlang. Sie schließt die Augen. Sein Atem streift ihre Augenlider. Sie legt den Kopf in den Nacken. Seine Finger gleiten tiefer. An ihrem Arm entlang. Zwischen ihre Finger. Sie stöhnt.
»Erinnerst du dich daran?«, fragt er.
Sie tut es nicht. Diese Empfindungen sind neu für sie, aber sie hat Angst, dass er aufhört, wenn sie es ihm gesteht. »Ja, ja«, sagt sie mit flehender Stimme.
Er streift ihr den *sari* mit dem Finger ab. Der *sari* ist aus zartem Chiffon. Er gleitet ganz leicht herab. Ein See aus gelbem Chiffon liegt zu ihren Füßen. Er berührt ihre Brüste. Erst die eine, dann die andere. Sie würde am liebsten ihre Bluse aufreißen und ihr Fleisch für ihn entblößen. Ihre Finger fliegen zu den Knöpfen. Er murmelt: »Sch, ssch, noch nicht.«
Er umkreist ihre Brustwarzen auf dem Stoff. Eine schmerzende Spannung erfasst sie. Sie lehnt sich zu ihm hinüber.
Plötzlich öffnet sich die Tür des Coupés, und sie stehen da. Appa und Amma, ihre Brüder und die Schwester – aber sie sind keine Kinder mehr. »Du schamloses Geschöpf. Du Schlampe«, brüllt Appa.
»Wie konntest du nur?«, ruft Amma.
»Was tust du?«, schreien ihre Brüder und wenden ihr Ge-

sicht vor Scham ab, als sie die Lust erblicken, die über ihr Gesicht tanzt.
Akhila spürt, wie ihr das Blut ins Gesicht schießt. »Hier, bedeck dich«, sagt Padma, eine erwachsene Padma, die ihr ihren *sari* zuwirft.
»Ich … Ich …«, versucht Akhila zu erklären.
»Sie können dir nichts anhaben«, murmelt seine Stimme in ihrem Ohr. Und während sie zusehen, umfasst er ihre Brüste. Hebt sie an, reibt ihre Brustwarzen zwischen Daumen und Zeigefinger. Und Akhila schert sich um niemanden mehr. Sie lehnt sich einfach gegen seinen Körper und schließt die Augen. Nichts hat sich jemals so gut angefühlt. Sie hört, wie die Tür des Coupés zugeschlagen wird.

Akhila schreckte aus dem Schlaf. Wo bin ich?, fragte sie sich und blickte sich erschrocken um. Alles war so ungewohnt … dann kam die Erinnerung langsam zurück.
Sie dachte an ihren Traum und errötete. Sie strich sich mit der Hand über ihre Brüste. Ihre Brustwarzen waren steif. Wie konnte sie nur solche Träume träumen?
Sie sah, dass Margaret die Tür des Coupés öffnete. »Ich muss auf die Toilette«, sagte die jüngere Frau.
Der Zug stand still. Akhila blickte aus dem Fenster. Es war ein außerplanmäßiger Halt mitten im Nichts. Akhila schaute auf ihre Uhr. Es war Viertel nach drei. Weder Nacht noch Tag. Die Stunde der Abrechnung, wenn Träume straucheln und Ängste an die Oberfläche steigen.
Margaret kam zurück. »Der Zug steht hier jetzt schon mehr als zwanzig Minuten. Ich bin von einem Weinen aufgewacht.«
Akhilas Hand eilte zu ihrem Mund. Hatte sie etwa die Lust ihres Traums laut zum Ausdruck gebracht?
»Es war das Mädchen. Sie hat im Schlaf geweint«, sagte Margaret.
»Offenbar hat niemand sonst sie gehört«, sagte sie. »Also

bin ich heruntergeklettert und habe sie geweckt. Sie schläft jetzt wieder.«

Unten auf ihrer Liege stellte sich Akhila das Mädchen über ihr vor, wie es zusammengerollt auf der Seite lag.

»Ich glaube nicht, dass ich wieder einschlafen kann«, erklärte Margaret. »Der Zug wird um fünf Uhr morgens in Coimbatore sein, und wenn ich jetzt wieder einschlafe, dann wache ich nicht wieder auf und verpasse meine Station.«

Sie lehnte sich gegen die mittlere Liege und blickte auf die schlafende Janaki hinab. »Wie schade, dass wir nicht auf derselben Seite schlafen, sonst hätten wir meine Liege herunterklappen können. Das wäre bequemer gewesen.

Ich habe gehört, wie Sie sich mit dem Mädchen unterhalten haben«, fuhr Margaret fort. Sie flüsterte, als wollte sie verhindern, dass jemand hörte, was sie sagte. »Ich hatte noch nicht geschlafen.«

Akhila erwiderte nichts darauf. Margaret schien ohnehin keine Antwort zu erwarten.

»Ich habe nachgedacht … über uns, die Frauen in diesem Coupé. Ich meine nicht die Frau auf der obersten Liege oder Sheela. Die beiden zählen nicht … zumindest nicht wirklich. Ich habe über Janaki und Prabha Devi nachgedacht. Frauen wie Sie und ich, und mir wurde klar, wie wütend ich war – nein, wütend ist wohl nicht der richtige Ausdruck. Es war eher Ärger, den ich verspürt habe, als ich Ihr Gesicht sah, nachdem Janaki uns von sich erzählt hatte. Ich sah, wie unsicher Sie wurden. Als hätten Sie das Gefühl, einen Fehler begangen zu haben und … ich dachte, selbst wenn Prabha Devi mit Ihnen reden sollte, wie sehr würde sich deren Leben wohl von Janakis unterscheiden? Das hat mich beschäftigt. Verstehen Sie, was ich zu sagen versuche?

Es sind nette Frauen, aber sie gehören zu der Sorte, die sich ohne einen Mann nicht vollständig fühlen. Sie mögen vielleicht etwas anderes sagen, aber ich kenne solche Frauen.

Tief in ihren Herzen sind sie der Ansicht, dass die Welt keine Verwendung für allein stehende Frauen hat.«

Margaret verstummte für einen Augenblick, als versuchte sie sich zu entscheiden, welche Richtung sie ihren Worten geben sollte. »Die Wahrheit, wie ich sie kenne und lebe, ist, dass eine Frau wohl einen Mann braucht, aber nicht, um ihr das Gefühl von Ganzheit zu vermitteln. Sie fragen sich jetzt wahrscheinlich, was ich schon davon weiß; eine verheiratete Frau, die davon redet, keinen Mann nötig zu haben …

Deshalb werde ich Ihnen von Ebe und mir erzählen. Und wenn ich das getan habe, werden Sie begreifen, warum ich behaupte, dass eine Frau gar nicht wirklich einen Mann braucht. Das ist ein Mythos, den die Männer erfunden haben.

Wissen Sie, warum ich in Bangalore war?«

Akhila schüttelte den Kopf. Die Intensität von Margarets Worten überwältigte sie. Welch eine erstaunliche Enthüllung würde sie wohl zu hören bekommen?

»Ich habe meinen Mann in eine Klinik gebracht. Eine Klinik, in der die Leute lernen, ihr Gewicht und ihr Leben wieder in den Griff zu bekommen. Ebe geht jedes Jahr in diese Klinik. Er braucht das. Ich weiß nicht, wie es den anderen ergeht, aber bei Ebe hält die Wirkung der Kur nicht lange vor. Für ein paar Tage ist er fast der Mensch, der er einmal war. Was ihn glauben macht, dass er es geschafft hätte, sich sein Leben zurückzuerobern. Also muss ich einschreiten und es ihm wieder entreißen. Wenn ich das getan habe, spielt er keine Rolle mehr.«

# 6

## *Vitriolöl*

Gott hat Ebenezer Paulraj nicht zu einem fetten Mann gemacht. Das war ich.

Ich, Margaret Shanthi, habe dies einzig aus dem Wunsch nach Rache heraus getan. Um seine Selbstachtung zu untergraben und die Grundfeste seines Seins zu erschüttern. Um diese Welt von einer Kreatur zu befreien, die, falls man ihr erlaubt hätte, so zu bleiben, wie sie war – so schlank, geschmeidig und arrogant –, mit einer beharrlichen Freude immer weiter Kummer gesät hätte.

Unter den fünf Elementen des Lebens ordne ich mich dem Element Wasser zu. Wasser, das befeuchtet. Wasser, das heilt. Wasser, das vergisst. Wasser, das akzeptiert. Wasser, das nimmermüde fließt. Wasser, das auch zerstört. Denn die Macht aufzulösen und zu zerstören ist ebenso ein Teil des Wassers wie seine Nässe.

In der Welt der Chemikalien ist Wasser das universelle Lösungsmittel. Beeinflusst vom Charakter all jener, die Macht darüber ergreifen. Aber nur weil ich gewöhnlich bin, bin ich doch nicht typisch. Das war Ebes Fehler. Er hat mich als jemanden ohne Bedeutung abgetan. Also blieb mir keine andere Zuflucht, als ihm zu zeigen, was die wahre Natur des Wassers ist und wie großartig seine Macht. Dass es das Wasser in seinen verschiedenen Gestalten ist, das Erde, At-

mosphäre, Himmel, Berge, Götter und Menschen, Tiere und Vögel, Gras und Bäume und Lebewesen bis hinunter zu den Würmern, Fliegen und Ameisen formt. Dass all dies nur verschiedene Ausprägungen des Wassers sind. Dass man Wasser sorgfältig einschätzen sollte, da es einen sonst erdrückt! Das war die erste Lektion, die ich ihm erteilen musste.
All diese Jahre befand ich mich in gefrorenem Zustand und hatte nur geringe Möglichkeiten, Dinge zu bewegen. Ich ließ mich auf der Oberfläche der Zeit dahintreiben, unberührt davon, was aus meinem Leben geworden war, und ohne es wirklich wahrzunehmen.
In diesem gefrorenen Zustand hatte ich vergessen, wie es war, Wasser zu sein. Dann, mit einem Mal, machte es klick. Etwas passierte: eine chemische Veränderung.
Es gibt einen Fachbegriff für das Wasser, in das ich mich verwandelte. Überkritisches Wasser. Imstande, beinahe alles aufzulösen, wonach es als bloßes Wasser niemals zu streben gewagt hätte. Mit einer Heftigkeit die Gifte wegzuätzen und zu zerstören vermag, die, wenn man nichts gegen sie unternimmt, alles tötet, was natürlich und gut ist.

Als ich an jenem Morgen erwachte, schien alles so zu sein wie immer. Ich erledigte die üblichen Hausarbeiten und ging wie gewöhnlich zu Fuß zur Schule. Als nur noch wenige Minuten fehlten, bis die Glocke ertönen würde, die alle zur Morgenandacht rief, stellte ich mich neben das Fenster des Chemielabors. Von dort aus konnte ich den größten Teil des Hofes überblicken, wo die Morgenandacht stattfand, dazu die Klassenräume der höheren Jahrgänge und in der Ferne das Schultor. Die übliche Zahl an Nachzüglern, die ihre Räder auf das Schulgelände schoben, trudelte ein.
Die älteren Schüler kamen selten zu spät. Sie trafen sogar früher ein als vorgeschrieben. Während dieser kostbaren Minuten, bevor der Zirkel der Auserwählten wachsamen

Auges seine unablässigen Runden durch die Gänge der Schule begann, wurden Liebesbriefe zugesteckt, vorsichtige Zärtlichkeiten ausgetauscht und jugendliche Träume gesponnen.

Den jüngeren Kindern fehlten solche Hormone, die ihnen schon in der Morgendämmerung die Augenlider öffneten. Aber auch für sie würde die Zeit kommen, da sie den Sog ihrer Teenagerjahre verspürten, aus ihren Shorts und Röcken herauswuchsen und es sich zur Gewohnheit machten, das Schultor lange vor der vorgeschriebenen Zeit zu durchschreiten. Aber im Augenblick – verspätet und atemlos vom Laufen – mussten sie mit dem Aufsicht führenden Lehrer und dem Aufsichtsschüler fertig werden.

Drei Minuten bevor die Glocke zur Morgenandacht läutete, wurde das Tor geschlossen. Und der Aufsichtsschüler notierte sich die Namen derer, die draußen gestrandet waren. Die Namen wurden ans schwarze Brett gehängt und die Strafe je nach der Häufigkeit der Vergehen des Übeltäters bemessen.

Ich verrenkte den Hals, um einen besseren Blick auf den Aufsicht führenden Lehrer zu erwischen, den Gott des Schultors und präpubertärer Qualen für einen Tag. Die Haltung war vertraut und unverkennbar zugleich. Die Beine leicht gegrätscht, die Hände auf dem Rücken verschränkt, einen schlanken Stock haltend, um den sich die langen Finger der rechten Hand immer wieder leicht schlossen – Autorität in jeder Faser, hochnäsige Rechtschaffenheit in jedem Atemzug. Der Inbegriff des Schulrektors. Und mein Ehemann. Ebenezer Paulraj.

Der Himmel trug die Farbe von frisch gegossenem Zinn. Eine bläulich silbrige Oberfläche, die im Verlauf des Tages langsam zu einem gräulichen, schützenden Film oxidieren würde. Auf den weiten Flächen der Sportplätze stiegen aufgewirbelte Staubwolken in die Höhe. Wo Hunderte von Füßen herumtrampelten, vermochte selbst das zäheste Gras

nicht zu überleben. Die wenigen Triebe, die es wagten, den Affront zu begehen und ihre grünen Köpfe zu heben, wurden auf Geheiß von Ebenezer Paulraj – dem Zerstörer von Grashalmen und Menschen gleichermaßen – unbarmherzig ausgerissen und auf den Komposthaufen geworfen.
Ich stand da und beobachtete ihn, wie er sein Königreich überblickte. Der Stock war sein Zepter; Symbol der Macht, die er ausübte. Er wackelte mit dem Stock, und in Gedanken sah ich die gekräuselte Oberlippe, hörte die Stimme, die sich kaum lauter als ein paar Dezibel erhob und es dennoch vermochte, die Selbstachtung eines Kindes innerhalb von wenigen Sekunden in Fetzen zu reißen. Und mir wurde klar, dass ich ihn mehr hasste, als ich jemals einen Menschen gehasst hatte.
Lautlos formten meine Lippen die Worte: ICH HASSE IHN. ICH HASSE MEINEN MANN. ICH HASSE EBENEZER PAULRAJ. HASSE IHN. HASSE IHN.
Ich wartete auf einen Donnerschlag, einen herabstürzenden Meteor, einen Wirbelwind, einen Sandsturm … auf irgendein sagenhaftes Phänomen, das für gewöhnlich solche bedeutsamen und vielleicht gotteslästerlichen Enthüllungen begleitet.
Der Himmel erschien weiterhin in einem bläulichen Silber, und der Wind flaute zu einem bloßen Rauschen in den Blättern des Feigenbaums ab, und ich wusste, dass die Literatur, die solche Hyperbeln hervorbringt, sich wieder einmal als falsch erwiesen hatte.
Ich kehrte dem Fenster den Rücken. Ein schwacher Schwefelgeruch hing im Raum. Auf den Tischen waren schimmernde Laborgerätschaften für die morgendlichen Experimente zurechtgelegt worden: Reagenzgläser, Bechergläser und Pipetten. Dies war meine vertraute Welt. Eine Welt, die ordentlich aufgeteilt war in feste und flüssige Körper und Gase. Vorhersagbar und methodisch. Wo die Zusammensetzung eines Elements sein Verhalten bestimmte. Hier

war kein Raum für Exzesse und Chaos. In meiner Domäne herrschten Ruhe und Ordnung.
Ich spürte, wie mich Erleichterung überkam. Reine, farblose, geruchlose, dichte Erleichterung.
Ich war nicht mehr unsicher. Meine Gefühle, die sich bisher widersetzt hatten, ihre chemische Struktur darzulegen, hatten sich offenbart.
Wie lange schon hatte ich mich gefragt, was ich für ihn empfand. Wie weiß eine Frau, ob sie einen Mann liebt, ihn hasst oder er ihr gleichgültig ist? Wie misst man die eigenen Empfindungen? Mit Hilfe eines Reagenzglases oder einer Pipette? Eines Spatels oder einer Waage?
Aber jetzt wusste ich es. Eine innere Ruhe begann sich mit einem Leuchten in mir auszubreiten, als ich die Treppe hinuntereilte. Kinder marschierten in ordentlichen Reihen an mir vorüber. Es gab Treppenaufsichtsschüler, die an beiden Treppenenden Wache standen, um sicherzustellen, dass es kein Schubsen und Drängeln gab. Dies gehörte in Ebenezer Paulrajs Augen zu den viel größeren Verbrechen, und die Strafen waren härter.
Es war nicht so, dass er körperliche Züchtigung anwendete. Er war der Herrscher der körperlosen Welt. Er fand einfach heraus, was ein Schüler am liebsten tat, und verbot es ihm für eine Woche oder so lange er es für nötig befand. Keine Bibliotheksbesuche für den einen. Kein Hockey für den anderen. Keine Teilnahme an schulinternen Fußballspielen. Kein Repräsentieren der Schule bei einem Quizwettbewerb. Ich habe wohl versucht, ihm nahe zu bringen, dass es gewiss auch andere Wege gebe, einem Kind Disziplin beizubringen, dass es nicht wirklich nötig sei, es so weit zu treiben. Aber er tat so, als hörte er meine Worte nicht. Ebenezer Paulraj hört auf niemanden. Nur auf sich selbst.
Das wird einem schon klar, wenn man ihn nur ansieht. Die Art, wie er auf dem *dais* steht und sein Blick über seine Schützlinge hinwegwandert. Die kleineren ganz vorn, die

größeren hinten. Von den Neun- bis Zwölfjährigen bis zu den Schülern der Oberstufe. Brüder, Schwestern, Nachbarn, Freunde. Gesichtslose ältere Arbeitstiere, unbekümmerte junge Hüpfer … Ganz gleich, um wen es sich handelt, vor Ebenezer Paulraj verstummen sie alle, werden zu großäugigen Waschlappen, die jedes Wort, jede Nuance, jede Veränderung des Tonfalls, mit dem er sie begrüßt, gierig aufsaugen. Ebenezer Paulraj weckt Angst; ich möchte bezweifeln, dass er jemals von den Kindern bewundert, geliebt oder verehrt worden ist, wie so manch anderer Lehrer. Und was den Zirkel der Auserwählten angeht, so sahen sie in ihm ihren Kapitän: einen guten Kapitän, einen fairen Kapitän.

Der Zirkel der Auserwählten stand zwei Schritte hinter ihm auf dem *dais*. Nur ich, Margaret Shanthi, stand abseits. Hinter den Kindern platziert, abgestellt, um die Fußscharrer, die Spaßvögel und Schwindler-Asse der Oberstufe zu tadeln. Von dort aus, wo ich stand, sah ich mit leicht zur Seite geneigtem Kopf nur sein Gesicht. Ich durchschaute Ebenezer Paulraj. Ich wusste, was für ein Mensch er wirklich war.

Es hatte einmal eine Zeit gegeben, in der er Juweliers-Rouge über meine Gedanken strich. Dieses feine, pulverisierte Eisenoxid; rosenroter Staub, der kostbare Metalle, Diamanten und Träume zum Glänzen bringt. Aber genauso wie Eisenoxid rostig wird, so verhielt es sich mit den Hoffnungen, die ich für unser gemeinsames Leben gehegt hatte.

Ich begegnete Ebenezer Paulraj mit gerade einmal zweiundzwanzig Jahren. Ich ritt auf einer Welle des Triumphs dahin. Die Prüfungsergebnisse der Universität waren gerade bekannt gegeben worden, und ich war eine der Goldmedaillen-Gewinnerinnen des Abschlussjahrgangs. »Eine Goldmedaille für ihren Diplomabschluss in Chemie. Sie war immer eine gute Studentin, aber das …«, sagten meine Eltern voller Stolz zu jedem, der fragte. »Wir würden es begrüßen, wenn sie weiterstudierte. Promovierte und dann vielleicht nach Amerika gehen würde, wo kluge Köpfe wie der ihre hoch geschätzt sind«, fügten sie in der Überzeugung hinzu, dass ihre Träume auch die meinen seien.

Ich war mir nicht so sicher, ob ich weiterstudieren oder Kodaikanal, wo wir wohnten, verlassen wollte. Es gefiel mir zu Hause. Im Garten herumzuwerkeln, des Nachmittags ausgiebige, faule Nickerchen halten – und dann war da auch noch Ebenezer Paulraj. Er hatte sich bereits in mein Leben eingeschmeichelt, damit begonnen, akademische Ambitionen und hoch gesteckte elterliche Ziele zu zerstören. Ebenezer Paulraj wollte, dass ich Lehrer wurde, genau wie er.

Während meiner ganzen Jahre an der Universität hatte ich immer so hart gearbeitet, um allen voraus zu sein, dass mir kaum Zeit für Jungs oder eine richtige Romanze geblieben war. Ich las gelegentlich einen Liebesroman und erlaubte mir, Phantasien über die Zeit zu spinnen, wenn ich den Mann treffen würde, der all die Qualitäten besaß, die ein Mann haben sollte. Einen Mann, der einem meiner Liebesromane hätte entstiegen sein können.

Ich glaubte immer, dass feine Züge ein Zeichen für Sensibilität seien. Ebenezer Paulraj hatte fein gemeißelte Züge, und er war groß und gut gebaut, mit einem dunklen Teint. Ich verliebte mich sofort in ihn, als ich ihn das erste Mal beim Treffen der Kirchen-Jugendgruppe sah. Wer mochte dieser großartig aussehende Mann sein?, fragte ich mich und ließ ihn nicht mehr aus den Augen. Er war schlicht gekleidet, zeigte keine Vorliebe für die Mode der Männer meiner Generation. Er stand abseits, und in dieser Unnahbarkeit sah ich eine gewisse Würde. Er war jemand, den meine Lieblingsautoren unter den Verfassern von Liebesromanen sicherlich gutgeheißen hätten, und ich wollte ihn näher kennen lernen. Und als er dann zu singen begann, da wusste ich, dass ich alles aufgeben würde, um ihn zu bekommen. Mitten im Lied blickte er mir in die Augen und lächelte. Er empfindet das Gleiche für mich, dachte ich strahlend.

Ich trug mein Glück wie einen Heiligenschein. Lumineszierender Phosphor. Im Dunkeln leuchtend. Licht und Lachen verbreitend.

Zwei Monate später, bevor auch nur ein Hauch eines Skandals aufkommen konnte, tat Ebenezer Paulraj, was von ihm erwartet wurde. Er arrangierte ein Treffen zwischen unseren Eltern, und unser Hochzeitstermin wurde festgelegt.

»Was bist du doch für eine hinterlistige Person! Warum hast du uns denn nichts von ihm erzählt?«, neckte mich meine ältere Schwester Sara, sobald Ebenezer Paulraj und seine Eltern gegangen waren. Wir saßen im Wohnzimmer und tranken eine zweite Tasse Tee an diesem Winternachmittag.

Ich lächelte verlegen. »Ich wusste nicht, wie ihr reagieren würdet. Ob ihr ihn als geeignet betrachten würdet …«

»Wie kommst du darauf, dass wir ihn nicht als geeignet betrachten würden? Wir hätten keine bessere Partie für dich finden können, wenn wir selbst Ausschau gehalten hätten«, sagte mein Schwager mit einem schallenden Lachen.

»Mit diesen breiten Schultern und der perfekten Haltung wird er wundervoll in einem Anzug aussehen«, schwärmte meine Mutter. Meine Mutter legte sehr großen Wert auf Äußerlichkeiten. Sie widmete den größten Teil ihrer Energie dem Haus. Mein Vater scherzte oft, dass man bei ihr vom Boden essen könne. Aber er scherzte nicht, als er sagte: »Und so intelligent und charmant. Aber das überrascht nicht. Jeder weiß doch, dass die Paulraj-Familie aus Trichy überaus vornehm ist. So viele Rechtsanwälte, Richter, Akademiker, hochrangige Bürokraten sind alle Paulrajs – sie sind ein feiner Menschenschlag von Denkern!«

»Wenn du mich fragst, dann ist er ein toller Fang. Erst neunundzwanzig und schon stellvertretender Schulrektor einer so angesehenen Schule«, sagte mein Onkel.

»Ihr zwei werdet sehr gut zusammen aussehen. Er so groß

und dunkel und du so zart und hübsch. Wie ein Ritter und eine Dame«, flüsterte mir meine Tante ins Ohr, die Walter Scott ebenso liebte wie meinen Onkel.
Wie ihn meine Familie anbetete. Und ich sonnte mich in dem Lob, das sie ihm zuteil werden ließen. Er gehörte mir, und ich war diejenige, die diesen erstaunlichen Mann in ihr Leben gebracht hatte.
Am Abend vor meiner Hochzeit kam meine Mutter in mein Zimmer. Meine alberne Mutter mit ihrem unbekümmerten Geplapper war plötzlich ernst. Sie war gekommen, um die Lücken zu füllen, die der Priester bei seinen Unterweisungen über das Heilige Sakrament der Ehe bei mir hinterlassen hatte. Sie erklärte mir, was es hieß, eine Ehefrau zu sein. Sprach von der Loyalität, die von mir erwartet wurde. Davon, treu zu sein. Wie wichtig es sei, dass ich mir mehr Mühe gäbe, als ein Mann jemals aufzubringen bereit sei, um eine Ehe zu einer erfolgreichen Partnerschaft zu machen. Dass eine Scheidung oft das Ergebnis dessen sei, dass eine Frau sich diese besondere Mühe nicht machte. Redete über Sex – allerdings nannte sie es »die körperliche Seite der Ehe«. Und erklärte, dass eine gute Ehefrau niemals Nein sagt, auch wenn sie nicht in der richtigen Stimmung ist. Ich hörte ihr geduldig zu und fragte mich, ob sie wirklich glaubte, dass ich nichts über die Ehe oder Sex wusste. Ich war Jungfrau wie alle Mädchen aus guten Familien vor der Hochzeit, aber Ebenezer Paulraj und ich hatten es geschafft, einige flüchtige Küsse und kleine Zärtlichkeiten auszutauschen. Außerdem heiratete ich im Gegensatz zu ihr den Mann, in den ich mich verliebt hatte, und nicht jemanden, der für mich nur deshalb ausgesucht worden war, weil er geeignet schien.
Einige Minuten nachdem meine Mutter gegangen war, kam mein Vater zur Tür herein. Ich fragte mich, was er wohl zu sagen haben mochte. Mein für gewöhnlich zurückhaltender Vater, der alles Überschwängliche, alles Erklären und Erzählen meiner redseligen Mutter überließ. Er schob

den Stapel gebügelter und gefalteter *saris*, die mich in mein neues Zuhause begleiten sollten, zur Seite und setzte sich aufs Bett. Er blickte mich an und lächelte. »Morgen ist der große Tag«, begann er. Ich nickte.

Mein Vater ergriff meine Hand. »Er ist ein guter Mann. Ebenezer wird dich sehr glücklich machen.«

Warum versuchte er mich von etwas zu überzeugen, von dem ich bereits wusste, dass es eine Tatsache war? Aber ich nickte und lächelte, freute mich über seine Worte; denn ich wollte, dass sie Ebe – so nannte ich ihn damals – ebenso sehr liebten wie ich.

»Er macht einen starken und fähigen Eindruck. Aber er hat ein weiches Herz. Er ist eine sensible Seele«, sagte mein Vater mit leiser Stimme. »Jeder Mann, der eine solche Leidenschaft für Literatur hegt, muss sensibel sein«, fügte er, der als Ingenieur in einem Stromversorgungsunternehmen arbeitete und ein heimlicher Dichter war, hinzu.

Ich starrte ihn verwundert an.

»Du musst dich gut um ihn kümmern und aufpassen, dass du niemals seine Gefühle verletzt. Er würde das nicht ertragen.«

Ich nickte wieder. Ebes Gefühle verletzen? Wovon redete mein Vater da?

Als ich wieder allein war im Zimmer, ließ ich meinen Blick auf Ebes Fotografie ruhen, die ich nach unserer Verlobung mit dem Segen meiner Eltern hatte aufstellen dürfen. Meine Familie liebte ihn ebenso sehr wie ich. Wir würden zusammen glücklich werden.

Liebe ist eine farblose, flüchtige Flüssigkeit. Liebe entzündet und brennt. Liebe hinterlässt keine Rückstände – weder Rauch noch Asche. Liebe ist ein Gift, das vorgibt, Wein zu sein.

In jenem ersten Jahr wirkte meine Liebe zu Ebe wie ein Lösungsmittel. Sie lockerte die Beharrlichkeit, verringerte die Entschlossenheit, die bis dahin Teil meines Selbst gewesen war. Meine Gefühle für ihn machten mich so trunken, dass ich mir nichts weiter wünschte, als bei ihm zu sein. Ihm zu gefallen. Ihm auf tausend verschiedene Weisen zu zeigen, wie sehr ich ihn liebte. Alles andere war unwichtig.

Es war so, als hätte mir jemand eine Gasmaske über das Gesicht gestreift und mich dazu gebracht, Chloroform einzuatmen. Zählen Sie rückwärts. Erster Tag meiner Ehe. Hochzeitsnacht. Hochzeitstag … Alles, was davor kam, war in mehrere Lagen Zellophanpapier gewickelt und weggelegt worden.

Aus jenem Jahr erinnere ich mich nur noch an die Handelsmesse, die bei uns in Kodaikanal stattfand. Wir verbrachten einen ganzen Abend dort und kauften Dinge für unser Haus ein. Kokosfasermatten für den Hauseingang. Einen Flickenteppich für die Schwelle zur Küche. Glasteller und eine wendbare Tagesdecke für unser Bett. Beidseitig zu benutzen. Zwei zum Preis von einer. Wir bissen in unsere Zuckerwatte und spürten, wie sich das Rosa in unseren Mündern zu Zuckerkristallen auflöste. Wir hielten uns an den Händen und strahlten uns an. Liebe war der Kraftstoff, der uns antrieb.

Anderthalb Jahre nach unserer Hochzeit entdeckte ich, dass ich schwanger war. Als wir vom Arzt zurückkamen, da war ich so aufgeregt, dass mir gar nicht auffiel, wie ruhig und reserviert sich Ebe verhielt. Ich hätte am liebsten sofort meine Eltern angerufen und ihnen die Neuigkeit erzählt. Hätte mich auf das Dach gestellt und gerufen: »Ich bekomme ein Baby!«

»Maragatham«, sagte Ebe mit einer Stimme, die sanfter war als sonst. Ebe nannte mich damals Maragatham. Er sagte, Margaret Shanthi würden mich alle nennen. Er sagte, Margaret und Shanthi seien so gewöhnlich klingende Namen und ich hätte einen lyrischeren verdient. Also war das sein besonderer Name für mich. Maragatham. Smaragd auf Tamil. »Maragatham.« Und ich strahlte. Eine leuchtend grüne innere Flamme.

»Maragatham, ich bin mir nicht sicher, ob wir im Augenblick ein Baby bekommen sollten«, sagte er.

War das der Moment, als der erste Hauch eines Duftes, ähnlich dem des Wintergrünöls, in meine Nasenlöcher hochstieg? Wenn man toxisches, zerstörerisches Methanol mit Salizylsäure und einigen Tropfen konzentrierter Schwefelsäure erhitzt, entsteht Methylsalicat. Eine Verbindung, die den Duft des Wintergrünöls besitzt. Äthanol oder was ich für Liebe hielt, produziert keinen solchen Duft. Da hätte ich es eigentlich wissen müssen. Aber ich war so verliebt, dass ich nur das wollte, was er wollte.

Wozu promovieren? Mach deinen Lehramtsabschluss und werde Lehrerin, dann können wir immer zusammen sein.

Langes Haar steht dir nicht. Lass es abschneiden. Ein stumpf geschnittener Bubikopf würde besser aussehen.

Müssen wir wirklich jeden Sonntag in die Kirche gehen?

Ich glaube nicht, dass es gut ist, *bhelpuri* an diesen Straßenständen zu essen. Wir könnten doch in ein Restaurant gehen …

Lass uns doch warten, bis wir beide beruflich Fuß gefasst haben, bevor wir ein Baby bekommen. Wir haben doch uns. Was könnten wir uns mehr wünschen?

Also stimmte ich der Abtreibung zu.

»Du wirst nichts spüren«, sagte er, als wir den Flur des halbprivaten Flügels des Krankenhauses entlangschritten. Er hatte alles in die Wege geleitet. Ich musste nur mitgehen.

»Ich habe mich lange mit der Ärztin darüber unterhalten, und sie hat mir versichert, dass keine Bedenken bestehen. In der siebten Woche ist dieses Ding in deiner Gebärmutter kaum mehr als eine Zygote.«

Ich blickte überrascht auf. Ebe benutzte selten wissenschaftliche Fachbegriffe. Er bevorzugte die poetischen Versionen, die manchmal unzutreffend waren. Aber als er »Zygote« sagte, da kam mir aus irgendeinem entfernten Winkel meines Gedächtnisses die Erinnerung an ein Lehrbuch: »Bei der

Empfängnis vereinen sich die haploiden Geschlechtszellen, das Sperma und das Ei, von denen jede nur einen Teil des genetischen Materials enthält, um einen Menschen zu formen, ein neues biologisches Wesen zu schaffen. Im Gegensatz zum Sperma oder Ei besitzt die diploide Zygote einen einzigartigen menschlichen Genotypus und das Vermögen der vollständigen Differenzierung, ohne die kein menschliches Leben ausgedrückt werden kann. Das haploide Sperma und das Ei sind nur ein Teil des Potenzials menschlichen Lebens. Die Zygote ist biologisches, menschliches Leben.«
Ich blieb stehen und zog an seinem Ärmel. »Ebe, ich bin mir nicht sicher. Ich weiß nicht, ob wir das Richtige tun.«
Als ich sah, wie sich sein Mund in eine dünne Linie verwandelte, fügte ich hinzu: »Ich glaube auch nicht, dass die Kirche es gutheißen würde.«
Er fuhr sich mit der Hand durchs Haar und seufzte. »Zum einen erwähnt die Bibel an keiner Stelle den Begriff Abtreibung. Zum anderen, wenn du die Kirchengeschichte studierst, wirst du feststellen, dass Abtreibungen erst ab einem gewissen Punkt verboten sind. Nach der ›Beseelung‹, die erst achtzig Tage nach der Empfängnis stattfindet. Auch Aristoteles hat das gesagt. Im Moment ist diese Zelle in dir eben genau das: eine Zelle ohne Seele oder Gefühle. Wenn du einen vereiterten Furunkel hättest, würdest du ihn dann nicht aufschneiden lassen? Stell dir einfach vor, du hättest einen Tumor, der entfernt werden muss.«
Ich suchte den Griff seiner Hand. Ich hatte Angst. Ich war unsicher. Und ich fühlte mich schuldig.

Das halbprivate Zimmer ließ sich mit einem dicken grünen Vorhang in der Mitte in zwei Kabinen teilen. Ich hatte die Fensterseite – nicht etwa, dass ich lange genug dort bleiben würde, um die Aussicht genießen zu können.
Ich lag da und starrte in den Himmel. Den gestrigen Tag hatte ich damit verbracht, das Haus und unser Leben in Vor-

bereitung auf die nächsten drei Tage zu organisieren. »Sie können am Nachmittag entlassen werden, aber ruhen Sie sich in den nächsten Tagen aus«, hatte die Ärztin gesagt.
Am Vortag hatte ich das Dienstmädchen veranlasst, die Fenster und die Böden zu putzen. Ich wechselte unsere Bettwäsche. Ich kochte genug Essen vor, um eine ganze Meute hungriger Ebenezers satt zu bekommen, und stellte es in den Eisschrank. Immer noch nicht zufrieden, schickte ich das Dienstmädchen los, um einen Fisch zu kaufen.
Sie brachte eine mittelgroße Meeräsche vom Markt mit. Ich begann sie abzuschuppen. »Lassen Sie mich das doch machen«, bot Kasturi an.
Aber ich ließ es nicht zu. Ich musste meine Hände und meinen Kopf mit etwas beschäftigen. »Nein, ich mache das. Warum wäschst du nicht schon einmal die Kleider? Ich habe sie zum Einweichen in den Eimer gelegt.«
Ich hörte, wie Kasturi im Badezimmer vor sich hin schimpfte: »Hat sie etwa vor, in die Ferien zu fahren? Warum hat sie den Kleiderkorb geleert? Jetzt werde ich eine halbe Ewigkeit mit der Wäsche zubringen …«
Ich verharrte für einen Moment und fragte mich, ob ich es ihr sagen sollte. Kasturi, die mit ihren vier Kindern und einem Alkoholiker als Ehemann in einer Hütte lebte. Was würde sie schon davon verstehen, dass man erst einmal in seinem Beruf Fuß fassen sollte, ehe man ein Baby bekam?
Ich wandte mich wieder dem Fisch zu. Als ich ihn ausnahm, da glitt mit den Eingeweiden auch Rogen aus seinem Bauch heraus; goldener Rogen, der durch meine Finger quoll.
Ich starrte auf diese Nässe hinab und vernahm eine Stimme, die mir ins Ohr flüsterte. Eine leise Stimme, die dem Glauben entstammte, der einmal ein wesentlicher Teil meines Lebens gewesen war: Deine Hände haben mich gebildet und bereitet; danach hast du dich abgewendet und willst mich verderben? … Denn du hast mein Inneres geschaffen, mich gewoben im Schoß meiner Mutter … Als ich geformt

wurde im Dunkel, kunstvoll gewirkt in den Tiefen der Erde, blieben meine Glieder dir nicht verborgen. Deine Augen sahen, wie ich entstand, in deinem Buch war schon alles verzeichnet; meine Tage waren schon bestimmt, als noch keiner von ihnen angebrochen war …
Eine Träne lief langsam über meine Wange.

Die Krankenschwester war nicht bewusst unfreundlich. Aber sie hatte wenig Geduld für die übliche Prozedur übrig. Sie half mir mit dem Krankenhausnachthemd, flocht mein schulterlanges Haar, rollte es zusammen und befestigte es unsanft in meinem Nacken. »Bitte legen Sie all Ihren Schmuck ab und geben Sie ihn Ihrer Begleitung«, sagte sie mit extralauter Stimme und warf Ebe einen, wie ich fand, verächtlichen Blick zu. Vielleicht hatte sie schon viele Ehemänner am Fuß des Krankenhausbetts gesehen, auf dem ihre Frauen saßen und langsam ihren Schmuck abnahmen. Vielleicht war sie die Begleiterin vieler Frauen gewesen, die von Qualen und Schuldgefühlen geplagt wurden, während ihre Ehemänner nichts ahnend dabeistanden.
Mein Ehering. Ich zögerte. Den sollte ich auch abnehmen? Damit hatte er mir versprochen, mich zu lieben und zu ehren, in guten wie in schlechten Zeiten, bis dass der Tod uns scheidet. »Nehmen Sie den auch ab«, sagte die Krankenschwester, ohne sich die Mühe zu machen, die Ungeduld in ihrer Stimme zu verbergen. »Im Operationssaal dürfen Sie keinen Schmuck tragen. Auch keinen Nagellack. Keine Haarnadeln. Gar nichts …«
Ich zog meinen Ehering vom Finger und reichte ihn Ebe. Er hielt ihn in seiner Handfläche und warf mir einen vorwurfsvollen Blick zu. Was blieb mir denn anderes übrig? Hatte ich nicht alles getan, was er von mir verlangte? Ich hatte keine Ahnung, was er jetzt von mir erwartete. Und mit einem Mal fühlte ich mich viel zu erschöpft, um mir darüber Gedanken zu machen.

»Bitte warten Sie draußen«, sagte die Schwester zu Ebe und scheuchte ihn aus der Kabine und dem Zimmer. »Wir müssen die Patientin für die Operation vorbereiten.«
Ich legte mich in die Kissen zurück und wartete darauf, dass sie wiederkommen würde, meine Hand in die ihre nehmen und mir sagen würde, dass nichts Falsches an dem war, auf das ich mich eingelassen hatte. Dass ich noch Zeit genug haben würde, Mutter zu werden. Ich wartete auf sie, damit sie mich beruhigte und tröstete, mich vorbereitete.
Sie zog den grünen Vorhang zu, damit ich vor allen Augen geschützt war, und stellte ein Tablett auf dem Spind neben dem Bett ab.
»Haben Sie Ihre Unterhose ausgezogen?«, fragte sie.
Ich blickte sie verständnislos an. Was um Himmels willen meinte sie damit? Wo waren die freundlichen, mitfühlenden Worte, die sie eigentlich sprechen sollte?
»Madam, ich habe Sie gefragt, ob Sie Ihre Unterhose ausgezogen haben.«
Ich nickte.
Sie schob das Krankenhaushemd bis zum Bauch hoch. Dann bedeckte sie meine Oberschenkel mit einem Handtuch und sagte: »Bewegen Sie sich nicht. Wenn Sie es doch tun, schneide ich Ihnen möglicherweise in die Haut.«
Und so rasierte sie mir – vorsichtig und zugleich kalt – die Schamhaare ab, während ich auf das Muster an der Decke starrte.
Auf der anderen Seite des Vorhangs vernahm ich das Murmeln von Stimmen. Beruhigend. Tröstend. Der barmherzige Engel hatte es vorgezogen, bei meiner Nachbarin zu verweilen. Auf der anderen Seite lag eine alte Frau, und das, was mit ihrem Körper geschah, war nicht ihre Schuld. Während ich einzig und allein verantwortlich war für diese mutwillige Zerstörung von Leben.
Eine Träne brannte in meinem Auge.

Durch einen Tränenschleier sah ich, wie das Gesicht der Schwester sanfter wurde. »Es ist noch nicht zu spät. Sie können es sich anders überlegen, wenn Sie wollen. Warum tun Sie das überhaupt? Sie sind doch verheiratet, und das ist Ihr Erstes«, sagte die Schwester, tätschelte meinen Arm, wischte mir das Gesicht ab, beschmutzte das Zimmer mit Worten, die in den letzten Tagen in meinem Kopf widergehallt hatten.

Ebe kam herein, als sie gegangen war. »Ich nehme an, sie hat dir gesagt, dass das, was du tust, falsch ist; eine Sünde in den Augen Gottes«, murmelte er. Aber seine Augen blickten grimmig, und sein Ton – obwohl leise – war schneidend.

Woher wusste er das nur?

»Jetzt guck nicht so überrascht drein! Sie ist Katholikin. Weißt du denn nicht, was die von Geburtenkontrolle und Abtreibung halten? Sie hat kein Recht, dir ihre abwegigen Überzeugungen einzutrichtern. Am liebsten würde ich mich über sie beschweren.«

Dieser neue Ebenezer machte mir Angst. War es die Bigotterie? Oder lag es daran, dass sie seine Autorität bedrohte? Das hatte noch niemand zuvor gewagt.

Doch mit einem Mal veränderte sich seine Stimme, und sein Blick wurde sanfter. Er streichelte meine Stirn und sagte: »Maragatham, mein Liebling, ich hoffe, du begreifst, dass dies nur zu unser beider Besten ist. Für unsere Zukunft.«

Wie immer ließ ich zu, dass seine Stimme meine Furcht besänftigte. Er war Ebe. Mein Ebe. Er hatte Recht. Er hatte immer Recht.

Eine halbe Stunde später traf ein ganzes Gefolge von Krankenhausmitarbeitern mit einer Bahre auf einem Handwagen ein. »Haben Sie Wasser gelassen?«, fragte die Schwester in ihrer schroffen Art.

Als sie mich wegrollten, schritt Ebe bis zum Ende des Flurs, wo die Aufzüge waren, an meiner Seite. »Alles Gute!«, sagte er.

Zum ersten Mal verspürte ich Wut. Alles Gute! Was meinte er damit? Ging ich etwa in eine Prüfung oder sagte ein Gedicht auf? Nahm ich an einem Rennen teil oder führte ein Experiment durch? Alles Gute wofür? Ich musste doch nichts weiter tun, als mich hinzulegen, während sie mir mein Baby aus dem Leib kratzten. Oder, um in deinen Worten zu sprechen, Ebe: die Zygote von der inneren Membran meines Uterus.

Im Vorbereitungsraum verflog meine Wut, und Nervosität trat an ihre Stelle. Schwestern und Ärzte in grünen OP-Anzügen und -Hauben liefen geschäftig hin und her. Da waren noch sechs andere, die, wie ich, darauf warteten, an die Reihe zu kommen.

Stimmen schwebten durch den Raum. Zusammenhanglose Stimmen, die meine geschlossenen Lider wie zustoßende Lanzen durchdrangen. Doch ich hielt meine Augen fest geschlossen.

»Wessen Patientin ist das?«

»Es wird etwas länger dauern, aber es besteht kein Anlass zur Sorge.«

»Warum ist Schwester Sheela nicht hier? Hat sie nicht heute Morgen Dienst?«

»Entspannen Sie sich. Wenn Sie sich entspannen, wird es überhaupt nicht wehtun.«

Und am Fuß meiner Liege ertönten ständig andere Stimmen und verstummten wieder. Ich konnte hören, wie das Krankenblatt beim Lesen umgeschlagen wurde und eine Stimme voller Vorurteile mit verächtlichem Unterton meine Gegenwart abtat mit einem: »Ach, KA!«

Künstlicher Abort. Mit anderen Worten: eigensinnige Frau. Unnatürliche Kreatur. Eine, die sich Mutterschaft und Gottes Werk widersetzt. Ich sagte mir, dass es keine Rolle spielte, was sie dachten. Ebe wusste, was am besten war für mich. Für uns.

Dann war ich an der Reihe und wurde hineingerollt. Eine

kalte Stille. Schläuche und Monitore. Eine riesige, runde Lampe tauchte bedrohlich über meinem Körper auf. Sie sah aus wie ein Teller mit vielen Fächern; wie die Teller, auf denen kleine vegetarische Restaurants immer ihre Mahlzeiten servieren.

»Wie fühlen Sie sich, Margaret Shanthi?«

Ich erkannte das Gesicht der Ärztin unter der grünen Haube. Wie ich mich fühle? Ich weiß es nicht … Die Worte formten sich auf meiner Zunge. Würde sie es verstehen, wenn ich es zu erklären versuchte? Ich blickte in ihr Gesicht, und mir wurde klar, dass es sich um eine Routinefrage handelte. Wahrscheinlich eine, die sie jeder Patientin stellte, die in den Operationssaal gebracht wurde.

Ich lächelte. »Gut«, sagte ich, wohl wissend, dass dies genau das war, was sie hören wollte.

Eine andere Ärztin stach eine Nadel in meine Vene und stellte einen Tropf ein. Eine Maske wurde mir über das Gesicht gelegt, und eine Stimme sagte: »Zählen Sie rückwärts, Margaret.«

Und so tat ich es. Heute. Gestern. Der Tag, an dem wir uns für eine Abtreibung entschieden. Der Tag, an dem ich feststellte, dass ich schwanger war …

Stunden später (oder waren es Jahre?) redete eine durchdringende, gehetzte Stimme auf mich ein, die irgendwo tief aus meinem Schädel zu kommen schien. »Margaret, Margaret, wachen Sie auf!«

Das tat ich. Kam nur widerstrebend zu mir. Eine Leere. Ein Schmerz. Ein Gefühl von Flachheit. Tief in meinem Rücken trommelte eine wütende Faust gegen mein Rückgrat. Spiralen von Schmerz. Ich fühlte die Watteeinlage zwischen meinen Beinen. Ein heimliches Bluten.

Eine Träne tropfte langsam herab.

Liebe lockt mit einem seltenen Bouquet. Liebe verlangt, sich an ihr zu laben. Und dann verbrennt die Liebe einem

die Zunge, die Sinne. Macht blind. Verrückt. Trennt Vernunft vom Denken. Tötet.
Liebe ist Methylalkohol, der vorgibt, Äthylalkohol zu sein.

Eine Woche später, gegen Mitternacht, weckte mich Ebes Hand. »Was machst du?«, murmelte ich verschlafen.
»Nichts. Ich möchte dich nur berühren.« Seine Stimme hatte einen seltsamen Unterton.
Seine Finger tasteten forschend. »Meine Kleine!«, sagte er übertrieben gefühlvoll. »Mein süßes Mädchen.«
Ich bekam es mit der Angst zu tun. Was war mit ihm los? »Ebe, Ebe«, flüsterte ich, unfähig, die Panik in meiner Stimme zu unterdrücken.
»Ich mag es, wenn du mich Ebe nennst, Ebe, genau wie du es eben getan hast. Wie ein kleines Mädchen. Ich mag dich so«, murmelte er. »So makellos und rein. Mein kleiner Schatz. Mein schönes Mädchen. Ohne große, dralle Brüste und diesen schrecklichen Busch da unten. Du darfst dich niemals verändern. Du sollst dein ganzes Leben lang so bleiben.«
Wo blieb ich bei alldem? Ich, Margaret Shanthi, die Frau. Hatte ich in Ebes Augen aufgehört zu existieren? Was sah er in mir? Ein kleines Mädchen, das er herumkommandieren, formen und zu Dingen überreden konnte und mit dem er schlief? Es war ganz so, als würde er alles, was an mir erwachsen und fraulich war, negieren … Was würde mit uns geschehen, wenn ich mich veränderte? Wenn die Zeit mich einholte und ihre Spuren hinterließ? Wenn ich nicht mehr länger Ebes kleines Mädchen mit kurz geschorenem Haar, knospengleichen Brüsten, nackter Vulva und schmalen Knöcheln sein würde … Ein Schluchzen drohte mich in der Dunkelheit zu ersticken.

Ich hatte einen Stapel Versuchsprotokolle vor mir liegen. Es war wieder einmal Zeit für die Beurteilungen zum Ende eines Schultrimesters. Aber zum ersten Mal in vielen Jahren vermochte ich mich nicht zu konzentrieren. Ich dachte an ihn, an uns, an das, was ich als Nächstes tun sollte. Wenn ich ihn verließ, wohin konnte ich gehen? Wer würde mir versichern, dass das, was ich getan hatte, richtig war, dass ich jetzt alles hinter mir lassen und allein ein neues Leben anfangen musste? Wer reichte mir eine Hand, an der ich mich festhalten, bot mir eine Schulter, an der ich mich ausweinen konnte?

Über die Jahre fasste meine Familie eine immer größere Zuneigung zu Ebe, bewunderte ihn immer mehr. Sie sahen in ihm einen erfolgreichen Mann, ein respektiertes Mitglied der Gemeinschaft, einen guten Ehemann, und sie glaubten, dass ich mit meinen zahllosen Fehlern, so übergewichtig und kinderlos, wie ich war, mit meiner Neigung zu langem, verdrießlichem Schweigen, dazu mit einer melancholischen Veranlagung geschlagen, jeden Tag auf den Knien herumrutschen und dem Himmel danken sollte, dass er, mein Ehemann, immer noch zu mir hielt.

Wenn ich versuchte, mich mit meiner Mutter über die Traurigkeit zu unterhalten, die mein Fleisch anschwellen ließ, meine Gedanken überschattete und meine Zunge lähmte, tat sie es einfach damit ab, dass sie sagte: »Es ist ganz normal, sich mit seinem Ehemann zu streiten. Es ist nun einmal nicht jeder Tag gleich, wenn man Jahre mit einem Mann verheiratet ist. Es gibt gute und schlechte Tage. Das Kunststück ist, sich an die guten zu erinnern. Und ich habe dir schon so oft gesagt, dass es in der Verantwortung der Frau liegt, ob eine Ehe glücklich bleibt. Männer beschäftigen sich mit so vielen Dingen, dass sie gar nicht die Zeit oder die Lust haben, eine Ehe am Laufen zu halten. Ebenezer ist ein viel beschäftiger Mann. Der Rektor einer so großen und angesehenen Schule. Du musst Verständnis dafür haben und dich entsprechend benehmen. Ihn nicht mit diesem bedrückten Schweigen und diesen verbitterten

Worten begrüßen, wenn er nach getaner Arbeit nach Hause kommt.«

Und was ist mit mir?, hätte ich gern gefragt. Habe ich denn gar kein Recht, irgendwelche Erwartungen an ihn zu stellen? Arbeite ich nicht genauso schwer wie er und mehr noch, denn ich erledige dazu auch noch den ganzen Haushalt? Warum glaubst du, dass er beschäftigt ist und ich alle Zeit der Welt habe? Solltest du als meine Mutter nicht auf meiner Seite stehen? Es von meinem Standpunkt aus betrachten? Was ist nur aus der bedingungslosen Liebe geworden, die Eltern angeblich für ihre Kinder empfinden?

Da wusste ich, dass meine Mutter, genau wie mein Vater, nichts hören wollte, was diese idyllische Welt, die sie für sich geschaffen hatten, hätte bedrohen können. Pensioniert, mit einer guten Rente, ein eigenes gemütliches Haus mit Garten; beide Töchter verheiratet mit angesehenen Männern und in guten, geregelten Verhältnissen lebend; der älteste Enkel einer der besten Schüler der Privatschule, die er besuchte … Wie konnte ich in dieses Haus der Ruhe und der Ordnung meine Bitterkeit, meine Wut, meinen Hass, meine Traurigkeit hineintragen?

Außerdem gab es das Stigma der Scheidung. In meiner Familie war noch nie jemand geschieden worden. Was Gott zusammengeführt hat, soll kein Mensch trennen. In geachteten Familien wie der meinen hatte noch nie jemand seine Ehe aufgegeben. Man biss die Zähne zusammen und gab sich doppelte Mühe, die Beziehung zu erhalten. Wenn ich Ebenezer Paulraj verließ, musste ich damit rechnen, auch meine Familie zu verlieren.

Was soll ich nur tun?, fragte ich mich wieder und wieder.

Als die Schulglocke läutete, eilte ich hinaus. Die Schule lag nur wenige Minuten von der Straße entfernt, in der wir lebten, und ich spazierte jeden Abend die mit Bäumen gesäumte Allee entlang und machte Halt an dem kleinen Gemüseladen an der Ecke. Ich kaufte gerade genug für jeden Tag. Ebenezer Paulraj hielt nichts von tiefgekühltem Gemüse. Aber an diesem Abend beschloss ich, mich mit dem zu begnügen, was vom Vortag übrig geblieben war. Eine Ruhelosigkeit schien mich voranzutreiben, die Routine zu durchbrechen, Dinge anders anzupacken.

Als ich zu Hause ankam, stellte ich den Wasserkessel auf und schaltete den Fernseher ein. Ich empfand die Stille des Hauses als zermürbend. Ich füllte die leeren Zimmer mit Musik, Gelächter und Werbespots. Ich zog mich um und trank meinen Tee.

Wir hatten kein Kind bekommen. Ich hatte keines empfangen. Die Ärzte versicherten, dass mit uns beiden alles in Ordnung sei. Sie sagten, dass es irgendwann einfach geschehen könne … Ich versuchte, nicht daran zu denken. Aber manchmal krabbelte ein Baby in meinem Kopf herum; ein Baby, das versuchte, sich an den Wänden meines Verstandes festzuhalten und sich daran in die Höhe zu ziehen; ein Baby, das Hilfe suchend die Arme nach mir ausstreckte …

Ich entschloss mich, mit dem Kochen zu beginnen. Es war der zweite Freitag des Monats, der Tag, an dem der Zirkel der Auserwählten zum Abendessen kam. Ebenezer Paulraj benahm sich an diesen Abenden immer besonders hässlich. Ich gab mir allergrößte Mühe, mit den Wänden oder den Vorhängen zu verschmelzen, aber es brauchte nicht viel, um Ebenezer Paulraj zu einer Selbstinszenierung zu animieren. Der Zirkel bildete sein Publikum, und er genoss es, ihn mit seiner wohlklingenden Stimme und der als Humor verkleideten Bosheit zu begeistern.

Als man Ebenezer Paulraj vor vier Jahren die Stelle des Rektors an der S.R.P. Trust School angeboten hatte, verließen wir Kodaikanal und zogen nach Coimbatore. Da ich seine Frau und examinierte Chemikerin war und außerdem eine Ausbildung als Pädagogin sowie umfangreiche Erfahrung hatte, bot man mir die Stelle der Fachbereichsleiterin

Chemie an. Man erwartete von mir, dass ich die Oberstufe unterrichtete. »Aber da das hier der erste Jahrgang ist und es nur eine einzige Oberstufenklasse gibt, würdest du dich auch mit einigen der jüngeren Altersstufen abgeben müssen«, sagte Ebenezer Paulraj, als er die Schule und die Lehrer beschrieb und die Herausforderung, die diese Stelle für ihn bedeutete, diese wundervolle Gelegenheit, die sich ihm darbot. Ich hörte schweigend zu und fragte mich, warum er sich überhaupt die Mühe machte. Er hatte sich doch schon längst entschieden.

Der Zirkel der Auserwählten formierte sich im ersten Jahr von Ebenezer Paulrajs Regentschaft. Es war nicht so, dass er es darauf angelegt hätte, eine solche Machtgruppe ins Leben zu rufen. Ebenezer Paulraj etablierte ein monatliches gemeinsames Essen in seiner neuen Rolle als »Vater des Staates« – denn so sah er sich selbst in Bezug auf die Schule –, das bei uns zu Hause stattfand. Die Lehrer wurden gebeten, ihre Ehefrauen und Männer mitzubringen und dazu etwas zu essen. Die ersten Male hatten wir ein volles Haus. Aber mit der Zeit begann die Zahl kleiner zu werden, bis nur noch ein kleiner Zirkel übrig blieb. Aus dem Mittagessen wurde ein Abendessen, und Ebenezer Paulrajs Macht wurde zu einer absoluten.

Nun, da es nur noch sechs Münder zu füttern gab und sechs Köpfe zu unterhalten (keiner aus dem Zirkel war verheiratet), erwartete man von mir, für das Abendessen zu sorgen. An den Leuten aus dem Zirkel war nichts auszusetzen. Sie brachten immer irgendetwas mit: eine Schachtel Küchlein, Beutel mit Chips oder manchmal auch Früchte. In Ebenezer Paulrajs Augen taten sie das ihre, und ich sollte das meine tun.

»Ich bitte dich nie um etwas. Wenn das also eine solche Zumutung für dich ist, dann frage ich Premilla oder Daphne, ob sie das Essen zubereiten. Du solltest allerdings einmal darüber nachdenken, welch ein Licht das auf dich wirft«, sagte er, als ich mich nach einigen Essen zum ersten Mal beschwerte.

»Aber warum müssen wir sie denn jeden Monat einladen? Du siehst sie doch ohnehin jeden Tag«, sagte ich. Mich ärgerte die Vorstellung, mein Haus einer Gruppe von Leuten öffnen zu müssen, von denen ich wusste, dass sie mich für ein Missgeschick des Rektors hielten.

»Ich habe nicht viele Freunde. Neidest du mir jetzt selbst das?«, erkundigte er sich mit ruhiger Stimme und verließ das Zimmer.

Ebe stritt niemals. Ebe verlor niemals die Beherrschung. Ebe erhob niemals seine Stimme. Er schloss sich ein und saß dann in stoischer Ruhe da, bis ich weich wurde und zu Kreuze kroch und das tat, was er verlangte.

Am Anfang unserer Ehe wollte Ebe immer den Vater spielen. Er wollte einen Teil der Aufgaben im Haushalt übernehmen. Er bestand darauf, auch wenn ich seine Hilfsangebote ablehnte. Ich hatte ein Dienstmädchen, das die schweren Hausarbeiten erledigte, und er störte dabei nur wie alle Männer – das hatte ich zumindest meine Mutter immer zu meinem Vater sagen hören.

Aber nachdem die Dinge zwischen uns einen negativen Verlauf zu nehmen begannen, da wurde mir klar, dass Ebe das Haus wie ein Hotel betrachtete. Er erwartete, dass alles von allein lief, ohne dass er selbst etwas dazu tun müsste – außer für den Service zu bezahlen. Essen auf dem Tisch. Die Kleidung gewaschen und gebügelt. Die Betten gemacht, die Regale abgestaubt, die Handtücher gewechselt, die Badezimmer geputzt, Einkäufe erledigt, und all das von einer unsichtbaren Hand. Ich unterdrückte meine gelegentliche Verärgerung darüber, dass er nur mit sich selbst beschäftigt war, und ließ es durchgehen. Aber es wurmte mich, dass er sich niemals die Mühe machte, anzuerkennen, wie reibungslos alles lief.

Als wir nach Coimbatore zogen, veränderten sich die Dinge. Ich hatte mehr Unterrichtsstunden, und meine Verantwortung wuchs. Aber Ebe kümmerte es nicht, dass sich unser Leben verändert hatte. Ich stellte fest, dass ich nicht wie früher einmal ohne Hilfe mit allem fertig wurde. Die Wut, die ich einst im Zaum zu halten vermocht hatte, begann sich in dem, was ich sagte, in meinem Tonfall, in der Art, wie ich unseren Haushalt führte, zu zeigen.

Er beschwerte sich über das Essen, wenn ich Reste aufwärmte. Die Dienstmädchen wurden für unzulänglich befunden: Ihre Nägel seien zu dreckig, ihre Stimmen zu laut und rau, ihr Verhalten fragwürdig, und überall lägen ihre Haare herum. »Sieh zu, dass du sie loswirst«, sagte er jedes Mal nach ein paar Tagen, wenn ich wieder einmal ein neues Mädchen eingestellt hatte.

»Kasturi war genauso. Aber über sie hast du dich nie beschwert«, versuchte ich einzuwenden.

»Kasturi war niemals im Haus, wenn ich da war. Sie ist mir nicht in die Quere gekommen. Aber diese Mädchen tun es. Ehrlich gesagt, glaube ich nicht, dass wir überhaupt ein Dienstmädchen brauchen. Ich werde uns eine Waschmaschine kaufen, und damit dürfte ja der größte Teil der Arbeit erledigt sein«, sagte er mit einem Seitenblick auf das Dienstmädchen, das gerade den Boden fegte.

Und was ist mit dem Abwasch? Dem Fegen und Putzen? Den zahllosen kleinen Dingen, um die sich ein Dienstmädchen kümmert?, dachte ich müde. Wütend.

Je müder ich wurde, desto kleinlicher wurden unsere Auseinandersetzungen. Ich verbarg meine Verärgerung über seine Gefühllosigkeit nicht mehr. Er revanchierte sich mit Sarkasmus. Je spöttischer seine Bemerkungen wurden, desto mehr nörgelte ich herum. Wir benahmen uns wie kleine Kinder, die sich darin zu übertreffen versuchten, gehässig zu sein.

Wir stritten uns wegen des Essens, das ich zubereitete und von dem er behauptete, dass es den Kochkünsten einer Anfängerin entspräche und er genauso gut auf rohem Gemüse und gekochtem Fleisch herumkauen könnte. »Warum kochst du dann nicht selbst?«, erwiderte ich. Er stand mit seinem noch halb vollen Teller auf, und ich sah, wie er die Reste in den Mülleimer schüttete.

Wir stritten uns über Spinnennetze, die ich übersehen hatte, und über die dreckigen Kleidungsstücke, die er einfach auf dem Boden liegen ließ und von denen er offenbar erwartete, dass sie von selbst zur Waschmaschine liefen. »Ach, nun hör schon auf zu nörgeln, ja? Ich habe doch gesagt, dass ich die Kleider in die Maschine stecken werde. Aber muss das ausgerechnet jetzt sein?«

Dann waren da noch Ebes Zertifikate. Die Urkunde jedes einzelnen Wettbewerbs, den Ebe jemals gewonnen hatte, wurde eingerahmt und aufgehängt – von seiner Kindergartenzeit, als er den ersten Preis im Sackhüpfen errungen hatte, bis zu dem Debattierwettbewerb an der Universität, bei dem er für die besten Einwürfe ausgezeichnet worden war. Die Zertifikate nahmen eine ganze Wand ein und waren bereits auf andere Wände vorgedrungen. Ebe beschwerte sich, dass ich sie nicht oft genug abstaubte. Dass das Glas dreckig aussah und dass Staub auf den Rahmen lag. »Warum tust du es nicht selbst?«, fuhr ich ihn an. »Das ist doch einfach albern. Welcher erwachsene Mann hängt denn schon Urkunden auf, die beweisen, dass er mit drei Jahren Erster beim Nadel-Einfädeln geworden ist oder mit vier beim Sackhüpfen gewonnen hat? Bemerkst du denn gar nicht, dass selbst deine Freunde über dich lachen, Ebe?«

Am Anfang erzählte ich Ebe von jeder Kleinigkeit, die ich getan hatte, von jedem Gedanken, der mir in den Sinn gekommen war. Ich glaubte, er wolle alles über meinen Tag wissen, wie ich alles über den seinen erfahren wollte. Eines Tages bemerkte ich, dass er mir gar nicht zuhörte. Er tat nur so. Ich sah, wie sich ein Nebel des Desinteresses über seine Augen legte, während ich redete. Ich sah, wie er nach einer Zeitschrift griff und sie durchblätterte. Ich verstummte. Ich

wusste nicht, was ich sonst hätte tun sollen. Ich fragte mich: Wenn ich es ihm nicht erzählen kann, wem dann? Wen gibt es noch, mit dem ich mich unterhalten könnte? Am nächsten Tag blieb ich stumm. Ich wartete darauf, dass er die Stille bemerken würde; mich fragen würde, ob alles in Ordnung sei; herauszufinden versuchte, was mich bedrückte. Er tat es nicht. Da wurde mir bewusst, dass es Ebe egal war, was ich tat, wenn er nicht da war. Und so hörte ich nach und nach auf, mit ihm zu reden. Wenn er es nicht wissen wollte, sagte ich mir, dann würde ich es ihm auch nicht erzählen.
Es überraschte mich nicht, dass wir keine Gespräche mehr miteinander führten. Aber dass wir einander immer noch anfuhren und unsere Auseinandersetzungen immer noch mit meinen Beschwerden endeten, dass er mir überhaupt nicht bei der Hausarbeit half, das überraschte mich schon.
»Du hast niemals Zeit, dich um den Haushalt zu kümmern«, schimpfte ich. »Du hast ständig irgendwelche Sitzungen mit dem Stiftungsbeirat oder deinem Fürsorgeausschuss. Warum nimmst du dir nicht einmal einen Augenblick, um dich der Fürsorge deiner Frau zu widmen? Wie heißt noch dein Spruch, für den du mit solcher Vehemenz in der Schule eintrittst? Produktive Arbeit zum Wohle der Gesellschaft. Ha! Wie wäre es mit etwas produktiver Arbeit für mein Wohl?«
Er fegte meine rebellischen Worte mit aller Schärfe vom Tisch. »Mach dich nicht lächerlich. Ich habe eine sehr verantwortungsvolle Tätigkeit. Da kann ich mir keine Halbheiten leisten. Im Gegensatz zu dir nehme ich meine Verpflichtungen ernst und erfülle sie.«
Ich merkte, wie mir der Mund offen stehen blieb. Welche Verpflichtungen nahm ich denn nicht ernst?
»Außerdem, worüber beschwerst du dich eigentlich? Wir sind doch nur zu zweit in diesem Haus. Wie schwierig kann es schon sein, einen Haushalt für zwei Menschen zu führen?«
Nach einer Weile gab ich auf. Ich hatte nicht die Kraft, die

Dinge auszudiskutieren. Oder vielleicht lag es auch daran, dass ich die Hoffnung aufgegeben hatte. Das hätte mir eigentlich zu denken geben müssen. Hätte mir vor Augen halten sollen, dass ich, wenn ich ihn nicht würde ändern können, nichts mehr von dieser Ehe oder dieser Beziehung zu erwarten hatte …

Ich gab meine Proteste auf. Ich lächelte und stimmte in das Lachen mit ein. Ich wurde zu dem, was er sich wünschte: jemand, der alles mitmachte, ein echter Team-Player. Das universelle Lösungsmittel.

Jedes Mal, wenn ich jemanden kennen lerne, verschwindet nach ein paar Minuten die Person für mich und wird zu einer Chemikalie, zu jemandem, dessen Natur identifiziert, aufgezeichnet und berechnet worden ist. Das hilft mir, diesen Menschen besser zu verstehen; mein Verhalten in seiner Gegenwart auf eine Formel zu bringen und damit die Möglichkeit einer versehentlichen Explosion zu reduzieren. Es ist eine Marotte; aber eine harmlose. Und es hat bisher immer funktioniert. Denn was ist ein Wesen ohne seine chemische Natur?

Ebenezer Paulraj schenkte mir ein süffisantes Lächeln, als ich versuchte, ihm meine Theorie zu erläutern. »Hältst du dich etwa für originell? Lass dir gesagt sein, dass Virginia Woolf schon lange vor deiner Geburt darauf gekommen ist. Sie hat nur Tiere dazu benutzt. Das nenne ich Einfallsreichtum. Wer würde schon auf Chemikalien kommen, außer jemand, dem jegliche Phantasie abgeht? Auf so scheußlich stinkende, schreckliche Dinge!«

Es ist mir egal, wie Virginia Woolf sich mit den Aspekten des menschlichen Verhaltens abfand. Mir bedeuten meine Chemikalien alles. Sie sind meine Freunde, meine Begleiter, meine Führer, die den größten Teil meiner fünfunddreißig Jahre an meiner Seite gewesen sind. Und sie waren es, die mir in den Sinn kamen, als ich Ebenezer Paulraj und seinen

Zirkel der Auserwählten dabei beobachtete, wie sie ihre Einigkeit und Kameradschaft zur Schau stellten.
Ich war mir nicht sicher, ob jedes einzelne Mitglied der Lehrerschaft die gleiche Verherrlichung von Ebenezer Paulraj betrieb. Das werde ich wohl niemals erfahren. Denn sie waren der Überzeugung, dass ich ihm als seine Ehefrau treu ergeben war. Daher vertrauten sie mir ebenso wenig. Und so geschah es, dass jedes Mal, wenn ich das Lehrerzimmer betrat, eine unbehagliche Stille auf allen vieren angekrochen kam und sich durch die Tischreihen und Stühle schlängelte.
Viele Jahre lang verbrachte ich meine Freistunden im Chemielabor. Manchmal suchte mich dort ein Mitglied des Zirkels auf, obwohl ich ihnen, so gut ich es eben vermochte, aus dem Weg ging. Und wenn sie dann mein Schweigen nicht in die Flucht schlug, so sorgte ich dafür, dass es der Gestank im Labor tat. Ich musste nichts weiter tun, als das Glas mit Schwefelwasserstoff zu öffnen, und schon hing der Gestank nach faulen Eiern wie eine düstere Wolke in der Luft. Ich habe keine Ahnung, warum sie mich dort aufsuchten. Vielleicht geschah es aus einer törichten Loyalität heraus, die sie ihrem Kapitän gegenüber empfanden.
Der Zirkel der Auserwählten war nicht groß. Aber er hielt die Zügel der Schule in der Hand.
Da war zum Beispiel Premilla Madhav, die in der Oberstufe Volkswirtschaft unterrichtete. Das chemische Element Brom. Schwer von Gestalt, mit rötlich braun gefärbtem Haar. Sprunghaft und mit einem starken und unangenehmen Körpergeruch. Allein nicht sehr aktiv, tat sich aber bereitwillig mit anderen zusammen. Man musste sie im Auge behalten, denn sie war imstande, andere böse zu verletzen; Wunden zuzufügen, die selten wieder ganz verheilten. Und daher mussten im Umgang mit ihr die größtmöglichen Vorsichtsmaßnahmen getroffen werden.
Dann gab es da Daphne, die Englischlehrerin. Hell und silb-

rig wie das Element Lithium, betörte sie jeden mit ihrem Charme und ihrem Lächeln. Wenn sie sich für etwas begeisterte, färbte ein dunkles Rot ihre Wangen und steigerte ihren Reiz. Manchmal, wenn er sich unbeobachtet glaubte, starrte Ebenezer Paulraj sie wie verzaubert an. Sie war etwas Besonderes, so viel war gewiss. Aber mehr als ihr Charme, mehr als ihre Schönheit lag das Besondere in ihrer Fähigkeit, anderen Menschen ein wenig von ihrer Traurigkeit zu nehmen. Bei den Frauen war sie jedoch nicht sehr beliebt; in ihrer Gegenwart fühlten sie sich wie graue Mäuse.

Sankar Narayan war der Hindilehrer. Es gab nur ein einziges passendes Element für ihn: Kobalt. Kobold. Böser Geist. Klein und pummelig. Hart und empfindlich war er, gab sich aber als liebenswürdiges Eisen und Nickel aus. Man konnte sicher sein, dass er immer wusste, was gerade in der Schule vor sich ging – egal, ob es sich um Diebstähle oder Schmierereien in den Toiletten oder um Romanzen handelte. Die Kinder vertrauten mir an, dass sie ihn Gammastrahler nannten, und es gab sogar einen deftigen Limerick über ihn, der in der Schule kursierte und von einer Klasse zur nächsten weitergegeben wurde.

*Sankar Narayan Gamma*
*Besuchte mal ein Drama*
*Ohne seinen Pyjama*
*Mit baumelnder Banana.*

Nicht alle aus dem Zirkel der Auserwählten waren Elemente. Einige von ihnen waren wesentlich vielschichtiger und ließen sich nur als Salze, Säuren oder Gase klassifizieren; Derivate, die verschiedene Merkmale zeigten. Zu dieser Gruppe gehörten die beiden letzten Mitglieder aus Ebenezer Paulrajs Zirkel. Da war zunächst einmal Xavier, der Geschichtslehrer. Farblos, angenehm, nett und absolut unzuverlässig, wenn man in Schwierigkeiten steckte. Aber ein einziger Schluck Alkohol genügte, und er war ein anderer Mensch. Dann war er so komisch, so amüsant, dass jeder in seiner Nähe unweigerlich vor Lachen prustete. Xavier, Distickstoffmonoxid, Lachgas. Er war ein großer Befürworter der Verbrennung, aber auf sich allein gestellt, unfähig, irgendetwas zu entzünden – schon gar nicht den Verstand eines Kindes.

Arsen. Der Name lautete Kalavati. Graues Haar, das Gesicht die Farbe von Gelbwurz. Mathematiklehrerin und Vergifterin des Verstandes. Sie stank nach Knoblauch und hatte ein Wesen, das ans Extreme grenzte. Arsen kannte keinen Mittelweg, kein Zwischenstadium. Entweder sie war deine beste Freundin oder deine schlimmste Feindin.

Und schließlich Tetraschwefeltetranitrid. Durchtriebenster des ganzen Haufens. Nawaz, der stellvertretende Rektor. Zweiter Befehlshaber, getreuer Helfer, der seine Farbe mit der Raumtemperatur änderte. Sich bei allgemeinen Diskussionen laut gebärdete, sich in einen Zaungast verwandelte, wenn die Meinungen geteilt waren, und beinahe unsichtbar wurde, wenn eine Auseinandersetzung ihren Höhepunkt erreichte. Obwohl er recht ausgeglichen war, vermochte er doch bei jeder plötzlichen Reibung zu explodieren, daher war es vielleicht ganz gut, dass er sich aus allen kontroversen Diskussionen heraushielt und lediglich einen Supraleiter für Ebenezer Paulrajs Theorien abgab.

Und dann gab es da noch ihn. Ebenezer Paulraj. Beißend. Scharf. Farblos. Ölig. Undurchdringlich. Sauer. Explosiv. Zu Extremen neigend. Fähig, alles Wasser zu vernichten, alles Flüssige und Lebendige. Stark genug, beinahe alles Organische verkohlen zu lassen: Holz, Papier, Zucker, Träume. Konzentrierte Schwefelsäure. $H_2SO_4$, Schwefelwasserstoff. König der Chemikalien. Vitriolöl.

Es gab verschiedene Schattierungen von Ebenezer Paulraj. Von Zeit zu Zeit war er blaues Vitriol, von Kupfer durchdrungen. Güte und positive Energie ausstrahlend; imstande, mit seiner Anwesenheit Missständen abzuhelfen; unterstützend, reinigend, heilend. Dann wieder war er grünes Vitriol, von Eisen beherrscht. Fähig, durch die bloße Kraft seiner Persönlichkeit alles und jeden zur Bedeutungslosigkeit zu verdammen. Er tat es unbewusst, seiner Natur folgend. Wenn ihn das Kobalt beherrschte, war er rosenrotes Vitriol, alles Schwache und Hilflose beschützend. Dann wieder gab es Zeiten, in denen das Zink die Herrschaft übernahm, und er war weißes Vitriol. Alles verätzend und vernichtend, was er als bedeutungslos erachtete. Aber nichts vermochte seine ihm innewohnende Natur zu verändern, die bestimmte, was er war: Vitriolöl.

Ebenezer Paulraj liebte das Laufen. Das Bild des laufenden Ebenezer gefiel ihm ungemein. Als ich Ebe kennen lernte, trug er immer ein Buch bei sich, das den Titel trug: *Die Einsamkeit des Langstreckenläufers.* »Das ist eins der besten Bücher, das jemals geschrieben wurde«, sagte er damals. »Hör mal …«

Ich hatte keine Ahnung, was der Autor meinte oder warum Ebe sich so dafür begeisterte. Aber ich akzeptierte Ebes Behauptung, ohne sie weiter zu hinterfragen. Dass es tatsächlich eines der besten Bücher war, das jemals geschrieben wurde.

Erst sehr viel später, als ich es selbst gelesen hatte, wurde mir klar, dass es der Titel war, der Ebe mehr als alles andere gefallen hatte. Es war die Art von Buch, mit der er gern gesehen wurde. Zu Hause stand eine Ausgabe im Bücherregal, und in seinem Büro lag eine weitere, deren Umschlag verlockend zur Schau gestellt war, auf seinem Schreibtisch, so dass jeder, der hereinkam, sie sah und seine eigenen Schlussfolgerungen ziehen konnte. Das Buch war unkonventionell. Das Buch war zornig. Und es hatte genau das richtige Alter – zu neu, um als Klassiker im herkömmlichen

Sinne zu gelten, und zu alt, um als avantgardistisch oder modern bezeichnet zu werden. So war Ebe nun einmal: Jeden seiner Zeitgenossen, der leistungsorientiert war, sah er als Bedrohung an. Wobei es keine Rolle spielte, ob dieser in einem anderen Land lebte.

Ebe nahm das Buch überall mit hin. Inzwischen kannte er es gut genug, um einige wenige Passagen daraus aus dem Gedächtnis zu zitieren. Aber ich bezweifelte, dass Ebe sich jemals wirklich darum scherte, worum es in dem Buch ging. Es bot ihm schlicht die Möglichkeit, etwas über ihn und sein Laufen auszusagen. Genauso war es mit dem Film *Die Stunde des Siegers*. Ebe liebte diesen Film. Er ließ sich das Video von einem Freund aus den USA mitbringen und sah es sich immer und immer wieder an. All diese geschmeidigen jungen Männer, die gegeneinander und gegen sich selbst liefen. Ebe sah sich als einer von ihnen. Der Läufer. Der einsame Läufer. Der Läufer, der weiterlief, weil es das war, was er am besten beherrschte.

Ebe wäre gern am Meer gelaufen. Oder über einen Bergpfad. Aber Ebe schätzte auch sein Publikum, das ihm uneingeschränkte Aufmerksamkeit schenkte, und so wählte er die Schule. Er blieb nach Unterrichtsschluss dort und wartete das letzte Läuten ab, bevor er sich umzog. Die Kinder lungerten am Rand der Sportplätze herum, sahen den Schulmannschaften und den Trainern zu, die ihr abendliches Fußball- und Hockeytraining abhielten. Ebe wusste, dass sie alle dort sein würden – warteten, schauten. Er ging zur Bahn hinüber und lief die nächsten fünfundvierzig Minuten. An manchen Tagen sogar noch länger. Wenn Ebe aufhörte, tropfte der Schweiß an ihm herab, und sein Atem kam in kleinen Stößen. Die Kinder und Trainer sahen ihn bewundernd an. »Laufen«, erklärte ihnen Ebe dann immer, »ist die beste körperliche Ertüchtigung. Nichts kommt dagegen an, weder Schwimmen noch Tennis – meine anderen Lieblingssportarten.«

Laufen, behauptete Ebe, helfe ihm dabei, sich zu konzentrieren und seine Gedanken zu ordnen. Laufen war es, das ihn zu dem Mann gemacht hatte, der er war – aber das ließ er ungesagt.

Ebenezer Paulraj war ein Mann der Routine und folgte peinlich genau einem Stundenplan. Er kam jeden Abend um Viertel vor sieben nach Hause, wenn er nicht an einer Konferenz teilnahm oder anderweitige Verpflichtungen hatte. Sobald ich den Wagen am Tor hörte, setzte ich den Wasserkessel auf. Er trank seinen Tee und spazierte durch das Haus. Oft stand er vor dem goldumrandeten Spiegel, der neben der Tür hing, und bewunderte sich. Er war immer noch ein sehr gut aussehender Mann, mit strammen Muskeln und einer Haut wie Seide. Einst hatte sie bei seinem Anblick Verlangen verspürt. Nun empfand sie nichts weiter für ihn als Verachtung ob seiner Eitelkeit. Alternder Pfau!

Wenn er geduscht und frische Kleider angezogen hatte, schaltete Ebe die Stereoanlage ein. Sein Musikgeschmack war wie seine Vorliebe für Speisen von Zurückhaltung geprägt.

Wenn Ebe eine Schwäche hatte, dann das Essen. Er aß unheimlich gern; je gehaltvoller die Speise, desto lieber war sie ihm. Fetter Schinken, mit Rogen gefüllte Sardinen, Hühnerleber, die Fettklümpchen, die die Metzger mit einpackten, um für die Knochen zu entschädigen, wenn sie Hammel verkauften, Eier mit zwei Eigelb, Mangos mit Sahne und reife Sapotillen, *puris*, Schmalzgebackenes, Pommes frites – triefend vor Fett, kalorienbeladen. Aber Ebe liebte seinen Körper noch mehr. Und so hielt er seine angeborene Vorliebe fürs Essen unter Kontrolle. Er nahm niemals eine zweite Portion, fastete einmal in der Woche den ganzen Tag und verbot mir, irgendetwas zu kochen, das seine Willenskraft auf die Probe stellen und ihn verleiten könnte, der Verlockung zu erliegen.

Ich war die Schwache. Ich gestattete mir all das, was ich mir nicht hätte gestatten sollen. Manchmal war es das Einzige, was mich tröstete. Ich kaufte mir die größte Tafel Schokolade, die ich auftreiben konnte, und versteckte sie. Ich suchte mir jedes Mal eine andere Stelle aus. Im Kühlschrank, im Kleiderschrank, auf dem obersten Brett des Bücherregals … Allein das Wissen darum, dass sie sich irgendwo im Haus befand, verschaffte mir einen heimlichen Nervenkitzel, der mich vergessen ließ, dass ich mit meinem Leben unzufrieden war. Ebe wurde immer wütend, wenn er sah, dass ich Süßigkeiten aß. Also wartete ich, bis er aus dem Haus war, und holte dann meine Tafel Schokolade hervor. Ich erlaubte mir das Vergnügen, das lilafarbene Verpackungspapier abzuziehen und Stück für Stück die Goldfolie aufzureißen, während ich meine Schokolade knabberte. Manchmal, wenn mir die Schokolade allein nicht genügte, öffnete ich eine Dose Kondensmilch, tauchte den Löffel hinein und schluckte einen nach dem anderen, bis mir übel wurde. Aber meine »Milchmädchen«-Tage waren nicht so häufig. Normalerweise reichten mir eine Tafel Schokolade und danach eine Tüte Chips, die die Süße in meinem Mund wegnahm, um meine Gelüste zu stillen.
Man sah es mir an: das Doppelkinn, die Fettwülste um die Taille, die dicken Waden, die geschwollenen Handgelenke. Ich hasste mich selbst, wenn ich mich im Spiegel betrachtete. Aber ich war wenigstens nicht mehr länger Daddys kleines Mädchen.

Ebe mochte westliche klassische Musik. Ich bin mir nicht sicher, ob er sie wirklich mochte oder ob er es sich einredete, weil es die Art von Musik war, der Rektoren angesehener Schulen lauschen sollten. Für mich hörte es sich wie die Musik an, die sie in Aufzügen und in den Foyers von Luxushotels spielten.
Ebe verehrte die Meister. Aber er nahm es sehr genau da-

mit, seine Verehrung zu kategorisieren. Daher wählte er einen Komponisten aus und las alles, was er über ihn finden konnte. Beim Lesen spielte er dann die Musik dieses Komponisten. Andauernd bekam er bespielte Kassetten oder CDs zugeschickt. An jenem Abend hörte er Bach.
Bah! Bah! Bah! Ich stieß den Namen leise hervor und fühlte mich dabei wie ein trotziges Kind.
Warum konnten wir nicht die Musik hören, die die meisten Leute hörten? Simon & Garfunkel, die Beatles, Madonna, Chicago, *ghazals* und tamilische Lieder ... Nein, es musste Bach oder Beethoven, Chopin oder Mozart sein. Manchmal tobte und kochte die Stimme in meinem Kopf derart, dass ich Angst hatte, mir würde der Schädel platzen.
An jenem Abend legte Ebe sein Buch zur Seite und stellte sich in den Rahmen der Küchentür. »Was hast du gekocht?«, fragte er.
»Ein Gemüse-*pulao*, Quark-*vadas*, ein Blumenkohl-Curry und ein Eier-*masala*. Außerdem sind *papads* und Pickles da«, erwiderte ich und hob den Topfdeckel jedes Gerichts in die Höhe, um es ihm zu zeigen.
Er verzog das Gesicht. Ich gab vor, es nicht zu bemerken.
»Aber genau das hast du letztes Mal doch auch schon gekocht. Warum hast du dir nicht etwas anderes einfallen lassen? Sie müssen doch glauben, du hättest keine Phantasie.«
Ich schluckte. Warum nur tat es selbst jetzt noch weh? Und es war der Schmerz, der mich ihn anschnauzen ließ. »Wenn es dir nicht passt, was ich gekocht habe, dann kannst du ja Essen aus dem Restaurant kommen lassen. Mehr kann ich dir nicht bieten. Und wen wollen wir denn überhaupt damit beeindrucken? Es ist doch immer derselbe bunte Haufen von Leuten, die ganz genau wissen, wer wir sind. Es ist ja nicht so, als wären sie von königlichem Blut.«
Aber Ebe hatte bereits das Zimmer verlassen, und ich blieb allein zurück mit meinen verletzten Gefühlen, meiner Wut und einem Anflug von Scham. Wie konnte ich nur so klein-

lich sein? Aber mehr als einen kurzen Moment der Reue erlaubte ich mir nicht.

An diesem Abend trieb mich mein Hass an. Vitriolöl zerstört Wasser. Es entzieht anderen Verbindungen sämtliche Spuren von Wasser. Aber an jenem Abend war ich Aqua Regia. Königswasser. Ganz Säure und Hass. Imstande, selbst Gold aufzulösen, wie schon die Alchemisten wussten. Imstande, Scham und Reue aufzulösen und meinen Hass für ihn unversehrt zu lassen.

»Mmm … was für ein herrlicher Duft!«, erklang Daphnes silbrige Stimme, als sie durch die Tür trat.

Das Lithium-Mädchen. Aus dem Zirkel der Auserwählten war sie diejenige, die ich am meisten mochte, obwohl ich wusste, dass Ebe vernarrt in sie war. Ich schenkte ihr ein Lächeln.

Die anderen – Brom-Premilla, Lachgas-Xavier, Tetraschwefel-Nawaz und Gammastrahler Sankar Narayan lächelten mir zu und schnupperten anerkennend. Nur Arsen-Kala schürzte die Lippen. Bei ihrer Ankunft hatte sie mit Nachdruck erklärt, dass sie hoffe, das *pulao* sei nicht zu würzig oder zu fett zubereitet, weil sie sonst die ganze Nacht unter Verdauungsbeschwerden zu leiden hätte.

Daphne setzte sich neben mich und sagte: »Ich dachte schon, ich würde niemals eine Auto-Rikscha finden, die in diese Richtung fährt. Sie werden mich nachher nach Hause bringen müssen, Herr Direktor.« Schallendes Gelächter.

Ebe lächelte sie bewundernd an. Ich sah die Anerkennung in seinen Augen und verspürte einen bohrenden Schmerz in meinem Inneren. Wann hatte er mich zum letzten Mal so angesehen?

Was hatte sich zwischen uns verändert? Oder war ich es, die sich verändert hatte? Und damit auch meine Erwartungen an ihn?

»Sie haben das Kreuzworträtsel schon wieder gelöst«, sagte

Daphne, die durch die Zeitung blätterte, die Ebe gerade erst niedergelegt hatte.
»Wie schafft er es nur, es jeden Tag hinzubekommen? Was ist sein Geheimnis, Maggie?«, schmollte Daphne.
Ich lächelte und schüttelte den Kopf. An dem Tag, an dem der Zirkel der Auserwählten zu uns zum Abendessen kam, stand Ebe früh am Morgen auf, setzte sich mit einem Band *Gesammelte Redewendungen* und einem Wörterbuch hin und machte sich daran, in Vorbereitung auf den Abend das Kreuzworträtsel zu lösen. Damit ihn die Leute vom Zirkel, wenn sie zur Tür hereinkamen, beinahe zwangsläufig dabei vorfanden, wie er das Kreuzworträtsel schwungvoll beendete. Ich hätte ihnen all das verraten können, aber stattdessen lächelte ich und antwortete: »Er verrät es mir nicht.«
»Es gibt kein Geheimnis. Ich habe lediglich eine angeborene Begabung für Kreuzworträtsel, nehme ich an«, sagte Ebe, der die Aufmerksamkeit wieder auf sich lenken wollte.
»Daphne, haben Sie etwas Neues für uns?«, fragte Sankar Narayan.
Daphne schrieb Gedichte. Gedichte über Bäume, die die Form von Händen hatten, und Wolken, die wie Vögel über den Himmel flogen, und Knospen, »die dazu bestimmt waren, unberührt, ungepflückt, ungeliebt zu verblühen«. Daphne war eine ziemlich vernünftige Frau, außer wenn es um ihre Gedichte ging, und wenn man ihr gut zuredete, zog sie nur allzu gern ihr Notizbuch mit dem burgunderroten Ledereinband aus der Handtasche und trug ihre neuesten Versuche vor.
Jetzt verstummte sie mitten im Satz und sagte: »Ich habe tatsächlich ein neues Gedicht, aber ich bin mir überhaupt noch nicht sicher, ob es gelungen ist.«
»Nun kommen Sie schon, seien Sie nicht so bescheiden. Lassen Sie es uns hören«, ermunterte sie Ebe.
Daphne, die ein besonderes Buch für ihre Gedichte hatte,

hatte auch eine besondere Stimme für ihren Vortrag. Eine atemlose, belegte Stimme. Die Stimme eines süßen jungen Dings, die bei Umschreibungen wie »unbeholfene Meere« – die sie für eine lyrische Sprache hielt – erbebte. Ihre Stimme machte mich verlegen. Ihre Gedichte machten mich verlegen. Wenn Daphne das kleine Mädchen spielte, ließ mich das immer erschauern. Aber ich hielt den Atem an und gab mir Mühe, sehr interessiert auszusehen, sobald sie zu lesen begann. Ich hatte Angst, dass irgendjemand in schallendes Gelächter ausbrechen und sie als das entlarven könnte, was sie war.

Nach der Gedichtlesung, die ohne Zwischenfälle verlief, begann man Schulangelegenheiten zu besprechen. Der Gammastrahler räusperte sich. Ich sah, dass er darauf brannte, eine neue Geschichte loszuwerden.
»Ich weiß nicht, ob es einem von Ihnen aufgefallen ist, aber ich habe bemerkt, dass sich in den Schulkorridoren gerade eine neue Romanze anbahnt.«
Ebe runzelte die Stirn. Er hasste es, wenn jemand etwas wusste, von dem er nicht einmal eine Ahnung hatte.
»Und wer sind die Turteltäubchen?«
Daphne kicherte. Ebe zog eine Augenbraue in die Höhe und wiederholte: »Wer sind die Turteltäubchen nun?«
»Nisha aus der 9d …«
Daphne schnappte nach Luft. Jeder wusste, dass Daphne das Mädchen sehr gern hatte und sie aufbaute, damit sie die Schule bei Debattierwettbewerben vertrat.
»… und Mansoor aus der 11a. Ich beobachte sie jetzt schon eine ganze Weile. Seit Beginn des Trimesters haben sie jede Pause in einer Ecke kauernd miteinander verbracht und über Gott weiß was gesprochen. Also habe ich sie eines Morgens gewarnt, dass ich sie zu Ihnen schicken würde. Danach ging Nisha immer in Mansoors Klassenzimmer, wo sie ständig von einer Gruppe von Schülern um-

ringt waren. Ich habe das Mädchen zu mir gerufen und es gefragt, was es im Klassenzimmer der 11a zu schaffen habe, und es besaß die Frechheit, mir zu erklären, dass es mit einigen Mädchen in der Klasse gut befreundet sei und ob es irgendeine Vorschrift gäbe, die verbiete, dass Schüler der Oberstufe und der Mittelstufe miteinander verkehrten. Wir müssen etwas in dieser Angelegenheit unternehmen.«

»Dieses Mädchen ist ohnehin ein kleiner Snob«, fügte Arsen-Kala hinzu. »Als ich ihr riet, mehr Zeit damit zu verbringen, sich auf ihre Mathematikaufgaben zu konzentrieren, anstatt an Schuldebatten teilzunehmen, erklärte sie mir, dass sie ohnehin nichts mehr mit Mathematik zu tun haben wolle, sobald sie in der Oberstufe sei.«

»Sie ist ein gutes Mädchen«, verteidigte Daphne ihren Protegé.

»Das mag ja sein«, erwiderte Ebe, »aber wir können solche Dinge nicht dulden. Wenn Sie sie das nächste Mal zusammen erwischen«, sagte er, an Sankar Narayan gewandt, »geben Sie mir sofort Bescheid. Ich werde das ein für alle Mal unterbinden.«

In einem Versuch, das Thema zu wechseln, begann Daphne von einem Kulturfestival zu erzählen, an dem verschiedene Schulen teilnahmen und das im nächsten Monat stattfinden sollte. Ich lauschte den Stimmen, während sie dahinströmten und in Kaskaden herabfielen, und dachte an Moleküle, die sich verbanden und trennten.

»Maggie, warum sind Sie so ruhig?« Niemand außer Daphne nannte mich Maggie.

Sie drehten sich alle zu mir um und sahen mich an.

»Sie diskutiert nicht gern. Sie hat zu gar nichts eine eigene Meinung. Das einzige Mal, dass ich erlebt habe, wie sie sich ereifert hat, war vor vielen Jahren in Kodaikanal. Da war dieser Schüler, dieser Alfred …«, mischte sich Ebe ein und lenkte die Aufmerksamkeit auf eine Erinnerung; wieder einmal ein Stückchen Geschichte, das enthüllte, was für ein brillanter Mann Ebenezer Paulraj war.

Alfred Arokiaswami. Neun Jahre alt, mit Grübchen in den Wangen und Schalk in den Augen. Er hatte weiches, lockiges Haar, das seine Mutter für Ebenezer Paulrajs Geschmack immer ein wenig zu lang ließ.

Ebenezer Paulraj schickte der Mutter eine Nachricht, die sie ignorierte. Also nahm Alfred auf Ebenezer Paulrajs Anweisung hin nicht mehr am Fußballtraining teil, sondern durfte stattdessen »produktive Arbeit zum Wohle der Gesellschaft« leisten und mit anderen Schülern die Abfalleimer in jedem Klassenzimmer leeren. Aber dennoch präsentierte sich Alfreds Lockenkopf weiterhin in seiner ganzen Pracht.

Am darauf folgenden Montag zitierte Ebenezer Paulraj Alfred nach der Morgenandacht in sein Zimmer. Und dann nahm Ebenezer Paulraj eine Hand voll von Alfreds Haar und band es mit einem Gummi zusammen, so dass die Lockenbüschel an eine Ananas erinnerten.

»Du wirst das bis zum letzten Läuten heute Abend nicht mehr abnehmen. Hast du mich verstanden?«, teilte Ebenezer Paulraj einem heulenden Alfred mit. »Da du dein Haar ja offenbar so sehr magst, lässt du mir keine andere Wahl. In meiner Schule ist es nur den Mädchen erlaubt, das Haar lang zu tragen«, sagte er und schickte Alfred in seine Klasse zurück.

Während der Mittagspause erblickte ich eine kichernde Gruppe, die sich im Klassenzimmer der 4b um ein Kind drängte. Ich vernahm ersticktes Schluchzen. »Was ist denn hier los?«, wollte ich wissen und trat ein.

Da saß der arme Alfred. Verspottet und gehänselt. Zielscheibe so mancher Stichelei und Auslöser allgemeiner Heiterkeit. Ich erblickte den gedemütigten Ausdruck in seinen Augen, sah den Schmerz, die Verwirrung und spürte, wie eine mächtige Wut in mir explodierte.

»Schämt ihr euch denn nicht?«, fragte ich, und die Gruppe löste sich auf.

Ich zog das Gummiband, das ich als das meine erkannte, aus Alfreds Haar und strich durch seine Locken, bis sie nicht mehr hochstanden. Dann wischte ich ihm die Tränen ab und erklärte ihm, dass es keine Rolle spiele, was die anderen sagten. Er sei ein guter kleiner Junge, erklärte ich immer und immer wieder und betonte dabei das Wort »Junge«, denn die anderen Kinder hatten ihn Alfreda genannt, als ich hereinkam.

Dann nahm ich das Gummiband und stürmte in Ebenezer Paulrajs Zimmer.

»Was hat das zu bedeuten?«, wollte ich von ihm wissen.

Ebenezer Paulraj blickte von einem Stapel Papiere auf und fragte: »Was hat was zu bedeuten?«

Ich schleuderte das Gummiband auf den Tisch und fuhr ihn an: »Wie konntest du dem Jungen nur so etwas antun? Wie konntest du ihn nur so bloßstellen? Bist du dir eigentlich darüber im Klaren, was du damit anrichtest? So etwas kann bleibende Narben hinterlassen. Und warum? Wegen ein paar Zentimeter Haar?«

Ebenezer Paulraj berührte nachdenklich die blauen Perlen des Gummibands. »Ich nehme an, dass du das hier aus Alfreds Haar genommen hast. Das war dumm von dir.«

»Beantworte meine Frage, Ebe. Nenn mich nicht dumm. Warum warst du so grausam zu dem Kind?« Die Verzweiflung ließ meinen Ton schärfer werden, als ich beabsichtigt hatte.

»Darf ich dich daran erinnern«, begann Ebenezer Paulraj mit einer Stimme, wie ich sie noch niemals zuvor an ihm gehört hatte, »dass ich hier die Verantwortung trage und nicht du. Niemand stellt meine Autorität in Frage, und wenn du es noch einmal versuchen solltest, werde ich strenge Maßnahmen ergreifen. Ich lasse nicht zu, dass meine Entscheidungen beeinflusst werden, nur weil du meine Frau bist. Hast du mich verstanden? Das hier ist meine Schule, und ich weiß, was das Beste für meine Schüler ist.«

Er senkte den Kopf und gab vor, sich in seine Unterlagen zu vertiefen. Ich wusste, dass das Gespräch damit für ihn beendet war.
Alfred brachte seine Mutter dazu, ihn zu einem Friseur zu bringen, wo er sich die Haare abrasieren ließ. Ebenezer Paulraj hatte sich durchgesetzt.
Und Alfred. Der gewöhnte sich an, jüngere Kinder zu quälen, den Unterricht zu stören und jegliche Mutprobe zu akzeptieren – ob es darum ging, auf den höchsten Ast eines Baumes zu klettern oder das Treppengeländer in der Schule hinunterzurutschen. Aber Ebenezer Paulraj wollte nie die Verantwortung für das übernehmen, was er getan hatte. Als ich ihn auf Alfreds Verhalten hinwies, sagte er nur: »Jungs sind nun einmal so.«
Und ich. Das war vielleicht das erste Mal, dass ich meine Gefühle für Ebenezer Paulraj in Frage stellte. Plötzlich war Ebe ein Fremder und ein verachtenswerter dazu. Ein Despot und ein Tyrann.
Aber Ebe hatte eine andere Erinnerung daran. Für ihn war es keine schreckliche Episode wie für mich. Stattdessen sah er darin ein weiteres Beispiel für psychologische Kriegsführung gegen die jungen Halunken, die frecher waren, als ihnen gut tat. »Wenn man ein Kind mit dem Stock schlägt, hat es das nach einer Woche schon wieder vergessen. Aber so etwas wie das hier, das vergisst es niemals«, sagte Ebe, beendete damit seine Version der Geschichte und reichte die Erdnüsse herum.
»Nur Ihnen kann etwas so Geniales einfallen«, schwärmte Kala, nahm eine Erdnuss und ließ sie wieder zurückfallen.
»Man muss wohl seine Phantasie einsetzen«, brachte Xavier zwischen einem Mund voller Nüsse hervor.
»Phantasie!« Ebenezer Paulraj schlug sich auf den Oberschenkel. »Das ist das Schlüsselwort. Ich möchte niemanden hier beleidigen, aber haben Sie schon jemals darüber nachgedacht, warum die meisten Schulrektoren Englisch-

oder Geschichtslehrer sind? Ich habe da natürlich meine eigene Theorie: Nur wenn man Fächer unterrichtet, die Phantasie erfordern und sie zudem noch anregen, sind sie hilfreich, um eine Schule zu leiten. Es braucht Phantasie, um ein Kind für Poesie zu interessieren oder ihm die Auswirkungen einer Schlacht begreiflich zu machen, die bereits vor Hunderten von Jahren geschlagen wurde … es ist nicht das Gleiche, als wenn man Algebra oder Biologie unterrichtet. Und wenn Sie mich fragen, so gibt es kein trockeneres und langweiligeres Fach als Chemie. Aber die kleinen Racker mögen es, weil es für sie wie ein Spiel ist. Das plus das ergibt das! Also, ehrlich gesagt, wenn ich an Chemie denke, fällt mir der Geruch von faulen Eiern ein.«

Gelächter. Erdnussschalen knirschten. Chips knackten.

Ich blickte auf meine Hände hinab, die zusammengepresst auf meinem Schoß lagen. Was wusste er denn schon von Chemie oder von der Poesie der Elemente?

Vom Zauber des Lackmuspapiers: Wenn man blauen Lackmus in eine saure Lösung taucht, wird er rot, und wenn man roten Lackmus in eine basische Lösung taucht, wird er blau. Oder was wusste er von der Lyrik des Phosphors, der sich, wenn man ihn aus Wasser nimmt, selbst entzündet, brennt und zu einem Gas wird. Von der Kraft, die Kaliumnitrat, Schwefel und Holzkohle besitzen, und die, wenn sie zusammenkommen, Explosionen auslösen, die die Erde erbeben lassen. Von den Illusionen, die transparenter Calcit zu erzeugen vermag. Von den Farben – dem Backsteinrot von Berylliumkarbid, dem Messinggelb von Narrengold, dem Silberweiß von Uran … Die Worte formten sich auf meiner Zunge.

Ich wäre am liebsten aufgestanden und hätte geschrien: »Er ist so stolz auf das, was er als seine Phantasie bezeichnet. Ich könnte Ihnen einiges über die Qualität dieser Phantasie erzählen. Besuchen Sie doch einmal die Schulbibliothek und nehmen Sie die Bücher aus dem Regal, die auf der Leseliste der Oberstufe stehen, oder gehen Sie zur Circle Library oder zur öffentlichen Bibliothek in der nächsten Straße, dann können Sie das Werk eines phantasievollen Mannes bewundern.«

Ebe war clever. Er wählte die Bücher sorgfältig aus und beging den Vandalismus am Eigentum der drei Büchereien, in denen er Mitglied war, abwechselnd. Damit niemand jemals in der Lage sein würde, die ruinierten Bücher zu ihm zurückzuverfolgen. Wer würde ihn außerdem schon solcher Obszönitäten verdächtigen? Denn Ebe zeichnete mit großer Sorgfalt menschliche Genitalien – Penisse, Hoden, After, Vaginas –, die alle seine Unterschrift trugen, nämlich die Stoppeln von Schamhaaren. Nackte Menschen mit Genitalien oder auch Genitalien allein. Feine und eindeutige Zeichnungen von Sexualorganen, geschaffen von Ebenezer Paulraj, dem da Vinci der Bücherränder, dem phantasievollen Ebenezer Paulraj.

Ein hysterisches Lachen stieg in meiner Kehle auf. Aber ich schluckte es herunter, wie ich all die Jahre meinen Stolz heruntergeschluckt hatte. Plötzlich hatte ich das Gefühl, in meiner Ehe zu ersticken.

An jenem Abend, nachdem alle gegangen waren und ich das Geschirr abgewaschen hatte, lag ich auf meiner Bettseite und beobachtete Ebe bei seinem abendlichen Ritual. Die Wut brodelte in mir, aber es blieb mir nicht viel anderes übrig, als sie brodeln zu lassen. Ich dachte daran, wie er diesen Abend zu einem weiteren Triumph für sich gemacht hatte. Ich dachte an Alfred Arokiaswami und die Poesie der Chemikalien. Ich dachte an all das, was gut und kostbar in meinem Leben gewesen war und was er zerstört hatte. Ich dachte an das Baby, das gestorben war, bevor es eine Seele hatte. Ich dachte daran, dass nichts mehr für mich geblieben war, wovon ich hätte träumen können, und wieder stiegen die Worte an die Oberfläche:

ICH HASSE IHN. ICH HASSE IHN. Was soll ich nur tun?
Am Fenster stand das Goldfischglas, in dem Ebe sein Goldfischpärchen hielt. Eine weitere Theorie, die er verfocht: Den Goldfischen zweimal täglich fünfzehn Minuten zuzusehen, wie sie verzweifelt im Kreis herumschwammen, entspanne die Nerven, reduziere Stress und belebe den Geist. Seinen. Nicht den der Goldfische.
Ebe gab einen verärgerten Schnalzton von sich. Was war jetzt schon wieder los?, fragte ich mich. Hatte es ein Fisch versäumt, in die vorgeschriebene Richtung zu schwimmen?
»Der arme James. Er ist zu gefräßig geworden. Ich wusste, dass es ihm nicht gut ging. In den letzten Tagen ist er immer träger geworden und schleppte sich anscheinend nur noch dahin. Aber das ist nun wirklich bedauernswert. Jetzt muss ich mir einen neuen James suchen.«
Ich stützte mich auf meinen Ellenbogen. Ein toter Fisch.
Ebe nannte das Paar James und Joyce. Ein Privatwitz, wie er sagte, ließ es sich aber nicht nehmen, jeden davon wissen zu lassen, damit alle über seinen Sinn für Humor kichern konnten. Und jetzt war James tot. Gestorben an irgendeiner Fischkrankheit. Oder vielleicht an der Gier und zu vielem Fressen.
James trieb mit aufgeplatztem Bauch an der Oberfläche. Ich starrte den toten James und die lebendige Joyce an, die mir geschmeidiger und verspielter vorkam, fröhlicher herumtollte, als ich es bei ihr jemals gesehen hatte. Die Schuppe eines Verdachts kitzelte meine Kehle. Hatte Joyce das etwa fertig gebracht?
Ich spürte, wie ein Lächeln meine Lippen streckte. Eine Munterkeit. Ein Gefühl von Gelassenheit.
Bin ich ungerecht? Lasse ich zu, dass mein Hass jegliches Schamgefühl überdeckt? Falls es so sein sollte, dann ist es eben so. In der Liebe und im Krieg ist alles erlaubt, hatte Ebe so oft gesagt. Und das hier war ein Krieg.

Ich bin eine gute Köchin. Wenn ich will. Ich bin eine sensible Köchin, und wenn mir der Sinn danach steht, befolgen die Zutaten meine Befehle. Aber lange Zeit hatte ich so gekocht, wie meine den Künsten zugeneigten Schüler ihre Chemieexperimente durchführten. Es musste nun einmal sein, und so wurde es getan. Ohne Freude, ohne Stolz darauf, wie die Ergebnisse ausfallen würden. Aber damit war jetzt Schluss, gelobte ich mir. Von nun an sollte meinen Kochkünsten ein Zielbewusstsein innewohnen. Aber zuerst musste ich Ebe in einem schwachen Augenblick erwischen und ihn dazu bringen, mir seine Sinne und seine Geschmacksknospen zu öffnen.

Als Ebe ins Bett kam, tat ich wie immer so, als schliefe ich bereits. Ich konnte mich gar nicht mehr daran erinnern, wann wir das letzte Mal miteinander geschlafen hatten. Ich weiß nicht einmal mehr, wer sich als Erster abwandte. War er es, abgestoßen von meinem Körper, von den Fleischwülsten, den verschwommenen Linien, sackenden Muskeln und dem Frauenbusch? Oder ich, die ich einen ebenbürtigen Partner im Bett haben wollte und zu dem Schluss kam, dass ich nicht weiterhin das kleine Mädchen spielen konnte?

Aber an jenem Abend, als Ebe langsam in den Schlaf sank, da wandte ich mich ihm zu, ließ meine Zunge an der Seite seines Halses entlanggleiten. Meine Finger neckten, zogen an dem Haar auf seiner Brust. Ganz sanft, wie es ein kleines Mädchen tun würde … Ich umwarb ihn mit all meinen Künsten. Mit List und Geschick. Mit Schmetterlingsküssen und verwegenen Zärtlichkeiten. Mit einer kindlichen Naivität, die meine Lippen zu einem »O« formte, und mit rasierter Haut. Mit stählerner Entschlossenheit und gespreizten Beinen.

Ich stand im Morgengrauen auf, um in die Küche zu eilen. Jetzt beginnt deine Zeit, Ebe, erklärte ich meinem schlafenden Mann. Jetzt, mit diesem Frühstück. Mit in *ghee* gebratenen *puris* und einem *korma* aus Kartoffeln, Erbsen und Blumenkohl. Mit zwei Spiegeleiern und einem großen Glas kalter, sahniger Milch, in die ich zwei große Löffel Zucker rührte.

Ebe starrte vor sich auf den Tisch und sagte: »Was soll das Ganze? Erwartest du etwa, dass ich das alles esse? Nimm es weg.«

»Ach, komm schon, komm schon«, zog ich ihn auf. Jetzt, da die Freiheit nahe war, fiel es mir plötzlich leicht, verspielt und wie ein kleines Mädchen zu tun. »Du bist doch ein großer Mann. Und du brauchst eine richtige Mahlzeit. Und es ist ja nicht so, als ob du keine Bewegung hättest. Außerdem brauchst du deine Kraft, nicht wahr?«, sagte ich und lächelte schüchtern.

Es war leicht, Ebe zu schmeicheln. Er bemerkte nie, wie unaufrichtig es war. Für ihn entsprachen Schmeicheleien der Wahrheit. Und so aß er das erste von vielen großen Frühstücken mit Appetit und großem Genuss.

Ebe aß. Frühstück. Mittagessen. Abendessen. Ein abendlicher Snack, sobald er von der Schule nach Hause kam. Ein spätabendlicher Snack, während er über seinen Akten saß. Ich erwartete kein Wunder, keine Verwandlung über Nacht. Es würde nicht so leicht werden, wie es für Joyce gewesen war. Aber ich war willens zu warten.

Beinahe ein Jahr später hatte das Fett ein neues Zuhause gefunden. Was einst meins gewesen war, wurde seins. Die geschmeidigen Linien begannen zu verschwimmen. Ebe wurde kurzatmiger und sein Schritt gemächlicher. Wülste tauchten um seinen Hals auf. Ein zweites Kinn. Ein wabbelnder Bauch. Ebe stolzierte nicht mehr länger daher. Er watschelte. Wenn er eine Treppe hinaufstieg, keuchte er. Er wanderte nicht mehr nach Lust und Laune geschäftig durch die Schulkorridore. Stattdessen beschränkte er sich auf zwei Runden, eine am Morgen und eine am Nachmittag.

Ebe wurde langsam zu einem fetten Mann. Einem ruhigen Mann. Einem gemütlichen Mann. Einem Mann, der nicht mehr länger den Zirkel der Auserwählten oder verunstaltete Bücher benötigte. Einem Mann, dessen Vorliebe fürs Essen seine scharfen Kanten abstumpfte. Da ich diejenige war, die seinen Appetit stillte, wandte er sich mehr und mehr mir zu. Ich weckte seinen Appetit aufs Essen und gelegentlich auch auf Sex in jeder nur erdenklichen, mir bekannten Weise. Er brauchte mich wie niemals zuvor. Und Ebe wurde zu einem Mann, mit dem ich wieder zu leben vermochte.

Ich wurde zum zweiten Mal schwanger und bekam mein Kind. Ein Mädchen. Ich betrachtete sie, ihre fein gemeißelten Züge, die Ebes so ähnlich waren. Ihre langen, schlanken Finger, die Ebes so sehr glichen. Und dann erblickte ich die Unschuld ihres Schambeins, und ich spürte, wie ein großer, dunkler Schatten über uns schwebte. Ich erinnerte mich an eine Nacht, als Ebe mich mit seinen tastenden Fingern geweckt hatte. An den seltsamen Tonfall seiner Stimme. Wie er mich berührt und erforscht und dabei mit übertrieben gefühlvoller Stimme gemurmelt hatte: »Meine Kleine. Mein süßes Mädchen.«

Da wusste ich, was Angst war. Angst, wie ich sie niemals zuvor gekannt hatte. Mein Baby war unverdorben und rein. Genau so, wie Ebe seine Frauen mochte. Von nun an bestand die dringende Notwendigkeit, Ebe davon abzuhalten, sich in sein früheres Selbst zurückzuverwandeln. Ich vermochte mir nicht einmal auszumalen, welche Auswüchse des Bösen über uns hereinbrechen würden, wenn es ihm gelingen sollte.

Hatte ich vorher gekocht, um mein Leben in die Hand zu nehmen, so tat ich es nun, um Ebe zu füttern, ihn an die Kette zu legen. Ich begann den Geruch der frittierten Speisen, des Fleisches und des Fisches zu hassen. Aber ich kochte nahrhafte, ausgezeichnete Mahlzeiten, von denen ich wusste, dass Ebe ihnen nicht würde widerstehen können. Ich stillte seinen Hunger und seine Gier. Ich ließ das Fleisch von meinen Knochen träufeln und sorgte dafür, dass es sich zwischen den seinen sammelte. Und wenn er sich darüber wunderte, warum ich so selten aß, was ich für ihn gekocht hatte, dann schmeichelte ich ihm mit den Worten: »Deine Statur kann ein paar Pfunde zu viel verkraften. Wenn ein Mann an Gewicht zulegt und er so groß und breitschultrig ist wie du, dann verleiht ihm das Autorität. Ausstrahlung. Aber wenn ich an Gewicht zulege, sehe ich nur aus wie eine dicke Henne.«

Daraufhin lächelte er und nahm sich eine weitere Portion. Und ich erwiderte sein Lächeln zufrieden. Denn solange Ebe fett blieb, gab es keine Adrenalinstöße, keine Machtkämpfe. In unserem Leben war alles ruhig und still und verwässert.

Wenn man Schwefelsäure mit Wasser verdünnt, zischt sie anfangs. Aber schon bald verliert sie ihre Stärke, ihren Biss. Das Kunststück besteht darin, zu wissen, wann man es hinzufügen muss und in welcher Menge.

# 7

Akhila lag auf dem Rücken. Ihre Lider fühlten sich schwer an, aber sie vermochte dennoch nicht zu schlafen. Margaret war in Coimbatore ausgestiegen. Bevor sie ging, kämmte sie sich das Haar, zog die Falten ihres *saris* zurecht und sagte: »Akhila, wenn ich eine Tugend habe, dann die, dass ich immun gegenüber dem bin, was die Leute von mir denken. Natürlich können sie mich deshalb noch weniger leiden. Es gefällt den Leuten nicht, dass ihre Meinung über einen Menschen diesem nichts bedeutet. Und wenn es eine Frau ist … dann ist der Gedanke unerträglich. Aber wie ich schon sagte, es ist mir egal. Ich sage nicht, dass Sie wie ich denken sollten. Aber wenn Sie aufhören, sich darüber Gedanken zu machen, was die Welt über Sie denkt, werden Sie entdecken, dass Ihr Leben viel einfacher und lebenswerter ist.«

Sie sagte: »Vergessen Sie nicht, auf sich aufzupassen. Niemand sonst wird es tun.«

Akhila hatte gelächelt, sich nicht getraut zu antworten. Was sollte sie dieser Frau sagen, von der sie nicht einmal sicher war, dass sie sie mochte? Die ihr sogar ein wenig Angst einjagte. Wie konnte jemand nur so unberührt von dem sein, was die Leute dachten? War das ihr Ernst? Oder bloß gespielte Tapferkeit, um die Wut zu vertuschen, die sie empfand, weil man sie als eine Außenseiterin betrachtete?

Akhila kam mit einem Mal ein Gedanke. All diese Frauen, dachte sie, all diese Frauen – Janaki, Sheela und sogar Margaret, die ihre Selbstständigkeit wie einen Heiligenschein trug – versuchten ihr Leben zu verstehen, indem sie darüber redeten. Und ich dachte, ich sei diejenige, die sich bemühte, die Realität ihres Lebens zu bestimmen. Sie haben genauso wie ich das Bedürfnis, ihre Fehler zu rechtfertigen. Und indem wir den Stoff des Lebens einer jeden plündern und darin einen Faden suchen, der unsere Leben auf irgendeine Weise zu verbinden vermag, versuchen wir uns weniger schuldig dafür zu fühlen, wer wir sind und was aus uns geworden ist.

Akhila drehte sich auf die Seite und drückte den Kopf fest auf ihren Arm. Die Metallwand des Coupés fühlte sich kalt an. Was hatte Margaret noch gesagt?

Liebe ist eine farblose, flüchtige Flüssigkeit. Liebe entzündet und brennt. Liebe hinterlässt keine Rückstände – weder Rauch noch Asche. Liebe ist ein Gift, das vorgibt, Wein zu sein.

Wie konnte sich Liebe so verwandeln? Wäre auch sie von Bitterkeit zerfressen, wie Margaret es war, wenn sie sich entschieden hätte, den Mann zu heiraten, den sie geliebt hatte? Hätte auch sie sich auf die Suche nach Wegen begeben, seine Rolle in ihrem Leben zunichte zu machen, sobald die Liebe vergangen wäre? Woran merkte man, dass man nicht mehr liebte?

Bei Margaret klang es, als ob die Liebe eine wilde Bestie wäre, die es zu zähmen galt. Ein gehorsames Wesen, das zu ihren Füßen lag und sich zügeln ließ, wann immer ihr der Sinn danach stand. Aber war es das, was sie vom Leben wollte? Eine verwässerte Liebe?

Akhila drehte den Kopf und blickte zu der Frau hinüber, die auf der gegenüberliegenden Liege schlief. Das war Janaki, die, nachdem sie sich den größten Teil ihres erwachsenen Lebens vorgemacht hatte, dass Sicherheit Liebe sei, mit ihrem inneren Selbst gerungen und ihre letzte Gelegenheit ergriffen hatte, zu lieben und aufrichtig geliebt zu werden. Und dann war da dieses Mädchen Sheela … selbst sie erlaubte sich, ihren Instinkten zu gehorchen, anstatt das zu tun, was von ihr erwartet wurde – das nüchterne Diktat anständigen Verhaltens.

Und dann dachte Akhila zum ersten Mal seit vielen Jahren an Hari. Daran, wie ihre erste Chance Gestalt angenommen hatte …

In jenen ersten Jahren als berufstätige Frau, als sich alles um sie herum im Fluss zu befinden schien, flüchtete sich Akhila in die Routine. Solange sie sich an das Gewohnte und Vorhersagbare hielt, wusste sie, dass sie immer noch ein gewisses Maß an Kontrolle über die Richtung hatte, die ihre Tage nahmen.

Akhila nahm jeden Morgen von Ambattur aus den Zug um 7:20 Uhr nach Madras, was bedeutete, dass sie das Haus genau um sieben Uhr verlassen musste. Diese Zeit am Morgen hatte etwas, das sie mit Freude erfüllte. Es war die Stunde des Friedens und der Neuanfänge. Selbst die Sonne und der Mond starrten einander von verschiedenen Seiten des Horizonts an, ohne den anderen wegzuzwingen. Eine sanfte Brise zauste die Baumwipfel wie eine väterliche Liebkosung. Die Türstufen waren sauber gefegt, und die Linien der *kolams* schimmerten.

Um diese Zeit am Morgen waren die Straßen leer. Akhilas Begleiter waren die Zeitungsjungen und die Milchverkäufer, der Kerosin-Mann, der seine Karre zog und ihr ein besonders kraftvolles *»Krishnoil«* zurief, und der Steinsalzverkäufer, der seine Last auf dem Kopf trug und *»uppu«* ächzte, während er von einer Straße in die nächste lief. Und der Mann mit dem Handtuch um die Hüften, der am Wasserrohr an der Ecke stand und einen Film aus Seifenschaum in Haut und Haar rieb, während seine Frau wie wild Wasser in einen Eimer pumpte. Sie alle kannten sie vom Sehen und hatten einen Blick, ein Lächeln, ein Kopfnicken oder einen Laut für sie übrig. Sie wussten, dass sie nicht zu den frühmorgendlichen Spaziergängern gehörte, die nur um der Bewegung willen unterwegs waren. Sie wussten, dass auch bei ihr eine Familie verhungern würde, wenn Ahkila nicht – wie sie selbst – in der Frühe das Haus verließ. Das verband sie.

»Warum musst du so früh los?«, murrte Padma, wenn sie bei Tagesanbruch geweckt wurde. Denn wenn Ahkila um fünf Uhr morgens erwachte, bestand sie darauf, dass die anderen ebenfalls aufstanden. Oder, wenn nicht um fünf, dann doch rechtzeitig genug, um mit einem guten Vorsprung in den Tag zu starten. Es ärgerte Akhila, aus dem Haus zu gehen, während die anderen sich noch nicht einmal den Schlaf aus den Augen gerieben hatten.

»Der Sieben-Uhr-Zwanziger ist nicht so voll. Die späteren Züge sind überfüllt, und ich müsste die ganze Strecke stehen«, erwiderte sie.

In jenen ersten Jahren gehörte die Zugfahrt mit zur Routine. Akhila kannte jeden Bahnhof, jeden Grenzstein, jeden Bahnübergang, jeden Graben, an dem sie entlangfuhren. Bevor der Zug durch Korattur sauste, nahm sie bereits einen tiefen Atemzug und verzog das Gesicht, damit der Gestank von der Fabrik, wo sie Milch pasteurisierten, nicht in ihre Nase dringen konnte. Am Hauptbahnhof in Madras angekommen, überquerte sie die Straße zur Bushaltestelle in der Nähe der Medizinischen Hochschule und nahm einen Bus nach Nungambakkam. Um Viertel vor neun saß sie an ihrem Schreibtisch. Immer pünktlich.

Selbst als die Jungen und Padma aus dem Haus waren, klammerte sich Akhila an ihre Routine. Sie war achtunddreißig Jahre alt und kannte keine andere Möglichkeit, ihrem Tag Struktur zu verleihen.

Später, als Akhila darüber nachdachte, konnte sie sich gar nicht mehr an den Grund erinnern, aber zum ersten Mal in beinahe neunzehn Jahren verpasste sie sowohl den Zug um 7:20 Uhr als auch den um 7:35 Uhr. Sie ging zur Bushaltestelle und musste sich zwingen, in den übervollen Bus zu steigen. Es blieb ihr keine Zeit mehr, auf einen weniger überfüllten zu warten. Akhila musste sich hineinquetschen und wurde gegen eine Stahlstange gepresst. Sie umklammerte sie, um nicht noch weiter gedrängt zu werden, stand da und versuchte sich nicht von dem Gefühl irritieren zu lassen, das durch die vielen gegen sie gepressten Körper in ihr ausgelöst wurde.

Es gab nur wenige Frauen in dieser Masse aus Haut und Gerüchen. Aber was sich in ihrer Kehle verfing und ihre Sinne erfüllte, das war der Geruch von Haarcreme und Kokosnussöl, von Lifebuoy-Seife und Tabak. Seit Appas Tod hatte Akhila diese männlichen Düfte nicht mehr aus der Nähe gerochen. Sie schloss die Augen und atmete tief ein.

Als die Hand zum ersten Mal über ihre Taille strich, da tat sie es als einen Zufall ab. In diesem Bus drängten sich so viele Menschen, die durch die Fahrtbewegungen gegeneinander geworfen wurden.

Akhila spürte sie wieder. Dieses Mal verharrte die Hand auf ihrer Taille. Hatte sie ihr vorheriger Ausflug etwa dazu ermutigt? Akhila hielt den Atem an, als könnte sie dadurch den Räuber abwehren. Die Hand, erschrocken von dem angespannten Muskel, den Millionen Poren, die schrien: Lass mich in Ruhe!, ließ von ihr ab. Um dann einige Sekunden später zurückzukehren.

Akhila trug ihren *sari* wie alle Frauen ihres Alters gut zwei Zentimeter unter dem Nabel. Nur alte und schwangere Frauen trugen ihre *saris* über dem Nabel. Zwischen der Bluse und dem Rock des *sari* waren ungefähr zwanzig Zentimeter entblößte Haut, die lediglich von einem Stoffstreifen des *sari* verschleiert war. Und dort, geschützt von dieser Lage Stoff, entschloss die Hand sich, herumzutanzen und zu spielen.

Fünf Finger. Leicht raue Haut. Kurz geschnittene Nägel,

bis auf den Nagel des kleinen Fingers, der ungefähr zwei Zentimeter lang und leicht gerundet war – eine Wildheit an einer ansonsten sanften Hand, die sie erschauern ließ. Die Hand zog Linien, als sie über die Haut ihrer Taille wanderte. Akhila spürte, wie eine Wärme sie überkam. So etwas wie das hatte sie noch nie empfunden. Etwas öffnete sich in ihr. Schweißtropfen perlten. Ihren leisen Atem durchzog ein kaum hörbares Keuchen. Ein stilles Erblühen.

Akhila stand dort und ließ die Hand bereitwillig tausend Botschaften an ihre beinahe toten Nervenenden schicken: Wacht auf, wacht auf.

Zwei Wochen lang begegneten die Hand und Akhila einander. Sie nahm den Bus nun Morgen für Morgen. Egal wo sie stand, die Hand fand sie. Anfangs war sie sanft. Dann immer forschender und schließlich fordernd. So dass Akhila wusste, wie es sich anfühlte, einen Daumenballen am unteren Teil des Rückgrats zu spüren. Einen Knöchelbogen, der der Rundung ihrer Taille folgte. Einen kleinen Finger mit langem Nagel, der in Kreisen und Achten dahinglitt. Eine Zeigefingerspitze, die ihren Nabel umkreiste und dann kurz hineintauchte.

Manchmal erlaubte sich Akhila, sich gegen den Körper zu lehnen, der hinter ihr stand, und die Hand verharrte auf ihren Wanderungen, lag einfach da, entspannt, tröstlich, eine Gegenwart, nach der sie verlangte.

Wenn Akhila aus dem Bus stieg, schob sie all die Gefühle beiseite, welche die Hand in ihr geweckt hatte, und dachte nicht weiter darüber nach, was sie tat. Sie wusste, dass sie sich benahm, wie sich keine anständige Frau benehmen würde. Aber es lag auch eine Befriedigung für sie darin. Sie fühlte sich begehrt. Sie fühlte sich, als hätte sie einen Hunger gestillt. Sie fühlte sich wie eine Frau.

Manchmal hätte sie gern gewusst, wer der Besitzer der Hand war. Aber sie verdrängte diesen Gedanken so schnell, wie er gekommen war.

Eines Morgens, als Akhila mit weit geöffneten Sinnen und gesenkten Lidern dastand und die Hand ihren Körper liebkoste, kam der Bus ruckelnd zum Stehen. Sie blickte auf und schaute genau in die Augen eines Mannes, der sie beobachtete. Der Schaffner. Sie senkte den Blick, als sie die Entrüstung in seinen Augen sah. Er hatte die Hand und ihren Übergriff gesehen, und er hatte auch gesehen, wie Akhila sie begrüßte. Welche Frau würde zulassen, dass sich ein Fremder solche Freiheiten herausnahm?

»Da drüben ist ein freier Platz. Warum setzen Sie sich nicht?«, sagte er und deutete zu den Sitzen hinüber.

Akhila errötete und versuchte so zu tun, als wäre sie ihm dankbar, dass er sie vor den Händen einer herumstreunenden Kreatur gerettet hatte.

Als sie auf den leeren Sitzplatz neben einer Frau zuging, sagte er: »Es muss wirklich nicht sein, dass sie sich zwischen all diese Männer quetschen, wenn es extra Sitzplätze für Frauen gibt. Versuchen Sie einen früheren Bus zu nehmen. Die sind nie so überfüllt.«

Akhila tat so, als hörte sie ihn nicht, setzte sich und spürte, wie ihr die gelbe, wässrige Galle der Demütigung in den Mund schoss. Was mache ich nur? Wie konnte ich zulassen, dass meine schamlosen Sinne die Herrschaft über mich erlangten? Wie konnte ich nur vergessen, wer ich bin?

Von da an nahm Akhila wieder den Zug um 7:20 Uhr, und da sie den Gedanken an die zwei Wochen, während deren sie dieser Wahnsinn ergriffen hatte, nicht mehr ertragen konnte, kaufte sie sich einen Erste-Klasse-Fahrausweis und reiste in beinahe einsamer Pracht. Es gab keine Körper zu verschmähen oder zu versuchen.

Am Abend nahm Akhila den Zug um fünf vor sechs zurück. Er ging bis Arakonnam, einem Eisenbahnknotenpunkt, der eine Stunde von Madras City entfernt lag. Es war ein Schnellzug, der nur an wenigen Bahnhöfen hielt, und er wurde von den meisten Leuten bevorzugt. Aber

im Wagen der ersten Klasse fanden sich immer ein paar freie Plätze.
Anfangs bemerkte Akhila den Mann gar nicht, der immer den Fensterplatz wählte. Da der Zug am Hauptbahnhof eingesetzt wurde, hatten sie die freie Auswahl an Sitzplätzen. Sie nahm am Fenster Platz, und er setzte sich ihr gegenüber. Aber Akhila nahm weder ihn noch sonst jemanden wahr. Sie konnte an nichts anderes denken als an den Gesichtsausdruck des Busschaffners. Wenn sie einen Mann sah, hätte sie am liebsten den Kopf hängen lassen und ihr Gesicht bedeckt. Sie fragte sich: Würde auch er erkennen, was für ein schamloses Geschöpf sie war?
Eines Abends hatte sich Akhila ein wenig verspätet und glaubte schon, ihr Fensterplatz sei besetzt. Es gab keine Reservierungsmöglichkeiten in einem Vorortzug, aber es galt das ungeschriebene Gesetz unter den Reisenden, dass, wenn ein Buch oder auch nur ein Taschentuch auf einem Sitz lag, dieser besetzt war und der Fahrgast jeden Moment zurückkehren würde. Akhila erblickte eine Zeitschrift und ein Taschentuch auf ihrem Stammplatz, und als sie sich umdrehte, um sich einen anderen Platz zu suchen, ertönte eine Stimme: »Madam, Ihr Platz ist frei.«
Akhila drehte sich überrascht um. Der Mann am Fenster lächelte und deutete auf den Sitzplatz gegenüber. »Als ich Sie nicht auf Ihrem üblichen Platz gesehen habe, dachte ich mir, dass Sie spät dran sind, und habe meine Sachen dort abgelegt, damit sich niemand hinsetzt«, erklärte er.
»Vielen Dank«, sagte Akhila und nahm Platz. »Aber Sie hätten sich die Mühe wirklich nicht machen müssen«, fügte sie hinzu.
»Das musste ich nicht«, stimmte er ihr zu. »Aber ich habe seit vielen Wochen beobachtet, dass Sie auf demselben Platz sitzen, und ich dachte, Sie hätten vielleicht eine Vorliebe dafür. Außerdem kann man es wohl kaum als Mühe bezeichnen, ein Taschentuch auf einen Sitz zu legen«, sagte er grinsend.

Er war jünger als sie. Viele Jahre jünger. Wahrscheinlich im selben Alter wie ihr jüngerer Bruder Narsi. Aber da war eine Ehrlichkeit in seinem Gesicht, die Narsi abging. Narsi erinnerte an einen Schakal; mit schmalen Augen und einem spitzen Gesicht, ständig auf der Suche nach einer Gelegenheit, aus der man Profit schlagen könnte. Dieser Junge hatte ein offenes Gesicht mit breiten Zügen und einer Freundlichkeit, die betörend war. Akhila seufzte erleichtert. Es waren Männer, vor denen sie Angst hatte, nicht Jungen.

»Wie heißen Sie?«, erkundigte sich Akhila mit ihrer Große-Schwester-Stimme.

»Hari«, antwortete er.

»Nur Hari? Nicht Hari Prasad oder Hari Kumar?«

»Nur Hari«, sagte er. »Und wie heißen Sie?«

Sie überlegte, was sie ihm sagen sollte. Akhila? Akhilandeswari? Eswari?

»Akhila«, sagte sie, denn das klang am ehesten wie Akka. Akhila steckte die Grenzen ihrer Beziehung umgehend ab. Akka. Ältere Schwester. Behandle mich wie eine. So sehe ich mich. Ich möchte nicht als Frau betrachtet werden. Das zu tun hieße, die Büchse der Pandora in mir zu öffnen.

Sie wurden Freunde. Einfach so. Eine augenblickliche Kameradschaft, die sie in den fünfunddreißig Minuten, die sie einander gegenübersaßen, pflegten. Bald schon begannen sie auch am Morgen denselben Zug zu nehmen. Sie erzählte ihm von sich, und er zeichnete ein Bild seines Lebens in Worten für sie.

Achtundzwanzig Jahre alt. Konstruktionszeichner in einer technischen Abteilung des Eisenbahnbaus. Er war Nordinder aus einer kleinen Stadt in Madhya Pradesh, aber er hatte beinahe sein ganzes Leben in Avadi, in der Nähe von Ambattur, gelebt. Sein Vater hatte einen Süßwarenladen, und seine Schwester studierte am Queen Mary College. Sein Tamil sei so gut wie sein Hindi, beteuerte er. Seine Eltern drängten auf eine baldige Heirat. Hin und wieder bestanden

sie darauf, dass er sich mit einer in Frage kommenden Braut traf. Aber er empfand die ganze Angelegenheit als abstoßend. »Wie kann man sich für eine Heirat mit einer Frau entscheiden, die man nur angesehen hat?«, fragte er Akhila. Diese zuckte mit den Schultern. »So ist es schon immer gewesen. Die einzige andere Wahl, die Sie haben, ist, sich in ein Mädchen zu verlieben, es kennen zu lernen und Ihren Eltern dann davon zu erzählen.«
Hari verzog das Gesicht. »Sollte ich das jemals tun, werden meine Eltern mir hundert gute Gründe nennen, warum sie nicht passend ist.«
»In dem Fall sollten Sie das Mädchen heiraten, das Ihre Eltern für Sie aussuchen. Tausende von Menschen tun das jeden Tag und schaffen es dennoch, miteinander glücklich zu werden.«
Akhilas Tag hatte mit einem Mal einen Lichtblick: Hari. Jeden Abend trafen sie sich ein paar Minuten vor Abfahrt des Zuges am Bahnhof. Er führte ein Ritual für die Zeit ein, die sie zusammen verbrachten. Sie gingen gemeinsam zur vegetarischen Cafeteria auf dem Bahnsteig und kauften einen Teller *samosas* und Kaffee in Plastikbechern. Dann stellten sie sich nebeneinander auf den von Menschen wimmelnden Bahnsteig und teilten sich den mit Minze und Tamarinden-*chutney* getupften Teller. Hari tunkte seine *samosas* in die *chutneys*. Akhila mochte ihre lieber trocken. Sie bissen in die *samosas* und tranken ihren Kaffee. Würze und Hitze. Blättrige Kruste und fließendes Flehen.
Er redete mit ihr – über seine Kollegen, die Unzufriedenheit mit seiner Arbeit, eine Tante, die zu Besuch gekommen war und ihm die Nichte einer Freundin aufschwatzen wollte. Er lockte sie aus der Reserve, so dass sie, an ihrer Haltestelle angekommen, nur widerstrebend den Zug verließ. Aber da war der Trost, dass er am nächsten Tag da sein würde. Das war genug, dachte Akhila.
Langsam begann er jeden Gedanken und jeden ihrer wa-

chen Momente zu füllen. Sie hielt mitten in einer Tätigkeit inne, weil ihr ein alberner Scherz einfiel, den er gemacht hatte, und kicherte. Eine Plakatwand erinnerte sie an einen Satz, den er einmal gesagt hatte. Sie beobachtete ihre Mutter dabei, wie sie ihre Knöchel knacken ließ, und ihr fiel ein, dass das immer das Erste war, was er tat, nachdem er sich auf seinen Platz gesetzt hatte. Wenn sie eine Zeitschrift durchblätterte, konnte es geschehen, dass sie der Ausdruck eines Models an ihn erinnerte. Das Lächeln eines Fremden ließ das Bild seiner Augen vor ihr entstehen und wie sich die Haut darum in Fältchen legte, wenn er lächelte.

Die seltenen Male, wenn er den Zug verpasste und sie allein reisen musste, verdarben ihr den Tag. Abends war er normalerweise immer vor ihr da, und wenn sie ihn erblickte, spürte sie, wie sich eine goldene Wärme um sie legte.

Akhila ermahnte sich, dass das albern sei. Er war viel jünger als sie. Und sie durfte auch nicht vergessen, dass er in ihr sicherlich eine ältere Schwester sah und nichts weiter. Jemanden, mit dem er sich amüsieren konnte, ohne sich Gedanken darüber machen zu müssen, dass sie sich auf ihn stürzen und für sich beanspruchen würde.

Eines Abends waren die meisten Sitzplätze im Abteil leer. Sie unterhielten sich eine Weile, dann wurde Hari ganz still, was eher ungewöhnlich für ihn war.

»Was ist denn los?«, erkundigte sich Akhila.

»Nichts«, sagte er.

»Nein, ich weiß, dass etwas nicht stimmt. Warum wollen Sie es mir denn nicht verraten?«

»Akhila«, sagte er, »Sie müssen aufhören, mich wie Ihren jüngeren Bruder zu behandeln.«

»Sie sind jünger als ich«, sagte sie.

»Das stimmt. Das macht mich aber nicht weniger zum Mann. Wie lange wollen wir denn noch so weitermachen?«

»Was wollen Sie damit sagen?«, fragte Akhila, und sie vernahm den schrillen Ton der Panik in ihrer Stimme.

»Dass du mich endlich als Mann sehen solltest. Als einen Mann, der an dir interessiert und in dich verliebt ist«, murmelte Hari, damit ihn niemand außer ihr hören konnte.
Sie hätte glücklich sein sollen. Davon hatte sie doch geträumt.
Stattdessen hörte sie sich mit scharfer Stimme sagen: »Hören Sie auf, Hari. Reden Sie nicht weiter, Sie werden noch alles verderben.«
»Was verderben?«, fragte er.
»Hari«, sagte Akhila leise. »Ist Ihnen klar, was Sie da sagen?« Aus dem Augenwinkel heraus sah sie, dass sie sich ihrem Bahnhof näherten. »Lassen Sie uns diese Unterhaltung vergessen.«
»Das kann ich nicht«, erwiderte er, und die Trostlosigkeit in seiner Stimme trieb ihr die Tränen in die Augen.
Als Akhila ausstieg, rief er ihr durchs Fenster zu: »Denk darüber nach. Mehr verlange ich nicht.«
Seine Stimme tönte über den Bahnsteig hinweg, ließ alle aufschrecken. Akhila tat so, als hätte sie ihn nicht gehört, und schritt, so schnell es ging, davon.
Am nächsten Morgen, als sie das Haus verließ, um zur Arbeit zu gehen, hielt der Kerosin-Mann an und schrie ihr quer über die Straße zu: »Wollen Sie etwa heute Morgen zur Arbeit gehen? Ja, haben Sie es denn noch nicht gehört?«
»Was gehört?«, fragte Akhila, der plötzlich auffiel, wie still die Straßen selbst für diese Tageszeit waren.
»Puraichi Thalaivar ist tot. Er ist heute Morgen gestorben. Es wird Krawalle geben, also sollten Sie besser Ihre Vorräte aufstocken. Gewiss erinnern Sie sich nicht mehr daran, aber als Anna Durai starb, spielte die Stadt verrückt. Das hier wird genauso schlimm oder sogar noch schlimmer werden. Kaufen Sie, so viel Sie können, und gehen Sie schnell wieder nach Hause. Ich muss mich jetzt auch auf den Weg machen.« Der Kerosin-Mann hob die Griffe seiner Karre an und zog weiter.

Akhila stand auf der Straße. Sie war sich nicht sicher, was sie tun sollte. Wie konnte ein Mann, der selbst im Haus eine Pelzkappe und eine dunkle Sonnenbrille trug, den Verlauf ihres Lebens beeinflussen?, fragte sie sich. Puraichi Thalaivar. Der Revolutionsführer. Ministerpräsident. Er mochte wohl tot sein, aber sie musste zur Arbeit gehen. Sie musste Hari sehen. Sie musste ihm sagen, dass er sie nicht als Frau sehen durfte; dass sie eine gute Kameradin war und nicht mehr.

Ein Milchverkäufer auf seinem Fahrrad bog in die Straße ein. Er sah, dass Akhila Richtung Bahnhof ging, und rief: »Gehen Sie nicht zur Arbeit, Madam. Sie werden in der Stadt festsitzen. Bis zum Nachmittag werden Tausende von Menschen hineinströmen, und es wird zu Krawallen kommen.«

Der Salzverkäufer fügte seinen Teil hinzu: »Jeder wusste, dass er im Sterben lag, aber niemand hat für möglich gehalten, dass es wirklich passieren könnte. Arme Leute wie ich, wir haben unseren Beschützer verloren. Es wird niemals wieder einen wie ihn geben.« Tränen standen ihm in den Augen. Er setzte seinen Salzsack ab und kauerte sich auf die Fersen. Er starrte in die Ferne, als sammelte er all seinen Kummer, und begann dann offen zu weinen. »Was bleibt uns denn jetzt noch im Leben? Thalaivar ist tot. Wir haben unseren Vater und unseren Beschützer verloren.«

Der Milchverkäufer, ein junger Mann, der am Polytechnikum studierte, um Tiefkühltechniker zu werden, begegnete ihrem Blick. Die Botschaft war klar: Das werden Sie den ganzen Morgen über und in den nächsten Tagen antreffen. Eine überreizte Trauer, die schon bald außer Kontrolle geraten wird. Wollen Sie da etwa mitten hineingeraten? Gehen Sie nach Hause. Schließen Sie die Tür und warten Sie ab, bis das alles vorbei ist.

Akhila ging nach Hause zurück und kaufte auf dem Weg einige Vorräte und Gemüse ein. Männer standen in dicht zusammengedrängten Gruppen an Straßenecken, und einige von ihnen schwangen Stöcke. Wer waren all diese Männer? Woher waren sie gekommen?, fragte sie sich. Plötzlich fiel Akhila Hari ein. Würde er das Risiko eingehen und den Zug nehmen? Würde er im Zug auf sie warten? Würde er sich Gedanken darüber machen, was mit ihr geschehen war? In Zeiten wie diesen gelangte vergrabener Hass wieder an die Oberfläche. Würde der Pöbel ihm ansehen, dass er Nordinder war? Würden sie ihm das Gesicht zerfetzen und ihn zusammenschlagen?

Millionen trauerten um den toten Mann. Eine Trauer, die schon bald in Gewalt umschlug. Läden wurden aufgebrochen und geplündert. Die Mitglieder der Oppositionspartei verdrückten sich aus Angst, dass sich die Wut des Pöbels schon bald gegen sie richten könnte. Einige Menschen, die den Gedanken nicht ertragen konnten, dass ihr Thalaivar tot war, begingen Selbstmord.

Die Zeitungen waren voller Artikel über Gewalt und Brandstiftung. Im Radio spielten sie Lieder aus Filmen, in denen Thalaivar mitgespielt hatte. Nur dass er sich damals Makkal Thilagam genannt hatte. Ikone des Volkes. Akhila hatte ihn weder als Schauspieler noch als Politiker bewundert, aber die Trauer drang auch in ihr Leben vor und verflocht sich mit ihren Gefühlen für Hari, so dass sie nicht wusste, ob sie um den toten Mann weinte oder um den lebenden. Ob er in Sicherheit war? Ob es ihm gut ging?, fragte sie sich. Warum bloß war es ihr nie in den Sinn gekommen, ihn nach seiner Adresse zu fragen oder nach der Telefonnummer seines Onkels, der neben ihm wohnte und einen Textilwarenladen besaß? Wie sollte sie nur die Zeit überstehen, bis sie ihren Hari wieder sah?

Die letzten Tage des Jahres schwanden dahin, die Zeit der Trauer verging, und ihre Entschlossenheit geriet ins Wanken. Akhila wollte Hari sehen, wollte bei ihm sein. Und nichts war wichtiger als das.

Eine Woche nach Thalaivars Tod kehrte das Leben wieder

zur Normalität zurück, und Akhila hetzte durch ihre morgendlichen Pflichten, weil sie früh genug am Bahnhof sein wollte. Als der Zug einlief, eilte sie in den Waggon der ersten Klasse. Sie blickte sich suchend um, und da war er. Als er sie sah, erhob er sich mit einem breiten Grinsen, und sie musste sich beherrschen, nicht in seine Arme zu eilen.

Akhila ging langsam auf ihn zu. Ihr Herz schlug immer schneller, und all das, was sie hatte sagen wollen, wurde auf ihrer Zunge zu einem kunterbunten Haufen bedeutungsloser Worte gemischt. Also tat sie das Einzige, was ihr einfiel. Anstatt sich auf den Platz gegenüber von ihm zu setzen, wie sie es immer tat, setzte sie sich neben ihn.

»Soll das etwa heißen, dass du deine Meinung geändert hast?«, fragte er.

Akhila nickte. Sie war immer noch nicht bereit, das, was sie für ihn empfand, in Worte zu fassen.

»Und was tun wir jetzt?« Sein Atem strich über ihr Ohr.

Akhila sah ihn an. Sie hatte keine Antworten auf seine Fragen. Sie wusste wirklich nicht, was sie tun sollten oder wohin sie steuerten. Sein Blick begegnete dem ihren und wich nicht mehr von ihr. Das war genug, dachte sie. Sie hatte in seinen Augen alles gesehen, was sich eine Frau von einem Mann erhoffen konnte.

Sie saßen schweigend da, die Umrisse seines Körpers berührten den ihren, ihre Gedanken kreisten umeinander. Ein Schwarm Glühwürmchen, von unsichtbaren Fäden zusammengehalten.

Ihre Beziehung hatte sich auf eine andere Ebene bewegt. Hier bedrückte sie ein Schweigen, das geschwängert war mit unausgesprochenen Gefühlen. Ein flüchtiger Blick war mit vielerlei Bedeutungen gefärbt, und eine zufällige, flüchtige Berührung der Hände entzündete tobende Feuer. Schürte und warf kleine Funken, die jegliche Vernunft verbrannten: Berühre mich, halte mich fest, liebe mich …

Jeden Abend kam er zu ihrem Büro, und gemeinsam gingen

sie die Sterling Road entlang. Mit der Zeit ließ sie zu, dass er ihre Hand in die seine nahm. Eines Abends hatte Hari unterwegs seinen Arm um ihre Taille gelegt. Sie spürte seinen Körper an ihrem; den Druck seiner Finger auf ihrer Haut. Sie hätte sich ihm so gern zugewandt und gegen ihn gepresst, sich nur seiner bewusst und alles andere in einem feinen Nebel. Als sie um eine Ecke bogen, fuhr ein Polizist auf einem Fahrrad an ihnen vorbei. Er hielt an und betrachtete sie misstrauisch. Er krümmte seinen Zeigefinger und bedeutete ihnen, näher zu kommen. »Wer ist das?«, fragte er Hari.

Selbst in der Dunkelheit konnte Akhila sehen, wie Haris Adamsapfel beim Schlucken hüpfte. »Meine Frau«, sagte er.

Der Polizist betrachtete sie forschend. Akhila sah, wie seine Augen zu der Goldkette mit den schwarzen Perlen wanderte, die sie trug. Sie konnte für ein *thali* durchgehen. Für lange Zeit war das ihre Verteidigung gewesen; auch wenn es nicht das traditionelle *thali* war, so hielt es die Leute doch davon ab, darüber zu spekulieren, ob sie verheiratet war oder nicht.

»Das ist Ihre Frau?«

Akhila vernahm die Ungläubigkeit in der Stimme des Polizisten, sah den Spott in seinen Augen und schreckte zurück. Warum hatte Hari nicht gesagt, dass sie seine ältere Schwester war, seine Tante, eine Nachbarin?

»Nun …«, sagte der Polizist, »wenn Sie Mann und Frau sind, dann sollten Sie das, was Sie getan haben, lieber in der Privatsphäre Ihres Heims tun und nicht hier draußen auf der Straße, wo Menschen sind.«

Für einige Tage gingen sie wieder dazu über, aneinander gepresst im Zug zu sitzen. Aber bald schon begannen sich Hari und Akhila nach Orten umzusehen, wo sie ohne Gesetz und eine sie tadelnde Welt zusammen sein konnten.

Wie so viele andere in Madras entschieden sie sich für den Strand und versteckt liegende Parks für ihre Rendezvous. In den Abendschatten, vom Tosen der Wellen zum Schweigen gebracht, vom Sand umfangen, durch ihre Kleidung behindert, wurden sie zu Liebenden. Nur, dass dies im Gegensatz zu ihrer Freundschaft eine unbehagliche Beziehung war, voller Dunkelheit.

Ihn zu lieben fiel ihr leicht, und als er sich ihr sehnsüchtig zuwandte, da war ihr Körper bereit, ihn zufrieden zu stellen und zu erfreuen. Und Akhila genoss seine Verzückung, denn sie wusste, dass ihr Körper – auch wenn sie älter war als er – immer noch fest und jung war und dass sie ihm gefiel.

Anfangs reichte ihnen das. Das langsame Vortasten, das zögernde Zu-Tage-Bringen, aber bald schon wollten sie mehr, und wenn sie sich trennten, um nach Hause zurückzukehren, geschah dies immer mit dem Gefühl, etwas unfertig gelassen zu haben. Es warf einen dunklen Purpurfleck auf diese heimlichen Stunden der Dämmerung, eine Unzufriedenheit, die sie nur noch verzweifelter machte, wenn sie sich am nächsten Morgen wieder sahen.

Manchmal wünschte sich Akhila, dass sie einfach weggehen und die Nacht zusammen verbringen könnten. Sie wäre so gern in seinen Armen eingeschlafen und hätte beim Aufwachen seine Bartstoppeln an ihrer Wange gespürt. Es gab so vieles, was sie nicht über ihn wusste: Schlief er lieber auf seiner rechten oder auf seiner linken Seite? Putzte er sich vor dem Baden die Zähne oder hinterher? Wie viele Löffel Zucker tat er in seinen Kaffee? Las er die Zeitung von hinten nach vorn? Schlief er nach dem Zubettgehen sofort ein, oder kam der Schlaf ganz langsam zu ihm?

Sie wollten eines Tages heiraten, aber Hari sagte, er müsse warten, bis ein Mann für seine jüngere Schwester gefunden sei. Sie hatte nur noch wenige Monate bis zu ihrem Studienabschluss, und sie sahen sich bereits nach passenden Heiratskandidaten für sie um. Akhila hatte dafür Verständnis. Sie wusste, wie schnell auch nur der Hauch eines Skandals einen potenziellen Bräutigam verscheuchen konnte. Und dennoch.

»Bist du dir auch sicher? Ganz sicher?«, schluchzte Akhila und vergaß alles, als sein Mund und seine Hände Wege fanden, die ruhelosen Dämonen zum Verstummen zu bringen.

Eine Woche vor Haris neunundzwanzigstem Geburtstag saßen sie in einer ruhigen Ecke des Marina-Beach-Parks. Die Sonne war fast untergegangen, und eine frische Brise hob die Enden ihres *sari.*

Bevor sie zu Liebenden wurden, hatte ihre Unterhaltung keine Pausen gekannt. Sie hatte all ihre Gedanken ausgesprochen. Doch nun wählte sie ihre Worte sorgfältig. Sie hatte Angst, dass sie ein unachtsamer Schritt in den Verlust stolpern lassen könnte.

Akhila versuchte ihm einige Male zu erklären, was er ihr bedeutete, welches Gewicht diese Liebe hatte. Aber Hari blickte sie verständnislos an. Menschen verliebten sich, Menschen heirateten, Menschen lebten zusammen. Seine Liebe war ein unkompliziertes Gefühl, das keiner Erklärungen und Argumentationen bedurfte. Nur Akhila war diejenige, die immer und immer wieder versuchte, dieses Gefühl zu sezieren, ohne jemals zu eindeutigen Schlussfolgerungen zu kommen.

»Du denkst zu viel«, sagte er, während sie zum Horizont hinüberschaute und spürte, wie eine große Traurigkeit über sie kam. Akhila wusste nicht, warum sie so empfand. Sie sollte doch eigentlich glücklich sein. Doch sie vermochte nichts anderes zu empfinden als das Gewicht dieser Liebe, das auf ihr lastete.

»Du hast mich noch gar nicht gefragt, was ich mir zu meinem Geburtstag wünsche«, sagte er mit einem verschmitzten Lächeln.

»Was wünschst du dir denn zum Geburtstag?«

Hari strich ganz langsam mit einem Finger an ihrem Ellenbogen entlang und sagte: »Ich weiß genau, was ich gern hätte, aber ich glaube nicht, dass du mir diesen Wunsch erfüllen wirst.«

»Jetzt hör schon auf, drum herum zu reden. Was wünschst du dir?«

»Ich würde dich gern nackt sehen.«

Sie hatte das Gefühl, als wäre eine Faust in ihre Brust gerammt worden. Plötzlich war sie sich der Jahre bewusst, die zwischen ihnen lagen. Hier redete ein Junge. Ein Mann würde sich nicht so taktlos benehmen.

»Würdest du einmal ein Wochenende mit mir verbringen? Es gibt da einen hübschen Urlaubsort direkt am Strand, auf dem Weg nach Mahabalipuram. Wir könnten freitagabends losfahren und sonnntagnachmittags wieder zurück sein«, sagte er. »Das ist alles, was ich mir von dir zum Geburtstag wünsche.«

Als Akhila nicht darauf antwortete, verwandelte sich sein Tonfall in ein wehleidiges Schmeicheln. »Ach, bitte, Akhila.« Als sie spürte, wie sich seine Augen in die ihren bohrten, gab sie wie immer nach. So war diese Liebe nun einmal.

Zwei Tage später teilte Akhila Amma mit, dass sie am Wochenende mit einer Gruppe von Leuten aus ihrem Büro einen Ausflug machen würde. »Wir fahren nach Mysore«, sagte sie. Wie einfach ihr doch das Lügen fiel.

»Ich begreife nicht, warum du mit all diesen Fremden fahren willst«, sagte Amma. »Du solltest besser erst deine Brüder um Erlaubnis bitten.«

»Amma, ich bin ihre ältere Schwester. Warum sollte ich sie um Erlaubnis für einen Betriebsausflug bitten?«

»Du magst die Ältere sein, aber du bist eine Frau, und sie sind die Männer in der Familie«, erwiderte Amma, ohne sich zu bemühen, ihre Missbilligung zu verbergen.

»Das ist doch lächerlich. Ich werde sie nicht um Erlaubnis bitten, an einem Ausflug teilnehmen zu dürfen. Dann bleibe ich lieber zu Hause«, erklärte Akhila und verließ das Zimmer.

Am nächsten Morgen schwieg sie weiterhin eisern, und Amma kapitulierte, wie es Akhila gehofft hatte. »Wenn du dir bei den Leuten, die mitfahren, sicher sein kannst, dürfte es wohl kein Problem sein. Aber sei vorsichtig. Du bist eine allein stehende Frau, vergiss das nicht, und die Leute benötigen nur den geringsten Anlass, um zwei und zwei zusammenzuzählen und auf fünf zu kommen.«

Amma, hätte Akhila am liebsten gesagt, Amma, ich liebe diesen Jungen. Er ist in Narsis Alter, aber er liebt mich aufrichtig. Ja, das tut er, Amma. Erinnerst du dich noch daran, wie es bei dir und Appa gewesen ist? So ist es bei uns auch, Amma. Mit ihm fahre ich weg. An einen Strand. Er hat eine goldene Vollmondnacht dafür ausgewählt, und er sagt, wir werden am Meer sitzen und im Mondlicht baden können. Er ist ein Romantiker, Amma, genau wie Appa einer war. Er macht mich glücklich, und das war ich seit so langer Zeit nicht mehr. Ich hatte schon vergessen, wie es ist, eine Frau zu sein, und er gibt mir das Gefühl, eine zu sein. Gönnst du mir diese Liebe etwa nicht, Amma? Willst du sie mir verbieten?

Aber wie sollte Akhila Amma davon erzählen? Amma würde das niemals verstehen. In Ammas Welt heirateten Männer Frauen, die jünger waren als sie selbst. Eine Frau gab sich dem Mann niemals hin, bevor ihre Verbindung nicht durch eine Heirat geweiht worden war. Eine Frau verreiste nicht mit einem Mann, der nicht ihr Ehemann war.

Der Mond schien für sie. Für Akhila und Hari. Voll und golden krönte er die Wellen mit einem warmen, silbrigen Häubchen. Sie saßen am Strand, und Akhila dachte: Das muss der glücklichste Moment meines Lebens sein.

Etwas später gingen sie zu den Hütten zurück, die auf Pfählen im Sand standen. Akhila hörte das Klirren von Gläsern und Männerlachen. »Ich werde noch einen Drink nehmen. Macht dir das etwas aus?«, fragte Hari.

Sie schüttelte den Kopf. Alle jungen Männer tranken heutzutage. Akhila wusste das, und außerdem hatte sie Angst, dass er, wenn sie ihn bat, es nicht zu tun, glauben würde, sie benehme sich wieder wie eine ältere Schwester.

In der Abgeschiedenheit ihres Zimmers verspürte Akhila eine Verlegenheit. Was tue ich hier eigentlich? Warum mache ich so etwas? Der monotone Sprechgesang in ihrem Kopf wollte einfach nicht aufhören. Akhila schaltete das Licht aus und ließ sich vom Mondlicht durch ihre Waschungen geleiten. Sie kroch angezogen ins Bett. Als Hari sich neben sie setzte, roch sie den Alkohol in seinem Atem. Dieser fremde Duft erregte sie, und ein Schauer lief ihr über den Rücken.

»Das ist nicht fair«, sagte er. »Wo ist mein Geburtstagsgeschenk?«

»Was … was meinst du?«, stammelte Akhila.

»Das weißt du genau«, sagte er und wartete mit funkelnden Augen, während sie sich langsam entkleidete.

In jener Nacht liebten sie sich zum ersten Mal. Wie sich zwei erwachsene Menschen lieben und nicht dieses zaghafte Herumtasten, das bisher die Summe ihres Liebesspiels ausgemacht hatte. Anfangs tat es weh, aber dann überschwemmte sie die bloße Verzückung, mit ihm vereint zu sein; der Schmerz schwand, und an seine Stelle trat Zufriedenheit.

Am Morgen erwachte Akhila vor ihm. Sonnenlicht strömte herein und ergoss sich über ihre Gesichter. Sie blickte an ihren Körpern entlang, die Glieder im Laken verschlungen, Kleider auf dem Boden verstreut … Sein Gesicht war so jung und glatt. Im hellen Tageslicht log der Spiegel nicht. Akhila erblickte das Alter, das ihre Augen zeichnete. Die Falten, die von den Jahren erzählten. Akhila sah, was sie sein würden. Ein junger Mann und eine ältere Frau. Und wie es mit dem Fortschreiten der Zeit schlimmer werden würde.

Akhila erinnerte sich an die vereinzelten Bemerkungen, die gestern Abend in der Luft gelegen hatten. In der Brise lauerten, um an ihr Ohr zu dringen.

»Sie muss seine ältere Schwester sein.«

»Sei nicht albern. Bringen Männer etwa ihre Schwestern an einen Ort wie diesen?«

»Bloß eine ältere Frau, die ihren Ehemann leid ist und sich nach einem jungen Hengst umgesehen hat, um sich die Zeit zu vertreiben.«

»Und wie sie sich die Zeit vertreiben, dürfte nicht schwer zu erraten sein.«

Akhila schauderte. Die Worte hatten sie verletzt. Sie schmerzten jetzt sogar noch mehr. Sie dachte an den Polizisten auf dem Fahrrad. Sie dachte an all die seltsamen Blicke, die ihnen gegolten hatten, wenn sie gemeinsam in Restaurants und Kinos waren oder im Zug gesessen hatten. Hari und Akhila, sie waren eine Anomalie, und egal, was er auch sagte, daran würde sich niemals etwas ändern.

Ist es das, was ich will?, fragte sie sich. Diesen dauernden Schmerz. Diese dauernde Angst, dass sie vor ihm altern und er sich von ihr abwenden würde. Dass er ihre Beziehung eines Tages bedauern würde; bedauern würde, seine Familie verschmäht zu haben, um mit ihr zusammen zu sein; bedauern würde, an sie gebunden zu sein, wenn er eine jüngere, passendere Frau hätte haben können. Diese dauernde Last einer unerträglichen Liebe, die alles zerstören und ihr nichts lassen würde – nicht einmal ihre Selbstachtung.

Akhila beobachtete ihn im Schlaf. Er zog es vor, auf seiner rechten Seite zu liegen, so dass er an ihren Körper geschmiegt dalag. Akhila beobachtete, wie er erwachte. Wie sich seine Augen öffneten und wie er sich auf den Rücken drehte und sich streckte. Akhila beobachtete, wie er sich die Zähne putzte, und sah, dass er sich erst die linke und dann die rechte Wange rasierte. Dass er sich badete, bevor er seinen Kaffee trank, den er mit zwei Löffeln Zucker süßte. Und dass er die Sportseiten der Zeitung zuerst las. Akhila beobachtete ihn den ganzen Tag über und auch am Abend, als er jedes Mal, nachdem sie sich geliebt hatten, sofort einschlief wie ein Baby.

Als sie auf dem Rückweg im Zug saßen, ergriff Akhila seine Hände und sagte: »Hari, das ist unser Lebewohl. Ich will dich niemals wieder sehen.«
Sie sah den schockierten Ausdruck auf seinem Gesicht. »Aber warum? Was soll das heißen? Akhila, was ist los? Was habe ich falsch gemacht?«
»Alles ist falsch, Hari«, erwiderte Akhila. »Während dieser ganzen Tage habe ich versucht, mir einzureden, dass es keine Rolle spielt. Dass wir die Jahre zwischen uns mit unserer Liebe überbrücken können. Aber ich glaube nicht, dass mir das gelingt. Jedes Mal, wenn ich jemanden sehe, der uns beobachtet, erkenne ich die Frage, die ihm durch den Kopf geht: Was will er mit einer älteren Frau? Das bedrückt mich sehr, Hari. Es bedrückt mich, dass wir nicht zueinander passen. Dass ich älter bin und älter aussehe, und ich kann den Gedanken nicht ertragen, dass du diese Beziehung eines Tages bereuen könntest, dich von mir abwendest und ich nichts mehr habe – weder dich noch meine Familie.«
»Bist du fertig?«, fragte Hari. Akhila sah, dass er wütend war. Und verletzt und bestürzt dazu. Aber sie war älter als er, und es war an ihr, die Bande zu durchschneiden.
»Ja«, sagte Akhila. »Ich bin fertig. Und ich will dich niemals wieder sehen. Bitte versuche nicht, mich im Büro anzurufen oder dich mit mir zu treffen. Du würdest mir keine andere Wahl lassen, als aus dieser Stadt wegzuziehen. Ich liebe dich, Hari. Ich werde vielleicht niemals wieder einen anderen Mann lieben, aber das hier hat keine Zukunft.«
»Willst du mir nicht einmal eine Chance geben?« Seine Augen blickten flehentlich. Aber Akhila wandte sich ab und schritt zur Tür des Abteils.
An jenem Abend schrieb sie Katherine einen Brief. Sie hatten eine Weile regelmäßig miteinander korrespondiert, aber Akhila hatte Hari selbst vor ihr als Geheimnis bewahrt. Nun schrieb sie ihr über diese Liebe, über die Traurigkeit, die ihr die Brust zuschnürte, und während sie schrieb, ver-

suchte Akhila zu erklären, warum sie so hatte handeln müssen. Ob Katherine es verstehen würde? Es gutheißen würde? Ob sie wohl das Gleiche getan hätte?
Am Morgen wusste Akhila, dass sie nicht einmal Katherine von dieser Liebe erzählen konnte. Sie zerriss den Brief, rief eine Kollegin an und erklärte, dass ihre Mutter krank sei und sie für die nächsten zwei Wochen Urlaub nehmen werde. Sie sagte Amma, dass ihr einige freie Tage zustünden, und blieb zu Hause. In den nächsten zwei Wochen durchlebte sie noch einmal jeden Augenblick, den sie gemeinsam verbracht hatten, dann kehrte sie an ihren Arbeitsplatz zurück. Sie nahm den Zug um fünf vor sieben und abends einen späteren. Ihre Wege kreuzten sich niemals wieder.
Manchmal sah Akhila die Rundung einer Wange oder einen geneigten Kopf in der Menge, und ihr Herz begann schneller zu schlagen: Hari. Aber er war es nie, und selbst wenn er es gewesen wäre, hätte Akhila so getan, als hätte sie ihn nicht gesehen.

Akhila rollte sich auf der Seite zusammen und zog ihre Knie an die Brust. Sie fühlte sich mit einem Mal verwaist und allein. Hatte sie einen Fehler begangen, als sie Hari aufgab? Oder war es die richtige Entscheidung gewesen? Was hatte sie nur zurückgehalten? Wie sollte sie diese Krumen des Bedauerns abschütteln, die immer noch an ihr hingen?
Vielleicht würde auch sie ihr Glück finden, wenn sie es nur zuließe. Eine unbändige Wärme, eine magische Zufriedenheit, ein innerer Frieden, die aus dem Bewusstsein heraus erwuchsen, dass die vergangenen Jahre nicht umsonst gewesen waren und dass das, was vor ihr lag, mehr hervorbringen würde als das Schicksal, womit sie sich bisher resigniert abgefunden hatte. Vielleicht war es ja noch nicht zu spät. Manches mochte unwiederbringlich verloren sein, aber vielleicht würde ihr das Leben eine zweite Chance geben. Wie bei Janaki. Und auch – auf etwas verwickelte Weise – bei Margaret.

Und dann erinnerte sich Akhila daran, dass ihr eine solche zweite Chance zugefallen war, von der sie aber zu jener Zeit nichts gewusst hatte.

Vor fünf Jahren, als Amma starb, war der Rhythmus von Akhilas Leben erneut aus dem Takt geraten. Was sollte sie tun? Wie sollte sie allein leben?

Nach einigen Diskussionen wurde beschlossen, dass Akhila um eine Versetzung nach Trichy bitten sollte, wo Narsi lebte, oder nach Bangalore, wo Padma wohnte. Narayan wurde zu oft versetzt, als dass sie bei ihm ein neues Zuhause hätte finden können.

Akhilas Vorgesetztem gelang es, eine Versetzung nach Bangalore für sie zu erreichen, und damit war ihr Leben in Ambattur beendet. »Es wird eine Weile dauern, bis sie Ihnen eine Wohnung zuteilen werden. Aber wenn die Zeit kommt, werden Sie es sehr komfortabel haben. Ich kenne die Wohnungen dort, sie sind sehr großzügig geschnitten. Eine der Vergünstigungen, die man als Regierungsangestellter hat, ist, dass man immer in einem anständigen Zuhause leben kann«, sagte er und reichte ihr die Versetzungsunterlagen.

»Meine Schwester lebt in Bangalore. Ich werde bei ihr wohnen, bis ich meine Wohnung bewilligt bekomme. Das dürfte also kein Problem sein. Vielen Dank, Sir«, sagte sie, und in Gedanken freute sie sich bereits darauf, sich ein eigenes Heim zu schaffen.

Nun blieb ihr nichts weiter zu tun, als ihre wenigen Besitztümer zu packen und die Schlüssel Narayan zu übergeben. Das Haus gehörte ihnen nicht, und die wenigen Haushaltsdinge, die sie besaßen, wollte sie zwischen Narayan und Narsi aufteilen.

Akhila begann mit der Küche. Dort gab es wenig zu teilen. Während ihrer häufigen Besuche daheim hatte Padma die meisten guten Dinge mitgenommen. Wenn Narsis und Narayans Frauen erst einmal sahen, was für sie übrig geblieben war, würde es ein großes Murren geben. Aber sie konnte es nicht ändern. Auf dem untersten Regalbrett des hölzernen Schrankes stand ein Pappkarton. Darin befanden sich ein paar leere Büchsen, Messer mit kaputten Klingen, eine Schachtel rostiger Nägel und ein riesiger Ball Bindfäden. Akhila holte den Ball hervor und betrachtete ihn. Sie hatte geglaubt, er sei längst aufgebraucht worden. Doch hier war er, ein Überbleibsel ihrer Vergangenheit. Sie rollte ein Stückchen Schnur ab und zog daran. Es hielt, und Akhila lächelte. Der Bindfaden hatte immer noch etwas Leben in sich. Sollte sie ihn wegwerfen oder behalten? Sie legte ihn in die Kiste, in der sie ihre wenigen Besitztümer sammelte. Vielleicht würde er sich eines Tages noch einmal als nützlich erweisen.

Am Nachmittag wusch Akhila den Stahlschrank aus, der immer im inneren Zimmer gestanden hatte. Sie erinnerte sich noch an den Tag, als er eingetroffen war. Amma hatte ihn sich schon so lange gewünscht – jedes Haus in der Nachbarschaft hatte einen Stahlschrank. Ab und an warf sie einen vernichtenden Blick auf den Holzschrank, der zu ihrer Aussteuer gehört hatte, und sagte: »Es muss ja kein Godrej sein, ein weniger teurer würde es auch tun. Unsere Kleidung riecht ganz moderig, und deine Unterlagen werden von Insekten zerfressen. Wenn wir einen Stahlschrank hätten, würde das nicht passieren.«

Appa gelang es, einen Möbelladen zu finden, der ihm einen Stahlschrank auf Monatsraten verkaufte, ohne dass er eine Kaution hinterlegen musste. Sie verlangten nur, dass er sechs Monatsraten im Voraus bezahlte, und dann konnte er den Schrank mitnehmen und den Rest in achtzehn Monaten abbezahlen.

Als der Stahlschrank zu Hause eintraf, hatte jeder einen besonderen Schatz, der unbedingt hineingelegt werden musste. Amma hatte sie alle weggescheucht und dabei ein vermeintlich böses Gesicht aufgesetzt. »Das hier ist kein Ort für eure albernen Sachen. Wir werden darin nur wichtige Dinge aufbewahren. Wie meine Seiden-*saris* und Appas Hemden, habt ihr verstanden?«

Das Schließfach darin war ausschließlich für Appa gedacht, und er werde dort all seine wichtigen Unterlagen aufbewahren, verkündete er. Nach Appas Tod bekam Akhila das Schließfach.

Akhila nahm ihre dienstlichen Unterlagen heraus. Darunter lag ein kleiner brauner Umschlag mit fünf Neujahrskarten darauf. Akhila starrte sie lange Zeit an. Sollte sie sie aufheben oder wegwerfen? Warum hatte sie sie überhaupt die ganze Zeit aufgehoben?

Akhila klappte eine der Karten auf. Hari hatte mit großen Lettern seine Unterschrift darauf gekritzelt. Hari – sonst nichts. Jedes Jahr schickte er ihr eine Karte, als wollte er sie an seine Existenz erinnern. Aber Akhila hatte sich stets geweigert, diesen Gedanken weiterzuverfolgen. Was vorbei war, war vorbei, sagte sie sich.

Auf der letzten Karte stand eine Telefonnummer und eine Adresse. Ich wohne nicht mehr zu Hause, hatte er geschrieben. Akhila war versucht gewesen, ihn anzurufen, als die Karte eintraf. Doch sie war stark geblieben. Ihr Leben verlief nach einer gewissen Routine, die sie nicht stören wollte. Fünf Jahre waren eine lange Zeit. Doch die Kluft zwischen ihnen ließ sich dennoch nicht überbrücken. Vielleicht hatte sie sich sogar noch vergrößert.

Akhila begann die Karten zu zerreißen. Sie entschloss sich, sie zu verbrennen. Aus einer Laune heraus und weil sie es nicht fertig brachte, das Band zu ihm gänzlich zu durchtrennen, zog sie das kleine Adressverzeichnis hervor, das sie gekauft hatte, um die Namen und Adressen ihrer Kollegen aufzuschreiben, und notierte sich sorgfältig Haris Adresse und Telefonnummer. Das war sein Platz in ihrem Leben, sagte sie sich. Ein Name unter vielen. Plötzlich dachte Akhila an Sarasa Mami und Jaya.

Später am Abend ging sie zu Sarasa Mamis Haus. Ich hätte das schon vor langer Zeit tun sollen, sagte sie sich, als sie die Straße entlangschritt. Ich hätte Sarasa Mami und die Kinder nicht einfach so allein lassen dürfen. Ich hätte sie besuchen sollen und sie wissen lassen müssen, dass sich nichts verändert hat, auch wenn Amma darüber aufgebracht gewesen wäre.

Draußen vor Sarasa Mamis Haus blieb sie stehen. Die Tür, über der immer eine Kette aus Plastikmangoblüten gehangen hatte, war nackt und geschlossen. Die weiße *kolam*-Zeichnung auf der Eingangsstufe weggewischt. Was war mit Sarasa Mami geschehen? Hatte sie ihr altes Leben völlig aufgegeben? Durch eines der geöffneten Fenster erblickte Akhila den bläulichen Schein eines Fernsehschirms. Sie starrte voller Überraschung darauf. Dann trat sie vor und drückte auf die Klingel – eine weitere Absonderlichkeit an einer Tür, die einen solchen Schmuck nie gekannt hatte, da sie immer offen gewesen war.

Ein Fremder öffnete die Tür. »Ja?«, fragte er.

Akhila spürte, wie ihr plötzlich der Schweiß auf der Stirn ausbrach. War dies einer von Jayas Männern?

»Sarasa Mami …«, sagte sie. »Ist Sarasa Mami da?«

Der Mann betrachtete sie für einen Augenblick, als versuchte er zu verstehen, wer sie war. Dann seufzte er. »Hier wohnt niemand mit diesem Namen. Wir sind vor vier Jahren in dieses Haus gezogen. Es stand sechs Monate leer, bevor wir herkamen. Der Besitzer konnte keinen guten Mieter finden. Erst nachdem wir eine Weile hier gewohnt hatten, fanden wir heraus, warum. Ich bin hierher versetzt worden und wusste nichts über die Geschichte dieses Hauses.«

»Wissen Sie, was aus ihnen geworden ist?«, erkundigte sich Akhila, weil ihr nichts anderes einfiel, was sie hätte sagen können.

Der Mann zuckte die Schultern. »Nein … jemand hat meiner Frau erzählt, dass sie zum Verlassen des Hauses gezwun-

gen wurden und weggegangen sind nach« – er zögerte kurz – »Kodambakkam.«
Akhila senkte verlegen den Kopf. Sie war sich über die Bedeutung seines Zögerns im Klaren: Was haben Sie mit einer Familie zu tun, die in eine Gegend gezogen ist, die berühmt ist für ihre Huren?
»Aber woher kennen Sie sie denn?«, fragte der Mann, der seine Neugierde nicht verbergen konnte. Sie sehen zu anständig aus, um eine Verbindung zu einer Familie von so zweifelhaftem Ruf zu haben, sagte sein Gesichtsausdruck.
Akhila blickte ihm in die Augen und fragte sich, was sie ihm antworten sollte. Was würde er von ihr denken, wenn sie ihm erklärte, dass Sarasa Mamis Familie und die ihre früher einmal beinahe wie eine einzige große Familie gewesen waren. Mit einem Mal siegte der Trotz, und sie sagte: »Sie waren Freunde der Familie«, doch dann verließ sie ihr Mut auch schon wieder, und sie fügte hinzu: »Aber wir haben sie seit vielen Jahren nicht mehr gesehen.«
»Das erklärt alles. Dann konnten Sie ja nicht wissen, was aus ihnen geworden ist. Oder dass die Tochter sich verkauft hat als, na ja, Sie wissen schon …«, sagte der Mann, unfähig, das Wort Prostituierte in den Mund zu nehmen.
Akhila wandte sich zum Gehen. Warum nur habe ich so lange gewartet? Warum habe ich erst jetzt den Mut gefasst? Und dennoch, was hätte ich schon tun können?
In der Nacht, bevor Akhila das Haus verließ, lag sie wach. Sie würde niemals wieder hierher zurückkehren. Ob sich eine Braut am Vorabend ihrer Hochzeit so fühlte? Oder eine Schwangere, sobald die erste Welle von Wehenschmerzen ihr Inneres erschütterte? Furcht. Erregung. Ein manisches Auf und Ab zwischen völliger Lähmung der Gedanken und einer Explosion gezackter Nervenenden.
Mein Leben wird sich für immer verändern. Mein Leben wird niemals wieder dasselbe sein, sang Akhila monoton in

sich hinein wie ein Devi-Mantra. Zur Absicherung. Zum Schutz. Zum Segen. Zur Erneuerung.

Die Wohnung war für eine Familie geplant. Für einen Ehemann, eine Ehefrau und zwei Kinder, ganz nach der Vorstellung der Regierung.
Akhila dachte daran, welch große Mühe sich die Regierung gab, dem Bevölkerungswachstum Herr zu werden, und musste unwillkürlich kichern. Anfangs waren da diese Abbildungen gewesen, die zur Familienplanung anregen sollten. Von den Rückseiten der Lkw, von Abfalleimern und Bus-Wartehäuschen strahlte einen fröhlich ein auf dem Kopf stehendes rotes Dreieck an: Wir zwei, unsere zwei; Kleinfamilien sind fröhliche Familien. Dann gab es die Sache mit dem Mutterschaftsurlaub. Weibliche Regierungsangestellte erhielten nur noch für höchstens zwei Schwangerschaften Mutterschaftsurlaub. Danach bekamen sie lediglich frei für einen Schwangerschaftsabbruch. Und jetzt diese Wohnungen. Aber zumindest war das hier nicht so verrückt wie das, was sie vor einigen Jahren getan hatten: Männer aller Altersstufen mit Gewalt in Familienplanungsstellen zu zerren, wo man sie gegen ihren Willen sterilisierte. Als Belohnung oder Kompensation für ihre Unfähigkeit, die Welt mit weiteren Babys zu bevölkern, hatte man ihnen einen Plastikeimer und fünfzig Rupien gegeben – das hatte Akhila zumindest gehört.
Die Wohnung hatte ein Wohnzimmer, in dem leicht ein Dreisitzer-Sofa, zwei Sessel und ein niedriger Couchtisch Platz finden würden. Und falls man es wünschte, konnte man auch noch einen Esstisch an die Wand quetschen. Es war das Zimmer, wo die Familie Zeit gemeinsam verbringen konnte, um fernzusehen oder um Besucher zu unterhalten. An das Wohnzimmer grenzten zwei nebeneinander liegende Schlafzimmer mit offenen Schränken und riesigen Fenstern an. Die lange, schmale Küche verlief über die ge-

samte Breite des Hauses und lag hinter dem Wohnzimmer. Außerdem gab es im hinteren Bereich der Wohnung eine Veranda, die zum Teil von Gittern eingefasst war, und daneben das Badezimmer und die Toilette. Ein kleines Fleckchen Land umgab die Wohnung auf drei Seiten. Die vierte Seite wurde von einer Kopie dieser Wohnung eingenommen. Siamesischen Zwillingen gleich, die an der Hüfte zusammengewachsen sind, verband die innere Wand, die über die Länge des Hauses verlief, die beiden Wohnungen miteinander. Darüber lagen zwei identische Wohnungen, aber da diese keinen Garten hatten, bestand die Übereinkunft, dass die Terrasse ihnen gehörte.

Vielleicht machte es ja wirtschaftlich Sinn, solche Wohnblöcke zu errichten. Oder vielleicht dachte die Regierung auch, einem nicht ganz so hohen Angestellten ein Haus zu geben könnte diesen zu Ideen ermutigen, die seiner Stellung im Leben gar nicht zukamen. Oder vielleicht war sie auch der Ansicht, es fördere die nationale Integration, wenn man sich eine Wand und die Küchengerüche dazu teilte.

Akhila war es egal. Die Aussicht darauf, ein Heim für sich allein zu haben, erfüllte sie mit großer Freude. Sie dachte daran, dass ihr Leben endlich eigene Formen anzunehmen begann. Dann hörte sie Padma sagen: »Es ist ein wenig altmodisch. Und ziemlich einfach. Hast du schon die Küche gesehen? Ich habe zwar nicht mit einer Spüle aus rostfreiem Stahl gerechnet, aber ich dachte, sie wäre zumindest gefliest. Und die Arbeitsflächen sind aus einfachen Zementplatten … da ist nicht einmal ein Mosaik.«

Akhila schwieg. Sollte Padma sagen, was sie wollte, Akhila liebte ihre kleine Behausung. Dann fügte Padma hinzu: »Aber es hat einen gewissen Charme. Und es ist einfach perfekt für uns.«

Wieso für »uns«?, hätte Akhila sie am liebsten gefragt. Ist es nicht langsam an der Zeit, mich allein zu lassen, damit ich mein Leben leben kann?

»Wir werden hier sehr glücklich sein. Ich kann die Mädchen zu Fuß zur Schule bringen und wieder abholen. Die Läden sind um die Ecke, und die Nachbarn scheinen nett zu sein.«

Akhila blickte sie entgeistert an. Sie hatte geglaubt, Padma werde sich darüber freuen, ihr Heim wieder für sich allein zu haben. Akhila hatte die vergangenen neun Monate bei ihr gelebt, während sie darauf wartete, dass man ihr eine Wohnung zuteilte, und es war keine einfache Zeit gewesen. Wie oft hatte sich Akhila daran erinnern müssen, dass diese Frau, die wie eine unnachgiebige Maus an ihren Nerven nagte, ihre Schwester war. Ihr eigen Fleisch und Blut. Sie hatte Padma dafür vergeben müssen, dass ihre Rolle als Ehefrau und Mutter sie zu einem solch herrischen, herzlosen Geschöpf gemacht hatte. Und nun beabsichtigte dieses Geschöpf, mit ihr zusammenzuleben.

Akhila dachte an die Zahnpastakleckse und die Haare im Waschbecken, an die dreckigen Fingerabdrücke, mit denen Padmas Tochter die makellosen weißen Wände und ihre Zeitschriften sprenkeln würde, an all das Spielzeug, über das sie ständig fiel, daran, wie ihr ordentlich gemachtes Bett zugerichtet werden würde, an ihre *saris*, die ohne ein »Dürfte ich bitte« ausgeliehen werden würden, an das andauernde Plärren des Fernsehers, an die Gerüche, den Lärm, die Unordnung, an all die Einmischungen … und sie unterdrückte den Schluchzer, der sich in ihrer Kehle festkrallte.

»Aber wird Murthy denn nichts dagegen haben? Der Gedanke, unter meinem Dach zu leben, wäre doch gewiss eine Beleidigung für ihn«, wandte Akhila ein und versuchte die Panik in ihrer Stimme zu kontrollieren. Murthy, Padmas Ehemann, hatte nicht das geringste bisschen Selbstachtung. Aber Akhila war verzweifelt genug, sich an jeden Strohhalm zu klammern.

»O nein, es wird ihm nichts ausmachen. Wenn er erst einmal seine Beförderung in der Tasche hat, wird er den ganzen Süden bereisen. Dann ist er einen Tag in Madras, zwei Tage später in Hyderabad, die Woche darauf in Hubli … und mir gefällt der Gedanke gar nicht, mit den Mädchen allein zu bleiben. Und warum sollten wir zwei Haushalte führen, wenn wir zusammen sein können? Außerdem kannst du wohl schlecht allein leben«, sagte Padma mit fester Stimme, und Akhila sah, dass sie in Gedanken bereits die Wohnung einrichtete und überlegte, welches Material sich am besten für Vorhänge eignete.

»Aber …«, begann Akhila. Und dann spielte Padma die Trumpfkarte aus, von der sie wusste, dass sie alle Einwände beiseite wischen würde: »Ich glaube nicht, dass ich allein zurechtkomme, Akka.«

Akhila wünschte, sie hätte in diesem Moment gesprochen. Hätte sich dieses überwältigende Verlangen eingestanden und Padma erklärt, dass sie es vorziehen würde, allein hier zu wohnen. Stattdessen hatte sie sich in Schweigen geflüchtet. Ein unbehagliches Schweigen, das oft splitterte und kleine Glasscherben durch die Gegend schleuderte. Haut zerschnitt und Blut fließen ließ. Hinterher bedauerte Akhila ihren Ausbruch immer; denn sie trug ebenso viel Schuld wie Padma. Sie hätte den Mut aufbringen sollen, den Mund aufzumachen. Stattdessen hatte Akhila sich von Padma überreden lassen, ihr Heim mit ihr zu teilen. Und zugelassen, dass der aufgewühlte Schlamm des Bedauerns mit kleinen, saugenden Geräuschen an ihren Füßen zog: Es wäre alles anders, wenn ich allein leben würde. Nichts von alldem hier hätte geschehen müssen.

Dann kam die Geschichte mit dem Ei. Vielleicht war das der Punkt, als Padma begann, die Seidenfäden auszuwählen, um an Akhilas Ruf zu sticken.

Neun Monate hatte Akhila auf das Vergnügen, ein Ei zu essen, verzichten müssen. Schließlich hatte sie in Padmas Heim gelebt und sich keine Freiheiten herausnehmen wollen, die diese aus der Fassung gebracht hätten. Aber nun, da sie in Wohnräumen lebte, auf die sie Anspruch hatte, entschloss sie sich, ihr tägliches Ei wieder einzuführen.

»Was um Himmels willen ist denn das hier?« Padmas Stimme wirbelte in Wellen der Ungläubigkeit um Akhila, als sie sah, dass sie Katherines Eierdose hervorholte.

»Was glaubst du denn, was es ist?«, murmelte Akhila, der es nicht gelang, die Schärfe aus ihren Worten herauszuhalten.

»Ich weiß sehr wohl, was es ist. Ich frage mich nur, was eine Eierdose in diesem Haushalt, einem Brahmanen-Haushalt, macht?«, erwiderte Padma.

»Nun, in diesem Brahmanen-Haushalt gibt es jemanden, der Eier isst.«

»Wer?«, fragte Padma, und dann klappte ihr mit einem Mal der Kiefer nach unten. »Soll das etwa heißen, dass du Eier isst?«

Akhila ignorierte sie.

»Wie kannst du nur? Schämst du dich denn gar nicht?«, begann sie, von Akhilas Schweigen getroffen.

»Warum sollte ich mich schämen? Es ist doch nur ein Ei.«

»Wie kannst du nur?«, beharrte Padma. »Wir sind Brahmanen. Wir dürfen das nicht. Es ist gegen die Normen unserer Kaste.«

»Und was war damals, als der Arzt sagte, dass die Gesundheit deiner Kinder aufgebaut werden müsse, und du ihnen ein in Milch geschlagenes Ei gefüttert hast? Hast du da nicht auch ein Sakrileg begangen?«, erwiderte Akhila und ließ sich damit auf eine Diskussion ein.

»Das war aus gesundheitlichen Gründen. Aber du isst Eier, weil sie dir schmecken. Hast du einmal daran gedacht, wie es Amma gegangen wäre, wenn sie davon gewusst hätte?«

»Amma hat es gewusst. Und sie hat nichts gesagt.«

»Die arme Amma. Wie muss sie es gehasst haben. Aber sie hat wohl zu viel Angst vor deiner rasiermesserscharfen Zunge gehabt, um zu versuchen, dich davon abzuhalten.« Padmas Worte trafen Akhila. Ob das der Grund gewesen war, warum

Amma nie ein Wort gesagt hatte? Hat meine Mutter sich etwa vor mir gefürchtet? Habe ich mich in ein versteinert dreinblickendes, sensenzüngiges Monstrum verwandelt?

Akhila wandte sich Padma blindlings zu. Sieh mich an!, hätte sie am liebsten geschrien. Ich bin deine ältere Schwester. Die, die ihr Leben für das deine und das unserer Familie aufgegeben hat. Ist dir eigentlich klar, was du da sagst? Ich dachte, dass du mir aus Liebe mit solcher Wertschätzung begegnest. Willst du mir etwa damit sagen, dass es bloß Furcht gewesen ist?

Aber alles, was Akhila dort sah, war das Funkeln des Sieges. Padma wusste, dass sie sie auf die schlimmstmögliche Weise getroffen hatte. Akhila spürte, wie unbändige Wut ihre Augen trübte, und sie fuhr sie an: »Das hier ist mein Heim, und wenn mir danach ist, Eier zu essen oder nackt herumzulaufen, so werde ich das tun. Falls jemand etwas dagegen haben sollte, steht es ihm jederzeit frei zu gehen.«

Akhila hörte, wie Padma nach Luft schnappte, und wusste, dass ihre Bemerkung gesessen hatte.

In den nächsten vier Jahren gelang es Akhila, viele solcher Gefechte zu überstehen. Padma schloss Freundschaften mit den Frauen in der Nachbarschaft. Die meisten von ihnen waren Hausfrauen wie sie und trafen sich öfter einmal bei sich zu Hause. Eines der ersten Dinge, die Padma den anderen Frauen erzählte, war, wie missraten Akhila als Frau sei. Ihre unmittelbare Nachbarin, die Ehefrau von Mr. Dharmappa, war eine strahlende Frau mit breitem Gesicht, die ganz besonders stolz darauf war, der ganzen Welt zu verkünden, dass ihr Mann, der in seinem Beruf extrem tüchtig war, zu Hause genauso wenig taugte wie ein Baby, das auf dem Rücken lag. »Er kann sich nicht einmal eine Tasse Tee machen«, verkündete sie und fügte dann hinzu: »Ich muss mich um jede Kleinigkeit kümmern. Selbst wenn ich das Geschirr auf den Esstisch stellte, würde er sich nicht bedienen. All das muss ich für ihn tun.«

Padma gab einen Verständnis bekundenden Laut von sich. Akhila saß heimlich lauschend in ihrem Zimmer. Sie wartete amüsiert ab, um zu hören, was Padma ihrerseits über Murthys schlechtes Benehmen beizutragen hatte. Und Akhila hörte sie sagen: »Akka ist genauso. Sie ist so klug, wenn es um ihre beruflichen Pflichten geht, aber zu Hause …« Sie verstummte für einen Moment. »Also, meine siebenjährige Madhavi ist eine bessere Hausfrau als sie. Ich muss alles für meine Schwester tun. Für sie kochen. Ihre Kleidung bügeln, selbst die fehlenden Knöpfe an ihren Blusen annähen!«

Was ist nur los mit Frauen, die mit ihrer Küche verheiratet sind? Warum nur können sie den Gedanken nicht ertragen, dass eine Frau sowohl im Haushalt als auch draußen in der Welt gute Arbeit leistet? Akhila kochte vor Entrüstung.

Anfangs tröstete sie sich mit dem Gedanken, dass Padma es ihr vielleicht neidete, dass sie in der Lage war, den Grenzen ihres Heims zu entkommen. Möglicherweise sehnte auch sie sich nach weiteren Horizonten, nach der finanziellen Unabhängigkeit, die Akhila besaß. Aber schon bald wurde Akhila bewusst, dass Padmas Gefühle für sie eine Komplexität erreicht hatten, von der Akhila plötzlich nicht mehr wusste, wie sie sie entschlüsseln oder handhaben sollte. Padma musste Akhila unzulänglich aussehen lassen, um sich selbst gut zu fühlen.

Eines Nachmittags lag Akhila in ihrem Zimmer und hatte die Bettdecke bis zum Kinn hochgezogen. Sie hatte die Grippe. Sie konnte das Gemurmel der Stimmen im Wohnzimmer hören. Padma hatte eine Gruppe von fünf anderen brahmanischen Frauen zu Besuch. Sie trafen sich jeden Dienstag bei einer anderen Frau zu Hause und übten sich im Singen von Meera-*bhajans*. An diesem Nachmittag war Padma als Gastgeberin der Gesangsrunde an der Reihe. Akhila hörte eine Stimme sagen: »Hätte deine Schwester nicht vielleicht Lust, uns Gesellschaft zu leisten?«

»Das ist doch albern. Sie ist krank. Wie sollte sie?«, erwiderte eine andere Stimme.
»Außerdem mag sie so was auch nicht. Sie ist anders.« Akhila erkannte diese Stimme. Sie gehörte Padma.
»Wie meinst du das, sie ist anders?«, fragte die erste Stimme. Akhila begann sich der unbekannten Stimme verwandt zu fühlen.
»Sie ist nicht wie wir. Sie interessiert sich nicht für Dinge, die uns oder jedem anderen normalen Menschen Vergnügen bereiten. Sie ist lieber allein. Und sie kann sehr bissig sein, wenn jemand versucht, sie aus ihrem Schneckenhaus hervorzulocken. Ich habe nicht vor, sie zu fragen, ob sie Lust hat, uns Gesellschaft zu leisten. Also schlag dir das aus dem Kopf.« Padmas Stimme hatte genau den richtigen Tonfall, um die Qualen, die sie durch die herzlose ältere Schwester erlitt, zu verdeutlichen.
»Aber glaubt sie denn nicht an Gott?«, erkundigte sich eine ungläubige Stimme. »Das hier sind schließlich *bhajans*. Lieder, die Krishna preisen.«
»Ich weiß es nicht. Manchmal glaube ich, dass sie nicht einmal eine praktizierende Hindu ist. Sie entzündet nicht die Lampe im *puja*-Zimmer, geht nicht zum Tempel und beachtet keines der Rituale, die wir Brahmanen haben. Wenn sie ihre Periode hat, gießt sie weiterhin die Blumen, und wenn ich etwas dagegen einwende, reißt sie mir fast den Kopf ab.«
»Warum lebst du dann mit ihr? Warum ziehst du nicht aus und verlässt sie?«, fragte die erste Stimme.
Padma seufzte. »Das würde ich nur zu gern. Aber sie ist meine ältere Schwester und unverheiratet. Wenn wir sie im Stich lassen, dann wäre sie ganz allein.«
»Aber es gibt doch Grenzen des Erträglichen.«
»Das sagt mein Mann auch. Aber wie schlimm auch immer sie sich gebärden mag, ich muss meine Pflicht tun. Das lehren uns die heiligen Schriften.« Niemand spielte den Märtyrer überzeugender als Padma.

Akhila wusste, dass diese Frauen die Geschichte bis zum Abend weiterverbreitet haben würden. Wie sehr die arme Padma litt. Wie exzentrisch Akhila war. Und gottlos. Welch ein Glück sie hatte, mit einer Schwester wie Padma zusammenzuleben, die sich mit dem abfand, was Akhila Tag für Tag austeilte.

Akhila tolerierte die Invasion ihrer Privatsphäre, die viele verschiedene Formen annahm. Aber am schlimmsten waren die Abende, wenn Padmas Mann, Murthy, zu Hause war. Die beiden Mädchen, Priya und Madhavi, wurden in Akhilas Zimmer abgeschoben, wo sie sich mit ihr das Bett teilten. Und wenn die Lichter alle ausgeschaltet waren, weil die Kinder nicht schlafen konnten, wenn auch nur der winzigste Lichtschein im Zimmer war, und sie ihren Schlaf benötigten, weil sie sonst am nächsten Tag in der Schule einschlafen würden, dann schlichen sich erstickte Geräusche durch den Spalt zwischen Akhilas Tür und dem Boden.

Ein unterdrücktes Atmen. Ein zärtlicher Seufzer. Das Rascheln von Kleidung. Fieberhafte Erregung. Und manchmal ein Flüstern – Pssst … Sie wird uns hören …

Akhila wandte sich dann dem Fenster zu und zog sich die Bettdecke über die Ohren. In solchen Nächten verspürte sie eine lähmende Sehnsucht nach Hari. Hatte sie einen Fehler begangen, als sie ihn gehen ließ? Wo mochte er jetzt sein? Wenn sie ihn jemals wieder treffen sollte, ob er dann wohl noch wie früher für sie empfinden würde? Hari, Hari, weinte sie … Wäre ich doch nicht ein solcher Feigling gewesen.

Mit dem Sehnen kam ein bitterer Groll. Eine Verbitterung, die sich in ihrem Inneren ausbreitete und die in schmalen Falten an den Seiten ihres Mundes herunterkroch.

Es war nicht so, als ob Akhila Padma das Glück missgönnte, mit dem ihr Leben getupft zu sein schien. Akhila missgönnte ihr gar nichts: ineinander geschlungene Glieder; ein um die Taille gelegter Arm; eine Brust, auf der sie ihren Kopf ablegen konnte; das Erblühen ihres Leibes; das Anschwellen

ihrer Brüste mit Milch; die Geräusche ihrer Babys und ihr Lachen; das Warten auf den Ehemann, der nach Hause kam; das Teilen eines ganz gewöhnlichen Moments …
Was sie übel nahm, war, dass sie ins Umfeld all dieser Veränderung gedrängt worden war, dieses sich ausweitenden Horizonts, während ihr eigenes Leben in seiner geruhsamen, langweiligen, altjüngferlichen, beständigen Weise weiterging. Keine Höhepunkte. Keine Tiefpunkte. Nur eine nahtlose Reise von einem Tag zum nächsten.

Der Zug kam keuchend zum Stehen. Ein Durcheinander von Stimmen. Fremde Geräusche, die keinen Sinn ergaben. Akhila öffnete die Augen. Einen Moment lang wusste sie nicht, wo sie war. Sie geriet in Panik. Dann erinnerte sie sich, und ein Lächeln breitete sich langsam auf ihrem Gesicht aus. Sie drehte sich auf den Bauch und stützte sich auf die Ellenbogen.
Wie seltsam, dachte sie. Bahnsteige sehen doch alle gleich aus. Die Wasserpfützen in der Nähe des gelegentlich tropfenden Hahns. Die Fahrgäste mit den verkniffenen Gesichtern und den fiebrigen Augen. Die gestapelten Koffer. Die besetzten Bänke. Die Gepäckträger. Die Verkäufer mit ihren Kaffee- und den Teemaschinen, den Keksschachteln und den Hochglanzmagazinen. Die voll gestopften Abfallkörbe. Die Zigarettenkippen. Ein zerdrückter Plastikkaffeebecher. Ein Schokoladenpapier. Eine Bananenschale. Die pinkfarbenen und grünen Plastiktüten, die sich zwischen den Schienen verfingen und sich in der Brise aufblähten, um wieder in sich zusammenzufallen, wenn kein Wind ging. Die einst weißen, aber nun silbergrauen Pfosten, mit denen der Bahnhof eingezäunt war.
PALAKKAD. Akhila erblickte den Namen des Bahnhofs. Der Pass in den Bergen, der der Welt den Zugang durch die Western Ghats erlaubte. Das hier war ein wichtiger Knotenpunkt, und es würde ein langer Halt werden.

Sie drehte den Kopf und betrachtete ihre Mitreisenden. Sie schliefen alle noch, außer Prabha Devi, die gerade von ihrer Liege herunterkletterte. »Guten Morgen«, sagte sie. »Haben Sie gut geschlafen?«
Akhila nickte und setzte sich auf. »Ich werde mir eine Tasse Tee kaufen. Hätten Sie auch gern eine?« Dann sagte sie, auf Janaki deutend: »Sollten wir sie nicht besser wecken? Sie muss in Ernakulam aussteigen. Genau wie das Mädchen, und beide scheinen tief und fest zu schlafen.«
»Es ist noch genug Zeit. Lassen wir sie noch etwas schlafen. Möchten Sie frühstücken? Dann ist dieser Halt die beste Gelegenheit dafür. Das Essen ist bestimmt warm und frisch«, sagte Prabha Devi.
»Wie sollte ich? Ich habe mir noch nicht die Zähne geputzt.« Akhila schüttelte den Kopf.
»Wollen Sie denn den ganzen Tag hungrig bleiben? Spülen Sie sich einfach den Mund aus, das reicht doch«, erwiderte Prabha Devi ungeduldig.
Als sie sich die Gesichter gewaschen, die Münder ausgespült, die Haare gekämmt und ihre *saris* zurechtgezogen hatten, waren sie bereit, ihr Frühstück zu erstehen. »Was hätten Sie denn gern?«, fragte Akhila.
»Ich werde einen *appam* mit einem Gemüse-*korma* essen und ein Banana-Beignet. Die anderen Sachen mache ich immer in meiner eigenen Küche, und welchen Sinn macht es, an einen neuen Ort zu kommen, wenn wir doch alles wie zu Hause machen? Dann können wir auch gleich dort bleiben«, erklärte Prabha Devi, streckte die Hand durch das Fenster hinaus und winkte, um die Aufmerksamkeit eines in der Nähe stehenden Verkäufers auf sich zu ziehen.
Akhila dachte einen Moment lang nach. »Na schön, ich nehme das Gleiche«, sagte sie.
»Schon besser«, sagte Prabha Devi lächelnd.
Der weiße, lockere *appam* war in ein Bananenblatt eingewickelt und mit einem Blatt Zeitungspapier bedeckt. »Ich lie-

be den Duft von Essen, das in Bananenblätter eingewickelt ist«, erklärte Prabha Devi und atmete tief ein. »Sie auch?«

Ich auch?, fragte sich Akhila. Sie hatte noch nie darüber nachgedacht. Sie atmete die Düfte ein und sagte: »Ja, ich auch. Ich habe es nur bisher nicht gewusst. Wie seltsam, dass einem jemand sagen muss, was man mag und was nicht.«

»Das ist gar nicht seltsam. Die meisten von uns sind so.«

»Bei Ihnen kann ich das kaum glauben«, erwiderte Akhila. »Sie scheinen sich absolut sicher zu sein, wer Sie sind, was Sie wollen, was Sie mögen und was nicht.«

Prabha Devi schluckte einen Bissen hinunter und sagte nachdenklich: »Wirke ich so auf Sie?«

»Sie sind der selbstsicherste und zufriedenste Mensch, den ich je getroffen habe«, sagte Akhila und nahm vorsichtig ein Stück *appam* in den Mund.

»Na, sehen Sie, war doch gar nicht so schlimm, oder?«, neckte sie Prabha Devi.

»Wissen Sie«, begann Prabha Devi, als sie gegessen und sich die Hände gewaschen hatten, »ich war Ihnen einmal sehr ähnlich. Ich war ruhig und schüchtern und hatte Angst, etwas Neues zu versuchen. Dann entdeckte ich eines Tages, dass ich die Person, die aus mir geworden war, nicht mehr mochte, und so änderte ich mich.«

»Einfach so?«, erkundigte sich Akhila ungläubig.

»Natürlich nicht einfach so. Es gab eine Ursache und eine Wirkung, wie es immer ist. Außer, dass ich in meinem Fall sowohl Ursache als auch Wirkung war.«

# 8

## *Über Wasser*

Während eines kurzen Nickerchens eines Nachmittags im September, eine Woche nach ihrem vierzigsten Geburtstag, kam es Prabha Devi in den Sinn, dass sie den Klang ihrer eigenen Stimme vergessen hatte. Wie hört sich meine Stimme eigentlich an? Ist sie schrill oder rau? Tief oder hoch? Schwebt sie dahin wie der Wind oder fällt sie gleich Backsteinen herab? Sie öffnete den Mund und sprach ihren Namen: Pra-bhaa-de-vi. Ein Ton kam heraus, der ein wenig wie ein Blöken klang, aber eigentlich mehr wie ein Maunzen. Also das ist meine Stimme, dachte sie. Zwischen einem zornigen Schaf und einem Katzenwelpen, der erdrosselt wird.

Prabha Devi erhob sich von dem mit einer Frühlingsmatratze ausgestatteten Bett, über dem eine Satinbettdecke ausgebreitet war, und stellte die Klimaanlage ab. Sie schob die schweren Vorhänge zur Seite, die das Zimmer in einen Schoß verwandelten, zu dem die wachende Welt keinen Zutritt hatte, und riss die Verandatür auf. Der terrassenförmig angelegte Rasen erstrahlte in Sonnenlicht und Feuchtigkeit. Prabha Devi trat auf das Gras hinaus. Die Halme kitzelten an ihren Zehen. Sie streckte den Kopf der Abendsonne entgegen und öffnete die Lippen. Sonnenschein tröpfelte ihr die Kehle hinunter. Sie leckte sich die Lippen und versuchte ein weiteres Mal, ihren Namen auszusprechen. Dieses Mal drang der Geist eines früheren Lebens aus ihrem Mund. Und Prabha Devi verspürte ein langsames Erwachen. Wo bin ich nur die ganze Zeit über gewesen?

Als Prabha Devi geboren wurde, seufzte ihr Vater. Er hatte gehofft, es würde ein Junge werden. Er hatte geplant, einen fünften Juwelierladen in der Stadt zu eröffnen. Madras war groß genug, um fünf Läden mit ausreichenden Geschäften zu versorgen, und wenn Prabha Devi ein Junge gewesen wäre, hätte er alles ordentlich regeln können. Fünf Läden, fünf Jungen, alle wären glücklich gewesen. Nun würde er die Vorstellung von einem fünften Laden ad acta legen müssen.

Prabha Devis Mutter freute sich allerdings über ihre Tochter. »Jetzt habe ich jemanden, dem ich meine Rezepte hinterlassen kann. Jemanden, der meinen Schmuck zu schätzen wissen wird. Jemanden, der gewiss so werden möchte wie ich. Jemanden, der sagen wird: Im Hause meiner Mutter haben wir es so gemacht …«

Prabha Devis Vater starrte missbilligend auf sie hinab und brummte: »Hat dir dieses Baby – einmal abgesehen davon, dass es meine Geschäftspläne ruiniert hat – auch noch den Verstand vernebelt? Wenn du mich fragst, dann ist eine Tochter eine verdammte Plage.«

Prabha Devis Mutter seufzte. Es war albern von ihr, ihm ihre Seele zu entblößen. Er würde nur dem Fleisch nachgeben. Cremige Rundungen, keck und prall, denen man nicht ansah, dass sie vier gierige Jungen ernährt hatten, nun, da sie mit Milch für diesen Neuankömmling gefüllt waren. Ihre Tochter. Prabha Devis Mutter öffnete die Knöpfe ihrer Bluse und drückte das Baby gegen ihre Brust. Ein flüchtiger Blick reichte aus, um sicherzustellen, dass sich die schlechte Laune ihres Mannes verflüchtigte. »Wir haben vier Söhne. Da kann eine Tochter nicht schaden. Außerdem, wenn es Zeit für sie wird zu heiraten, kannst du eine Familie aussuchen, die deinen Geschäftsinteressen dienlich ist«, sagte sie mit leiser Stimme zu ihrem Mann.

Der blickte sie nachdenklich an und lächelte dann. Die Dinge sahen nun besser aus, nachdem sie sie von allen Seiten betrachtet hatten. Er berührte die Wange des Babys, streichelte über die runde Brust seiner Frau und schritt, ziemlich zufrieden mit dem Leben, aus dem Zimmer.

Prabha Devi wuchs heran. Ihre Mutter sorgte dafür, dass sie eine beinahe perfekte Kindheit hatte. Sie bekam teure Puppen aus Singapur mit blondem Haar und Augen, die sich schlossen, wenn man sie auf den Rücken legte. Alte *saris* wurden für Prabha Devi zerschnitten, damit sie sich verkleiden und Lehrerin spielen konnte. Eine Küche wurde für sie aufgebaut, so dass sie sich mit Haus- und Mutterspielen beschäftigen konnte. Manchmal beteiligte sich Prabha Devis Mutter an den Spielen ihrer Tochter und tat so, als wäre sie ein Kind, während sich ihre Tochter große Mühe gab, eine Erwachsene zu sein. Die eine Tochter bereitete der Mutter mehr Freude als all ihre vier Söhne zusammen genommen. Aber darüber sprach sie nicht. Sie hatte vor langer Zeit entdeckt, dass eine Frau mit einer eigenen Meinung wie ein übler Geruch behandelt wurde. Man mied sie. Und so schluckte Prabha Devis Mutter ihre Gedanken, wie sie es schon ihr ganzes Leben über getan hatte.

Als Prabha Devi fünfzehn Jahre alt war, nahm ihr Vater sie aus der familieneigenen Schule heraus und brachte sie in einer Klosterschule unter. Die Nonnen dort waren so streng, wie Prabha Devis Vater es von ihnen erwartete. »Die Nonnen werden sie anständig versorgen. Außerdem, wenn wir eine gute Partie für sie finden wollen, sollte sie anständig Englisch reden können und ein wenig modisch aussehen«, erklärte ihr Vater ihrer Mutter, die dafür war, dass Prabha Devi, nun, da sie die zehnte Klasse abgeschlossen hatte, die Schule verließ.

Als Prabha Devi ihre Mutter um Erlaubnis bat, gemeinsam mit einer Freundin eine Matinee-Vorstellung in einem nahe

gelegenen Kino zu besuchen, schüttelte sie nervös den Kopf. »Ich glaube nicht, dass das deinem Vater gefallen wird.«
Aber zu ihrer Überraschung gab er seine Zustimmung. »Aber kein Herumstreunen in der Stadt vom Kino zu irgendwelchen Eisdielen. Sie darf jeden Samstagmorgen für zwei Stunden ausgehen. Heutzutage bevorzugen Jungen Mädchen, die freundlich sind und in der Lage, eine Unterhaltung zu bestreiten. Aber die Betonung liegt auf freundlich, nicht etwa vorlaut oder übermütig, verstehst du?«
In jeder anderen Hinsicht wurde aus Prabha Devi genau die Art von Frau, die ihre Mutter sich bei ihrer Geburt vorgestellt hatte: eine Kopie ihrer selbst.
Ihre Stickarbeiten erledigte sie mit so feinen Stichen, dass man sie kaum sehen konnte. Nur Schatten und Formen. Ihre Reiskuchen waren locker und weich. Aber die eigentliche Prüfung einer Frau lag in der Zubereitung von Quark, und selbst darin tat sich Prabha Devi hervor. Süß und herb zugleich war er, mit einem feinen Geschmack nach Mangos. Er wackelte jedes Mal vor herrlicher Vorfreude in der Steinschüssel, in der ihre Mutter ihn ansetzte, wenn Prabha Devi für seine Zubereitung verantwortlich war. Ihre Stimme erhob sich zu einer angenehmen Fülle, wenn sie gebeten wurde, bei einer *puja* in den Gesang einzustimmen. Sie ging mit kleinen, trippelnden Schritten und gebeugtem Kopf, demütig, fraulich.
Prabha Devis Haut blieb hell, taufrisch und makellos; andere Mädchen ihres Alters hatten Akne. Das Ergebnis von Maßlosigkeit und Nachlässigkeit, wie Prabha Devi wusste. Sie mied Schokolade, sie mochte sie ohnehin nicht. Und sie machte sich alle zwei Wochen eine Gesichtspackung. Grünes Kichererbsenmehl, Orangenschalen und Sandelstaub, gemischt mit Sauerquark. Wenn sie sich den Staub vom Gesicht gewaschen hatte, fuhr sie sich mit einer halben Limonenscheibe über die Haut. Um den Mund. Über die Wangen. Über die Nase und die Stirn und dann ganz um

den Hals herum. Genau so, wie es ihr die Mutter beigebracht hatte.

Prabha Devi war achtzehn Jahre alt, als ihr Vater eines Tages strahlend nach Hause kam. Er hatte einen Ehemann für sie gefunden. Prabha Devis Brüder und ihre Frauen strahlten ebenso. Eine unverheiratete jüngere Schwester gab immer Anlass zur Sorge, auch wenn sie sanftmütig war und gute Manieren hatte. Warum ihr Vater so lange gewartet hatte, ging ohnehin über ihr Begriffsvermögen. Aber Prabha Devis Vater pflegte nicht zu erklären, warum er etwas tat oder nicht. Aus diesem Grund akzeptierten sie seine Entscheidung, Prabha Devi mit Jagdeesh zu verheiraten. Jagdeesh war der einzige Sohn und Erbe eines wohlhabenden Diamantenhändlers. Damit konnten sie die Diamantenabteilung in ihren vier Juwelierläden vergrößern.

Nur Prabha Devis Mutter war über die Neuigkeiten traurig. Sie hätte sich eigentlich freuen sollen, das wusste sie. Jagdeesh war ein gut aussehender, kluger Mann mit einem hervorragenden Familienstammbaum, und ihre Tochter konnte sich glücklich schätzen, in eine so feine Familie einzuheiraten. Außerdem würde Prabha Devi nach Bangalore ziehen, das nur wenige hundert Kilometer entfernt lag, und nicht etwa an einen so entlegenen Ort wie Delhi oder Bombay.

Aber wenn Prabha Devi erst einmal fort wäre, gäbe es nichts mehr für sie zu tun. Eine Tochter großzuziehen war eine Vollzeitbeschäftigung. Bei einer Tochter hörte man niemals auf, Mutter zu sein. Mit Söhnen war das anders. Ihre Treue wechselte ständig. Von der Mutter zum Vater, zu Freunden, zu Ehefrauen, zu ihren eigenen persönlichen Interessen. Aber die Loyalität einer Tochter blieb bestehen, solange sie unter dem elterlichen Dach lebte. Prabha Devis Mutter konnte den schmerzlichen Verlust bereits spüren. Bald schon würde ein Vakuum entstehen, das nichts auf dieser Welt zu füllen vermochte. Und dennoch wusste sie, dass sie sich sonderbar verhielt. Andere Frauen konnten es kaum erwarten, ihre Töchter loszuwerden. »Was willst du denn machen? Sie für immer bei dir behalten? Hat man je so etwas Gotteslästerliches gehört? Du warst immer schon seltsam«, hieß es, wenn sie versuchte, ihren Freundinnen oder ihren Schwestern ihre Gefühle zu erklären. Also weinte Prabha Devis Mutter leise in das Taschentuch mit dem welligen Rand, das ihre Tochter ihr bestickt hatte, und ließ alle in dem Glauben, dass es Freudentränen seien.

Prabha Devi umrandete ihre Lippen mit einem hellrosafarbenen Lippenstift und trug die Farbe dann mit einigen wenigen kräftigen Strichen auf. Sie klebte sich ein *bindi* mitten auf die Stirn, genau zwei Zentimeter über dem Punkt, wo ihre Augenbrauen sich trafen, und tröpfelte sich rötliches *kumkum* auf den Scheitel. Sie tätschelte ihre schweren Goldohrringe, schob eine Haarsträhne zurecht, die bereits richtig saß, und zog sich das Ende ihres *sari* über den Kopf, so dass er ihr Gesicht vorteilhaft umrahmte. Sie blickte auf ihre neue, goldene Armbanduhr. Es war halb sechs in der Frühe. Der Haushalt schlief noch. Ihr Ehemann drehte sich auf die Seite und zog sich das Laken bis zum Kinn hoch. Er schmatzte und kaute auf seinem Speichel. Der Adamsapfel in seiner Kehle hüpfte auf und ab. Sie verspürte eine solch mächtige Woge der Emotion: Liebe, Furcht, Hoffnung, Sehnsüchte … sie war seit weniger als einem Tag eine Ehefrau. Dann wartete sie.

In den nächsten langen Jahren war dies alles, was Prabha Devi tat. Sie wartete. Darauf, dass Jagdeesh von der Arbeit zurückkehrte. Dass die Babys auf die Welt kamen. Dass sie ihre ersten Schritte taten, ihr erstes Wort sprachen, ihren ersten Triumph errangen … Sie wartete darauf, dass etwas passieren würde, während ihr Leben in einem verschwommenen Durcheinander unbedeutender Tage an ihr vorübersauste.

Es gab vereinzelte Momente, die sich von dem Morast der Nichtigkeit unterschieden und sich an die Wände ihres Verstandes klammerten. Spinnweben flüchtigen Glücks;

ein reifes Gefühl der Freude, die Prabha Devi mit einem einzigen Gedanken in ihrem zarten Gefolge überwältigte: Was für ein Glück ich doch habe, ich zu sein!

Einige Monate nach ihrer Hochzeit gab es einen Todesfall in Jagdeeshs Familie. Es wurde entschieden, dass Jagdeeshs Eltern an dem Begräbnis teilnahmen, während das jüngere Paar zu Hause bleiben sollte. »Die Dienstboten werden sich um alles kümmern. Du musst nichts weiter tun, als ein Auge auf sie zu haben«, erklärte ihr Jagdeeshs Mutter und drückte ihr den filigranen silbernen Schlüsselring in die Hand.

Prabha Devi befestigte ihn an der Taille ihres *sari*, wo er mit dem Gewicht der Verantwortung und dem Glanz der Macht hing, während sie durch die Stoffschichten ihres *sari* spürte, wie er auf ihren Unterleib drückte und gegen die Innenseite ihres Oberschenkels strich.

Jagdeeshs Mutter lächelte anerkennend. »Sei vorsichtig. Traue niemandem und achte darauf, dass Jagdeesh pünktlich seine Mahlzeiten einnimmt.« Ihre Abschiedsworte segelten durch Prabha Devis Ohren hindurch und versanken mit einem sanften Plumps im Seerosenteich im Garten.

Prabha Devi löste den Schlüsselring von ihrer Taille und legte ihn vorsichtig in die oberste Schublade der Frisierkommode. Dann ging sie in die Küche und sah nach den Dienstboten. Sie waren damit beschäftigt, die Küchenregale neu zu sortieren. Prabha Devi schloss die Tür hinter sich und spazierte zu dem Teich, in dem weiße Seerosen blühten, Goldfische umherschwammen und Frösche lebten – einträchtig in einer immer währenden feuchten Zufriedenheit. Sie zog ihren *sari* bis zu den Knien in die Höhe und trat in den Teich. Das Wasser bewegte sich, spritzte, formte kleine Wellen und schlug gegen die Felsblöcke, die auf der einen Seite des Teichs aufgehäuft waren und hinter denen ein verborgener Motor schlummerte. Ein Umlegen des Schalters, und er würde zu brummen beginnen, und ein Wasserfall wäre geboren. Aber Prabha Devi nahm nichts

anderes wahr als die Freude, die ihr das Wasser bereitete, das zwischen ihre Zehen kroch und sich mit selbstvergessener Ausgelassenheit gegen sie presste. Die flachen Blätter der Seerosen stießen sie an, und die Goldfische kamen neugierig herbei und knabberten versuchsweise an dem Fleisch, das so unerwartet in ihr Reich eingedrungen war.
Prabha Devi lächelte. Dann spürte sie, wie ihr ein Kichern entschlüpfte. Es war ganz so, als hätten sich alle und alles miteinander verschworen, zu dem Spaß beizutragen. Die Brise hob eine Strähne ihres Haares und kitzelte damit ihre Nase. Die Stiele der Seerosen strichen wie Geisterfinger über ihre Kniekehlen hinweg, und die Fische ließen ihre Bäuche über ihre Zehen schlängeln. Prabha Devi hob ihr Gesicht zum Himmel und stieß ein lautes, klares Lachen aus.
Am Abend, als Jagdeesh nach Hause kam, wartete sie, bis er sich geduscht und frische Sachen angezogen hatte. Dann nahm sie ihn bei der Hand und führte ihn zum Seerosenteich. »Was soll das Ganze?«, erkundigte er sich verlegen und überrascht.
»Schhhh …«, flüsterte sie. »Mach einfach, was ich dir sage.«
Sie setzten sich an den Rand des Teiches, der nun in der Abenddämmerung ein grünliches Schwarz angenommen hatte, und ließen ihre Füße im Wasser baumeln. Jagdeesh hob seinen Fuß und sah zu, wie die Tropfen von seinen Zehen herabfielen. »Mein Vater wird sehr wütend sein, wenn er erfährt, dass wir in seinem kostbaren Seerosenteich herumgewatet sind«, sagte er mit einem verschmitzten Lächeln.
»Wir werden ihm nicht erzählen, was wir getan haben. Es ist ja nur dieses eine Mal. Lass uns doch so tun, als wären wir in einem dieser wunderschönen Gärten, wie man sie in den Kinofilmen sieht. Wo der Held und die Heldin Händchen halten und Lieder über die Liebe singen, die sie füreinander empfinden«, sagte sie und ließ ihre Hand in die seine gleiten.
Er blickte unsicher in ihre Augen. Hatte ihr Vorschlag möglicherweise einen Beigeschmack von Verrat? »Ehefrau-

en führen ihre Männer oft auf die falschen Pfade. Weg von ihrer Familie und ihrer Verantwortung. Wir wollen damit nicht sagen, dass deine Frau dies tun wird …«, hatte ihm seine Mutter wenige Tage vor der Hochzeit gesagt. »Aber es ist die Aufgabe eines guten Ehemannes, das zu akzeptieren oder zu verwerfen, was seine Frau vorschlägt. Und sich nicht einer sklavischen Liebe hinzugeben, die ihn allem zustimmen lässt, was sie verlangt.«

Sollte er Prabha Devis Laune akzeptieren oder sie zurechtweisen? Jagdeeshs dreiundzwanzigjähriger Körper und sein immer noch jungenhafter Sinn fürs Abenteuer trieben ihn an. Was soll's, es ist ja nur dieses eine Mal …

Er reckte sich zu dem Felsblock hinüber und drückte auf den Knopf. Unterwasserlichter gingen an, und ein Wasserfall begann in Kaskaden herabzufallen. Das Wasser wurde zu einem grünlichen Gold, die fetten Fische tanzten, die Seerosen öffneten ihre Blätter, die Frösche begannen im Chor zu singen. Jagdeesh berührte Prabha Devis Gesicht mit seinem Zeigefinger und ließ seine Zungenspitze über ihre Lippen gleiten. Sie erzitterte: Was für ein Glück ich doch habe, ich zu sein.

Einen Monat später strahlte Prabha Devi vor Aufregung. Jagdeesh nahm sie mit auf eine Geschäftsreise nach New York, und auf dem Rückweg würden sie eine Nacht in London bleiben. Prabha Devi hatte das Gefühl, als hätte ihr Leben gerade erst begonnen. Auf dem internationalen Flughafen von Bombay saß sie im Warteraum und versuchte eine Zeitschrift zu lesen, während Jagdeesh noch ein dringendes Telefonat erledigte. Sie spürte, wie sich Finger um ihren Unterarm legten. »Prabha Devi?«, sagte eine nervöse, zögerliche Stimme forschend. »Entschuldige, aber bist du nicht Prabha Devi?«

Prabha Devi drehte sich verdutzt um. Die Stimme gehörte einem Mädchen, mit dem sie zur Schule gegangen war. Sharmila. Die beste Schülerin, die die Schule jemals gehabt hatte. Ihr sind große Dinge vorherbestimmt, hatte jeder gesagt. Sie würde entweder Ärztin oder Beamtin beim IAS oder sonst etwas Beachtenswertes werden. Doch jetzt war sie hier. Trotz der Klimaanlage standen ihr Schweißperlen auf der Stirn. Ihr Haar war strähnig, die Mundwinkel hingen herab. Sie war an ein aufsässiges Kleinkind in einem Sportwagen und an eine Schwiegermutter gekettet, die allem und jedem misstrauische Blicke zuwarf.

»Das hier ist meine Schwiegermutter«, sagte Sharmila mit einer weit ausholenden Armbewegung. In dieser Geste las Prabha Devi Sharmilas Lebensgeschichte. Überwiegend unausgesprochene Beschwerden: Das hier ist die Frau, deren Sohn jetzt über mein Schicksal und meine Träume regiert. Meine Gedanken beschränken sich darauf, ob ich Reis oder *chapattis* zum Mittagessen zubereiten soll, Okras oder Auberginen brate, die Waschmaschine mit weißer Wäsche oder mit Buntwäsche belade …

Prabha Devi lächelte der älteren Frau zu. Sie wusste nicht, was sie sonst hätte tun sollen.

»Fliegst du nach New York?«, fragte sie. Eine alberne Frage. Schließlich würden sie dasselbe Flugzeug nehmen.

»New York. Und dann über den Fluss nach New Jersey«, seufzte Sharmila. »Warte einen Moment. Ich suche ihnen einen Platz, dann komme ich zurück.«

Prabha Devi beobachtete Sharmila. Die Schwiegermutter wurde zu einem Ecksitz geführt. Der Sportwagen zwischen die Taschen gezwängt, die ganz in der Nähe des Sitzes abgestellt wurden. Und dann kam es Prabha Devi so vor, als ob ihre Schulfreundin sich davonmachte, ehe die Schwiegermutter oder das Baby auch nur ein protestierendes Klagen darüber anstimmen konnte, dass sie allein gelassen wurden.

»Du siehst sehr hübsch aus«, sagte Sharmila und betrachtete Prabha Devis pfirsichfarbenen Hosenanzug. »Hat dein Mann nichts dagegen, dass du westliche Kleidung trägst?«

»Seine Eltern sind ein bisschen konservativ. Aber er nicht«, erwiderte Prabha Devi und dachte daran, wie sie Jagdeesh hatte beschwatzen müssen, ihr eine neue Garderobe für ihre erste Auslandsreise zu kaufen. Letztlich hatte ihre Argumentation die Auseinandersetzung zu ihren Gunsten entschieden: Niemand wird wissen, wer ich bin oder wohin wir reisen. Also, was spielt es für eine Rolle, was ich trage oder nicht trage?

»Und was ist mit dir? Ich wusste nicht einmal, dass du verheiratet bist«, begann Prabha Devi. »Wir dachten alle, dass du in Amerika studierst, um Ärztin zu werden.«

Sharmila blickte zu Boden. »Meine Familie hat mich hintergangen. Sie hat mich dorthin geschickt, ins Haus eines Onkels, der alles arrangieren sollte. Ich hatte sogar schon die Zulassung fürs Studium und ein Stipendium. Dann wurde mir Naresh vorgestellt. Mein Onkel kannte ihn sehr gut. Und er hat behauptet, dass er einen guten Ehemann abgeben würde. Naresh sagte, es würde ihm nichts ausmachen, wenn ich nach unserer Hochzeit studierte.«

»Also besuchst du jetzt die Universität?«, erkundigte sich Prabha Devi und fragte sich, wie sie es schaffte, Studium, Haushalt und ein Baby unter einen Hut zu bringen.

»Machst du Witze?« Der Hauch eines amerikanischen Akzents schlich sich in Sharmilas Stimme. »Mit einem Baby und einer Schwiegermutter? Stell dir vor, sie lebt schon zehn Jahre in den USA und spricht immer noch kein einziges Wort Englisch. Wie kann ich da ein Baby in ihre Obhut geben und weggehen ...?«

Das Baby begann wie aufs Stichwort zu schreien. Sharmila schrieb ihre Telefonnummer auf ein Stück Papier und drückte es Prabha Devi in die Hand. »Ruf mich an, wenn du Zeit hast. Du musst einmal mit deinem Mann zum Essen kommen.«

Prabha Devi nickte. Sie wussten beide, dass es eine dieser Gesten war, denen niemals Taten folgen würden. Und dennoch war es den Versuch wert.

Im Flugzeug folgte Prabha Devi Jagdeesh den Gang entlang. Er trug die Verantwortung, die Bordkarten und das Handgepäck. Sie musste nur ihre Handtasche und den Stapel Zeitschriften an sich pressen, den er ihr gekauft hatte, damit sie ihn auf dem Flug lesen konnte. Sie entdeckte eine mitgenommen aussehende Sharmila, die versuchte, gleichzeitig das Baby zu beruhigen, ihre Schwiegermutter auf ihren Platz zu bugsieren, eine Stelle für das Handgepäck zu finden, das nicht in die dafür vorgesehenen Fächer über ihren Köpfen passte, und dabei nicht die Beherrschung zu verlieren.

Wie konnte es sein, dass das, was für sie ein Abenteuer war, für Sharmila nur eine weitere Last darstellte, die sie ihrer Liste von Kümmernissen hinzufügen würde? Prabha Devi spürte, wie sie ein Gefühl der Erleichterung überkam.

Jagdeesh hatte Plätze im hinteren Teil ausgesucht. Kurz bevor das Flugzeug abhob, fühlte Prabha Devi, wie er ihre Hand ergriff. »Hab keine Angst«, sagte er. »Am Anfang fühlt es sich an, als ob du auf einer Schaukel in die Höhe steigen würdest, danach wird es besser.«

Sie lächelte. Seine Berührung beruhigte sie, obwohl sie überhaupt keine Furcht verspürte, nur aufgeregt war. Was für ein Glück ich doch habe, ich zu sein.

Aber da gab es eine Erinnerung, an die nicht zu denken sie sich zwingen musste. Sie hatte sich sehr große Mühe gegeben, sie aus ihrem Gedächtnis zu streichen, aber wie ein Splitter unter der Haut oder eine beinahe unsichtbare Fischgräte in der Kehle weigerte sie sich, sich entfernen zu lassen. Und so blieb sie dort, fraß sich ins Fleisch, verusachte einen gelegentlichen Schmerz, verströmte Unbehagen und ein beständiges Gefühl der Scham.

Ihren Ursprung hatte sie in dem amerikanischen Abenteuer. Prabha Devi kehrte aus ihrem Urlaub mit einer ganzen Reihe von Errungenschaften zurück. Da war das unzerbrechliche Essservice in Apfelgrün, die Parfümflakons, der Make-up-Kasten, die Nachtwäsche, so rüschig mit ihrer imitierten Spitze und den Träumen taiwanesischer Frauen. Krimskrams für ihr Heim und Geschenke für alle. Aber sie hatte noch etwas anderes erworben. Eine Unverfrorenheit, die sie mit dem gleichen behutsamen Geschick in ihren Körper packte, mit dem sie auch ihren Koffer packte.

Prabha Devi wollte wie die Frauen sein, die sie in New York gesehen hatte. Mit schwingendem Haar und einem selbstbewussten Schritt. Sie schienen genau zu wissen, wohin sie gingen, und wenn sie dort angekommen waren, was sie zu tun hatten. Sie bestimmten selbst über ihre Leben und niemand sonst. Welch eine Gelassenheit, welch eine Selbstsicherheit, welch eine Verherrlichung des Lebens und der Schönheit. Prabha Devi wollte das für sich auch haben.

Also übte sie den Gang: eine aufrechte Haltung mit straffen Schultern, eingezogenem Bauch und einem sanften, aber provokanten Hüftschwung. Dann entdeckte Prabha Devi, dass ein acht Zentimeter hoher, spitzer Absatz das Ganze viel leichter machte. Mit Bleistiftabsätzen konnte man unmöglich latschen.

Dann kam das Gesicht. Prabha Devi unternahm drei Ausflüge in die Kosmetikabteilung von Macy's, um zu lernen, wie man Make-up aufträgt. Ihre Augen wurden verträumter, und ihre Lippen sahen aus, als wären sie von einer Biene gestochen und Farben einer Rose hineingespritzt worden.

Prabha Devi sah sich Talk-Shows und Soaps an, bis sie dieses träge Kopfschütteln, dieses langsame Weiten der Augen perfekt beherrschte, das das dramatische Ausatmen begleitete, wenn sie eine bedeutungsvolle Pause mitten in einem Satz herbeizuführen wünschte.

Das Letzte, was Prabha Devi erstand, um die Verwandlung komplett zu machen, waren Kleider. Sie packte ihre *saris* weg und begann seidene Kaftane mit kunstvoll gestickten Mustern an Hals und Ärmeln zu tragen. Anfangs befürchtete sie, dass ihre Schwiegermutter das nicht gutheißen würde. Aber die ältere Frau befingerte nur die Stickerei und sagte: »Es heißt, dass eine Maschine all dies erledigt. Sehr hübsch. Das tragen wohl die jungen Frauen heutzutage. Ich muss schon sagen, das ist vernünftig. Man muss sich keine Sorgen mehr um passende Blusen und Unterröcke machen. Aber wenn du vor die Männer trittst, vergiss nicht, dir ein Handtuch oder irgendein Tuch umzulegen, um den Busen zu bedecken.«

Und damit fühlte sich Prabha Devi endlich wie eine Frau von Welt, ohne den latschenden Gang, den gesenkten Blick und den *sari pallu*, der ihre Jugend niederdrückte.

Jagdeesh kaute auf seiner Unterlippe und machte sich Sorgen über diese Verwandlung. Was, fragte er sich, mochten seine Eltern von alldem halten? Und wie würde es enden? Er sollte es schon bald erfahren.

Eines Abends, als sie bereits im Bett lagen, erklärte Prabha Devi ihm, dass sie kein Kind wolle. »Zumindest jetzt noch nicht«, fügte sie hinzu, als sie den beunruhigten Ausdruck auf seinem Gesicht sah.

»Was meinst du damit?«, fragte er. Eine rein rhetorische Frage, die er allein deshalb stellte, weil ihn ihre Worte erschüttert hatten.

Prabha Devi starrte die Ecke des Lakens an. Zum ersten Mal vermisste sie es, einen *sari* zu tragen. Sein *pallu* hatte einige Vorteile. Eine schlecht sitzende Bluse oder ein fehlender Knopf ließ sich einfach dadurch verdecken, dass man das *pallu* wie einen Schal über eine Schulter drapierte. Es diente als Tuch für den Kopf, wenn die Sonne herabbrannte. Als Kapuze, wenn man einmal in einen Regenschauer geriet. Als Anstandsverhüllung, wenn man dem durchdringenden Blick eines anderen ausweichen wollte. Dann waren da noch die Enden. Um Tränen wegzuwischen, sich den Schweiß von der Stirn zu tupfen, um sie zu fälteln oder zu kneten oder zu einem Ball zu zerdrücken, etwas, an dem sich die Hände in peinlichen Momenten zu schaffen machen konnten. Alles, was sie jetzt hatte, waren die Enden des Lakens. Sie fältelte und knetete sie, während sie versuchte, eine Antwort auf die Frage ihres Mannes zu formulieren.

»Es gibt Möglichkeiten, wie man eine Schwangerschaft verhindern kann«, hob sie an.

»Zum Beispiel?«, krächzte er.

»Könntest du nicht ein Kondom benutzen?«

Jagdeesh erstarrte vor Scham und Verlegenheit. Was für eine Frau war sie nur? Sex war etwas, das ein Mann und eine Frau unter dem Schutz der Nacht und eines dünnen Lakens taten. Es war kein Gesprächsthema. Dachte sie etwa, dass er dasitzen und es mit ihr diskutieren würde? Zum hundertsten Mal wünschte er, er hätte sie nicht mit auf diese Reise nach Amerika genommen. Sie war als völlig veränderter Mensch zurückgekehrt.

Er blickte sie an. Ihr Nachthemd mit den Spaghetti-Trägern, das ihre Schultern entblößte und den größten Teil ihres Busens. Abneigung trat an die Stelle des Verlangens. Er drehte sich auf die Seite und tat so, als wollte er schlafen.

Aber nicht lange. Ihr Atem fächelte über seinen Nacken hinweg. Sie kuschelten sich aneinander. Zwei Löffel auf einem Tablett aus Bettzeug.

Er stöhnte und drehte sich zu ihr um. Er spürte, wie sie zu ihm hinüberglitt und einen Arm um seine Taille legte. Sein Bein legte sich auf das ihre. »Meine Eltern werden ungeduldig. Sie reden die ganze Zeit von einem Enkelkind. Wir sind jetzt beinahe schon ein Jahr verheiratet«, sagte er und strich ihr zärtlich über die Seite des Halses.

»Ich möchte ja auch ein Baby haben. Aber eben noch nicht gleich. Wenn erst einmal ein Kind da ist, wird nichts mehr so sein wie jetzt.« Sie strich ihm das Haar aus der Stirn und wiegte ihn in ihren Armen. »Heute Abend werden wir schlafen, und morgen, wenn du vorbereitet bist, werden wir uns lieben«, murmelte sie und küsste seine Augenlider, bis sie geschlossen blieben.

Während der nächsten drei Monate segelte Prabha Devi durch die Tage. Wenn die Leute ihr bewundernde Blicke zuwarfen, gab sie vor, es nicht zu bemerken. Aber sie wusste, dass sie, wohin auch immer sie ging, Aufmerksamkeit erregte. Und sie genoss es: Ich bin jung. Ich bin schön. Ich bin begehrenswert. Was für ein Glück ich doch habe, ich zu sein.

Als sich Pramod ihr gegenüber gleichgültig verhielt, sah sie es als Affront gegen die Person, die aus ihr geworden war. Sie sah ihn jedes Wochenende in dem Klub, wo Jagdeesh sein wöchentliches Tennisspiel bestritt. Während sie auf dem Rasen saß, eisgekühlten Zitronensaft trank und in einer Zeitschrift blätterte, begann sie auf Pramod zu warten. Er blieb öfter auf einen kleinen Plausch stehen, wenn Jagdeesh anwesend war. War sie allein, so neigte er nur den Kopf zum Gruß und ignorierte sie ansonsten. Das gefiel Prabha Devi nicht. Wie kann er es wagen?, dachte sie. Bin ich nicht eine eigenständige Person? Ich lasse mich doch nicht als bloße Erweiterung der Persönlichkeit eines anderen behandeln. Als Jagdeeshs Frau und nichts weiter.

Als Pramod sich weiterhin als immun gegen ihre Anwesenheit erwies, begann sie unbewusst ihren ganzen Charme spielen zu lassen. Mit zur Seite geneigtem Kopf und aufgerissenen Augen, mit bedeutungsvollen Pausen und heimlichem Lächeln.

Hätte sie jemand des Flirtens bezichtigt, wäre sie entsetzt gewesen. »Ich mache doch nur Konversation. Gibt es daran etwas auszusetzen? Außerdem bin ich doch verheiratet, oder?«

Aber niemand tat es. Am wenigsten Jagdeesh, der sich nach einem Spiel in den Stuhl fallen ließ, während ihm der Schweiß in Rinnsalen über den Rücken herablief. Er war viel zu erschöpft, um zu bemerken, was vor sich ging.

Und was Pramod anging, so war er nur ein Sterblicher, der

Prabha Devis Aufmerksamkeiten erlag, sich von einem kurz angebundenen Fremden in einen liebedienernden Sklaven verwandelte. Und Prabha Devi, die wieder einmal über eine weitere Eroberung triumphieren konnte, genoss die Bewunderung. Bis zu dem Nachmittag, als er sie besuchen kam.

Es war Viertel nach drei. Die Zeit, zu der sich Prabha Devi von ihrem Mittagsschlaf erhob. Sie hatte ein Bad genommen, sich den Schlaf mit überfließenden Bechern lauwarmen Wassers von der Haut gespritzt. Frische Kleidung. Tages-Make-up. Als Pramod sie die Treppe herunterschreiten sah, kam sie ihm frisch und einladend und überaus begehrenswert vor.

Prabha Devi verspürte ein leichtes Zittern der Angst, als sie Pramod erblickte. Das Dienstmädchen war in ihr Schlafzimmer gekommen und hatte gesagt: »Sie haben Gäste. Einen Mann und ein Kind.«

»Einen Gast? Ich? Ich erwarte heute Nachmittag niemanden«, hatte Prabha Devi geantwortet und sich forschend im Spiegel betrachtet. »Weißt du, wer es ist?«, fragte sie und überlegte, ob ihre Kleidung auch angemessen sei, um Gäste zu empfangen.

Das Mädchen schüttelte den Kopf. »Sie sind passend gekleidet. Der Mann sagte, dass er Sie kennt«, fügte sie hinzu, um zu rechtfertigen, dass sie ihn ins Wohnzimmer geführt hatte.

Er erhob sich, als er sie sah, und schritt mit ausgestreckten Armen auf sie zu. Prabha Devi trat zur Seite und wich ihm aus. Sie setzte ein strahlendes Lächeln auf und blickte sich suchend im Zimmer um. »Was für eine Überraschung, Sie hier zu sehen! Man hat mir gesagt, da wäre auch ein Kind, ein Mädchen. Wo ist es?«

»Das ist meine Nichte. Sie ist draußen. Sie hat sich auf die Schaukel gesetzt und liest ein Comic-Heft. Sie wird uns nicht stören«, murmelte er und nahm ihre Hände in die seinen.

Sie entzog sich seinem Griff und ließ sich in einen Sessel

sinken. Ihre Beine zitterten so sehr, dass sie nicht wusste, ob sie sie noch länger tragen würden.
Er starrte sie an und setzte sich dann in den Sessel, der dem ihren gegenüberstand. »Sie scheinen nicht gerade erfreut zu sein, mich zu sehen«, sagte er leise mit anschuldigender Stimme.
»Freunde sind immer willkommen«, sagte sie mit einer aufgesetzt fröhlichen Stimme und versuchte, die Panik in ihrem Inneren niederzuringen.
»Wie sehr willkommen?«
»Hätten Sie gern eine Tasse Tee oder etwas frischen Saft?«, fragte sie, um dem Besuch eine gewisse Normalität zu verleihen. »Wir haben da ganz köstliche Trauben im Kühlschrank. Es dauert nur eine Minute, um den Saft zuzubereiten. Was ist mit dem Mädchen? Hätte es vielleicht gern ein paar Kekse?«
»Ich möchte weder Tee noch Saft. Ich möchte Sie sehen … bei Ihnen sein. Haben Sie überhaupt eine Vorstellung, wie lange ich auf diesen Tag gewartet habe?«, erwiderte Pramod leise und blickte in ihr Gesicht. Prabha Devi wich seinem Blick aus. Er seufzte.
»Als ich gestern Ihre Schwiegereltern am Bahnhof gesehen habe, da wusste ich, dass der Tag gekommen war. Dass ich Sie endlich einmal allein treffen könnte. Dass das, wonach ich mich so lange gesehnt habe, endlich mein sein würde.«
»Was wollen Sie?«, fragte sie. Pause. Ein Seitenblick. Der Anflug eines Lächelns.
»Tu mir das nicht an«, stöhnte er. »Weißt du etwa wirklich nicht, was ich will? Dass ich mich in dich verliebt habe?«
Prabha Devi wurde bang ums Herz, als ihr klar wurde, dass sie etwas entzündet hatte, von dem sie nicht wusste, wie sie es wieder löschen sollte. Ihre Gedanken überschlugen sich. Ein Durcheinander, aus dem sich eine einzige ungläubige Frage herauskristallisierte: Warum um alles in der Welt hatte er geglaubt, dass sie seine Annäherungsversuche erwi-

dern würde? Er wusste doch, dass sie verheiratet war. Wofür hielt er sie denn?

Und dann war er da. Mit einer einzigen flinken Bewegung kniete er zu ihren Füßen und hatte den Arm um ihre Taille gelegt. »Du bist so wunderschön –« Worte, die sie kaum wahrnahm. Sie vermochte an nichts anderes zu denken als daran, wie sich seine Berührung durch die Seide des Kaftans anfühlte. Seine Finger spreizten sich auf ihrer Haut, suchend, tastend, eine Spinne auf der Jagd nach ihrer Beute. Als seine Hände ihre Brüste umfingen, entfuhr ihr ein Keuchen.

Prabha Devi hätte am liebsten geschrien, gekreischt, ihre Fingernägel durch sein Gesicht gezogen, ihre Hand zu einer Faust geballt und gegen seine Nase geschmettert, ihm ihr Knie in den Unterleib gerammt, ihm gegen die Schienbeine getreten … Aber der Schock über das, was ihr da widerfuhr, ließ sie erstarren, ohne etwas zu sagen, ohne etwas zu tun. Seine Hände fuhren fort, ihr Fleisch zu kneten. Sein Mund murmelte Worte, die sie nicht länger verstand. Das bin nicht ich, der das passiert. Dieser Missbrauch meines Körpers geschieht nicht mir. Das ist nur ein Albtraum. Ich liege schlafend in meinem Bett und werde jeden Moment aufwachen.

Die Uhr schlug die volle Stunde. Und plötzlich wurde Prabha Devi lebendig. »Wie können Sie es wagen?«, schrie sie und stieß seine Hände mit aller Kraft weg. »Wie können Sie es wagen, in mein Haus zu kommen und sich solche« – sie suchte nach einem Wort – »Freiheiten herauszunehmen? Haben Sie denn kein Anstandsgefühl? Verschwinden Sie aus meinem Haus. Raus mit Ihnen, bevor ich Sie hinauswerfen lasse.«

»Ach, jetzt komm schon«, sagte Pramod, umfasste ihre Handgelenke mit seinen Fingern und zog sie an sich. »Hör auf, die gute Ehefrau zu spielen, ja? Vergiss nicht, dass du es warst, die zuerst hinter mir her gewesen ist. Du hast mich

mit deinem Lächeln und deinen koketten Blicken verführt. Und jetzt willst du mir vorwerfen, ich würde unanständige Annäherungsversuche machen? Prabha, du willst mich doch ebenso sehr wie ich dich. Du kannst es so lange und so laut abstreiten, wie du willst, aber ich weiß es.«
Prabha Devi zog ihre Handgelenke aus seinem Griff, hob den Arm und versetzte ihm eine Ohrfeige. »Raus hier, habe ich gesagt. Ich will Sie niemals wieder sehen.«
Er trat auf sie zu, um sich zu revanchieren. Aber von der Veranda ertönte die Stimme eines Kindes. Er verharrte mitten in der Bewegung, starrte sie einen Moment lang an und sagte: »Es gibt eine Bezeichnung für Frauen wie dich. Ich muss sie wohl nicht aussprechen. Ich glaube, du kennst sie.« Dann drehte er sich auf dem Absatz um und schritt hinaus.
Und dann wurde Prabha Devi die Ungeheuerlichkeit des Vorfalls bewusst. Ein Schlag wie mit einem Vorschlaghammer traf sie und ließ sie in den Sessel sinken, ihre Knie an die Brust ziehen und die Arme darumschlingen. Was wäre gewesen, wenn die Dienstboten im falschen Moment hereingekommen wären und sie in seinen Armen gesehen hätten? Was, wenn sie die ganze erbärmliche Begegnung zwischen Pramod und ihr mit angehört hätten? Was, wenn einer von ihnen Jagdeesh oder seinen Eltern über den Vorfall berichtete und sie ihre Version nicht glaubten? Was, wenn man sie als eine schamlose Frau verdammte und aus dem Haus und der Familie verstieß?
Sie weinte voller Scham und Angst in ihre Hände. Vielleicht war es wirklich ihre Schuld. Vielleicht hatte sie ihn dazu animiert. Vielleicht hatte ihr Körper ihm die falschen Signale gesendet. Die Was-wäre-Wenns und die Vielleichts drehten und wendeten sich, durchlöcherten Träume und Erwartungen, die sie an das Leben hatte, und ließen ihr Selbstbewusstsein schnell dahinschwinden. Als es keine Tränen mehr zu vergießen gab, traf Prabha Devi eine Entscheidung. Sie würde diesen Körper, der solch gefährliche

Botschaften in die Welt hinausgesendet hatte, tarnen. Sie würde diese fröhliche, temperamentvolle Frau, die ihr solchen Kummer bereitet hatte, wegschließen und jede einzelne Angewohnheit verlernen, die anzueignen sie sich solche Mühe gegeben hatte. Sie würde niemals wieder um etwas bitten und sich mit dem zufrieden geben, was ihr angeboten wurde. Sie würde sich vom Leben zurückziehen. Sie würde sich wieder in die zurückverwandeln, die sie bei ihrer Hochzeit gewesen war. Eine über jeden Vorwurf und Verdacht erhabene Frau.

Prabha Devi wurde zu der Frau, von der ihre Mutter gehofft hatte, dass sie sie werden würde. Den Blick ständig gesenkt, die Hände ständig beschäftigt – Stickerei, Gemüse einlegen, Staub wischen, Babys gebären, Ordnung und Glück im eigenen Heim bewahrend. Und die ganze Zeit über murmelte sie in einem Sprechgesang in sich hinein: So sollte ich sein, so bin ich glücklich.

Manchmal lag Jagdeesh wach, während sie schlief. Dann drehte er sich zu ihr um und betrachtete ihr schlafendes Gesicht. Was war nur mit der Frau geschehen, die ihre Beine um seinen Körper geschlungen und seine Sinne mit ihren Lippen in Aufruhr versetzt hatte? Sie hatte doch Recht gehabt. Nach dem ersten Kind war alles anders geworden. Das heißt, eigentlich hatte es sich in dem Moment geändert, als ihm klar wurde, dass sie von ihm schwanger werden wollte. Eben war sie noch ein selbstbewusstes Mädchen mit Sehnsüchten und Bedürfnissen gewesen, die sie erfüllt haben wollte, und mit einem Mal verwandelte sie sich wieder in das katzbuckelnd schüchterne Mädchen, das er geheiratet hatte, das wenig verlangte und alles gab.

Er war froh, auch wenn er die Leidenschaft vermisste, mit der sie ihr gemeinsames Leben angeheizt hatte. Sie war eine gute Ehefrau und eine hervorragende Mutter. Was konnte ein Mann mehr verlangen?

Was konnte eine Frau anderes wollen als eine glückliche Ehe und gesunde Kinder?, dachte er, als sich der Schlaf in seine Augen schlich.

An jenem Septembernachmittag stand Prabha Devi vor dem großen Spiegel in ihrem Zimmer, und das Echo von Worten aus Kindertagen drang ungebeten in ihre Gedanken.
»Prabha Devi, Prabha Devi, wo bist du gewesen?«
»Hab mich in eine Frau verwandelt, die keiner hört noch sieht«, ertönte es in grimmiger Erwiderung aus dem Spiegel.
»Prabha Devi, Prabha Devi, was hast du dort getan?«, ging die Parodie weiter.
»Gewartet und gewartet, bis Asche tupfte mein Haar.«
Prabha Devi lächelte. Es war ein verkniffenes, humorloses Lächeln. Frauen wandelten sich mit den Jahren zu verblassten Flecken. Und Katzen quälten Mäuse selbst unter dem Thron der Königin. Das war das Gesetz des Lebens, ihres Lebens, sagte sie sich, während Salz ihre Augen umrandete. Tränen des Selbstmitleids. Tränen, die der Frau galten, die aus ihr geworden war. Die aufgehört hatte, mehr für sich zu wollen.
Als sie ihre Tränen getrocknet hatte, wurde Prabha Devi bewusst, dass es Zeit war, ihren Sohn von seiner Tennisstunde abzuholen. Die Kinder waren kurz hintereinander zur Welt gekommen. Erst ein Mädchen, dann ein Junge. Kinder, die schon von Geburt an einen Sinn für Anstand zu besitzen schienen und die Jagdeeshs ausgeglichenes Temperament geerbt hatten. Wenn Freunde und Verwandte zu ihr sagten: »Was für ein Glück du hast, solche wunderbaren Kinder zu haben«, wusste Prabha Devi nicht, ob sie traurig oder froh sein sollte, dass keines ihrer Kinder die Launen zeigte, die bei ihr für so kurze Zeit an die Oberfläche gedrungen waren.
Nitya besuchte das College und hatte einen so hektischen Tagesablauf, dass ihr nur wenig Zeit für Prabha Devi blieb.

Nitya braucht mich nicht, nicht so, wie ich selbst meine Mutter mit achtzehn gebraucht habe, dachte Prabha Devi oft, wenn sie ihre Tochter aus dem Haus eilen sah, um eine Freundin zu besuchen, zum College zu gehen, sich einen Film anzusehen oder zum Musikunterricht zu hasten. Aber da war ja wenigstens Vikram. Mit seinen fünfzehn Jahren war er sich noch nicht sicher, ob er ein Mann oder ein Junge war, und ließ es noch zu, dass ihn seine Mutter mit Liebe und Fürsorge behandelte.

Vikram war mit seinem Spiel noch nicht fertig, und so entschloss sich Prabha Devi, über das Gelände des Klubs zu spazieren, während sie auf ihn wartete. Sie hatte den Klub lange Zeit gemieden, aus Angst, dass sie Pramod dort begegnen könnte. Nach der Geburt der Kinder brauchte sie keine Ausreden mehr. Die Kinder forderten ihre ganze Aufmerksamkeit. Ihre Stunden und Gedanken waren vollkommen in Anspruch genommen von Unterhemden und Schlüpfern, Zirkelkästen mit Zeichengarnitur und Malbüchern, Schuluniformen und Vitamintabletten, Hausaufgaben und Ferien …

An jenem Nachmittag stellte Prabha Devi fest, dass es möglich war, beiseite zu schieben, was sich als logische Folge für gewöhnlich in ihren Gedanken festsetzte, sobald sich die Mahlzeit eines Kindes verschob: Der Junge muss hungrig sein, er muss müde sein. Ich sollte ihn sofort nach Hause bringen und ihm etwas zu essen geben, bis die Müdigkeit aus seinen Knochen vertrieben ist und sich seine Züge wieder geglättet haben. Prabha Devi merkte, dass es keine so große Rolle mehr spielte. Also lungerte sie von nun an nicht mehr in der Nähe der Tennisplätze herum, wie sie es für gewöhnlich tat, um durch reine Willenskraft zu erzwingen, dass der Tennislehrer die Stunde beendete, sondern unternahm stattdessen einen Spaziergang.

Die Rasensprenger waren eingeschaltet. Bis zur Abenddämmerung würden die Rasenflächen grün und feucht sein;

das Rascheln jedes Grashalms von einem unermüdlichen Sprühregen gedämpft. Prabha Devi umging die Sprenger und schritt den Weg hinunter, bis er an einer Mauer endete, die mit Kaskaden von rosafarbenen und weißen Bougainvilleen bedeckt war. Ein kleines Tor in der Mauer lockte sie. Eine weitere Erinnerung aus der Schulzeit kam ihr in den Sinn. Ob sich Alice wohl so gefühlt hatte, als sie die kleine Tür in der Mauer erblickte? Welches Wunderland mochte dahinter liegen?

Prabha Devi öffnete die Tür und trat ein. Ein Swimmingpool gluckerte. Sein Blau spiegelte das Blau des Himmels wider. Berühre mich, forderte er sie auf.

Prabha Devi hockte sich neben das Becken und ließ ihre Finger durch das Wasser gleiten. Es war niemand zu sehen. Auf einer Seite stand eine Gruppe von Bambusgewächsen. Die fedrigen Blätter schufen einen Schattenbogen. Prabha Devi ging zu dem schattigen Flecken hinüber, setzte sich an die Seite des Pools und ließ ihre Füße im Wasser baumeln. Aus dem Becken ertönten kleine, gurrende Laute. Das Wasser zog an ihren Fußgelenken. Komm herein, sagte es.

Prabha Devi spürte, wie sie ein großes Verlangen überkam. So etwas war ihr noch niemals passiert. Sie entschied sich, schwimmen zu lernen.

Prabha Devi wünschte, sie könnte jemandem schildern, wie sie sich fühlte. Die Aufregung, das Kitzeln ihrer Zehen, das Blut, das ihr bei dem bloßen Gedanken in den Kopf schoss, in das zuckende Wasser des rechteckigen Beckens zu tauchen, in der Lage zu sein, zu schwimmen. Aber es müsste ein Geheimnis bleiben. Jagdeesh würde ihre Entscheidung weder gutheißen noch loben. Nein, sie würde ihn entsetzen, das wusste sie. Vielleicht sogar mehr als ihr Vorschlag damals, ein Kondom zu benutzen, dachte sie mit einem Kichern. Sie fühlte sich bereits wieder wie ein Mädchen.

Und so begann Prabha Devi mit List und Tücke, die gleichzeitig gute hausfrauliche Tugenden sind, wie Zwiebeln einlegen, Mango-*chutney* abfüllen, alte Zeitungen verkaufen oder abgenutzte Handtücher in Badematten verwandeln, indem man die Ränder zusammennäht, Pläne zu schmieden und Ideen auszuhecken.

Sie kaufte ihren Badeanzug im selben Geschäft wie ihre Unterwäsche. Marineblau, mit einer kleinen Rüsche um die Hüften.

»Hätten Sie gern ein Paar Radlershorts dazu? Die meisten Damen tragen sie und ziehen den Badeanzug darüber«, sagte die Verkäuferin und befingerte eine Reihe von Lycra-Shorts. Mit gesenkter Stimme fügte sie hinzu: »Sie sagen, dadurch seien ihre Oberschenkel bedeckt und sie müssten sich keine Gedanken darüber machen, sich irgendwelche Infektionskrankheiten im Wasser zu holen.«

Prabha Devi nickte. Das hier passierte jedes Mal, wenn sie Unterwäsche kaufte. Eine augenblickliche Kameradschaft schien zwischen ihr und der Verkäuferin zu entstehen. Eine Verbindung, die ihr so vertraut vorkam, dass sie für einen Moment glaubte, so müsse es mit einer Schwester oder einer besten Freundin sein. Unter ihrer Kleidung waren sie gleich. Ihre Probleme waren die gleichen. BH-Träger, die in die Haut schnitten. Auseinander gehende Taillen. Fleckige Oberschenkel. Ein Herz, das sich danach sehnte, gebraucht zu werden. Ein Verstand, der das Bedürfnis hatte, sich zu entfalten.

Prabha Devi probierte den Badeanzug an. Der Spiegel log nicht. Sie strich mit den Handflächen über ihre Seiten, spürte den Stoff über ihre Haut rutschen. »Wenigstens hast du keine Hüften wie Kürbisse und auch keinen Bauch, der weiter vorsteht als dein Busen. Und selbst wenn es so wäre, sollte es dir egal sein. Du tust das hier für dich. Zum ersten Mal seit vielen Jahren tust du, was du willst, und nicht, was jeder andere glaubt, was du wollen solltest«, ermahnte sie sich streng.

Als es daranging, die Rechnung zu bezahlen, bat sie die Verkäuferin, die Artikel nur als Nummern zu notieren. Jagdeesh gab ihr so viel Geld, wie sie haben wollte, aber er achtete darauf, dass jede Rupie belegt war. »Denk an die Rechnungen! Vergiss nicht, die Rechnung mitzunehmen, wenn du etwas kaufst«, ermahnte er sie jedes Mal, wenn er ihr einen Stapel Geldscheine überreichte.

Ihre diskrete Nachfrage im Klubhaus ergab, dass sie einen Schwimmlehrer hatten, der aber nur an den Nachmittagen kam, und sein Kurs nur für Kinder bis vierzehn Jahre war.

»Aber im Sommer hält er einen besonderen Kurs für Damen ab. Vielleicht möchten Sie an dem teilnehmen«, schlug der Angestellte im Klub vor.

Prabha Devi fühlte, wie ihre Aufregung dahinschwand. Aber nur für eine Minute. Sie stieg rasch wieder an, als der Angestellte hinzufügte: »Warum schauen Sie nicht einfach dem Schwimmlehrer beim Unterricht zu? Schwimmen ist nicht leicht. Im letzten Jahr haben viele unserer weiblichen Mitglieder mitten im Kurs aufgegeben. Sie fanden es zu schwierig und ermüdend.«

Prabha Devi beschloss, sich das Schwimmen selbst beizubringen. Niemand hatte sie gelehrt, ihren Mann in ihrem Körper zu empfangen. Niemand hatte ihr gezeigt, wie sie ihre Kinder stillen sollte. Alles war instinktiv geschehen. Sie würde den Instinkt wieder in den Vordergrund rücken. Schließlich hatte sie neun Monate schwimmend im Leib ihrer Mutter verbracht.

In den nächsten drei Wochen machte sich Prabha Devi immer eine Stunde früher auf den Weg, um Vikram von seinem Tennisunterricht abzuholen.

»Warum musst du denn immer schon so früh hingehen?«, erkundigte sich Jagdeesh eines Morgens.

»Wenn ich nicht da bin, albert er herum, statt zu spielen«, log sie. Wie bin ich nur zu einer Frau geworden, die über jede einzelne Stunde und jede ausgegebene Rupie Rechenschaft ablegen muss? Jagdeesh ist nie ein so dominierender Mann gewesen. Ich habe zugelassen, dass er mich beherrscht, und nun kennt er keine andere Möglichkeit, mit mir umzugehen, das wurde Prabha Devi in einem Anflug von Bedauern klar. Daraus kann man eine Lehre ziehen. Eines Tages werde ich meiner Tochter davon berichten. Wie Frauen den Ton einer Ehe festlegen.

»Tochter«, werde ich sagen, »bedeute ihm, dass du über die Grenzen deines Heims hinaus unfähig bist, irgendetwas zu tun, und er wird dein Leben regeln, wird Postanweisungen schicken, Scheckhefte führen, Eisenbahnfahrscheine lösen, die Ausgaben des Haushalts einteilen. Er wird dich anfangs verhätscheln und verwöhnen, denn schließlich sprichst du den Mann in ihm an, der schützt und behütet. Aber es wird nur eine Frage von Tagen sein, bevor er sich in einen Tyrannen verwandelt, der jeden einzelnen deiner Gedanken zu kontrollieren versucht.

Es gibt eine Alternative. Du könntest versuchen, ihm zu zeigen, wie unabhängig du bist, wie gut du allein zurechtkommst. Aber wenn du dich danach sehnst, in den Arm genommen und liebevoll umsorgt zu werden, dann besteht die Möglichkeit, dass er nicht da ist, weil du ihm immer bedeutet hast, dass du ihn nicht brauchst. Wo ist der goldene Mittelweg? Tochter, ich wünschte, ich wüsste es. Ich wünschte, meine Mutter hätte mir gesagt, was das Richtige ist. Aber vielleicht hat sie es ja selbst nicht gewusst.«

Prabha Devi stand am Schwimmbecken und versuchte das Chaos in ihrem Inneren zu ordnen.

»Welches ist denn Ihres?« Der Schwimmlehrer schwamm auf sie zu und stellte seine Frage mit einer weit ausholenden Armbewegung.

»Keins«, erwiderte sie lächelnd.

»Und was machen Sie dann hier?«, sagte er forschend, obwohl es ihn im Grunde gar nicht weiter interessierte. Aber es war eine solche Erleichterung, mit jemandem zu reden, der nicht heulte oder nach seiner Mutter schrie – und nicht vierzehn Jahre alt war. Außerdem unterbrach es die Monotonie der Bemühung, Kindern das Schwimmen beizubringen, die Wasser hassten.

»Ich versuche schwimmen zu lernen«, sagte Prabha Devi, ohne ihren Blick von den Kindern zu nehmen, die sich an der Stahlstange am flachen Ende festhielten und wütend, verzweifelt Wasser traten, die versuchten den Atem anzuhalten und nicht unterzugehen, ihre Angst vor dem Wasser zu besiegen und dabei nicht die Aufmerksamkeit des Lehrers auf sich zu ziehen.

»Und, haben Sie schon schwimmen gelernt?«, erkundigte sich der Schwimmlehrer ein paar Tage später spöttisch.

»Ich werde es lernen«, erwiderte sie und tat seinen Hohn seelenruhig ab.

Prabha Devi beobachtete die Kinder. Sie sah, wie sie die Oberfläche des Wassers traten und dabei glitzernde Regenbogen schufen. Wie sie ihre Arme streckten. Sie bewegten. Wie ihre Beine sie vorwärts trieben. Und wie sie all dies mit geborgter Luft taten, während ihre Lungen sich so verzweifelt bemühten, sie nicht entweichen zu lassen. Luft, die hinaus wollte. Prabha Devi nahm einen tiefen Atemzug und hielt die Luft an. Eines Tages würde es so weit sein.

Für eine Weile verzweifelte sie. Es kam ihr so vor, als wollte der Tag nie kommen. Der Oktober verausgabte sich mit Stürmen. Der Monsun brach über die Stadt herein und wrang alles und jeden bis zu einem Zustand ständiger Müdigkeit aus. Dann kamen die Feste, Dussera und Deepavali, für die Prabha Devi viel organisieren musste. Die Stunden des Tages wurden von Jagdeesh diktiert und überwacht. Da war die *puja*, da waren die Schachteln mit Süßigkeiten für die Angestellten, Partner und Kunden, die bestellt, und die Knallkörper und die neuen Sachen zum Anziehen, die eingekauft werden mussten, dazu die Besuche bei Freunden und Bekannten oder selbst die Gastgeberin spielen … Prabha Devi dachte sehnsüchtig an das Schwimmbecken und zwang sich, mit ihren lästigen Pflichten weiterzumachen.

»Was ist denn los mit dir?«, wollte Jagdeesh wissen. »Geht es dir nicht gut? Du scheinst dich für gar nichts zu interessieren.«

Prabha Devi schüttelte stumm den Kopf. »Alles in Ordnung. Ich bin nur ein bisschen müde«, sagte sie.

Er warf ihr einen durchdringenden Blick zu und ging davon, um einen Telefonanruf zu erledigen. Prabha Devi starrte niedergeschlagen seinem Rücken hinterher.

So viele Jahre schon ist das der Tonfall, den er mir gegenüber anschlägt, dachte sie. Irgendetwas zwischen Tadel und Lektion … Warum nur wurmt es mich jetzt, wo es mich vorher nie gestört hat? Vielleicht spricht auch nur die Enttäuschung aus ihm. Über die Frau, die aus mir geworden ist. Ein duckmäuserischer, verzagter Schatten dessen, was ich einmal war. Wie sollte ein Mann angesichts des Gedankens, sein ganzes Leben mit einer solchen Frau zu verbringen, nicht gereizt sein? Und dennoch weiß ich nicht, wie ich mich verändern sollte; wie ich unsere Beziehung wieder ins Gleichgewicht bringen könnte. Es kommt mir mehr und mehr so vor, als wüsste ich gar nichts.

Eine Woche nach dem Deepavali-Fest entschied Prabha Devi, dass der Tag gekommen war. Sie teilte Jagdeesh mit, dass sie sich für einen Backkurs angemeldet habe, der sich über drei Wochen erstrecke.

»Warum?«, erkundigte er sich neugierig.

»Warum nicht?«, erwiderte sie.

Jagdeesh blickte sie überrascht an. Eine Sekunde lang hatte er geglaubt, die Frau zu sehen, die sie einmal gewesen war. Die temperamentvolle, lustbetonte Frau, die seine Sinne mit ihrem blendenden Lächeln, ihrem sprunghaften Temperament und ihrem fordernden Körper angeregt hatte.

Diese Prabha Devi war die Hüterin seines Hauses und die Mutter seiner Kinder. Sie hörte zu. Sie gehorchte. Sie lebte auf den Vorposten seines Lebens. Und ehrlich gesagt, ärgerte ihn das Fehlen jeglichen Selbstwertgefühls bei ihr. Woher mochte ihre plötzliche Faszination fürs Backen kommen und der Wunsch, etwas mehr mit ihrer Zeit anzufangen?, wunderte er sich.
Prabha Devi bemerkte nicht, was Jagdeesh alles durch den Kopf ging. Sie vermochte nur an den Augenblick zu denken, wenn sie das Wasser im Schwimmbecken an ihrem Körper spüren würde.

Prabha Devi schritt mit einem Gefühl der Leere im Bauch auf das Schwimmbecken zu. Zum Teil aus Angst, zum Teil vor Aufregung. Mit einem Kleinmädchenkichern dachte sie daran, dass es sie an ihre Hochzeitsnacht erinnerte, als sie in das blumenbedeckte Schlafzimmer geführt worden war. Dort hatte Jagdeesh auf sie gewartet. Hier wartete das Schwimmbecken auf sie.
Prabha Devi hatte im Umkleideraum gestanden und überlegt. Sollte sie ihren Büstenhalter und die Unterhose anbehalten? Oder sich nackt ausziehen, bevor sie die Schwimmsachen überzog? Am Ende zog sie sich ganz aus, cremte sich mit Sonnenschutzlotion ein und schlüpfte in ihre Badeanzug-Radlershorts-Kombination. Sie wickelte sich ein Badehandtuch um den Körper, zog ihre Badekappe an, um ihr Haar trocken zu halten, ließ ihr selbstklebendes *bindi* auf der Stirn und ging mit dem Schwimmkork in der Hand zum Becken.
Der Bademeister warf ihr einen neugierigen Blick zu. Sie zögerte. Wie sollte sie ihr Handtuch ablegen, wenn er in der Nähe war? »Was stehen Sie denn hier herum und glotzen das Schwimmbecken an? Haben Sie denn nichts anderes zu tun?«, brachte sie in herrischem Tonfall hervor.
»Ich habe hier die Aufsicht, Madam«, stotterte der Mann.

Es blieb ihr wohl nichts anderes übrig, als ihn zu ignorieren. Sie ging langsam auf das Becken zu.
»Entschuldigen Sie, Madam«, murmelte er, »Sie müssen erst duschen, bevor Sie den Pool benutzen. Das ist so Vorschrift«, fügte er hinzu und deutete zu einer Mauer hinüber, wo die Pool-Vorschriften klar und deutlich in roter Farbe geschrieben standen. Gebote, langes Haar und Badekappen betreffend, das Duschen, Lebensmittel und Getränke, angemessene Badekleidung und Verhaltensweisen, Tauchen und Kinder unter zwölf ohne Begleitung von Erwachsenen und dass der Klub für keine Unfälle haftbar gemacht werden kann …
»Natürlich wollte ich vorher duschen«, sagte Prabha Devi. Die Angst verlieh ihrer Stimme eine sensenähnliche Schärfe. »Glauben Sie etwa, dass ich das erste Mal in einem Swimmingpool baden gehe?« Prabha Devi ging zu den im Freien stehenden Duschen an der Seite des Beckens hinüber. Sie atmete einmal tief durch und legte das Handtuch ab. Die Dusche begann zu laufen, stieß Strahlen eiskalten Wassers hervor. Die Kälte nahm ihr den Atem und ließ sie ihre Verlegenheit vergessen, beinahe nackt vor einem fremden Mann zu stehen.
Sie befand sich am Beckenrand des flachen Endes. Eine schmale Metallleiter führte ins Wasser hinunter. Und was nun? Sollte sie mit dem Rücken zum Wasser hinuntersteigen oder besser das Gesicht dem Wasser zuwenden? Alles, was ich jetzt tue, ist mein eigenes Risiko. Ich könnte nicht einmal dem Klub die Schuld geben, sagte sich Prabha Devi, als sie die Leiter hinunterstieg.
Das Wasser war kalt. Es knabberte an ihrer Haut, brachte ihr Fleisch dazu, sich zu einer Gänsehaut zu heben, und sandte kleine elektrische Schläge zu ihrem Gehirn hinauf. Dann fielen ihr die Worte des Schwimmlehrers ein, wie er die Kinder anbrüllte: »Macht schon, Kopf runter, haltet den Atem an und geht unter Wasser. Dann ist euch nicht mehr so kalt …«

Prabha Devi tat genau das, und das Wasser schlug über ihr zusammen. Als sie prustend und schluckend wieder auftauchte und ihr die Luft aus dem Mund entwich, da merkte sie, wie unvorbereitet sie für das war, was als Nächstes kommen würde. Was sollte sie jetzt tun?

Prabha Devi hielt sich an der Stange fest, tauchte ihr Gesicht ins Wasser und versuchte es mit Treten. Als es Zeit war, zu gehen, da fühlten sich ihre Beine wie Sandsäcke an, schwer und verwurzelt. Muskeln, von denen sie gar nicht gewusst hatte, dass sie sie besaß, verkündeten ihre Anwesenheit mit kleinen, schmerzhaften Krämpfen. Es war ein Kampf, die Leiter wieder hinaufzusteigen, ohne dabei ins Wasser zurückzufallen.

Drei Tage lang tat sie nichts anderes, als das Wasser in dunstige Gischtbögen zu verwandeln und die Luft mit dem eintönigen Platsch-Platsch ihrer Beine zu füllen, die gegen das Wasser klatschten. Wenn sie müde wurde, tauchte sie unter und versuchte ihre Augen offen zu halten. Das Chlorwasser brannte und rötete ihre Augen, aber sie sagte sich, dass sie sich schon daran gewöhnen würde. Während sie sich an der Stange festhielt, schwang sie sich nach hinten, so dass es beinahe so aussah, als würde sie auf dem Rücken schwimmen.

Am vierten Tag entdeckte Prabha Devi, dass sie sich nicht mehr an die Stange klammern musste. Sie hielt sie lediglich mit den Fingerspitzen fest und ging trotzdem nicht unter, solange sie ihren Kopf unter Wasser tauchte und den Atem anhielt.

Fünfter Tag. Prabha Devi entschloss sich, dass es an der Zeit war, sich von der Stahlstange zu verabschieden. Sie legte ein Bein auf die Seitenwand des Beckens, sammelte so viel Luft in ihren Lungen, wie sie eben konnte, und ließ sich treiben, wobei sie sich an dem Gummiring festhielt, den ihr der Bademeister gegeben hatte. Sie bewegte sich. Sie versuchte den Gummiring loszulassen. Sie ging unter. Eine Sekunde lang wirbelte Panik in ihr auf. Ich ertrinke, ich sterbe, kreischte eine Stimme in ihrem Kopf. Dann kam sie wieder nach oben. Prabha Devi griff nach dem auf dem Wasser schaukelnden Ring und paddelte zurück zur Stahlstange. Sie kam zu dem Schluss, dass sie noch nicht so weit war.

Sechster Tag. Prabha Devi versuchte die Breite des Beckens am flachen Ende zu erkunden. Als ihr die Luft ausging, sank sie. Als sie wieder auftauchte, sah sie, dass sie der Schwimmlehrer amüsiert beobachtete. »Werfen Sie diesen Ring da weg«, sagte er.

»Wie soll ich mich ohne ihn über Wasser halten?«, fragte sie.

»Das tun Sie doch schon«, erwiderte er grinsend.

»Oh«, sagte Prabha Devi. Seine Worte freuten sie. Doch dann kam die Erkenntnis. Er konnte das so einfach behaupten, aber was wäre, wenn sie ertrank? »Ich könnte ertrinken. An dem Ring kann ich mich, wenn nötig, festklammern«, versuchte sie ihm zu erklären.

Der Schwimmlehrer hockte sich an die Seite des Beckens und fragte: »Wie groß sind Sie?«

»Ein Meter siebenundfünfzig«, erwiderte Prabha Devi und fragte sich, was das mit dem Gummiring zu tun hatte. Sie hatte einmal gehört, wie Vikram erwähnte, dass beim Tennis das Gewicht des Schlägers vom Gewicht des Spielers abhängig war. Gab es etwa eine ähnliche Gleichung beim Schwimmen?

»Weshalb machen Sie sich dann Sorgen?«, entgegnete der Lehrer. »Schauen Sie, Sie befinden sich in ein Meter zwanzig tiefem Wasser. Wie können Sie da ertrinken? Selbst wenn Ihnen die Luft wegbliebe und Sie untergingen, würden Ihre Füße sofort den Boden berühren. Und Sie kämen wieder an die Oberfläche«, sagte er und streckte die Hand aus. »Hier, geben Sie mir dieses nutzlose Ding.«

Prabha Devi reichte ihm wortlos den Ring. Was er sagte, leuchtete ihr ein. Sie lächelte. »Vielen Dank«, sagte sie.

»Ich werde in ein paar Tagen wieder einmal vorbeikommen, um zu sehen, welche Fortschritte Sie machen«, sagte er beim Weggehen.
Den Rest der Stunde versuchte Prabha Devi sich treiben zu lassen. Solange sie Luft in ihren Lungen gefangen hielt, trug sie das Wasser. Aber sobald die Luft entwich, umzingelte es sie wie zornige Gefängniswärter. Am Ende der Stunde hatte sie sich in drei aufeinander folgenden Versuchen über die gesamte Breite des Beckens treiben lassen.
Am siebten Tag ruhte sich Prabha Devi aus. In jener Nacht spürte sie, wie sich eine kleine Faust des Verlangens öffnete. Ein Erblühen der Sinne. Ein Summen der Nervenenden. Eine Leidenschaft mit einem Hauch von Leichtsinn, die sie dazu brachte, ihren Körper der Länge nach gegen den ihres Mannes zu pressen. Jagdeesh, der schon halb schlief, spürte die Wärme ihres Körpers. Eine reife Wollüstigkeit, die kurz vor der Explosion stand. Lange Zeit hatte es so etwas nicht zwischen ihnen gegeben. Wenn Jagdeesh danach war, vereinten sie sich rasch und stumm. Für ihn eine bloße Befriedigung körperlicher Bedürfnisse. Für sie die pflichtbewusste Anerkennung ihrer Rolle in seinem Leben.
Jagdeesh rührte sich. Eine schleichende Erregung begann seinen Körper zu erfüllen.
Sie fühlte sich anders an in seinen Armen. Die Schlaffheit war verschwunden. Eine neue Straffheit war an ihre Stelle getreten. Die Andeutung von Muskeln. Dehnbare Sehnen. Elektrische Schläge.
»Was hast du gemacht?«, fragte er, während seine Hände mit jungenhafter Leidenschaftlichkeit diesen beinahe fremden Körper erkundeten.
»Nichts. Hab mich treiben lassen«, murmelte sie wahrheitsgetreu und genoss das Erwachen eines Verlangens, von dem sie geglaubt hatte, dass es für immer begraben wäre.
Wann hatte sie das letzte Mal eine solche Fülle von Empfindungen gehabt?

Haut auf Haut. Finger. Mund. Die Wölbung von Augenlidern. Die Rundung des Ohrs. Die Stoppeln seines Schnurrbarts. Der Kranz ihres Haares. Sein Atem der ihre.

Harte Brustwarzen zeichneten Muster. Eine Anspannung tief drinnen: noch nicht, noch nicht. Zehen, die erforschten. Ein Kribbeln entlang des Rückgrats; nun vorbei ... Ein Rauschen des Verlangens. Tobende Fluten. Ein Stoß von Feuchtigkeit. Aufgebäumte Körper. Umklammern. Lösen. Um wieder miteinander zu verschmelzen.

Das Dröhnen im Trommelfell, als mit einem Mal Wasser über dem Kopf zusammenschlägt. Ich ertrinke. Ich sterbe. Als es keine Luft mehr zu schöpfen gibt, dringt sie durch das Wasser an die Oberfläche, und ihre Füße berühren den Grund.

Jagdeesh schlief lächelnd ein. Gott war gerecht. Das Leben war gut. Und Prabha Devi gab ihm das Gefühl, wieder einundzwanzig zu sein.

Aber Prabha Devi lag wach. Wann würde dieser Körper, der durch Flure bloßer Empfindung gewirbelt und getanzt war, lernen, sich über Wasser zu halten?

Am nächsten Morgen stand Prabha Devi, tief in Gedanken versunken, im Schwimmbecken. Die letzte Nacht hatte sie viel gelehrt. In all den Jahren ihrer Ehe hatte sie sich gefragt, was passieren würde, wenn sie Jagdeesh wissen ließe, dass sie mit ihm schlafen wollte. Ob die Nacktheit ihres Hungers ihn abstoßen würde? Er sich von ihr abwenden und seinen Respekt vor ihr verlieren würde?

Aber sie hatte entdeckt, dass Verlangen Verlangen weckt; Erfüllung Erfüllung erzeugt. Ein Kuss für einen Kuss. Ein Streicheln für ein Streicheln. Was man gibt, kehrt auf mannigfaltige Weise zu einem zurück. Seit Pramod, seit ihr Leben bitter geworden war, hatte sie sich zurückgehalten. Von der Angst gelähmt, was geschehen würde, wenn sich die Dinge nicht so entwickelten, wie sie es sich vorstellte. Prabha Devi betrachtete die sich vor ihr ausbreitende Wasser-

oberfläche. Sie nahm einen tiefen Atemzug und stieß sich ab. Unter ihr schimmerten die Bodenfliesen mit tanzenden Spiegelungen. Das Wasser war wie Seide, kräuselte sich mit einem leisen Rauschen.
Sie spürte, wie die Jahre von ihr abfielen. Dieser Körper, die Ursache so mancher Traurigkeit, zuerst mit seinem übertriebenen Verlangen nach Befriedigung und dann mit seinem abrupten Abtöten von Nervenenden, war nun im Schmelzen begriffen. Sie war das Blau des Beckens, war das Wasser.
Die Zeit stand still. Eine Schwerelosigkeit. Ein Dunstschleier von Erinnerungen. Eine Wolke zusammenhangloser Gedanken. Sein und Nichtsein. Von den Zehenspitzen bis zu den Fingerspitzen eine gerade Linie, ein gemächlicher Triumph. Ich halte mich über Wasser. Ich schwimme. Mein Körper spielt keine Rolle mehr. Ich habe es. Ich habe meine Angst besiegt.
Als Prabha Devis Fingerspitzen das andere Ende der Beckenwand erreichten, richtete sie sich auf. Sie wusste, dass das Leben niemals wieder dasselbe sein würde. Dass es nichts gab, was jemals an diesen Moment höchster Zufriedenheit heranreichen würde, als sie feststellte, dass sie es geschafft hatte, sich über Wasser zu halten.

# 9

Akhila starrte auf die Landschaft, die an ihr vorübersauste. Welch eine Fülle! Sie brachte ihre Augen zum Brennen. Noch niemals zuvor hatte sie so viele Grüntöne gesehen. Der Zug fuhr an Reisfeldern entlang, die von Kokospalmen gesäumt waren. Es war Erntezeit. Gelbe Haufen von ungeschältem Reis lagen träge auf der braunen, durstigen Erde. Gelb und Braun, Grün und Gold ... Wie friedlich die Landschaft schien, obwohl die Veränderung ein wesentlicher Bestandteil von ihr war. Warum sind es immer nur die Menschen, die sich der Veränderung widersetzen? Warum wehren wir uns dagegen? Warum konnte ihre Familie ihre Entscheidung nicht akzeptieren?

Vor einigen Wochen füllte Akhila einen Tombola-Schein in einem Supermarkt aus, und als sie zu dem Kästchen kam, in dem »Alter« stand, schrieb sie mechanisch die Zahl 45 hinein. Mit einem Mal verharrte sie. Sie war fünfundvierzig Jahre alt und hatte nichts vorzuweisen. Nicht einmal Erinnerungen.
Akhila blickte sich um und betrachtete die anderen Frauen, die ihre Einkäufe erledigten und deren Körbe randvoll waren wie ihre Leben. Sie blickte auf den Korb an ihrem Arm hinab. Seine Dürftigkeit war Mitleid erregend. Eine Gesichtscreme, die versprach, dem Alter den Kampf anzusa-

gen, ein Shampoo, das strähnigem Haar wieder Vitalität verleihen sollte, und ein Päckchen Instant-Stärke. Sie hätte all das auch in dem Laden an der Ecke in der Nähe des Bahnhofsviertels kaufen können, aber Akhila gefiel der Gedanke nicht, dass Padma neben ihr an der Theke stehen könnte, Deckel von Gläsern abschraubte und an ihrem Inhalt roch. Und sie wollte auch nicht anwesend sein, wenn Padma jedem in Hörweite verkündete: Also, wenn ich einmal über vierzig bin, dann werde ich in Würde altern. Ich werde keine dieser Cremes und Haarfärbemittel benutzen. Nichts vermag dem zufriedenen Strahlen auf dem Gesicht einer Frau gleichzukommen!

Eine Meinung, auf die sie jedes Recht hatte, die aber dennoch Akhilas Gefühle verletzte, was wohl auch beabsichtigt war. Dieser Tage war sie Padma immer zwei Schritte voraus, um sich davor zu schützen, gekränkt zu werden. Aber es war nicht die Angst, dass im Alter ihre Abhängigkeit von Padma zunehmen und ihr damit noch mehr Kränkungen bescheren würde, die Akhila zu der Entscheidung veranlasste, sich ein eigenes Leben aufzubauen.

Zunächst einmal war es die Erkenntnis, dass sie mit fünfundvierzig immer noch ein Leben an der Seitenlinie führte. Aber der ausschlaggebende Faktor war Karpagam gewesen.

Karpagam, die sich mit der Leichtigkeit einer erfahrenen Vordränglerin in den Gang und zurück in Akhilas Leben quetschte. »Akhilandeswari, bist du das?«, kreischte sie, und ihr Atem strich über Akhilas Nacken hinweg.

Eine Stimme aus der Vergangenheit. Aus einer Zeit, als das Leben aus einer Reihe von in den Staub gezeichneter Kästchen unter einem Mangobaum bestanden hatte. Und man nichts weiter tun musste, als zu hüpfen, zu springen, zu hopsen, um zu gewinnen.

Das Maß der Vertrautheit in dieser Stimme lag in dieser aus dem Schwung des Springseils entstandenen Verbindung begründet. Während es unter ihren Füßen hindurchglitt, durch den Staub fegte und sich in die Luft erhob, sie in einem einzigen Rhythmus und einem an Besessenheit grenzenden Verlangen verband, immer weiter und weiter zu machen, bis sie nicht mehr konnten.

Eine Freundschaft, die auf dem Weg zur Schule und wieder zurück gedieh, beim Teilen von Geheimnissen und Kokos-Karamellbonbons. Eine Beziehung, die zu Ende ging, als sie die Kindheit hinter sich ließen, Karpagam eine Ehefrau wurde und Akhila das Oberhaupt ihrer Familie.

Akhila erstarrte. Seit beinahe fünfundzwanzig Jahren hatte sie niemand mehr mit ihrem vollen Namen angesprochen. Sie bekam es mit der Angst zu tun. Ihr Mund wurde ganz trocken, und ihre Zunge fühlte sich an wie ein alter Schuh. Steif und spröde.

»Wer? Wie?«, stotterte Akhila.

»Hast du mich etwa vergessen?«, rief Karpagam und versetzte ihr einen Rempler mit dem Arm. »Ich bin Karpagam. Erinnerst du dich denn nicht mehr an mich?«

Akhila atmete tief durch, um ihre Nervenenden mit einem Luftkissen zu schützen. »Was für eine Überraschung! Ja, das ist wirklich eine große Überraschung!«

Karpagam warf Akhila einen erstaunten Blick zu und stellte ihren Korb mit einem Knall auf dem Ladentisch ab. »Das kann man wohl sagen. Ich habe dich seit über zwanzig Jahren nicht gesehen. Du bist immer noch ganz die Alte. Was ist denn das? Ist das etwa alles, was du kaufst?«, fragte sie, nachdem sie einen Blick in Akhilas Korb geworfen hatte.

Akhila spürte, wie Karpagams Augen über sie hinwegwanderten. Was mochte sie wohl sehen?

Wenn Akhila sich im Spiegel sah, begegnete sie einer Fremden. Ein bleicher Geist eines früheren Selbst. Eine Frau mit fahlen Wangen und hängenden Mundwinkeln. Falten am Hals. Konzentrische Kreise auf dem Stamm eines Teakbaumes. Wie auch immer man es betrachtete, sie bestimmten das Alter.

Akhila berührte dann für gewöhnlich ihr Haar. Tagsüber trug sie es zu einem kleinen Knoten zusammengerollt, den sie hinten im Nacken feststeckte. Nur nachts, wenn sie allein war, ließ sie es offen über den Rücken herabfallen. Akhila zog ihr Haar nach vorn, so dass es ihr Gesicht umrahmte, und manchmal – vielleicht spielte ihr das Licht nur einen Streich, oder es war das Erblühen eines heimlichen Verlangens – meinte sie dann Akhilandeswari zu sehen. Das Mädchen, das in weichen, runden Lauten sprach. Diese Fremde hier hatte eine Stimme, die die kratzige Heiserkeit der Verantwortung trug.

Wenn Akhila zwei Schritte zurücktrat, verschwand die Fremde im Spiegel. Sie kannte diesen Körper: Akhilandeswaris Körper. Akhila schob einen Bleistift unter die Wölbung ihres Busens. Er fiel zu Boden. Ihr Bauch war flach und glatt. Es schwammen keine silbrigen Fische darüber hinweg. Sie ließ ihre Hände über ihren Körper wandern.

Akhila verharrte. Wer war dieses Geschöpf, in dessen Oberschenkeln das Alter mit grünblauen Fingern vorwärts kroch? Wie hatte die Zeit stillstehen und in einem Nest aus blauen Venen auf ihren Waden zur Ruhe gelegt werden können? Das hier war nicht sie. Ihr wirkliches Selbst. Akhilandeswari.

In Karpagams Augen sah Akhila die Fremde. Ein ruhiges Geschöpf, das wenig Leben und Elan in sich trug. Bar jeglicher Anzeichen, die darauf hinwiesen, dass sie eine Ehefrau war – auf ihrem Busen glitzerte kein *thali*, kein *kumkum* blutete auf ihrem Scheitel, keine funkelnden Zehenringe verbanden sie mit ehelichem Glück. Eine farblose, unbedeutende Frau, die nichts Besseres zu tun hatte, als ziellos durch die Gänge eines Supermarkts zu spazieren, und vorgab, auf der Suche nach Dingen zu sein, die sie gar nicht benötigte.

»Komm, wir setzen uns irgendwohin«, schlug Karpagam vor, ergriff Akhilas Arm und führte sie ins Café des Supermarkts.

Akhila saß an einem Tisch und sah zu, wie Karpagam ein Tablett mit Marmeladenbrötchen, einem Teller *samosas* und zwei dampfenden Tassen Kaffee belud. Sie strahlte Zufriedenheit aus. Es war erkennbar an den Fleischröllchen um ihre Taille, an dem Anflug eines Doppelkinns, an den Fettpolstern um ihre Handgelenke. Und an den Farben, die sie trug: am Chromgelb ihrer Bluse, dem grün-gelben bengalischen Baumwoll-*sari*, am Gold ihres Schmucks, am leuchtenden, rötlichen Braun ihres *kumkum*. Ihre Augen funkelten. Auf ihren Wangen zeigten sich Grübchen. Ihr Haar wies vereinzelte graue Strähnen auf. Reife überall.
»Ich konnte nicht widerstehen«, sagte sie lächelnd und deutete mit dem Kinn auf das beladene Tablett. »Ich kann nicht verstehen, wie Menschen überhaupt eine Diät durchhalten können. Meine Tochter ist dauernd auf Diät. Entweder sie trinkt eine Woche lang nur Säfte – hast du schon einmal etwas Haarsträubenderes gehört? –, oder sie ernährt sich nur von rohem Gemüse. Alles Nonsens. Wenn du mich fragst: Man lebt nur einmal. Also kannst du dein Leben auch genauso gut genießen.«
Akhila lächelte unsicher und fragte sich, ob darin ein versteckter Vorwurf lag, der an sie gerichtet war.
Karpagam biss in ihre *samosa* und strich sich die Krümel vom Kinn. »Wir haben dich alle sehr bewundert, wie du dich nach dem Tod deines Vaters um deine Familie gekümmert hast. Meine Mutter hat oft voller Ehrfurcht von dir gesprochen und dann Jayas Namen fallen lassen. Erinnerst du dich noch an Jaya?«
Akhila nickte. Sie vermochte keinen Ton herauszubringen.
»Ich frage mich, was wohl aus Jaya geworden ist. Wo mag sie jetzt sein, und was ist wohl aus Sarasa Mami und den anderen Kindern geworden? Wenn das Oberhaupt einer Familie stirbt, stirbt die Familie mit ihm, hat meine Mutter immer gesagt, es sei denn, es gibt eine Tochter wie Akhila.«

Akhila lächelte. Sie wusste nicht, was sie sonst hätte tun sollen. Sie hatte schon lange Zeit nicht mehr an Jaya gedacht.
»Erzähl doch mal, wie es dir ergangen ist. Ich weiß, dass du nach dem Tod deiner Mutter aus Ambattur weggegangen bist. Hast du dich entschlossen, auf Dauer in Bangalore zu leben?«, fragte Karpagam.
»Ich habe nicht viel getan. Das Übliche. Büro, daheim, Büro … Meine jüngere Schwester, Padma – du erinnerst dich doch noch an sie? –, lebt mit ihrer Familie bei mir und kümmert sich um den Haushalt.« Akhila überging die Fragen, auf die sie sowieso keine Antwort wusste.
Karpagam griff über den Tisch und drückte Akhilas Hand. »Ich dachte, du würdest inzwischen dein eigenes Leben führen. Aber wie ich sehe, ist das nicht der Fall. Begreift deine egoistische Familie denn nicht, dass du auch etwas eigenes Glück verdient hast?«
Akhila blieb der Bissen ihrer *samosa* im Hals stecken. »Was soll ich tun? Ich bin zu alt für all das.«
»Für was denn?«, fragte Karpagam. Akhila sah, wie sich ihre Augen zu Schlitzen verzogen. Für einen Moment musterte sie Akhila abschätzend. Dann sagte sie leise: »Definiere doch einmal, was Glück für dich bedeutet. Was würde dich glücklich machen?«
Akhila zeichnete ein Muster mit ihrem Zeigefinger auf die Plastikoberfläche des Tisches. Wie sollte sie Glück definieren? Würde sie es überhaupt erkennen, wenn es ihr ins Gesicht starrte?
Sie dachte an die Grußkarten zum neuen Jahr, die Katherine und sie sich jedes Jahr schickten. »Glück ist«, sagte Akhila und plapperte die Sprüche auf diesen Karten nach, »sich ein eigenes Leben aussuchen zu dürfen; so zu leben, wie man möchte. Glück ist, zu wissen, dass man geliebt wird, und jemanden zu haben, den man liebt. Glück ist, auf ein Morgen hoffen zu können.«
Karpagam seufzte. »Akhi«, begann sie und kehrte damit zu

dem alten Kindernamen zurück, mit dem sie Akhila immer gerufen hatte, »was willst du wirklich? Einen Ehemann? Kinder?«

»Nein, nein«, flüsterte Akhila und fragte sich, ob ihnen jemand im Café zuhörte. »Nein, ich weiß nicht …«

Manchmal glaubte Akhila, dass sie sich am meisten eine eigene Identität wünschte. Sie war immer die Erweiterung der Identität eines anderen Menschen. Chandras Tochter, Narayans Akka, Priyas Tante, Murthys Schwägerin … Akhila wünschte sich, dass sie einmal jemand als eigenständigen Menschen sehen würde.

Aber würde Karpagam das verstehen? Würde sie, die ihre Ehe wie Seide aus Kancheepuram trug, begreifen, dass sich Akhila am meisten auf der Welt danach sehnte, ein eigenständiger Mensch zu sein? In einem Heim, das ihr gehörte. Das zu tun, wozu sie Lust hatte. So zu leben, wie sie es wollte, ohne Zurückhaltung oder Angst vor Tadel.

Dass sich Akhila sehr wohl nach einem Mann sehnte und sie das Verlangen verspürte, ihren Sinnen zu erlauben, zu entdecken und Erfüllung zu suchen, dass sie sich sehr wohl wünschte, von einem Mann geliebt zu werden, der ihr Schweigen ausfüllte und sein ganzes Selbst mit ihr teilte, sie aber dennoch keinen Ehemann wollte; denn schon wieder eine bloße Erweiterung zu sein, danach stand ihr nicht der Sinn.

Karpagam hörte zu, während Akhila zu erklären versuchte, was sie bisher niemals in Worte zu fassen gewagt hatte.

»Also, warum lebst du nicht allein? Deine Schwester ist alt genug, um allein zurechtzukommen. Und es ist ja nicht so, als hätte sie keinen Ehemann, keine Familie. Akhi, du bist gebildet. Hast einen Beruf. Sieh zu, dass du dir ein Leben aufbaust«, sagte Karpagam und schob eine Haarnadel mit derselben entschlossenen Aufmerksamkeit an die richtige Stelle, die sie Akhilas Leben widmete. »Und«, fügte sie hinzu, »hör auf, dich alle paar Minuten umzusehen. Wovor hast du denn Angst – was die Welt sagen könnte? Akhi, bitte deine Schwester und ihre Familie, dein Heim zu verlassen. Das ist das Erste, was du tun solltest.«

Akhila betrachtete die anderen Leute im Café. Sie tranken Kaffee, aßen Gebäck. Jeder saß mit irgendjemand zusammen.

»Wie kann ich denn allein leben? Wie kann eine Frau überhaupt allein leben?«, fragte sie verzweifelt.

»Sieh mich doch an«, durchschnitt Karpagams Stimme die dichten Schichten ihres Selbstmitleids. »Wenn ich allein leben kann, dann kannst du es auch.«

»Aber du bist verheiratet. Du lebst nicht allein«, erwiderte Akhila verärgert. Wie konnte Karpagam sich nur mit ihr vergleichen?

»Ich war verheiratet«, sagte Karpagam und blickte Akhila dabei fest in die Augen. »Mein Mann ist vor einigen Jahren gestorben.«

»Das tut mir Leid. Aber …«, murmelte Akhila.

»Ich weiß, was du jetzt denkst. Du fragst dich, wie es kommt, dass ich immer noch das *kumkum* und diese bunte Kleidung trage. Fändest du es etwa besser, wenn ich ganz in Weiß gekleidet wäre und herumliefe wie eine Leiche, die bereit ist für den Scheiterhaufen?«

»Nein, natürlich nicht«, murmelte Akhila. »Aber was sagt deine Familie denn dazu?«

Karpagam atmete tief durch und sagte: »Es ist mir egal, was meine Familie oder irgendjemand sonst denkt. Ich bin, wie ich bin. Und ich habe das gleiche Recht, zu leben, wie es mir gefällt, wie jeder andere auch. Sag mir, haben wir nicht als junge Mädchen bunte Kleidung getragen und Schmuck und ein *bottu*? Es ist kein Privileg der Ehe. Meiner Ansicht nach ist es nur natürlich für eine Frau, feminin sein zu wollen. Es hat nichts damit zu tun, ob sie verheiratet ist oder nicht und ob ihr Ehemann lebt oder tot ist. Wer hat diese Gesetze überhaupt gemacht? Irgendein Mann, der den Gedanken nicht ertragen konnte, dass seine Frau auch nach seinem Tod für andere Männer attraktiv sein würde.«

Die Worte sprudelten mit der Leichtigkeit eines Menschen hervor, der sie schon viele Male zuvor geäußert hatte. Und Akhila wurde voller Scham bewusst, dass Karpagam sich auf den Weg gemacht und gelernt hatte zu überleben, während sie gleich einem sanftmütigen Wasserbüffel in einem Teich aus Selbstmitleid herumgewatet war.

»Ich lebe allein. Seit vielen Jahren schon. Meine Tochter, die gerade mal einundzwanzig ist, ebenso. Wir sind stark, Akhi. Wenn wir es sein wollen.«

»Also, was soll ich deiner Meinung nach tun?«, fragte Akhila.

»Was immer du tun willst. Allein leben. Dir ein Leben aufbauen, in dem deine Bedürfnisse an erster Stelle stehen. Deine Familie zum Teufel oder sonst wohin jagen.« Karpagam lächelte und kritzelte ihre Adresse auf die Rückseite der Rechnung. »Schreib mir. Lass mal wieder von dir hören.«

Akhila steckte das Stück Papier in ihre Handtasche. Draußen berührte sie Karpagams Arm. »Karpagam, bist du tatsächlich echt oder irgendeine Göttin, die gekommen ist, um mich herauszuführen aus all dem ...« Akhila verstummte und dachte an die düsteren und trostlosen Farben der Welt, in der sie so lange gelebt hatte.

»Sei nicht albern«, lachte Karpagam. Und es war die Erinnerung an dieses Lachen, ein Ich-pfeif-drauf-Lachen, das zu Akhilas Totem für das wurde, was sie mit ihrem Leben anzufangen gedachte.

Sonntags ölte Padma ihren Töchtern das Haar ein. Sie erhitzte Sesamöl und rieb es in ihre Kopfhaut ein, bis das Haar glänzend und schwer am Kopf lag. Dann wusch sie es ihnen mit Soapnut-Pulver. Padma hätte die Ältere sein sollen, nicht ich, dachte Akhila.

Ein Monat war seit ihrem Zusammentreffen mit Karpagam vergangen. Ein Monat hektischer Planung, hektischer Betriebsamkeit und verstohlener Gedanken. Ein Monat, in dem sie jeden einzelnen Gedanken und auch ihre Dienstakten einer genauen Untersuchung unterzog. Ein Monat, in dem Akhila die vielen Stränge ihres Lebens nahm und sie zu einer Zukunft flocht. Heute, einen Monat später, war sie bereit.

»Padma«, sagte sie und beobachtete, wie Padmas Finger den Kopf ihrer Tochter bearbeiteten, als wäre er ein Teigball. Kneten, bis er formbar wird. Kneten, bis jeder einzelne Gedanke an Widerstand hinausgetrieben ist. Kneten, damit er gehorcht, wenn die Zeit gekommen ist. »Ich denke daran, eine Immobilie zu kaufen.«

Padma blickte interessiert auf. »Darüber habe ich auch schon seit einiger Zeit nachgedacht. Die Mädchen werden bald im heiratsfähigen Alter sein, und wie können wir anständige Ehemänner für sie finden, wenn wir nicht einmal ein eigenes Haus haben.«

»Padma«, sagte Akhila und bemühte sich, ihrer Stimme einen sanften Ton zu verleihen. »Ich kaufe eine Wohnung. Ein Apartment.«

»Aber wie sollen wir denn alle in ein Apartment hineinpassen? Kannst du dir nichts Größeres leisten?«

»Padma«, wiederholte Akhila ihren Namen und spürte, wie sich die Worte in ihrem Mund mit Stahl überzogen. »Eine Person braucht nicht so viel Platz.«

»Was willst du damit sagen?« Der Argwohn krächzte.

»Ich möchte allein sein. Es ist an der Zeit für mich, allein zu leben. Und für dich wäre es auch besser«, sagte Akhila und blickte ihr in die Augen. Sie starrten einander an, und Akhila stellte mit einem ungeheuren Gefühl der Befriedigung fest, dass es Padma war, die als Erste wegsah.

»Fühlst du dich wohl?«, fragte Padma und verrieb das restliche Öl an ihren Handflächen auf den Füßen. »In deinem

Alter machen Frauen oft eine schwierige Zeit durch. Das hat mit den Hormonen zu tun. Ich habe erst kürzlich in einer Zeitschrift darüber gelesen. Die Wechseljahre, hieß es da, können schlimme Auswirkungen auf den Verstand einer Frau haben.«

»Halt den Mund, Padma«, fuhr Akhila sie an. »Ich bin diesen allwissenden Ton leid, den du mir gegenüber immer anschlägst. Wenn du die Wahrheit hören willst: Ich habe genug von euch. Von dem Lärm, mit dem deine Kinder mein Heim erfüllen. Von der Art, wie du und dein Mann mir schon seit Jahren auf der Tasche liegt.«

Akhila verstummte, als sie den entsetzten Ausdruck auf Padmas Gesicht sah. Und dann wünschte sie, sie hätte es nicht getan, denn die Worte begannen aus Padmas Mund hervorzusprudeln. Worte, mit gespaltener Zunge gesprochen, die Gift hervorspritzten.

»All die Jahre, die ich für dich gekocht und geputzt habe … und du dankst es mir, indem du mir sagst, dass du uns leid bist. Du bist eine eifersüchtige alte Frau, ja, das bist du. Voller Neid und Gehässigkeit, weil ich einen Mann und Kinder habe und du gar nichts.«

»Ein Grund mehr, warum du und ich getrennte Wege gehen sollten«, erwiderte Akhila mit eisiger Stimme.

»Glaubst du etwa, die Brüder würden dem zustimmen? Glaubst du etwa, sie würden erlauben, dass du allein lebst?«, fragte Padma mit süffisanter Stimme, denn sie wusste, dass Narayan und Narsi ihre Meinung teilen würden.

»Du lieber Himmel, ich brauche niemandes Zustimmung. Sieh mich doch an, ich bin fünfundvierzig Jahre alt. Älter als ihr alle. Ich werde das tun, was ich für richtig halte, und mich nicht darum scheren, was du oder sonst jemand denkt …«

»Das glaubst du. Aber sie sind die Männer in der Familie«, höhnte Padma.

Warum höre ich mir das eigentlich an?, fragte sich Akhila.

Sie schritt davon. Sie war ganz ruhig und fühlte sich nur noch sicherer, was ihre Pläne anging.

In den nächsten Tagen herrschte eine unbehagliche Stille. Die Kinder wurden laut und oft in Akhilas Gegenwart ermahnt. »Priya«, zischte Padma beispielsweise, »musst du das Gedicht laut aufsagen, um es auswendig zu lernen? Mach das Buch zu und leg es weg. Was kann schon Schlimmes passieren, außer dass du bei der monatlichen Prüfung durchfällst. Aber ich möchte nicht, dass Akka gestört wird.«

»Madhavi«, hieß es ein anderes Mal, »warum musst du deinen Teller immer so laut abstellen? Weißt du denn nicht, dass die Geräusche, die wir machen, Akka aufregen?«

Akhilas Essen stand in zugedeckten Schüsseln auf dem Esstisch. Die Kleidung, die sie zum Trocknen aufhängte, fand sie ordentlich gebügelt und gefaltet in Stapeln auf ihrem Bett wieder. Padma strafte sie mit ihrem Schweigen. Und stellte zur gleichen Zeit sicher, dass Akhila begriff, wie gut sie den Haushalt für sie führte. Und dass ohne sie Chaos und Durcheinander herrschen würden. All dies machte Akhila wütend. Wie konnte Padma es wagen, sie ihrem Schweigen und ihren Vorwürfen, ihrer Wut und Bitterkeit auszusetzen – und das in diesem Heim, für das Akhila die Miete zahlte?

Wieso nur gönnt sie mir meine Freiheit nicht?, fragte sich Akhila immer und immer wieder.

»Wie bist du zu dieser Entscheidung gekommen?« Narayans Frage ertönte mit seiner gewohnt zurückhaltenden Stimme. Akhila verspürte aufs Neue ihre Liebe für diesen jüngeren Bruder. Er war der Einzige, dessen Zuneigung nicht wertend und an Bedingungen geknüpft war. Die anderen – Narsi und Padma – waren unbändige Kinder gewesen, unberührt von der Tragödie in ihrem Leben, und sie waren zu unbändigen Erwachsenen geworden. Egoistisch und überzeugt davon, dass die Welt nur existierte, um für sie zu sorgen.

Sie waren mit ihren Tiraden fertig.

Narsi: Es gehört sich nicht für eine Frau, allein zu leben. Was werden die Leute sagen? Dass dich deine Familie im Stich gelassen hat. Außerdem werden jede Menge Fragen nach deiner Reputation aufkommen. Du weißt doch, wie Leute zwei und zwei zusammenzählen und auf sechs kommen. Nalinis Familie wird schockiert sein, wenn sie davon erfährt. Hast du einmal darüber nachgedacht, in welch eine peinliche Lage du mich damit bringst?
Padma: Warum willst du allein leben? Habe ich mich nicht um deinen Haushalt gekümmert? Abgesehen einmal von all dem, was Narsi Anna gesagt hat, hast du einmal an die Kosten gedacht? Ich habe zwei Mädchen, und mein Mann hat keine sehr gut bezahlte Arbeit. Ich hatte mich auf deine Hilfe verlassen, um meine Mädchen zu verheiraten und ihnen ein Leben in guten Verhältnissen zu ermöglichen.
»Du hast sie gehört, nicht wahr, Narayan?« Akhila ummantelte ihre Stimme mit einer Beherrschung, einer Ruhe, die sie nicht empfand. »Sechsundzwanzig Jahre lang habe ich alles für diese Familie getan. Und ich habe keine Gegenleistungen dafür verlangt. Und jetzt, wo ich mir ein eigenes Leben schaffen möchte, kommt da etwa einer von euch zu mir und sagt: Es ist höchste Zeit, Akka, du hast es verdient, ein eigenes Leben zu führen. Nein, ihr sorgt euch nur darum, was das für euer Leben bedeuten könnte.
Sag mir eins, Narayan: Warum sollte ich nicht allein leben? Ich bin körperlich und geistig gesund. Ich kann mich um mich selbst kümmern. Ich verdiene ganz anständig.« Akhila verstummte einen Moment lang, als Tränen ihre Stimme zu ersticken drohten, und hob dann wieder an.
»Hat mich etwa jemals einer von euch gefragt, was ich mir wünsche, wie meine Träume aussehen? Hat mich einer von euch jemals als Frau gesehen? Als einen Menschen, der Bedürfnisse und Sehnsüchte hat wie ihr?«
»Das ist es also!«, unterbrach Padma sie. »Sie hat eine Affäre. Und sie will nicht, dass wir es herausfinden. Deshalb

möchte sie allein weggehen. Wer ist er? Wie hast du ihn gefunden?«
Akhila holte aus und tat, wonach sie sich schon sehr lange gesehnt hatte. Sie versetzte Padma eine Ohrfeige. Es war ein fester, harter Schlag, in dem all die Verachtung und der Groll widerhallte, den sie in sich trug.
Es wurde still. Eine schwere Stille, die den Klang dieses Schlages zurückwarf.
»Ich muss mich vor keinem von euch für das rechtfertigen, was ich tue. Ich schulde euch gar nichts. Ich hoffe, so viel ist euch klar geworden.«
»Du schuldest uns wahrlich nichts. Aber wir schulden dir unsere Leben«, sagte Narayan, bemüht, zu besänftigen, zu trösten und die schwärenden Wunden zu heilen. »Und das ist auch der Grund, warum ich Angst um dich habe. Wie wirst du zurechtkommen? Es geht hier weniger um die Überlegung, wer du bist. Wie kann überhaupt irgendeine Frau allein zurechtkommen?«
Seine Besorgnis berührte Akhila, aber sie war auf diese Frage vorbereitet. »Ich weiß, dass ich es kann. Ich habe es schon einmal getan, als ihr noch Kinder wart. Jetzt kann ich es noch einmal tun, für mich, für Akhilandeswari. Niemandes Tochter. Niemandes Schwester. Niemandes Frau. Niemandes Mutter.«
»Akka, bitte hör mir zu«, redete er auf sie ein. Die beiden anderen hatten die Köpfe bereits abgewandt. Jetzt, wo sie wussten, dass sich Akhila entschieden hatte, war die Sache für sie erledigt.
»Akka, bitte rede mit anderen Leuten und hör dir an, wie schwer es für eine Frau ist, allein zu leben.« Er hielt ihre Hand zwischen seinen Händen und flehte sie an.
Akhila sah die Furcht in seinen Augen. Sah, wie er sich ihretwegen ängstigte. Sie wusste, dass er glaubte, sie würde auf den erstbesten Mann hereinfallen, der mit falschen Hoffnungen und leeren Versprechungen daherkam. In sei-

ner Vorstellung war ihre Zukunft von Enttäuschungen durchzogen. Möglicherweise Erniedrigung und Trostlosigkeit. Sie verspürte einen leichten Anflug von Angst: Bin ich etwa stur? Bin ich töricht?

Akhila schob diese Gedanken weit von sich. Ihre Familie würde ihre Entscheidung niemals akzeptieren. So viel war gewiss. Jeder von ihren Geschwistern hatte seine eigenen Gründe. Vielleicht war Narayan der Einzige, der sich mehr um ihr Wohlergehen sorgte als darum, nicht mehr auf Akka oder ihr Gehalt zählen zu können. Und mehr, um ihn als sich selbst zu schützen, zwang sich Akhila zu einer Lüge. Sie lächelte in der Hoffnung, dass dieses Lächeln die Lüge verbergen würde, und sagte: »Na schön, ich werde tun, was du vorschlägst, und mit einigen Leuten reden. Erst dann werde ich meine endgültige Entscheidung treffen.«

Einer nach dem anderen verließen sie das Zimmer, überzeugt, dass sie doch noch Vernunft annehmen würde. Jede Frau, mit der sie redete, würde ihr die allgemein gültige Wahrheit sagen, die jeder außer ihr zu kennen schien – wie zutiefst schrecklich es für eine Frau war, allein zu sein. Sie würde sich wieder in ihre sanfte, schüchterne ältere Schwester verwandeln, und man könnte diese Zeit, in der Akka für eine Weile und auf unerklärliche Weise den Verstand verloren hatte, vergessen.

Nur das Lachen blieb. Karpagams Ich-pfeif-drauf-Lachen.

Akhila gegenüber saß die letzte Reisende, die am gestrigen Abend mit ihr den Zug bestiegen hatte. Alle anderen waren ausgestiegen.

Janaki in Ernakulam. »Was auch immer Sie tun, denken Sie gut darüber nach, ehe Sie es tun. Und wenn Sie es getan haben, denken Sie nicht mehr sehnsüchtig an die Vergangenheit«, hatte sie gesagt und Akhilas Kopf getätschelt.

Prabha Devi hatte ihr ihre Telefonnummer auf einen Zettel geschrieben und sich Akhilas Adresse notiert. »Wir sollten uns irgendwann einmal treffen. Schließlich wohnen wir in derselben Stadt. Also vergessen Sie nicht, von sich hören zu lassen!« Selbst das Mädchen, Sheela, hatte ihr zum Abschied zugelächelt und gesagt: »Vielen Dank, dass Sie zugehört haben!«

Jetzt war nur noch diese Frau übrig. Der sechste Passagier. Akhila fragte sich, wer sie wohl sein mochte. Sie beobachtete, wie sie eine Zeitschrift aus ihrer Tasche zog und darin las. Es war eine tamilische Zeitschrift. Akhila wandte ihren Blick wieder dem Fenster zu.

Der Zug war überfüllt. Selbst die reservierten Abteile wurden nicht verschont. Leute hämmerten an Türen, wenn sie von innen verschlossen waren, oder schoben sich hinein, sobald jemand die Tür öffnete, um hinauszutreten. Am Tag zugestiegene Fahrgäste füllten die Gänge und beharrten darauf, dass ein Dreisitzer Platz für vier biete. Durch die voll gestopften Wagen schlängelten sich Bettler und Verkäufer mit geübter Leichtigkeit. Der Boden war übersät von Orangenschalen, Kekspackungen und Erdnussschalen. Wenn der Zug anhielt und der Fahrtwind nachließ, zog leichter Uringestank aus den Toiletten durch die Abteile. Akhila seufzte erleichtert. Das Coupé war voll, aber wenigstens sauber. Eine Oase der Ruhe.

Akhila öffnete die Schachtel mit Cashewnüssen, die sie am Bahnhof von Kottayam gekauft hatte. Sie spürte, wie ihre süßliche Fleischigkeit ihren Mund erfüllte. Ich bin nicht die Akhila, die gestern Abend in diesen Zug eingestiegen ist, dachte sie. Die andere Akhila hätte sich mit Erdnüssen begnügt. Cashewnüsse deuteten auf Exzess, auf einen luxuriöseren Lebensstil, dessen Verlockungen sich auszusetzen sie sich nicht gewagt hätte. Aber diese Akhila schon. Sie spürte, wie sich etwas in ihrem Inneren langsam lockerte. Da war ein gewisses Gefühl, dass sie Recht hatte. Eine berauschende Erwartung – die Nachwirkung von Prabha Devis Enthüllung. Prabha Devi war ihr vom Alter und Naturell her näher als die anderen Frauen. Wenn Prabha Devi es also geschafft hatte, ihre angeborene Schüchternheit zu überwinden und sich über Traditionen hinwegzusetzen, um zu schwimmen, konnte sie es auch. Auch ich muss lernen, mit der Flut des Lebens zu schwimmen, statt mich ans Ufer werfen zu lassen.

Einige Zeit später wandte sich Akhila vom Fenster ab und sah, dass die Augen der schweigsamen Frau auf sie gerichtet waren. Die Zeitschrift lag in ihrem Schoß. Akhila lächelte. »Wohin reisen Sie?«, fragte sie auf Tamil.

»Nagercoil«, erwiderte die Frau.

»Ich reise nach Kanyakumari«, sagte Akhila, obwohl die Frau nicht danach gefragt hatte. »Leben Ihre Eltern in Nagercoil?«, erkundigte sie sich.

Die Frau schüttelte den Kopf. »Ich arbeite für eine Ausländerin. Eine englische Ärztin. Sie ist nach Nagercoil versetzt worden, und ich reise voraus, um das Haus herzurichten, bevor sie eintrifft. Die Haushaltsgegenstände sind bereits unterwegs. Die Ärztin und mein Sohn fahren mit dem Wagen und werden morgen früh eintreffen.«

»Wie alt ist Ihr Sohn?«

»Dreizehn«, sagte die Frau.

»Was ist mit Ihrem Mann? Was macht er beruflich?«, fragte Akhila.

Das Gesicht der Frau erstarrte für einen Moment. »Sie sind sehr neugierig«, sagte sie.

Akhila errötete. Die anderen Frauen waren so mitteilsam gewesen, was ihre Leben betraf, und sie hatte geglaubt, jeder ginge es so.

»Es tut mir Leid«, sagte die Frau. »Das war unhöflich von mir. Aber gestern Abend, da haben sie mich alle aus ihrer Unterhaltung ausgeschlossen, weil sie dachten, ich gehöre nicht dazu. Sie haben sich meine Kleidung, mein Gesicht angesehen und entschieden, dass ich nicht zu ihnen gehöre.«

Akhila errötete erneut. »Es tut mir Leid. Es war nicht unsere Absicht …«, begann sie.
Die Frau blickte sie unbeirrt an. »Sie müssen sich nicht entschuldigen. Sie hatten Recht. Es ist wahr. Ich gehöre nicht zu ihnen. Nicht weil ich arm oder ungebildet bin. Aber sie alle haben solch behütete Leben geführt, ja, selbst Sie. Ich habe zugehört, wie jede von Ihnen ihre Lebensgeschichte erzählt hat, und dachte, diese Frauen machen so viel Aufhebens um kleine Dinge. Was würden sie wohl tun, wenn sie jemals mit einer echten Tragödie konfrontiert würden? Was wissen sie schon über das Leben und was es für Opfer fordert? Was wissen sie schon davon, wie grausam die Welt für eine Frau sein kann?«
Akhila starrte die Fremde an. Wer war diese Frau, aus der sich die Wut wie ein Lavastrom ergoss?
Die sechste Reisende rollte ihre Zeitschrift zusammen und sagte: »Ich behaupte nicht, dass Frauen schwach sind. Sie sind stark. Frauen können alles ebenso gut wie Männer. Und mehr noch dazu. Aber eine Frau muss diese Kraft in sich selbst suchen. Sie zeigt sich nicht von allein.«

# 10

## *Die kleine Schwester des Originals*

Mein Name ist Marikolanthu. Ich bin einunddreißig Jahre alt. Ich wurde in einem kleinen Dorf namens Palur in der Nähe von Kancheepuram geboren. Ich habe einen Sohn und einen Ehemann. Meine Eltern sind schon seit langem tot, und ich habe den Kontakt zu meinen Brüdern abgebrochen. Ich arbeite als Hilfskraft in einem Missionskrankenhaus.

Mein Vater war Bauer. Er war ein Einzelkind, also erbte er, als mein Großvater starb, sowohl das Land als auch das Haus. Meine Mutter stammte aus einem anderen Dorf; sie war Waise und von ihrer Tante aufgezogen worden. Wir hatten weder Verwandte noch viel Geld, aber wir waren glücklich. Meine beiden Brüder, Easwaran und Sivakumar, und ich. Aber wenige Tage nach meinem neunten Geburtstag starb mein Vater. Er litt an einer Krankheit, die selbst die Ärzte im Vellore-Hospital nicht zu heilen vermochten.

Es gab niemanden, den wir um Hilfe bitten konnten, und so wandte sich Amma den gekalkten Mauern des Chettiar Kottai zu, um dort um Hilfe zu flehen. Das Haus war riesig, mit zahllosen Zimmern und Nebengebäuden. Es war drei Stockwerke hoch und schien von außen uneinnehmbar. Obwohl sein wirklicher Name Raj Vilas lautete, wurde es von jedem im Dorf und in den Nachbardörfern Chettiar Kottai genannt: Fort Chettiar.

Der Chettiar war ein reicher Mann; die Familie ist heute noch die reichste in der Gegend. Der Chettiar hat sein Vermögen mit Seidenraupen gemacht. Er züchtete sie, stopfte sie mit Maulbeerblättern voll, bis sie so fett waren, dass sie aus ihrer Haut platzten. Weil sie sich schämten, spannen die armen, nackten Raupen Seide und wickelten sich darin ein. Aber selbst dann ließ der Chettiar nicht von ihnen ab. Er kochte sie und löste die Seide. Ganze Seidenstränge, Unzen von Seide. Keiner von uns aus dem Dorf sah jemals etwas davon, denn Chettiars Seidenraupen-Farm lag woanders, doch die, die sie gesehen hatten, erzählten uns alles darüber.

Ich dachte oft an die Seidenraupen, und sie taten mir Leid. »Du hast Glück, du zu sein«, erklärte ich jedem Regenwurm, der sich auf meiner Handfläche wand.

Ich war damals noch ein Kind. Ich redete mit Würmern, Bäumen und Steinen. Ich glaubte dem Lehrer, als er einen Kreis an die Tafel malte und sagte: »Das ist die Erde. Die eine Hälfte wird von der Sonne erhellt, und die andere liegt im Dunkeln. So ist es auch mit dem Leben. Es gibt Gut und Böse, und es ist unsere Pflicht, im Licht zu bleiben, gut zu sein.« Ich nickte, wie alle anderen auch, und nahm mir fest vor, niemals ins Dunkel zu treten. Wie ich schon sagte, ich war damals noch ein Kind.

Dem Chettiar gehörten viele Webstühle, auf denen Männer Seiden-*saris* mit echten Goldfäden webten, die in Läden in Madras, Coimbatore, Salem, Madurai und in weit entfernten Städten wie Delhi verkauft wurden.

Unser Haus war klein. Es stand in einer Reihe von Häusern, die sich an beiden Seiten der Tempelstraße entlangzog. Zwei Straßen weiter war der Obstgarten mit Mangobäumen und dahinter das Chettiar Kottai. Meine Mutter war für ihre Kochkünste im ganzen Dorf bekannt, und sie wurde zu besonderen Gelegenheiten oft als Hilfe ins Chettiar Kottai gerufen. Doch nun wurde dies zur einzigen Möglichkeit, unseren Lebensunterhalt zu verdienen.

Jeden Morgen vor sieben verließ meine Mutter das Haus und kehrte erst nach sechs Uhr am Abend zurück. Daher erledigte ich den größten Teil der Hausarbeit. Es machte mir nichts aus, es war für mich wie ein Spiel.

Ich fand Spaß daran, Wasser aus dem Dorfbrunnen zu holen und es in großen Messingtöpfen auf der Wölbung meiner Hüfte zu balancieren. Ich kehrte und wischte die Böden und wusch das dreckige Geschirr ab. Wenn wir aus der Schule kamen, liefen meine Brüder und ich durchs Dorf und sammelten Kuhfladen ein. Ich formte sie gern zu Bällen, die ich dann mit meinen Handflächen platt klopfte. Ich klatschte Reihe um Reihe gegen die hinteren Wände unseres Hauses. Grünlich schwarze Kreise – wie ein Paket selbstklebende *bottus* –, die nach dem Trocknen graugrün waren. Solange sie dort an unseren Wänden trockneten, würde das Feuer unter den Kochtöpfen niemals ausgehen.

Amma drückte mich manchmal an ihre Brust und weinte: »Was habe ich nur aus meinem Mädchen gemacht? Ich habe ihr die Kindheit gestohlen.«

Aber ich verstand ihre ganze Aufregung nicht. Warum bereitete ihr etwas Kummer, was mir solche Freude machte?

… Wenn Brahma unser Schicksal schreibt, heißt es, gibt er einem jeden eine bestimmte Anzahl von Jahren, um Erfahrungen in allen Aspekten des Lebens zu sammeln. Meine Zeit als Hausfrau war schon aufgebraucht, bevor ich erwachsen war. Im Haus meiner Mutter tat ich all das, was eine Frau mit ihrem eigenen Haus anstellt. Vielleicht hatte es so sein sollen. Selbst nachdem ich das Haus verlassen hatte, übernahm ich jedes Mal, wenn ich zurückkehrte, die Führung des Haushalts, bis meine Mutter starb und meine Brüder ihre Ansprüche erhoben und ich kein Haus mehr hatte, das ich mein Eigen nennen durfte.

Aber ich nehme Dinge vorweg, die erst später geschahen. Davor lag die Zeit, als ich im Chettiar Kottai arbeitete …

Mein Vater, der Bauer, billigte das, was der Chettiar tat, nicht. »Was ist das für eine Art, Geld zu machen!«, sagte er oft, wenn er sich eine *beedi* ansteckte und den Rauch tief einatmete.
»Tag für Tag Gottes Geschöpfe zu töten und von ihrem Tod zu profitieren. Ich bin froh, dass ich Bauer bin. Die einzigen Lebewesen, die meinetwegen sterben, sind die, in die mein Pflug schneidet, aber selbst die töte ich nicht mit Absicht.«
Das Ackerland lag ein ganzes Stück weit entfernt vom Dorf, aber er beschwerte sich nie und wurde auch nie müde, darauf zu arbeiten. Im Dorf sprachen die Leute mit einer Verwunderung von meinem Vater, die für gewöhnlich den Tollkühnen gilt. »Nur Shanmugam würde so viel Energie für einen Haufen Steine aufwenden.«
Der Rest von ihnen arbeitete auf die eine oder andere Weise für den Chettiar. Der Chettiar ist Gott, sagten sie, so großzügig und gütig. Aber für meinen Vater war er ein Sklavenkönig. »Und ich habe nicht den Wunsch, einer seiner dankbaren Sklaven zu sein«, erklärte er Amma, wenn sie sich beschwerte, dass der Ertrag der Felder gerade einmal reichte, um mehr schlecht als recht zu leben.
Mein Vater hatte ein kleines Stück Land, auf dem er im Wechsel verschiedene Feldfrüchte anbaute. Einmal im Jahr Erdnüsse, Chili und Reis. Aber ein Feld war immer für die *kanakambaram*-Blume reserviert. Und um dieses Feld kümmerte ich mich mit meiner Mutter. Im Licht der Morgendämmerung wurden wir von einem wilden Blütenmeer empfangen, das die Farben der aufgehenden Sonne in seinen Blättern gesammelt zu haben schien. Bevor die Sonne die Feuchtigkeit aufsaugte und die Blumen zu blassen Kopien ihrer selbst machte, pflückten wir sie. Für zwei Blüten, die wir pflückten, ließen wir die dritte des Samens wegen an der Pflanze. Einige der Blumen behielten wir für uns, den Rest verkauften wir an den Blumenhändler am Tempel.
Ob mein Vater *kanakambaram* züchtete, weil dies Ammas

Name war? »Ich wünschte, ihr hättet mich Roja oder Chempakam genannt«, rief ich eines Tages, als mich wieder einmal der Gedanke bedrückte, dass ein ganzes Feld zarter orangefarbener Blüten Tag für Tag meiner Mutter huldigte, während ich leer ausging.

»Dann hätte ich ein Feld voller Rosen wie Amma ihres mit Blumen. Marikolanthu? Was ist schon eine *marikolanthu* außer einem Dorn mit grünen Blättern?«

Mein Vater lachte laut und zog mich auf seine Knie. »Du albernes Mädchen«, redete er mir gut zu. »Was ist eine *marikolanthu*, fragst du mich? Hast du denn noch nie gesehen, dass einige *marikolanthu*-Blätter immer in *kanakambaram*-Girlanden eingeflochten werden? Ohne den Duft der *marikolanthu* ist die *kanakambaram* eine tote Pflanze. Aber wenn es dich glücklich macht, werde ich beim nächsten Mal auf einem Teil des Feldes *marikolanthu* anpflanzen.«

Vater bearbeitete sein steiniges Land, machte es grün und duftend, bis die Krankheit ihre Wurzeln in seinen Körper schlug. Er klammerte sich, so lange er konnte, an sein Land, aber die Rechnungen für Medikamente und Röntgenuntersuchungen, für Spezialisten und besonderes Essen wurden immer länger. Also verkaufte er das Land an den Chettiar, ehe er zusammenbrach und starb.

Zwei Jahre später, als Sujata Akka, die Schwiegertochter des Chettiar, ihren Sohn bekam, brauchten sie jemanden, der auf das Baby aufpasste. Und so wurde ich Prabhu-papas Kindermädchen. Es war unmöglich für mich, weiter zur Schule zu gehen. Die Dorfschule ging nur bis zur fünften Klasse, ich hätte also in die Stadt fahren müssen, um eine weiterführende Schule zu besuchen.

»Wir werden deine Brüder in die Stadt zur Schule schicken, wenn es so weit ist, aber wir können es uns mit meinem Verdienst allein nicht leisten«, erklärte Amma. »Du verstehst doch gewiss, dass es mir unmöglich ist, dich jeden Tag mit dem Bus zur Schule zu schicken. Es ist ja nicht nur

das Geld. Wie könnte ich ein junges Mädchen ganz allein fahren lassen ... das ist einfach viel zu gefährlich.«
Ich verstand nicht, was daran gefährlich war. Aber ich nickte trotzdem. In den Schwarzweiß-Filmen, die ich im Kinozelt des Dorfes sah, hörten gute Mädchen immer auf das, was ihre Mütter sagten. Meine Lieblingsheldinnen taten es: Savitri und B. Saroja Devi, Vijayakumari und sogar Jayalalitha.
»Wie du wünschst, Amma. Es ist meine Pflicht, alles für dich und meine Brüder zu tun«, plapperte ich meine Filmheldinnen nach und genoss das Gefühl, einen Filmdialog nachsprechen zu können.
»Der Chettiar ist ein guter Mann«, sagte Amma oft. Aber ich konnte an nichts anderes denken als daran, dass er Raupen kochte, um ihnen ihre Kleider zu stehlen.
»Sei nicht albern«, schimpfte Amma mit mir, als ich am Tor zum Chettiar Kottai zurückwich. »Dein Vater hat gern übertrieben.«

Das Chettiar Kottai war riesig. Es gab dort viele Zimmer und viele Dinge, die ich nur aus Filmen kannte. Ein Kühlschrank summte, als wäre ein Bienenschwarm darin gefangen, Deckenventilatoren wirbelten im Kreis, Stühle sahen aus wie Throne, und Betten schienen mit Blumen aus aller Welt gefüllt zu sein.
An meinem ersten Tag wurde mir klar, warum meine Mutter angefangen hatte, Kochgerüche zu hassen. Alles, was sie in diesem Haus tat, war Kochen. Sie bereitete jeden Tag das Frühstück, das Mittagessen und das Abendessen für zwölf Personen zu. Und Extraportionen für Gäste, die beinahe zu jeder Mahlzeit auftauchten. »Lassen Sie sie mich heute noch bei mir behalten, damit sie mit den Gewohnheiten dieses Haushalts vertraut wird. Morgen kann sie sich dann ihren Pflichten widmen«, sagte Amma und wusch sich die Hände, bevor sie die erste Mahlzeit des Tages zu kochen

begann. Sobald das Frühstück fertig war, wurde es Zeit, mit dem Mittagessen zu beginnen.

»Jede andere Frau wäre schon längst gegangen, aber nicht deine Mutter«, schimpfte Ammas Helferin, die auch Witwe war. »Selbst wenn sie sehen, dass die Milch anfängt überzukochen, nehmen sie sie nicht vom Herd. Deine Mutter oder ich muss herbeieilen, um es zu tun.«

»Sie« kamen oft in Rukmini Akkas Unterhaltung vor.

»Glaubst du etwa, sie hätten uns diese Arbeit gegeben, weil wir ihnen Leid tun? Sie meinen, nur weil wir Witwen sind, würden wir uns davor hüten, unseren Geschmacksknospen nachzugeben. Keine Chilis, keine Tamarinde, keine Gewürze … sie glauben, unsere Nervenenden seien ebenso tot wie unsere Ehemänner. Sie hoffen, dass wir ihr Essen weder schmecken noch danach hungern und mit einer Schüssel Haferschleim und einer Prise Salz zufrieden sind.«

»Ssch«, zischte Amma. Aber Rukmini Akka hatte gerade erst mit der Liste ihrer Klagen begonnen, die jeden Tag länger wurde. Wie zum Ausgleich dafür beschwerte sich Amma nie.

Ich sah zu, wie meine Mutter hackte und schnitt, röstete und briet, zermahlte und knetete. Ich sah, wie sie ihren lästigen Pflichten nachging, ohne auch nur einen Funken von Gefühl zu zeigen. Wonach mochten diese wunderbaren Mahlzeiten, die meine Mutter erschuf, schmecken? Nach Tränen und Bitterkeit; nach Wut über ein ungerechtes Schicksal und nach Angst?

Aber mir gefiel meine Arbeit. Ich mochte das Baby Prabhupapa, und ich mochte Sujata Akka. Manchmal, wenn ich einfach nicht aufhören konnte, über Sujata Akka zu reden, fuhr mich Amma an: »Du verschenkst dein Herz zu leichtfertig, Kind. Sie werden es in tausend Stücke brechen und die Scherben auf dem Boden liegen lassen, damit andere sie in den Schmutz treten können.«

»Ist das Herz ein Glasarmreif?«, fragte ich kichernd und

amüsierte mich über meine Frechheit. B. Saroja Devi wäre stolz auf mich gewesen. Easwaran und Sivakumar kicherten auch.
Mutter seufzte.
Aber von diesem Tag an begrüßten mich die Jungen jeden Abend mit: »Na, wie geht's dem Glasarmreif? Schon zerbrochen oder noch ganz?«
Und wir kicherten noch etwas mehr.

… Aber das Herz ist wirklich ein Glasarmreif, nicht wahr? Ein unachtsamer Moment, und es ist zersprungen … so ist es doch, oder? Und trotzdem fahren wir fort, solche Armreifen zu tragen. Jedes Mal, wenn sie zerbrechen, kaufen wir uns neue in der Hoffnung, dass diese länger halten mögen als die anderen.
Wie albern Frauen doch sind. Wir sollten Armreifen aus Granit tragen und unsere Herzen in ebensolches verwandeln. Aber das Licht würde sich natürlich nicht so hübsch darin fangen, und sie würden nicht so fröhlich klimpern …

Sujata Akka machte mich mit ihren abgelegten Glasarmreifen zu ihrer Sklavin. Sie trug sie einige Tage und wurde sie dann entweder leid oder zerbrach so viele, dass sie ein Dutzend neue kaufen musste. Aber für mich waren sie ein kostbarer Besitz – rot, blau und grün, mit violetten Tupfen und Silberstaub.
»Macht es Ihnen denn gar nichts aus, wenn Sie einen Armreif zerbrechen?«, fragte ich Sujata Akka, als ich die Scherben eines Reifens einsammelte, um sie mit nach Hause zu nehmen. Meine Brüder und ich hatten ein Spiel erfunden, das man mit ihnen spielen konnte.
»Aber nein, warum denn? Es sind doch nur Armreifen aus Glas. Ich kann mir immer wieder neue kaufen«, erwiderte sie, öffnete ihr Armreifkästchen und holte einen neuen Satz hervor.

Niemand nahm Sujata Akka irgendetwas übel. Ob es sich um ihre Vorliebe für Glasarmreifen handelte oder ihre Gier nach besonderem *mysorepak*, das so viel *ghee* enthielt, dass es auf der Zunge zerging. Sujata Akka gab mir oft ein Stück, und obwohl ich wusste, dass ich es mit nach Hause nehmen sollte, damit meine Brüder davon probieren konnten, tat ich es doch nie.

Der Chettiar hatte gesagt, dass Sujata Akka jeder Wunsch und jede Bitte erfüllt werden müsse. Sie war etwas Besonderes. Sie war ein Mädchen aus der Stadt. Sie war aus Coimbatore gekommen, und sie hatte sogar zwei Jahre das College besucht. Und Sujata Akka hatte einem Sohn das Leben geschenkt. Nach dem Chettiar war Sujata Akka die wichtigste Person im Haus.

Der Chettiar hatte drei Söhne. Rajendran Anna, der sich um die Seidenwebstühle kümmerte. Seine Frau Rani Akka war sehr schüchtern, und die Tatsache, dass sie bisher noch keinen Sohn geboren hatte, machte sie noch schüchterner. Sie war die Nichte des Chettiar und stammte aus einer recht armen Familie. Wie konnte sie auch nur im Entferntesten daran denken, sich mit Sujata Akka zu messen? Also überließ sie Sujata Akka die Herrschaft, verharrte im Schatten und war es zufrieden, solange sie damit nicht nur aus den Augen war, sondern auch der Verachtung entging.

Sridhar Anna war der zweite Sohn des Chettiar und dessen Liebling. Er war es, der das ansehnliche Vermögen des Chettiar weiter vergrößert hatte, indem er Aufträge aus weit entfernten Orten mitbrachte. Als der Chettiar dann eine Braut für Sridhar Anna auswählte, stellte er sicher, dass das Mädchen mehr als nur eine fette Mitgift besaß. Sie musste schön sein und gebildet und aus einer Familie kommen, in der viele Söhne geboren wurden. Sujata Akka war Sridhar Annas Belohnung.

Dann war da noch Ranganathan Anna, der in Vellore studierte, um Arzt zu werden.

Es gab noch eine weitere Person. Chettiar Amma. Sie lebte allein im obersten Stock des Westflügels und ließ sich nie draußen sehen.
»Nach der Geburt des jüngsten Sohnes ist irgendetwas mit ihr geschehen. Sie schrie jedes Mal, wenn sie den Chettiar sah, und weigerte sich, das Baby zu stillen. Eine Amme musste geholt werden, die sich um das Kind und um Chettiar Amma kümmerte. Das ist Vadivu. Sie ist kein Mitglied der Familie, und dennoch behandelt sie der Chettiar wie eins, denn sie sorgt sehr gut für Chettiar Amma. Nur sie vermag Chettiar Amma zu bändigen, wenn die Dämonen von ihr Besitz ergreifen«, erzählte Rukmini Akka meiner Mutter.
»In Vollmondnächten schließt Vadivu die Türen und Fenster des Westflügels, und niemand darf hinein. Es heißt, Chettiar Amma kratze über die Wände, bis sie kreischten, und dann schreit sie und reißt sich die Kleider vom Leib ... stampf, stampf, stampf, kann man ihre Schritte auf dem Boden hören, wenn sie im Zimmer auf und ab wandert, soweit es ihr der Eisenring und die Kette, die an ihrem Fußknöchel befestigt sind, ermöglichen.« Rukmini Akka erschauderte.
»Was ist mit den anderen? Haben sie auch Angst vor Chettiar Amma?«, fragte Amma.
»Der Chettiar und seine Söhne besuchen sie ab und zu. Rani Akka hat das auch getan, bis ihr Chettiar Amma eines Tages, als sie ihr kleines Mädchen dorthin mitnahm, das Baby aus dem Arm riss und es beinahe vom obersten Stockwerk hinabgeworfen hätte. Danach hörten Rani Akkas Besuche auf«, erwiderte Rukmini Akka.
Anfangs empfand Sujata Akka Mitleid für Chettiar Amma. Sie schickte ihr Süßigkeiten und besuchte sie oft. Aber nachdem sie ihr Baby hatte, konnte sie nur noch daran denken, was Chettiar Amma beinahe mit Rani Akkas kleinem Mädchen getan hatte, und sie begann sie zu fürchten. Also erklärte sie dem Chettiar, dass sie jemanden benötige, der

sich um das Baby kümmerte, wenn sie beschäftigt war. Und so kam ich ins Haus.

»Obwohl ich mich frage, womit sie je beschäftigt wäre«, hatte Rukmini Akka an meinem ersten Tag dort gesagt. »Sie erledigt das ganze Kochen«, sagte sie und deutete mit dem Kinn auf meine Mutter, »und ich erledige den Rest der Arbeit. Andere kehren und wischen, waschen die Kleider und machen die übrige Hausarbeit. Aber das begreift der Chettiar nicht. Und selbst wenn er es durchschaute, so würde er doch sagen: ›Ja, ja, such dir ein junges Mädchen. Frag Kanakambaram, sie hat eine junge Tochter.‹«

»Er war auf dem Weg zum Haus von dieser Seethalakshmi und in großer Eile. Deshalb wurde dein Name erwähnt«, erklärte mir Rukmini Akka eine kleine Weile später, als wir gemeinsam den Reis säuberten.

»Wer ist Seethalakshmi?«, fragte ich.

»Eine Verwandte«, sagte meine Mutter hastig.

»Die Konkubine des Chettiar«, verbesserte sie Rukmini Akka. Ich blickte von Ammas Gesicht zu Rukmini Akka.

»Setz dem Mädchen doch keinen Unsinn in den Kopf«, sagte meine Mutter, hackte die Aubergine mit besonders viel Nachdruck und zeigte ihre Wut ausnahmsweise einmal. Rukmini Akka steckte sich ein Reiskorn in den Mund und sagte: »Sie ist doch kein Kind mehr. Früher oder später wird sie es eh herausfinden.«

Der Chettiar hatte eine Konkubine. Einige behaupteten, sie sei der Grund, warum Chettiar Amma verrückt geworden war. Andere behaupteten, eben weil sie verrückt geworden sei, habe der Chettiar Trost in den Armen von Seethalakshmi gesucht.

»Wenn der Appetit eines Mannes zu Hause nicht gestillt wird, sucht er sich einen Ort, wo er befriedigt wird«, hob Rukmini Akka an, aber ich hörte nicht länger zu.

Ich hatte ein Baby schreien hören und machte mich auf die Suche nach ihm.

Als ich Sujata Akka das erste Mal sah, verlor ich mein Herz an sie. Sujata Akka besaß so helle Haut, wie ich es noch niemals zuvor gesehen hatte. Ihr Haar war lang und schwarz, und sie trug einen orangegrünen *sari*. Ihre Bluse hatte Ärmel, die auf halbem Weg auf ihren Oberarmen endeten. Ein diamantener Nasenstecker funkelte, und an ihren Handgelenken baumelten goldene und grüne Glasarmreifen. Sie trug Blumen im Haar und Talkumpuder auf dem Gesicht. Und eine Brille. Sie sah wie ein Filmstar aus. Anbetungswürdig.

Sujata Akka saß auf dem Bett und stillte das Baby. Ich stand im Türrahmen, zu ängstlich, um einzutreten, ohne dazu aufgefordert worden zu sein.

»Komm her«, sagte sie. »Bist du nicht Kanakambaram Ammas Tochter?«

Ich lächelte.

Sie zog den Mund des Babys vorsichtig von der Brustwarze und reichte mir den Jungen. »Hier, halte du ihn. Er ist satt, also schaukle ihn nicht. Klopf ihm nur ganz sanft auf den Rücken, bis er ein Bäuerchen gemacht hat.«

Ich tat, wie mir geheißen, und als das Baby sein Bäuerchen machte und mir ein Mund voll Milch über den Rücken tröpfelte, da spürte ich, wie mich eine große Liebe überkam – für den Jungen, für Sujata Akka, für jeden im Haushalt des Chettiar, sogar für Chettiar Amma im Westflügel.

… Doch als mein eigener Sohn geboren wurde, verspürte ich dennoch nichts weiter als Abscheu für ihn. Wenn meine Mutter ihn mir brachte und mich bat, ihn zu stillen, erfüllte mich eine ungeheure Abneigung. Ich stieß ihn weg und schrie: »Nimm ihn weg. Ich will ihn nicht in meiner Nähe haben.«

Meine Mutter erhitzte Kuhmilch, verdünnte sie mit Wasser und fütterte meinen Sohn damit, der gierig trank. Schon damals war er ein ruhiges Kind, das nichts forderte.

Ich bin eine schlechte Mutter gewesen. Das weiß ich. Ich habe meine ganze Mutterliebe Sujata Akkas Kind geschenkt und hatte keine mehr für mein eigenes übrig. Vielleicht war auch das Brahmas Werk.
Aber ich schweife ab. Wo war ich? Der Haushalt des Chettiar …

In den nächsten drei Jahren drehte sich meine Welt um Sujata Akka und Prabhu-papa. Nichts war wichtiger als diese beiden.
Als Prabhu-papa sich das erste Mal auf den Bauch drehte, eilte ich in die Küche, um eine Kokosnuss zu holen und einen Korb, in den ich das Baby legte. Ich zerbrach die Kokosnuss auf einer Treppenstufe zum Eingang und brachte Bhoomidevi ein Gebet dar: »Amma, Göttin der Erde, ich gebe diesen Jungen in deine Obhut. Vergib ihm, dass er auf dir herumlaufen möchte. Strafe ihn nicht mit blauen Flecken und gebrochenen Knochen. Wenn er den Halt verliert, schließe ihn in deine Arme, die so weich sind wie Blumen, und bremse seinen Fall mit deinem Segen.«
Sujata Akka sah mir zu. Ihre Augenwinkel legten sich in amüsierte kleine Fältchen. »Du bist ein seltsames Mädchen. Wer hat dir all das beigebracht?«
Ich zog an einer Haarsträhne hinter meinem Ohr und sagte: »Als Easwaran sich auf den Bauch drehte, habe ich zugesehen, wie Amma es tat, und als Sivakumar an der Reihe war, durfte ich die *puja* vornehmen.«
Sujata Akka tätschelte meine Wange und gab mir ein Dutzend ihrer Glasarmreifen. Violette mit silbernen und blauen Tupfen. Ich rannte in die Küche, um meiner Mutter meinen neuen Schatz zu zeigen. Amma warf einen Blick darauf und sagte: »Leg sie gut weg. Du kannst sie zum Deepavali-Fest tragen.«
Rukmini Akka schnaubte. »Glasarmreifen! Wie knauserig von ihr. Es ist ja nicht so, als könnte sie sich nichts Besseres

leisten. Eine Bluse! Oder etwas Geld. Das hätte sie dir geben sollen. Glasarmreifen, also lass dir gesagt sein …«
»Rukmini Akka«, unterbrach meine Mutter sie mit besorgter Stimme, aus Angst, dass dieser Tonfall der Rebellion und Verachtung durch die Küchenwände dringen könnte. »Psst. Sei ruhig.«
»Hör zu, Marikolanthu«, sagte Amma, wandte sich mir zu und wischte sich die Hände an den Enden ihres *sari pallu* ab, »wir sollten von niemandem etwas erwarten. Auf diese Weise gibt es auch keine Enttäuschungen.«
»Du setzt dem Mädchen Unsinn in den Kopf.« Rukmini Akka verzog das Gesicht. »Was soll denn aus ihr werden? Eine Seidenraupe? Die man im Leben wie im Tod benutzt?«
Ich kicherte bei dieser Vorstellung, aber Ammas Worte hatten einen festen Platz in meinen Gedanken gefunden.
Als Prabhu-papa seine ersten Schritte machte, tat ich, was ich tun musste, ohne etwas dafür zu erwarten.
»Kann ich eine Kokosnuss mit Bart haben?«, fragte ich Rukmini Akka. Sie öffnete gerade den Mund, um ihre Verachtung kundzutun, als sie Sujata Akka an der Küchentür stehen sah.
»Hier, hier«, sprudelte es aus ihr hervor, während sie zwischen den von Fasern umhüllten Kokosnüssen herumwühlte, die in einer Ecke lagen. »Reicht diese hier? Ist sie nicht viel zu klein?«
Ich nahm eine riesige Kokosnuss und ging damit zum Haupteingang des Hauses. Als ich die Kokosnuss schüttelte, konnte ich die Milch im Inneren gegen das kühle weiße Fleisch schwappen hören. Mir lief das Wasser im Mund zusammen.
Draußen vor dem Tor erblickte ich einen kleinen Jungen, der mit einem Stock spielte. »Pichu«, rief ich ihm zu, »lauf los und hole einige deiner Freunde. Ich breche eine Kokosnuss auf, und du kannst die Stücke haben.«

Als sich die Jungen eingefunden hatten, bat ich Sujata Akka, Prabhu-papa dabei zu helfen, seinen ersten Schritt über die Türschwelle zu tun.
»Vinayaka, Vigneshwara, Ganesha, Ganapati«, betete ich und wiederholte all die Namen Pulayars; er allein konnte einem alle Hindernisse aus dem Weg räumen. »Lass jeden seiner Schritte leicht sein. Lass jeden seiner Schritte ins Glück führen.«
Ich ließ die Kokosnuss drei Mal um Prabhu-papas Gesicht kreisen, um das böse Auge abzulenken, und schleuderte sie dann gegen einen Stein, der an der Seite der staubigen Straße lag.
Die Kokosnuss zerbrach in viele Stücke, und die Jungen fielen über sie her und stritten sich um die größten.
»Du hättest die Kokosnuss für dich selbst behalten sollen«, sagte Sujata Akka und bedeutete mir, Prabhu-papa hineinzutragen.
»Wie hätte ich das tun können? Dann hätte sich doch das böse Auge in meinem Körper niedergelassen«, erwiderte ich und fragte mich, wie jemand, der so gebildet war wie Sujata Akka, so unwissend sein konnte.
Später dann gab sie mir einen brandneuen Zehnrupienschein. »Für dich«, sagte sie und drückte mir das Geld in die Hand. »Kauf dir dafür, was du möchtest.«
»Was sagen Sie jetzt?«, neckte ich Rukmini Akka.
Aber Rukmini Akka schnitt nur eine Grimasse. »Zehn Rupien? Was sind schon zehn Rupien für eine wie die? Also wenn sie dir fünfzehn oder zwanzig Rupien gegeben hätte, das wäre etwas anderes gewesen!«
Aber Amma hatte mir den Schein schon zwischen den Fingern hervorgezogen. »Du wirst es verlieren. Das wird uns am Ende des Monats nützlich sein.«
Ich starrte meine Mutter an. Das ist mein Geld, hätte ich am liebsten gesagt. Sie hat es mir geschenkt, damit ich mir etwas dafür kaufe. Doch ich sagte nichts. Aber als ich da-

vonging, vermochte ich nur mit Mühe meine Tränen zurückzuhalten. Ich würde von niemandem etwas erwarten, nicht einmal von meiner eigenen Mutter, sagte ich mir. Aber wenn mir jemand irgendwann noch einmal eine Belohnung geben möchte, dann werde ich sagen: Kaufen Sie mir etwas, das ich mir wünsche, aber schenken Sie mir bitte kein Geld. Auf diese Weise würde es auch keine Enttäuschungen geben.

Sujata Akka verstand. Und so schenkte sie mir zum Deepavali-Fest eine gedrehte Goldkette mit einem blauen Steinanhänger. Zum Pongal-Fest schenkte sie mir einen neuen Baumwoll-*pavadai*. Ich trug den *pavadai* und die Kette und ging zu Sujata Akka, um mich ihr zu zeigen.

»Sehen Sie nur, Akka.« Ich drehte mich auf der Ferse und wäre beinahe gestolpert. Der Rock war zu lang.

»Sehr hübsch, aber du musst den Saum kürzen.«

Ich erwiderte nichts darauf, denn ich schämte mich zu sehr, einzugestehen, dass ich nicht nähen konnte. Sujata Akka seufzte und kramte in ihrer Kommode herum, auf der ein runder Spiegel befestigt war. Sujata Akkas Dose mit dem Talkumpuder, die Schachtel mit der Quaste, der Cremetopf und *kumkum*, Kamm und Haarnadeln, Brille und das Kistchen mit den Armreifen – alles stand oben auf der Kommode, und es gehörte zu meinen Aufgaben, dort jeden Tag vorsichtig abzustauben.

»Sieh mir zu, wie ich den Faden durch das Nadelöhr ziehe und dann einen Knoten am Ende mache«, murmelte Sujata Akka und zerriss den Faden mit ihren Zähnen. Ich musste mich auf den Boden setzen, den Saum in die Höhe halten, und dann zeigte sie mir, wie man ihn umschlug und winzige Stiche machte.

»Und was mache ich jetzt?«, fragte ich, als der Saum vorn gekürzt war.

»Benutze dein Hirn und dreh den Rock herum.«

Als der *pavadai* fünf Zentimeter über meinen Knöcheln endete, sagte Sujata Akka: »So ist es besser. Jetzt brauchst du nur noch ein *golasu*, und dann bist du das hübscheste Mädchen im ganzen Dorf.« Und sie holte ein silbernes Fußkettchen hervor.

Ich erkannte es. Das war ihr altes Kettchen, an dem schon einige silberne Perlen fehlten. Aber welche Rolle spielte das schon? Es war das schönste Fußkettchen, das ich je gesehen hatte, und es gehörte mir. Ich legte es an und machte einen Schritt. Leises Bimmeln erfüllte das Zimmer.

Ich rannte in die Küche. Die silbernen Glöckchen ließen jeden meiner Schritte widerhallen, der rote *padavai* mit den weißen Blumen wirbelte um meine Beine, der blaue Stein im Anhänger ließ Lichtbögen hervorschießen.

»Amma, sieh doch nur, was Akka mir geschenkt hat«, sagte ich und veranstaltete einen kleinen Tanz, so dass das Fußkettchen hüpfte und sein klangvolles Lied sang.

Rukmini Akka starrte mich an. »Kanakambaram Amma, sie wird erwachsen. Hat sie schon …?« Sie verstummte abrupt, als sie meinen Blick auf sich spürte, aber meine Mutter wusste offenbar, wovon sie redete.

»Noch nicht.«

Ich verstand damals noch nicht, um was es ging. Aber einige Monate später erfuhr ich es.

An einem Tag war ich noch einfach Marikolanthu – die den Duft der Naivität mit einer beharrlichen Freude trug. Und dann wurde ich zur Frau.

Ich saß eines Abends mit einem Haufen Jasminknospen auf dem Boden. Sujata Akka hatte keine Ahnung, wie man Blumen mit einem langen Stück Bananenfaser aufreihte. Sie benutzte Nadel und Faden, um die Blumen wie Perlen aufzuziehen. Aber Bananenfaser eignete sich am besten dazu; die Blumen verwelken dann nicht so schnell, und sie zieht nicht so am Haar wie ein gewöhnlicher Faden. Ich versuchte Sujata Akka die richtige Technik beizubringen: wie man sich die Faser um zwei Finger wickelt, dann eine

Knospe am Stiel festhält – denn mehr als eine Knospe auf einmal zusammenzubinden hätte zur Folge, dass sie schneller verwelkt – und sie rasch verknotet. Aber es wollte ihr einfach nicht so recht gelingen. Die Knoten waren zu locker, und die Knospen rutschten immer wieder heraus. Also flocht ich ihr jeden Abend eine Jasmingirlande, die sie im Haar tragen konnte.

Aber an jenem Abend spürte ich, wie mir ein Schmerz durch den Leib schoss. Schon seit zwei Tagen hatte ich ein gewisses Unbehagen in meinem Bauch wahrgenommen, und Amma hatte mir geraten, Ingwer mit Salz zu zerstampfen und darauf zu kauen. Der Schmerz kam in Krämpfen, entfaltete und ballte sich im Wechsel. Meine Beine begannen sich ganz schwach anzufühlen, und das Kreuz tat mir weh.

»Was ist denn los?«, fragte Sujata Akka.

»Nichts.« Ich stand auf. Etwas tröpfelte mir am Bein entlang. Hatte ich versäumt, rechtzeitig auf die Toilette zu gehen? So etwas war mir schon einmal passiert.

»Bleib hier«, wies mich Sujata Akka an. Sie kehrte mit meiner Mutter und Rukmini Akka zurück. Die Frauen standen da und lächelten und seufzten.

»Jetzt bist du eine Frau. Von nun an gibt es kein Herumgerenne mehr wie bei kleinen Mädchen«, sagte Rukmini Akka.

»Du wirst einen *davani* tragen, um deinen Busen zu verbergen«, warf Sujata Akka zum Trost ein.

»Warum?« Mir schossen hundert andere Fragen durch den Kopf, aber alles, was herauskam, war ein Warum.

»Weil du eine Frau bist, und eine gute Frau hütet ihre Tugend.« Sujata Akka sprach Worte aus, die ich schon so viele Male zuvor im Kino gehört hatte. Tugend. Sittsamkeit. Worte, die durch meine Nerven glitten und krochen, während mir die Röte zwischen den Beinen hervorsickerte.

Im Verlauf der nächsten Tage erfuhr ich, dass sich mein Leben für immer verändert hatte. Ich durfte meine Brüder nicht mehr umarmen und mich auch nicht mehr im Schlaf an sie kuscheln. Ich durfte weder die Lampe anzünden noch die Gläser mit den Pickles, den Currybaum im Hof oder den Ofen anfassen, und an den Tagen, wenn das Blut kam, durfte ich nicht einmal die Küche betreten. Ich musste meinen Busen immer mit dem *davani* bedecken. Ich musste mir jeden Freitag das Haar waschen und mir das Gesicht mit grüner Kurkuma-Paste einschmieren, um keine Pickel zu bekommen und um unansehnlichen Haarwuchs zu verhindern. Ich musste die Gesellschaft von Männern – ob Jung oder Alt – meiden, da man Männern nicht trauen konnte. Ich durfte niemals breitbeinig dasitzen oder meine Lungen mit Luft füllen – das Mieder, das meine Mutter beim Schneider nähen ließ, drückte mir die Brust so fest zusammen, dass es wehtat, wenn ich tief einatmete. Ich war eine Frau, und nichts war mehr so, wie es einmal gewesen war.

… Aber warum erzähle ich Ihnen das alles? Sie sind eine Frau, und es muss für Sie genauso gewesen sein. Außer, dass ich Sujata Akka hatte …

Sie schenkte mir ihre alten baumwollenen Schlüpfer; sie war zu fett, um noch hineinzupassen, aber die Schlüpfer waren so gut wie neu. Sie hatte sie extra für ihre Aussteuer anfertigen lassen. Sie waren mit Spitzenborten versehen. Sujata Akka schenkte mir auch ihre ausgefransten Büstenhalter, so dass ich nicht mehr das verhasste Mieder tragen musste, das meinen Busen quetschte und mir den Atem nahm. Ich konnte wieder Luft schöpfen.
Sie ließ mich diese Sache mit dem Frausein vergessen, und wenn mir einmal der *davani* von den Schultern rutschte, dann fauchte sie mich nicht wütend an wie meine Mutter und schimpfte nicht über mein schamloses Verhalten. Sie

stöhnte nicht darüber, dass sie eine Mitgift für mich auftreiben musste, und quälte mich auch nicht damit, mit gebeugtem Kopf zu gehen, wie es alle anständigen Frauen taten. Sie sah in mir Marikolanthu, den Menschen, weder Mädchen noch Frau.
Eines Tages bemerkte Sujata Akka, dass der Saum meiner Röcke herausgelassen werden musste und dass meine Brüste ihre alten Büstenhalter ausfüllten. Sie erwischte ihren jüngeren Schwager, wie er mich mit seinen Blicken auszog, und sah, dass ihr eigener Mann jedes Mal von seinen Papieren aufblickte, wenn ich vorüberging. Und Sujata Akka konnte nicht mehr länger akzeptieren, dass ich einfach Marikolanthu war. Plötzlich war ich auch für sie zur Frau geworden.

Sujata Akkas Tante lebte in Vellore. Sie hatte eine Mieterin – eigentlich sogar zwei. Es waren zwei Ärztinnen aus Übersee. Und sie waren auf der Suche nach einem Dienstmädchen.
Als niemand hinsah, drückte Sujata Akka mir einen Hundertrupienschein in die Hand und sagte mit tränenerstickter Stimme: »Ich muss das hier leider tun. Es ist notwendig. Wir haben junge Männer im Haus …«
»Aber ich rede doch nie mit ihnen«, flehte ich in der Hoffnung, dass sie ihre Meinung ändern würde und ich bleiben durfte.
»Ich weiß, dass du ein anständiges Mädchen bist, aber es ist nicht gut, Baumwolle und ein Streichholz Seite an Seite liegen zu lassen. Eine einzige falsche Bewegung, und alles könnte in Flammen aufgehen.«
Ich starrte verzweifelt zu Boden. Ich kannte Sujata Akka gut genug, um zu wissen, dass sie nur dann auf Sprichwörter zurückgriff, wenn sie versuchte, eine schwierige Situation zu klären. Und ich wusste, dass sie sich bereits eine Meinung gebildet hatte: Ich stellte eine schwierige Situation dar.

Amma sagte nur wenig. Es gefiel ihr nicht, dass ich das Dorf verließ. Aber für Rukmini Akka war es ein großes Abenteuer. »Welch ein Glück für dich, mein Kind! Du wirst in einer Stadt leben und noch dazu in einem Haus mit Ärztinnen. Du wirst jede Menge Krankheiten zu sehen bekommen. Vergiss nicht, dir vor dem Essen die Hände zu waschen, sonst könntest du dich anstecken. Es sind Ausländerinnen, wie ich höre, mit weißer Haut und blauen Augen. Du musst sie genau beobachten und mir alles berichten. Ich habe gehört, dass ihre Haut durch all das Fleisch, das sie essen, stinkt. Und sie waschen sich nicht den Hintern ab, nachdem sie geschissen haben, sondern benutzen stattdessen Papier. Fang nur nicht an, dich wie sie zu benehmen, und pass auf, dass du nicht aus Versehen Rindfleisch isst, in dem Glauben, es sei Hammel. Und erzähle mir, wie sie essen, ob sie regelmäßig baden wie wir und ob sie sich jemals das Haar einölen.«

»Jetzt halt endlich den Mund«, fuhr Sujata Akka sie an. »Du erweckst ja den Eindruck, als wären sie eine Zirkusattraktion.«

»Es sind Frauen genau wie du und ich«, sagte Sujata Akka, an mich gewandt, als sie sah, dass sich meine Augen vor Angst weiteten. »Eine von ihnen lebt schon über fünf Jahre in Vellore und spricht recht gut Tamil. Du musst dir also keine Sorgen machen. Sie werden sich gut um dich kümmern.«

Vellore war überfüllt. Ein Haus stand neben dem anderen. Und es gab so viele Menschen. Nicht alle lebten hier. Einige waren die Verwandten von Patienten im Vellore-Hospital. Mir war heiß, und ich begann zu schwitzen und fühlte mich ein wenig klaustrophobisch. Wie sollte ich nach all der Weite, die mein Dorf umgab, in dieser Stadt gedeihen, wo es zu viel von allem gab – Häuser, Läden, Straßen, Menschen und Lärm?

Das Haus der Ärztinnen befand sich in einer Gasse, die von der Barbara Street abzweigte. Periaswamy, der alte Gärtner, erzählte mir, dass es in einer Straße in der Nähe vor hundert Jahren eine junge Braut gegeben habe, die plötzlich krank geworden sei. Als sie im Sterben lag, bat sie um eine Schüssel *rasam*. Aber das Mittagessen war lange vorüber und der *rasam*-Topf leer. Die Braut starb, und ihr letzter Wunsch blieb unerfüllt. Um dies wieder gutzumachen, befahl ihr Schwiegervater, Tag und Nacht einen köchelnden Kessel *rasam* in die Nähe der Eingangsstufe zu stellen, damit sich jeder in Vellore, der jemals – egal zu welcher Zeit – ein Verlangen nach *rasam* verspürte, es dort stillen konnte.
»Als Junge bin ich jeden Tag dorthin gegangen und habe das große Loch in meinem Bauch mit Schüsseln voller *rasam* gefüllt. Es war das beste *rasam*, das ich jemals in meinem Leben gegessen habe«, sagte Periaswamy, und ich sah, wie sein Adamsapfel auf und ab hüpfte, als sich sein Mund mit Speichel füllte und seine Kehle hinunterlief. Warte, bis du mein *rasam* gekostet hast, dachte ich. »Eines Tages werde ich dich dorthin mitnehmen, dann kannst du es selbst probieren, aber es ist nicht mehr so gut, wie es einmal war.«
Periaswamy war nur so groß wie ich. Sein Haar bestand aus grauen Stoppeln, und seine Haut ähnelte altem Leder, ganz zerknittert und aschenfarbig. Seine Augen leuchteten wie Bergkristalle hinter seinen dicken Brillengläsern, und öfter einmal überkam ihn ein rasselnder Husten, der seine Wangen einzog und seinen Atem in ein Pfeifen verwandelte. Er wirkte gebrechlich und krank, und ich fragte mich, was er als Gärtner taugen konnte. Wenn er an einem tief verwurzelten Unkraut zieht, fällt er gewiss hintenüber, dachte ich mit einem Kichern.
An meinem ersten Tag vermochte ich meinen Blick nicht von den beiden Ärztinnen zu wenden. Sujata Akka hatte alles in die Wege geleitet, damit ich vor ihrem Haus abgesetzt wurde. »Nr. 24, Doctors Villa, eine Seitenstraße der Barba-

ra Street. Du kannst fragen, wen du willst, sie werden dir den Weg zeigen. Jeder kennt das Haus«, wies sie Muniandi, den Chauffeur, an, der mich nach Vellore begleitete.
»Rede weder mit ihm noch mit sonst jemandem im Bus. Erledige deine Arbeit anständig und sei ein gutes Mädchen.« So lauteten die Abschiedsworte meiner Mutter.
Ich solle sie Missy V. und Missy K. nennen, sagten sie. Missy V. war jung, hatte grüne Augen und Haar, das aus goldfarbener Seide gesponnen zu sein schien. Sie trug es zu einem Zopf geflochten und ließ es erst am Abend offen über die Schultern herabfallen, wobei es ihr dann bis zur Taille reichte. Wie ein *jamandi*-Feld in voller Blüte, wenn die Blüten ihre goldenen Köpfe in der Brise wiegen. Sie war erst vor sechs Monaten nach Vellore gekommen und konnte nur wenige Worte Tamil. Aber Missy K.s Tamil war sehr gut, obwohl es durch die Art, wie sie es sprach, eine gewisse Strenge bekam. Bei Missy K. schien alles scharfe Kanten zu haben. Ihre Augen erinnerten an braune Steinsplitter, ihr Haar, das dunkelbraun war, schien auf der Höhe der Ohren einfach abgehackt worden zu sein, dazu hatte sie große Hände und Füße wie ein Mann, und ihre Nägel waren ganz kurz geschnitten.
»Wie heißt du?«, fragte Missy K., als Muniandi gegangen war.
»Marikolanthu«, flüsterte ich, überwältigt von all der Fremdheit, die ich um mich herum sah und spürte.
»Was bedeutet das, Kate?« Missy V.s Stimme trug den Tonfall eines kleinen Mädchens.
Missy K. zog ein weißes Taschentuch aus ihrer Rocktasche und fuhr sich damit über die Stirn. Die Regenzeit hatte begonnen, aber trotzdem war es sehr warm. Ich spürte, wie auch mir der Schweiß den Rücken hinunterlief. In unserem Dorf brachte die Regenzeit immer die kühlen Winde mit sich. Die Blätter der Bäume tropften, die Erde war feucht und duftend … Plötzlich wünschte ich, ich könnte mich im

Gras rollen und den Duft mit meinen Handflächen schöpfen, um mich an dieser Nässe zu laben.
»Marikolanthu ist der Name einer Pflanze«, erklärte Missy K. und unterbrach damit meine Gedanken. »Sie ähnelt dem Lavendel.«
Als an diesem Abend der Blumenverkäufer am Tor vorbeiging, bat ich ihn um einen Zweig *marikolanthu*. Den brachte ich dann Missy V.
»*Marikolanthu*«, sagte ich und reichte ihn ihr.
Missy V. roch daran. »Kate, sieh nur, was sie mir gebracht hat. Du hattest Recht. Die Pflanze ähnelt dem Lavendel, aber es ist kein Lavendel. Ist es das, was du bist, Marikolanthu? Eine kleine Schwester des Originals?«
Missy K. erklärte mir, was Missy V. gesagt hatte, und ich lächelte, ohne ihnen zu zeigen, wie es mich wurmte. Wer ist schon gern die kleine Schwester des Originals?
»Aber wir können sie unmöglich so nennen. Ihr Name ist ja ein richtiger Zungenbrecher. Ich finde, wir sollten sie Mari rufen. Was meinst du, Kate?«
Missy K. grunzte, und so wurde ich zu Mari, und das »iii« hallte noch lange wider, nachdem mein Name ausgesprochen worden war. Aber er gefiel mir, und es fand sich keine Anspielung auf diese leidige Kleine-Schwester-Sache darin.

»Haben sie etwa eine Christin aus dir gemacht? Was soll dieser Unsinn, dich Mari zu nennen?« Periaswamy war der Einzige, der Anstoß an meinem neuen Namen nahm.
»Aber natürlich nicht. Haben sie denn etwa einen Christen aus dir gemacht? Wie ich höre, rufen sie dich Perry«, kicherte ich und beugte mich vor, um ein Unkraut auszureißen, das seiner Aufmerksamkeit entgangen war.
Periaswamy war alt und griesgrämig, aber er war der einzige Freund, den ich jemals hatte. Wir hatten nichts gemein, aber wir waren einander in den Augen des anderen ebenbürtig, und das reichte aus, um unsere Freundschaft zu pflegen.

Die beiden Engländerinnen brauchten ihn nicht wirklich, aber sie fanden es gut, dass er da war – ein Mann im Haus, sagten sie immer und blickten sich dabei kichernd an.
Sie nannten ihn Gärtner, aber er war eher Mädchen für alles. Seine Aufgabe im Garten bestand darin, Unkraut zu rupfen und die Topfpflanzen zu gießen.
Missy K. erledigte die richtige Gartenarbeit. Mein Vater hätte einiges von ihr gehalten. Sie besaß die gleiche primitive Kraft, mit der Erde zu sprechen und sie zu zähmen, wie er. Ihre Rosen trugen das dunkelste Rot, und wenn sie blühten, erfüllten sie die Luft mit einem Duft, der Jasmin zu einem bloßen Hauch degradierte.
»Sie muss Zauberkraft in ihren Fingern haben«, erklärte ich Periaswamy und vergrub meine Nase in einer Blüte.
Missy K. mochte es nicht, wenn einer von uns sich an ihren Rosen zu schaffen machte. Aber tagsüber hatte ich das Haus und den Garten für mich allein und konnte tun und lassen, was ich wollte. Ich untersuchte ihre Zimmer, achtete aber genau darauf, alles wieder an seinen alten Platz zu legen. Nicht, dass sie viel besessen hätten. Im Vergleich zu dem, was Sujata Akka in ihrem Zimmer und in ihren Schränken hatte, waren ihre Zimmer leer. Ich kostete die seltsamen Lebensmittel, die sie im Kühlschrank aufbewahrten, und tauchte des Öfteren einen Löffel in die Kondensmilch und leckte ihn ab. Eines Tages, wenn ich einmal das Geld dazu hätte, würde ich mir eine ganze Dose Kondensmilch kaufen und sie allein austrinken. Einmal benutzte ich ein kleines bisschen von Missy V.s Haarwaschmittel, um zu sehen, ob es mein Haar so wellig machen würde wie das ihre. Aber es blieb glatt wie immer.
»Ich habe noch nie so schöne Rosen gesehen«, wiederholte ich lauter. Periaswamy hörte schlecht, aber er verbarg seine Taubheit hinter gespielter Verdrießlichkeit.
Periaswamy schnaufte. »Du wirst nirgendwo auf der Welt solche Rosen finden. Und weißt du auch, warum?« Er senk-

te seine Stimme und trat ganz dicht an mich heran. »Sie bringt die Nachgeburten vom Krankenhaus mit, zerhackt sie wie Leber und düngt damit die Erde. Die Rosen gedeihen durch Blut, menschliches Blut. Also sag mir, warum sollten sie nicht einzigartig sein?«

Ich spürte, wie mir Galle hochkam. Periaswamy starrte mich an, als wollte er mich herausfordern, seine Worte anzuzweifeln. Zum ersten Mal fragte ich mich, ob er nicht vielleicht ein wenig verrückt war. Nur ein Wahnsinniger konnte auf eine so absurde Idee kommen.

»Ich glaube dir nicht«, sagte ich.

»Niemand tut das. Aber das ist mir egal. Ich sage nur, was ich gesehen habe. Was weißt du schon von dieser Welt? Du kannst noch nicht mal über den kleinen Jasminbusch gucken, aber glaubst, schon alles zu wissen. Dummes Mädchen!« Periaswamy machte sich wieder daran, die Erde um die Kokospalme umzugraben.

Für den Rest des Morgens redeten wir kein Wort mehr miteinander, aber um die Mittagszeit hatte ich schon wieder vergessen, dass ich wütend auf ihn war. Wir aßen mittags immer zusammen. Nach den ersten Tagen begann ich ein paar kleine Extraportionen für Periaswamy zu kochen. Ich hatte gesehen, wie kärglich das Essen war, das er mitbrachte, und entschied mich das Risiko einzugehen, den Unmut der beiden Frauen auf mich zu ziehen. Doch als sie es herausfanden, blickten sie einander nur an und sagten: »Ist sie nicht ein Herzchen!«

Was um Himmels willen meinten sie mit Herzchen?

Jeden Morgen traf Periaswamy mit einem weißen Hemd und einem *veshti* bekleidet ein. Das zog er beides aus, sobald er das Tor geschlossen hatte, und hängte es an einen Zweig. Dann machte er sich in khakifarbenen Shorts, die ihm bis zu den Knien reichten, und einer alten Weste mit mehr Löchern als Stoff an seine Aufgaben. Abends wusch er sich an der Wasserleitung im Garten, zog sich seine Kleidung wieder an und

ging mit dem Gebaren eines Mannes davon, der den ganzen Tag nichts anderes getan hat, als sich Luft zuzufächeln.
Wir nahmen unser Mittagessen hinten im Garten zu uns. Reis, *kara kozambhu* oder *vatha kozambhu* oder *mor kozambhu*, ein *poriyal* und eingelegtes Gemüse und Buttermilch. Manchmal gab es noch Reste von dem Fisch oder dem Hammel, den ich für die beiden Engländerinnen zubereitet und für ihn beiseite gelegt hatte.
»Ich habe noch niemals schmackhafteres *kara kozambhu* gegessen«, sagte er an jenem Nachmittag, während er sich das Curry über seine Reisportion tröpfelte. Ich nahm seine Entschuldigung an, und wir redeten niemals wieder über die Rosen.
Ich hatte keine Ahnung, wie viel Wahrheit in dem lag, was er behauptete, aber ich wusste, wie sehr er sich darüber ärgerte, dass er die beiden Engländerinnen mehr und mehr brauchte. Er wusste, dass ihm niemand mehr Arbeit geben würde und dass das, was er an Bezahlung erhielt, als Lohn verkleidete Wohltätigkeit war. Er benahm sich ihnen gegenüber niemals unhöflich oder missmutig, aber wenn sie nicht hinsahen, warf er ihnen böse Blicke zu und murmelte etwas über ihre Fremdheit in sich hinein.
Trotz allem mochte ich Periaswamy sehr gern. Er lehrte mich viel über Pflanzen und wie man eine Glühbirne wechselt. Er zeigte mir, wie man einen tropfenden Wasserhahn repariert und Fensterscheiben mit Zeitungspapier putzt. Und ohne es zu wissen, lehrte er mich das Beobachten.
Jede Nacht wurde ich Zeugin, wie Missy K. ihr Zimmer verließ und an mir vorbeilief, die ich zusammengerollt auf einer Matte im Flur zwischen ihren Zimmern lag, um in Missy V.s Zimmer zu gehen. In den frühen Morgenstunden schlich sie sich wieder zurück in ihr Bett. Warum diese Heimlichtuerei?, fragte ich mich. Wenn Missy K. Angst hatte, allein zu schlafen, war es doch nur vernünftig, wenn die beiden Frauen ein Bett teilten. Das lag doch auf der

Hand, wenn kein Mann im Haus war. Frauen mussten zusammenhalten. Vielleicht sind diese Ausländerinnen anders, sagte ich mir. Sie gestehen ihre Ängste nicht gern ein und tun lieber so, als ob sie so stark und selbstständig wären wie ein Mann. Wie albern, dachte ich.

Drei Jahre lang lebten wir alle zufrieden – drei Frauen und ein klappriger alter Mann. Ich besuchte meine Mutter hin und wieder, blieb aber selten lange. Ich war immer darauf bedacht, so schnell wie möglich nach Vellore zurückzukehren, wo so viel mehr passierte. Die Felder und die Dorfbewohner langweilten mich. Die Enge der Straßen und die Grenzen, die ich überall erblickte, drohten mich zu ersticken. Die Grenzen zwischen einem Feld und dem nächsten, zwischen Heim und Feld, Mann und Frau, Frau und Leben, Leben und Würde …

Die beiden Frauen lehrten mich das englische Alphabet und kauften mir Bücher auf Englisch und Tamil. Ich verstand nicht alles, was ich las. Ich musste die englischen Bücher, die für kleine Kinder geschrieben waren, laut lesen, damit sie für meinen verwirrten Verstand einen Sinn ergaben. Aber die beiden Frauen waren zufrieden mit meinen Fortschritten. Statt Glasarmreifen begann ich Worte zu sammeln, und die würden mir immer erhalten bleiben, sagte ich mir mit einer gewissen Befriedigung.

Sie versprachen mir, dass sie mir dabei helfen würden, Arbeit als Hilfskraft im Krankenhaus zu finden, sobald ich achtzehn geworden war.

»Du solltest versuchen, deinen Sekundarschulabschluss privat zu machen, und dann werden wir dir die Ausbildung zur Schwesternhelferin bezahlen«, sagte Missy K. eines Morgens.

»Frag sie lieber, ob sie das auch will, Kate. Nicht jeder pflegt gern Patienten«, sagte Missy V. und löffelte *uppma* in ihren Mund.

Missy V. mochte *uppma* und *vada, idli* und *sambar, dosai* und Zwiebel-*chutney*. Nicht so Missy K. Sie bevorzugte ihren Toast. Zwei Schnitten. Eine beschmierte sie mit Butter, von der sie sagte, sie ähnele *ghee*, und die andere mit Marmelade, die ihrer Meinung nach zu süß war, um nur aus Früchten allein zu bestehen. Missy K. aß jeden Morgen zwei Kochbananen. Nicht so Missy V. Sie wollte Guaven und Papayas, Sapotillen und Mangos, und im Sommer aß sie Palmenfrucht, schaufelte das zitternde, transparente Fleisch mit großem Genuss in ihren Mund.

Sie waren sich so gar nicht ähnlich. Missy V. lächelte. Missy K. verzog ihre Lippen zu einer Grimasse. Missy V. mochte Veränderung. Missy K. hasste es, wenn etwas unser Leben störte. Missy V. bevorzugte fröhliche Farben und trug jede Menge Perlen und Ketten. Missy K. kleidete sich in dunkle Farben und ließ ihren Hals, die Handgelenke und die Ohrläppchen nackt.

»Natürlich würde sie gern mit Patienten arbeiten. Sie hat das Talent und, viel wichtiger noch, die Voraussetzungen dazu, eine gute Krankenschwester zu werden.« Missy K. biss knirschend in ihren Toast.

»Das würde ich«, stimmte ich ihr zu. Das redete ich mir zumindest ein. Ich war nicht zimperlich, wenn es um Blut oder Urin oder Scheiße ging. Das glaubte ich wenigstens.

»Ich würde gern mit achtzehn als Hilfskraft anfangen und versuchen, meinen Sekundarschulabschluss privat zu machen.« Und als ich es ausgesprochen hatte, kam es mir so vor, als stünde ich auf der Schwelle zu einer ganz neuen Welt.

»Na schön, dann wäre das also geregelt«, sagte Missy K. und klang zufrieden.

Missy V. zuckte mit den Schultern. Das war noch so etwas. Missy V. wurde verdrießlich, wenn sie nicht ihren Willen bekam. Nicht so Missy K. Sie trug niemandem etwas nach und war auch nie beleidigt.

Rückblickend frage ich mich, ob der Stoff meines Lebens wohl auf einem anderen Webstuhl gewoben worden wäre, wenn ich das getan hätte, was die beiden Frauen von mir erwarteten. Ob wohl alles anders gekommen wäre? Das war die eine Frage, die meine Gedanken frühmorgens während dieser schrecklichen Tage durchdrang …

Meine Mutter stürzte und brach sich das Bein. Es wurde in Gips gelegt, und sie musste sich einige Wochen schonen. Meine Brüder kamen und holten mich ab. Sie schienen mit einem Mal erwachsen geworden zu sein. Vor vier Monaten noch waren sie kleine Jungs gewesen, aber nun waren sie einen Kopf größer als ich, und wenn sie sprachen, brachen ihre Stimmen unter der Anstrengung, Männer zu werden.

»Wie groß ihr geworden seid«, sagte ich. Ich konnte mich einfach nicht an den Gedanken gewöhnen, dass diese schlaksigen Jungen meine kleinen Brüder waren.

»Jetzt kannst uns nicht mehr Kulla Kathrika und Odachu Kadala nennen«, sagten sie grinsend.

Kleine Aubergine. Und halbe Erbse. Meine Namen für sie.

»Das stimmt wohl«, seufzte ich. »Vielleicht sollte ich euch jetzt Easwaran Sir und Sivakumar Sir nennen.«

Ich kicherte. Plötzlich schien es gar nicht mehr so schlimm zu sein, ins Haus des Chettiar zurückzukehren.

Amma hatte Angst, dass sie während ihrer Krankheit von ihrem Platz im Haushalt verdrängt werden würde. Man würde Rukmini Akka bitten, für sie einzuspringen, und obwohl Amma sich große Mühe gegeben hatte, das Geheimnis ihrer Rezepte zu wahren, hatten Rukmini Akka und sie doch viele Stunden zusammen verbracht, und es gab wenig, was Rukmini Akka nicht wusste. »Und was würde dann aus uns?«, fragte Amma, und ihre Augen ruhten auf den Gesichtern der Jungen.

Ich begriff. Ich sollte Ammas Platz einnehmen. Ich mochte

wohl nicht Amma sein. Aber ich war Marikolanthu. Die kleine Schwester des Originals. Tochter der Köchin.
»Aber, Amma, wie soll ich das schaffen? Ich bin nicht daran gewöhnt, so große Mengen zu kochen«, sagte ich und fragte mich, ob ich es überhaupt irgendwie schaffen konnte.
»Ich bin ja da, um dir Ratschläge zu geben. Du darfst nur nicht vergessen, dass Rukmini die meiste Arbeit macht. Trotz ihrer Zunge, die die ganze Zeit wie ein Hundeschwanz wedelt, arbeitet sie sehr hart. Sie könnte mit Leichtigkeit all das tun, was ich in der Küche tue. Deshalb ist es so wichtig, dafür zu sorgen, dass sie nicht die Gelegenheit dazu erhält. Die Chettiar-Familie muss glauben, dass die kulinarischen Geheimnisse, mit denen ich ihre Gaumen so lange Zeit verwöhnt habe, in unseren Händen liegen, und zwar in unseren Händen allein«, sagte Amma und wischte meine Sorgen weg, als handelte es sich um eine auf Irrwege geratene Fliege, deren Existenz man mit einem Schlag ein Ende setzt.
Ich schaffte es wirklich, genau, wie Amma es gesagt hatte. Aber ich hasste jede einzelne Minute. In Vellore hatte ich gern gekocht. Ich hatte gekocht, um Freude zu bereiten. Hier kochte ich, um Mäuler zu stopfen. Und was für habgierige Mäuler das waren, die kauten, mahlten, schluckten, rülpsten und nach mehr verlangten.
Der Geruch nach rauchendem Öl hing in meinem Haar, meine Fingerspitzen stanken nach Knoblauch, die Poren meiner Haut verströmten den Geruch von Asafötida. Jeden Abend schrubbte ich mich ab, um die Umarmung der Küche auszulöschen. Für wenige Minuten roch ich Lux-Seife, doch dann gewannen die Küchengerüche wieder die Oberhand.
Jeden Abend strich ich mit einem Kreuz den Tag auf dem Kalender durch, der an der Wand hing. Mein Haus fühlte sich nicht mehr wie ein Heim an. Ich war den ganzen Tag beschäftigt; meine Hände und Füße leisteten Schwerst-

arbeit, aber mein Kopf fühlte sich leer an. In Vellore hatten die beiden Frauen und Periaswamy meinen Verstand gefüttert. Ich wäre weniger einsam gewesen, hätte ich Zeit mit Sujata Akka verbringen können. Aber sobald die Aufgaben des Tages erledigt waren, zog es mich nach Hause, damit ich ein Bad nehmen konnte.

Manchmal kam es mir in den Sinn, dass meine Mutter und meine Brüder unbewusst die Bande zu mir zerschlagen hatten. Ich war die Tochter, deren Zeit im Haushalt bald vorbei sein würde. Meine Rechte im Haus endeten am Tag meiner Hochzeit.

Jeden Abend redete ich mir ein, dass ich in sechs Wochen wieder nach Vellore zurückkehren durfte, wo mir die beiden Engländerinnen dabei helfen würden, meiner Zukunft Gestalt zu verleihen. Jede Nacht träumte ich von Unabhängigkeit und Würde.

Als nur noch eine Woche übrig war, begann Amma darauf zu bestehen, dass ich noch etwas länger blieb. »Geh erst nach dem Pongal-Fest«, schlug sie vor. »Gott weiß, wo du beim nächsten Pongal sein wirst.«

»Ich möchte, dass du den neuen *sari* anziehst, den Sujata Akka dir geschenkt hat«, sagte sie eines Abends. »Sie will wissen, ob er dir gefallen hat.«

Ich wollte immer einen *sari* aus Kancheepuram-Seide haben. In Papageiengrün, mit chiliroter Bordüre und Mango- und Pfauenmotiven und Punkten und Dreiecken aus echten Goldfäden. Einige Tage nach meiner Rückkehr aus Vellore hatte mir Sujata Akka einen neuen *sari* aus Dharmavaram-Seide geschenkt. Ich hatte ein Lächeln aufgesetzt, und in meinen Augen spiegelte sich das Glitzern der imitierten Goldfäden wider, denn das war es, was sie von mir erwartete. Aber ich wollte diesen *sari* nicht. Jeder weiß, was ein *sari* aus Dharmavaram-Seide im Vergleich zu einem aus Kancheepuram-Seide ist – eine kleine Schwester des Originals, und damit wollte ich nichts zu tun haben.

Ich vertraute Amma stattdessen an, was für Pläne die beiden Engländerinnen mit mir hatten.
»Das ist alles gut und schön, aber ich habe bereits damit begonnen, einen Ehemann für dich zu suchen. Der Chettiar hat mir versprochen, bei der Mitgift zu helfen«, sagte Amma und flocht mir Jasminblüten in meinen Zopf.
Seit dem Tod meines Vaters achtete Amma darauf, dass mein Zopf mit Blumen geschmückt war. Jasmin oder *kadambam*, Chrysanthemen oder Ringelblumen. Und wenn einmal keine Blumen verfügbar waren, kramte Amma eine rosafarbene Plastikrose hervor, die sie vor langer Zeit auf einem Dorffest gekauft hatte, und ließ mir so lange keine Ruhe, bis ich sie in meinem Haar trug. Es war ganz so, als versuchte sie damit auszugleichen, dass sie selbst keine Blumen tragen konnte.
»Du vernachlässigst dein Aussehen, seit du bei diesen Frauen lebst. Willst du etwa am Ende so aussehen wie sie? Unansehnlich und wie ein Hexe, mit Haaren wie Kokosnussfasern und einer Haut wie altem Leder? Mädchen in deinem Alter muss man mit Blumen im Haar herumlaufen sehen, mit kajalumrandeten Augen, Armreifen an den Handgelenken, und das Bimmeln von Fußkettchen sollte jeden ihrer Schritte begleiten. Schau dich doch nur einmal an … du siehst schon vor deiner Hochzeit wie eine Witwe aus.« Die Worte meiner Mutter trafen mich wie winzige Pfeile.
Im Haus der beiden Engländerinnen gab es keine Kinkerlitzchen. Blumen wurden mit Stirnrunzeln bedacht, es sei denn, sie wuchsen an Büschen, und Fußkettchen ärgerten Missy K. Anfangs neckte mich Periaswamy damit, dass ich langsam wie eine Nonne aussah. Aber schon bald gewöhnte er sich an die farblose Mari mit den fest geflochtenen Zöpfen und schmucklosen Gelenken, den nackten Augen und dem bleichen Gesicht.
Die beiden Engländerinnen verabscheuten ganz besonders

die Kurkuma-Paste, die ich mir jeden Freitagmorgen, nachdem ich mir das Haar gewaschen und eingeölt hatte, auf das Gesicht schmierte. Das erste Mal, als ich diese in dem Haus in Vellore benutzt hatte, warf Missy V. nur einen einzigen Blick auf mich und kreischte: »Kate, meinst du, sie hat Hepatitis? Ich habe noch nie gesehen, dass ein Mensch über Nacht so gelb wird. Glaubst du, es ist eine besonders aggressive Form?«

Missy K. sah mir ins Gesicht und sagte mit schneidender Stimme: »Mari, wasch dir den Dreck vom Gesicht. Sie glaubt, du hättest Gelbsucht.«

In Vellore, wo ich Mari war, mochten sie mich schlicht und schmucklos. Aber Amma wollte nichts davon wissen. Also wurde ich wieder zu der Tochter, die sie sich wünschte. Blühend und hübsch, mit einem fröhlichen Lachen und dem koketten Charme einer Achtzehnjährigen, die die Bewunderung der Welt sucht, damit sie ihr zu Füßen liegt. Ich warf beim Reden meinen Kopf hin und her. Ich hatte mir einen Seitenblick angewöhnt. Ich wiegte meine Hüften beim Gehen.

Möglicherweise war es das Leuchten, das Amma in mir entzündete, das den Rest meines Lebens in Dunkelheit tauchte.

Als Amma in die Küche des Chettiar zurückkehrte, wurde ich wieder Sujata Akkas Dienstmädchen. Ich ging den ganzen Tag in den Zimmern ein und aus, und ich vermute, dass mich Rani Akkas Bruder bei einer dieser Gelegenheiten entdeckte.

Sein Name war Murugesan. Ich versuche mich manchmal daran zu erinnern, wie er aussah. Es ist nicht so, als ob ich ihn nicht oft genug gesehen hätte. Aber ich habe immer nur ein Gesicht vor Augen, aus dem jegliche Züge gelöscht sind. Das Gesicht eines Geistes. Wenn ich an ihn denke, fallen mir immer seine Hände ein. Seine großen Hände mit den fleischigen Fingern …

… Ich weiß wirklich nicht, ob ich Ihnen all dies erzählen sollte. Sie mögen älter sein als ich, aber Sie sind unverheiratet. Ich möchte Sie nicht in Verlegenheit bringen … Sie lächeln. Ich weiß, was dieses Lächeln bedeutet …

Am Tag vor dem Pongal-Fest war es üblich, ein großes Feuer im Hof des Chettiar zu entzünden. Alle aus dem Dorf kamen mit ihren alten Sachen, um sie ins Feuer zu werfen und um zu rufen: Bogi! Bogi! Hinaus mit dem Alten! Verbrennt die Vergangenheit! Werft den Schutt des Jahres hinaus! Bogi! Bogi!

Ich wollte nach Hause zurückgehen, um mich zu waschen und mir frische Kleidung anzuziehen. Ich blickte auf die Armbanduhr, die mir Sujata Akka vor wenigen Tagen geschenkt hatte, und fragte: »Amma, darf ich jetzt gehen? Sujata Akka möchte, dass ich die Nacht hier, im Chettiar-Haus, verbringe.«

»Bleib nicht zu lange weg«, mahnte mich Amma, als ich das Chettiar Kottai verließ. »Und nimm einen der Jungen mit.«

»Jetzt mach doch nicht so viel Aufhebens«, erwiderte ich. »Ich gehe nur zwei Straßen weit nach Hause und nicht bis nach Vellore.«

»Gehört es sich etwa, so mit seiner Mutter zu reden?«, fuhr mich Rukmini Akka an. »Du bist ein erwachsenes Mädchen und kein kleines Kind mehr. Weißt du denn nicht, dass Gefahren an jeder Ecke, hinter jedem Baum und jedem Busch lauern?«

»Welche denn zum Beispiel?«, erwiderte ich in Gedanken.

»Seit sie aus Vellore zurück ist, glaubt sie, alles zu wissen. Wenn ich etwas sage, antwortet sie: ›Ich bin alt genug, selbst auf mich aufzupassen.‹ Erst wenn ihr etwas zustoßen sollte, wird sie es verstehen …« Ammas Stimme war ganz rau vor Wut. Es ist die Müdigkeit, die sie so gereizt macht, sagte ich mir und stimmte zu, Sivakumar mitzunehmen. Aber der wollte nicht mitkommen, denn er musste unbedingt an Ort und Stelle sein, wenn sie das Feuer anzündeten.

Im Januar zeigte sich das Dorf von seiner schönsten Seite. Jeder Stier, jeder Ochse und jede Kuh im Dorf hatte die Hörner frisch bemalt. Die Kinder kauten auf Zuckerrohr herum, und der klebrige Saft lief ihnen über das Kinn herunter. Die Bäume trugen einen dichten Blättermantel, und überall wuchs Gras. Eine kühle Brise wehte durch die Felder und die losen Haarsträhnen. Tausende Blumen blühten. Es war die Zeit des Jasmins – volle, rundliche *gundu mallis*, die zarten *mullai* mit ihren schmalen Blütenblättern. Die frisch gekalkten Häuser glitzerten im Mondlicht. Eine Kette von Jasminblüten, aufgezogen auf dem Faden der Dunkelheit.

Im Januar fiel es so leicht, all die Opfer zu vergessen, die der Sommer fordern würde, der die Erde ausdörrte und all die Fülle im Dorf vertrocknen ließ.

Im Januar kam die Nacht früh, und die Schatten ragten überall drohend und beunruhigend auf.

Ich eilte durch den Mangogarten. Das Gras unter meinen Füßen war vom Tau ganz feucht. Ich hatte den Obstgarten noch nie gemocht. Als Kind hatte mir der Hüter des Gartens, der über die Mangos wachte, während sie verführerisch an den Bäumen reiften, Angst eingejagt, auch die anderen Kinder mit ihren Geschichten über einen weiblichen Ghul, der auf dem Tamarinden-Baum lebte und sich seine Opfer vornehmlich im Mangogarten suchte. Als ich heranwuchs, begriff ich, dass es nur ein Trick war, um uns davon abzuhalten, die Mangos zu stehlen, aber trotzdem hatte ich jedes Mal ein unbehagliches Gefühl, wenn ich allein durch den Garten ging.

Und dann, plötzlich, wie in den Albträumen meiner Kindheit, packte mich eine Hand, die hinter einem Baum hervorkam. Ob ich geschrien habe? Ich muss wohl. Wie hätte ich es nicht tun sollen? Aber das ganze Dorf hallte von den Bogi!-Bogi!-Schreien wider.

Eine Hand legte sich wie eine Schraubzwinge um meinen Mund, und eine andere umklammerte meinen Körper. Große, fleischige Hände, die mich meiner Stimme beraubten und an meinem Körper rissen.
»Bitte, bitte«, rief ich, als ich sah, dass es Murugesan war. »Bitte lassen Sie mich gehen.«
»Oh, aber ich kann dich nicht gehen lassen.« Seine Augen funkelten. »Daran hättest du denken sollen, als du angefangen hast, mich mit deinem Körper zu reizen.« Ich roch den Alkohol in seinem Atem.
Ich wand mich und flehte, aber er presste seine Handfläche fest auf meinen Mund, um mich zum Schweigen zu bringen, und dann zerrte er mich tiefer in den Garten hinein und riss dort in den Schatten an meinen Kleidern. »Warum tust du so, als wärst du eine unschuldige Jungfrau? Ich weiß alles über Frauen wie dich. Wenn die Söhne des Chettiar sich an deinem Körper gütlich tun dürfen … vergiss nicht, ich bin ein Verwandter, wenn auch nur ein armer Verwandter, aber ich habe das Recht, vor allen anderen von ihrer Beute zu kosten …«, knurrte er.
Ich klammerte mich an seine Schultern und begann zu betteln: »Lassen Sie mich gehen … zerstören Sie nicht mein Leben.«
Er starrte mich an und schlug mir ins Gesicht. »Halt die Klappe! Wofür hältst du dich? Eine kleine Prinzessin?«
Dann fiel sein Blick auf das glitzernde Metall an meinem Handgelenk, und er lächelte höhnisch. »Die haben dich in dem Haus verwöhnt … hörst du? Was tut ein Dienstmädchen wie du mit einer Armbanduhr? Weißt du, dass meine Schwester für viele Monate nach Hause geschickt wurde, weil sie ihren Mann in ihrer Hochzeitsnacht in aller Unschuld gefragt hat, ob er ihr beibringen würde, die Uhr zu lesen? Sie behaupteten, sie sei ungebildet und tauge nicht zu einer Schwiegertochter des Hauses. Aber wenn ich mir dich so ansehe … Du hast mehr Rechte in diesem Haus als mei-

ne Schwester. Es ist an der Zeit, dass dich einmal jemand daran erinnert, wer du bist.«

Er griff nach der Armbanduhr, riss sie mir vom Handgelenk und schleuderte sie in die Dunkelheit.

Ich begriff nicht, wovon er da redete oder warum er so zornig auf mich war, aber ich wusste, dass alles zu spät sein würde, wenn ich nicht versuchte zu fliehen. Ich zerkratzte ihm Gesicht und Hände. Und dann – angetrieben von meiner Wut – trat ich ihm gegen die Schienbeine und schrie: »Glaubst du etwa, du könntest ungeschoren davonkommen? Ich werde es dem Chettiar erzählen. Den Dorfältesten. Jedem werde ich sagen, dass du mich vergewaltigt hast.«

Seine Finger gruben sich ins Fleisch meiner Oberarme. »Niemand wird dir glauben. Meinst du etwa, du bist uns ebenbürtig? Oh, nein, das bist du nicht. Ich bin der Neffe des Chettiar, der Bruder seiner Schwiegertochter. Und du bist nichts weiter als die Tochter der Köchin. Niemand wird es wagen, meine Reputation in Frage zu stellen.«

Die Wahrheit seiner Worte ließ mich für einen Moment verharren. Was sollte ich nur tun? Murugesan nutzte die Gelegenheit. Er warf mich zu Boden, stürzte sich auf mich und presste seine Hüften gegen meine. Seine Hände griffen unter meinen Rock und rissen meinen Schlüpfer herunter. »Wie ein Mädchen aus der Stadt, was? Mit Schlüpfer und Büstenhalter. Das gefällt dir doch, oder etwa nicht, du kleine Hure?«

Er drückte mich nieder mit seinem heißen Atem, seiner Lust und seiner völligen Missachtung dessen, was er mir da antat … das passiert alles gar nicht, sagte ich mir … als sich sein Mund an meinen Brüsten gütlich tat, sich seine Hände gegen meinen Hintern drückten und er mir mit den Knien brutal die Beine öffnete … Ich schloss die Augen und dachte: Das hier ist ein böser Traum, ich werde bald aufwachen, und nichts von alldem wird geschehen sein … und dann

fühlte ich, wie er in mich eindrang, mich mit seiner großen Wut erfüllte, und die Tränen begannen zu fließen. Dicke, zähe Tränen, die in mich hineinschlüpften. Bleiche, transparente Tränen, die sich zwischen meinen fest zusammengepressten Lidern hervorquetschten.
In der Ferne hörte ich die Rufe. Bogi! Bogi! Die Funken würden fliegen, sobald das Feuer entzündet war, und die Nacht wäre erfüllt vom Knistern der trockenen Scheite und der erwachenden Zweige. Meine Vergangenheit wie meine Zukunft verbrannten gleichermaßen bei lebendigem Leibe.

… Was hätte ich tun sollen? Was hätten Sie getan? Jetzt weiß ich es … Ich hätte in den Hof des Chettiar laufen sollen, so wie ich war, mit zerrissenen Kleidern, unordentlichem Haar, seinen und meinen Säften, die mir an den Beinen heruntersickerten, und dem Entsetzen in meinen Augen. Ich hätte mit Selbstmord drohen und nach Gerechtigkeit verlangen sollen. Ich hätte weinen und toben müssen und der Welt und dem Chettiar zeigen sollen, dass ich das Opfer war …

Ich ging nach Hause. Ich konnte an nichts anderes denken als daran, was Amma sagen würde, wenn sie es herausfand: Ich habe es dir ja prophezeit … nie hörst du auf mich, und jetzt ist dein Leben für immer ruiniert … wer wird dich noch heiraten wollen … ich habe dich gebeten aufzupassen, nicht allein durchs Dorf zu laufen, aber du wolltest ja nicht hören …
Ich badete. Ein ganzes Stück Seife und eine Hand voll Kokosnussfasern, die sich in eine matschige Schweinerei verwandelten … Ich schrubbte mich unaufhörlich, versuchte das, was mir zugestoßen war, auszulöschen, versuchte das Trommeln in meinem Kopf zu ersticken … Wenn ich so tat, als wäre nichts geschehen, als hätte sich nichts verändert, dann würde gewiss alles so bleiben, wie es war …

Im Chettiar Kottai glomm das Feuer nur noch. Die Dorfbewohner standen immer noch im Hof und waren nicht gewillt, das aufregende Gefühl, dort zu sein, hinter sich zu lassen. Ich entdeckte meine Brüder, und ein Mund voll Galle ließ meine Eingeweide gerinnen. Wären sie doch bei mir gewesen. Hätte Amma doch nur darauf bestanden, dass sie mich begleiteten.

Ich sah, wie das Feuer erstarb. Ein beißender Brandgeruch hing über dem Hof. Nichts hat sich verändert, sagte ich mir grimmig … nichts hat sich verändert. Wenn ich erst einmal wieder in Vellore bin, werde ich den Mangogarten und seinen Ghul mit den fleischigen Pranken aus meinen Gedanken verbannen können. Nur noch eine Woche. Ich schwor mir, dass ich nie wieder einen Fuß in dieses Dorf setzen würde.

Aber eine Woche später war ich immer noch im Chettiar Kottai. Sujata Akka hatte begonnen, sich zu übergeben; sie weigerte sich zu essen und sagte, dass ihr schon vom Essensgeruch übel werde. Ihre Augen nahmen einen Kurkuma-Ton an, und als sie schließlich einige gekochte Reiskörner in ihren Urin streute, wurden diese gelb. Sujata Akka hatte Gelbsucht. Und irgendjemand musste sich um Prabhu-papa kümmern.

Eine Nachricht wurde nach Vellore geschickt, und die Jungen kehrten zurück und erklärten mir, dass Missy K. über die weitere Verzögerung verärgert sei. Sie war mit dem Aushilfsdienstmädchen nicht zufrieden und ließ mir ausrichten, dass ich so schnell wie möglich zurückkehren solle.

Ich seufzte voller Erleichterung. Sie wollten mich immer noch zurückhaben. Ich hatte mir schon Sorgen gemacht, dass sie mir meine Stelle nicht freihalten würden.

»Wie geht es Periaswamy? Habt ihr ihn gesehen?«

»Woher sollen wir das wissen?«

»Aber habt ihr ihn denn nicht gesehen? Er ist der Gärtner. Ein alter Mann mit Brille und eingefallenen Wangen«, sagte ich voller Angst, dass ihm etwas zugestoßen sein könnte.

»Wir wissen, wer er ist. Er war nicht da. Vielleicht ist er krank. Vielleicht hat er gerade jemanden besucht«, entgegneten die Jungen. »Vielleicht ist er tot«, sagten ihre Gesichter.

Ich starrte sie an. Der Gedanke gefiel mir nicht, dass Periaswamy nicht dort gewesen war. Und das mit dem Aushilfsdienstmädchen gefiel mir genauso wenig. Ich wollte keine Veränderung. Wenn ich nach Vellore zurückkehrte, sollte alles so sein, wie es bei meiner Abreise gewesen war. Auf die Art würde auch mein Leben unberührt bleiben.

Einige Wochen später, als Sujata Akka sich langsam erholte, begann ich mich krank zu fühlen. Ein seltsames Unwohlsein ließ mich den ganzen Tag nicht los. Beim Anblick von Essen wurde mir übel. Ich fühlte mich lustlos und müde. »Ich glaube, ich habe auch Gelbsucht«, erklärte ich Amma.

»Ich habe dir doch gesagt, du sollst vorsichtig sein. Aber du wolltest ja nicht hören«, sagte Amma und zog mein Gesicht näher an das ihre heran. »Ist dein Urin gelb? Deine Augäpfel sind noch weiß. Wenn es wirklich Gelbsucht ist, muss es sich wohl noch um ein frühes Stadium handeln. Ich werde die Jungen bitten, *kizharnelli*-Blätter zu sammeln, dann mache ich dir daraus ein Gebräu. Das trinkst du einige Tage, dann wirst du dich besser fühlen.«

Zwei Tage später wachte ich mit einem Aufruhr in meinen Eingeweiden und wässriger Galle im Mund auf. Als meine Mutter, die sich auf den Weg zur Arbeit machte, sah, wie ich Ingwer mit Salz zerstampfte, verharrte sie. »Was ist los?«

»Mir ist übel«, sagte ich und lutschte an dem Ball aus zerdrücktem Ingwer.

Amma warf mir einen seltsamen Blick zu und ging ihres Weges.

Es wurde nicht besser. Mein Gesicht nahm einen fahlen, bleichen Ton an. Mein Haar verlor seinen Glanz, und wenn ich roch, wie Amma Senf anbriet, wurde mir schlecht. Amma trat mir eines Morgens gegenüber. »Sag mir die Wahrheit«, verlangte sie. »Wann hast du zum letzten Mal deine Periode gehabt?«

Ich dachte einen Moment nach und antwortete: »Vor ungefähr sieben Wochen.«

Amma setzte sich auf den Boden und schlug die Hände vors Gesicht. »Was hast du getan, du schlimmes Mädchen?«

»Ich habe gar nichts getan, Amma«, erwiderte ich. Der Ausdruck auf ihrem Gesicht flößte mir Angst ein.

»Was soll das heißen, du hast nichts getan? Ist dir nicht klar, dass du schwanger bist? Wer ist es? Sag mir, wer es war!«

»Amma, ich habe nichts Falsches getan.«

»Hör auf, dich zu verstellen. Wie konntest du so schamlos sein? Sag mir, wer es ist!«

Ich setzte mich ebenfalls auf den Boden. Ich wusste, dass ich nicht weiterhin so tun konnte, als wäre nichts geschehen. Ich war nicht mehr die, die ich einmal gewesen war. Der Abend im Mangogarten war zurückgekehrt und wollte mich nicht loslassen.

»Amma«, sagte ich. Ich musste meine Zunge zwingen, die Worte zu formen. »Amma, es ist nicht so, wie du denkst.«

Also erzählte ich ihr meine Geschichte. Erzählte ihr von jedem Schrei, jedem Laut. Von dem kleinen Stein, der sich gegen mein Rückgrat gepresst hatte, als er über mich herfiel. Von dem feuchten Gras unter meinen Füßen und seiner Feuchte, die in mich hineingeflossen war. Von meinem inbrünstigen Flehen und dass seine Hände und sein Mund wie von Sinnen über meinen Körper gewandert waren. Wie er mich dort einfach so hatte liegen lassen und in die Dunkelheit davongestolpert war. Als ich endete, sah ich nichts weiter als Misstrauen in ihren Augen. Und Ungläubigkeit. Er hat Recht gehabt, dachte ich mit einer Bitterkeit, die in mir den Wunsch weckte, dieses Zimmer zu verlassen, ihrem Blick zu entkommen. Niemand würde mir glauben, hatte er gesagt, und so war es.

»Amma, alles, was ich dir erzählt habe, ist die Wahrheit«, versuchte ich es wieder.

»Du bist vergewaltigt worden und hast Stillschweigen darüber bewahrt. Ein Mann stiehlt deine Jungfräulichkeit, und du glaubst, dass sich dadurch nichts ändert … Erwartest du wirklich, dass ich dir das glaube?«

Amma weinte. Amma tobte. Amma schimpfte und wütete. Amma hatte einen Ohnmachtsanfall. Amma drohte, sich umzubringen. Amma tat all das, was ich in jener Nacht, als ich vergewaltigt wurde, hätte tun sollen.

»Sag mir, du liederliche Schlampe, wer war es wirklich? Sag es mir! Hältst du mich für eine solche Närrin, die dir glaubt, dass Murugesan so etwas tun würde …«

Aber ich konnte ihr nichts weiter bieten. Nicht die tröstliche Tatsache, dass der Mann, dessen Spuren ich in mir trug, jemand aus dem Dorf war. Jemand, den die Dorfältesten zwingen konnten, mich zu heiraten. Nicht einmal die Dorfältesten würden es wagen, mit dem Finger auf Murugesan zu zeigen, und das war die Wahrheit, die Amma nicht akzeptieren wollte.

In ihrer Verzweiflung vertraute sich Amma Sujata Akka an. »Was soll ich nur tun? Würden Sie mit ihr reden, um herauszufinden, wen sie schützt? Es muss ein ungeeigneter Mann sein, vielleicht irgendein Christ oder ein Muslim.«

Und so wiederholte ich Sujata Akka zuliebe noch einmal die Geschehnisse des Abends, als ich vergewaltigt wurde. Sie hörte mir ruhig zu, ohne mich zu unterbrechen, und wandte sich dann an meine Mutter. »Ich glaube, dass sie die Wahrheit sagt. Murugesan ist ein widerlicher Kerl und ein gerissener noch dazu. Wenn er mich anschaut, sehe ich nur die Lust in seinen Augen. Was sollte ihn also davon abgehalten haben, so etwas zu tun? Außerdem wusste er, dass ihr

niemand glauben würde, und es ist genauso gekommen, wie er vermutet hat. Nicht einmal du glaubst ihr!«
Da begann ich zu weinen. Auch Ammas Gesicht verzog sich, und als sie mich an sich drückte, flossen auch ihre Tränen. »Was sollen wir denn jetzt nur tun?«
»Warum hast du es nur vor uns verborgen?«, fragte Sujata Akka. »Hättest du doch nur in dem Augenblick Zeter und Mordio geschrien, dann hätte man etwas unternehmen können …«
»Ich weiß es nicht. Ich habe nicht an die Konsequenzen gedacht. Ich wollte einfach nicht mehr darüber nachdenken und habe wohl geglaubt, dass ich auf diese Weise weitermachen könnte, als wäre nichts geschehen«, versuchte ich zu erklären.
»Aber so versteh doch. Niemand wird dir deine Geschichte abnehmen. Jetzt nicht mehr. Hättest du mir doch nur an dem Abend, an dem du vergewaltigt wurdest, davon erzählt, dann hätte ich es vor den Chettiar gebracht und darauf bestanden, dass Murugesan dich heiratet.«
»Akka, ich möchte mit diesem dreckigen Ungeheuer nichts mehr zu tun haben«, sagte ich. »Ich würde lieber sterben, als ihn zu heiraten.«
Ammas Kopf zuckte vor Wut in die Höhe. »Haben Sie das gehört? Haben Sie schon jemals eine solche Arroganz vernommen? Ihr guter Ruf, ihr Leben ist zerstört, aber das scheint ihr nicht die geringsten Sorgen zu bereiten.«
Ihre Augen glühten, versuchten, meinen Eigensinn niederzubrennen, von dem sie dachte, er hätte jegliches Schamgefühl, jegliche Selbsterhaltung weggeätzt.
»Wer wird dich noch heiraten? Dein Leben ist vorbei, und du wirst in der Gosse landen wie ein Straßenköter mit seinem Wurf … da ist nichts mehr in deinem Leben.«
Das wusste ich. Ich wusste, dass mein Leben auf seinem Weg ins Stocken geraten war. Aber ich wollte nicht, dass dieser Mann ihm eine neue Richtung gab. »Ich werde von

hier weggehen, Amma«, sagte ich. »Ich werde weggehen, damit ich keine Schande über dich bringe. Ich werde irgendwohin gehen, wo mich niemand kennt, und mir das Leben nehmen.« Die Worte tänzelten so mühelos über meine Zunge. Ich hatte sie schon hundert Mal aus dem Mund meiner Lieblings-Filmheldinnen gehört.

»Was redest du denn da?«, rief Amma, von der Vorstellung entsetzt, dass der aufgedunsene Leib ihrer Tochter irgendwo ans Ufer gespült, ihr Kind bis zur Unkenntlichkeit von einem Zug verstümmelt werden könnte. Ich begann zu weinen. Ich bedauerte mich selbst, bedauerte meine Mutter, die etwas Besseres verdient hatte, bedauerte dieses schreckliche Durcheinander, zu dem unser Leben geworden war.

»Hört auf«, mischte sich Sujata Akka ein, die ängstlich darauf bedacht war, dass unser Jammern nicht durch das ganze Haus hallte. »Hört auf, euch selbst zu quälen. Wir werden schon einen Weg finden.«

Aber nicht einmal Sujata Akka konnte etwas tun, um die Situation in den Griff zu bekommen. Anfangs weigerte sich ihr Mann zu glauben, dass ich keine Schuld trug. »Das Mädchen muss ihn ermutigt haben, und jetzt, wo sie weiß, dass sie schwanger ist, erfindet sie die Geschichte von der Vergewaltigung. Alles dummes Geschwätz, wenn du mich fragst.«

Aber als sie darauf beharrte, verlor er die Beherrschung und sagte: »Na schön, ich glaube dir. Murugesan hat sie vergewaltigt. Aber ist dir klar, was du da von mir verlangst? Du erwartest doch nicht wirklich, dass ich die Beziehungen zu meinem Schwager wegen eines Dienstmädchens abbreche, egal, wie wertvoll es auch für dich sein mag? Ich möchte, dass du dich aus dieser Sache heraushältst ... hast du mich verstanden? Du wirst dich nicht mehr in dieses Durcheinander einmischen. Sollen sie doch selbst eine Lösung finden.«

Am Ende tat Sujata Akka gar nichts. Sie rief meine Mutter

zu sich und erklärte ihr, wie hilflos sie war. »Mein Mann erlaubt mir nicht, davon zu sprechen. Er hat mir befohlen, mich herauszuhalten. Ich kenne die Wahrheit, aber was soll ich tun?«

Amma begann zu weinen. Kein lautes Schluchzen. Kein verzerrtes Gesicht. Aber die Niederlage ergoss sich in einem endlosen, salzigen Strom.

»Jetzt fang nicht damit an. Ich habe nur gesagt, dass wir Murugesans Namen nicht erwähnen dürfen. Aber es gibt andere Dinge, die wir tun können«, sagte Sujata Akka leise. »Niemand weiß davon, außer meinem Mann, und er wird kein Wort mehr darüber verlieren. Du musst sie wegschicken und die Schwangerschaft abbrechen lassen. Wenn sie zurückkommt, schick sie wieder nach Vellore. Sie hat mir erzählt, dass die Ärztinnen ihr angeboten haben, sie auszubilden. Sie sollte diese Ausbildung machen. Es dürfte kaum möglich sein, eine Hochzeit für sie zu arrangieren. Kein Mann wird bereit sein, eine Frau zu heiraten, die ihre Unschuld verloren hat, und selbst wenn wir es geheim halten, was wäre, wenn er es später herausfände? Dann würde er sie sitzen lassen. Aber wenn sie eine Anstellung hat, wird das den Schutz eines Ehemannes ersetzen.«

… Den Schutz eines Ehemannes! Dieser Satz ließ mich schaudern. Weder Sujata Akka noch meine Mutter hatten jemals Ehemänner, die sich um sie kümmerten. Der Chettiar sorgte für Sujata Akka. Und Amma musste für sich selbst sorgen. Die Männer in ihren Leben hatten nichts getan, und dennoch glaubten sie, dass nur eine verheiratete Frau eine erfüllte Frau sein konnte. Alles andere war sekundär. Aber ich war damals so jung, dass diese Gedanken wie die Fäden von Spinnweben durch die Luft schwebten. Ich wusste nicht genug, um sie zu Ende zu denken, und selbst wenn es mir möglich gewesen wäre, hätten sie es als Arroganz abgetan …

Periamma. Die Tante meiner Mutter war alt und trug riesige goldene Ohrringe, die ihr die Ohrläppchen beinahe bis auf die Schultern herunterzogen, und da sie ständig Betelblätter kaute, war ihr Mund rot gefärbt. Sie hatte silberfarbenes Haar, das zu einem Knoten zurückgebunden war, und sie trug ihren weißen *sari* auf die alte Weise, damit er ihre schlaffen Brüste bedeckte und es keine Rolle spielte, dass sie keine Bluse trug.

Periamma lebte in einem kleinen Dorf namens Arsikuppam, in der Nähe von Salem. Sie war Witwe und lebte allein. Ihre beiden Söhne waren Soldaten und irgendwo im Norden stationiert. Nach vier aufeinander folgenden Dürrejahren waren sie gezwungen gewesen, ihr Land aufzugeben und einen anderen Weg zu suchen, um ihren Lebensunterhalt zu verdienen. Für junge Männer wie sie, die nur einen Oberschulabschluss hatten, blieb lediglich die Armee, wo kräftige Muskeln und der Wille, sich zu schinden, ausreichten, um sich einen Platz zu sichern. Periammas Töchter waren verheiratet und lebten woanders. Amma wandte sich an sie, weil sie sonst niemanden hatte. Außerdem wusste Periamma immer, was zu tun war.

Meine Mutter und ich reisten zusammen nach Arsikuppam. Amma erklärte alles mit gedämpfter Stimme, während ich vor Verlegenheit den Kopf hängen ließ. Jeder erwartete von mir, dass ich mich schämte. Aber ich fühlte keine Scham. Wut und Erniedrigung, ja, das schon, aber keine Scham …

Ich sah, wie Periamma mir verstohlene Blicke zuwarf. Einmal begegneten sich unsere Augen, und ich sah Mitgefühl. Oder war es Mitleid?

Periamma war patent und stark. Sie war die Mutter vieler Kinder. Periamma hatte kein Vertrauen zu Ärzten und Krankenhäusern. Sie werde sich um alles kümmern, versicherte sie. Außerdem sei die Welt da draußen nicht gerade für ihre Diskretion bekannt. Tausend Zungen und eine Million ver-

schiedene Versionen derselben Geschichte – das passiere, wenn man sich an die Welt da draußen um Hilfe wende.
Amma fuhr beruhigt zurück. Die Jungen waren allein zu Hause und würden sich fragen, was geschehen war, wenn Amma zu lange wegblieb. Periamma wird sich um alles kümmern, sagte Amma.
Und das tat Periamma auch. Mit Scheiben goldgelber Papaya und *ladoos* mit Jagresirup, die in geröstetem Sesamsamen gewälzt waren. Mit gekochter grüner Jackbaumfrucht, die mit Senf und Curryblättern angebraten wurde. Mit dem Saft einer wilden Pflanze, die in Büscheln wuchs. »Sieh dir nur die hier an«, sagte Periamma und deutete auf die Pflanze, die überall wuchs, in meinem Dorf und dem ihren und auf jedem einzelnen Stückchen *poromboke*-Land. Es war ein harmlos aussehendes Ding mit fleischigen Blättern und einer sternförmigen Blüte, die die Farbe eines ausgeblichenen Tintenflecks hatte.
Periamma brach den fleischigen, gummiartigen Stiel der Pflanze ab, und eine milchige Flüssigkeit tröpfelte daraus hervor. »Das hier wird den Schmarotzer, der da in deinem Bauch wächst, erledigen«, sagte sie.
Jeden Tag warteten wir, dass die Krämpfe begannen. Der Hass aus mir herauströpfelte. Der Schmerz Wurzeln schlug und mich reinigte. Jeden Tag warteten wir. Sechs Wochen später war ich immer noch schwanger.
»Und was tun wir jetzt?«, fragte Amma bei ihrem nächsten Besuch, und die Sorgen gruben Falten in ihr Gesicht, so dass sie wie eine alte Frau aussah.
»Es wird eine Totgeburt werden. Kein Fötus ist imstande, all dies zu überleben«, erklärte Periamma.
»Aber im Moment lebt er noch. So viel wissen wir. Vielleicht sollten wir sie in eine Klinik bringen und ihn dort abtreiben lassen«, sagte Amma.
»Bist du verrückt? Willst du etwa, dass die ganze Welt davon erfährt?«

»Wenn das Kind lebend zur Welt kommt, wird es ohnehin die ganze Welt erfahren«, sagte ich. Es ärgerte mich, dass Periamma sich beharrlich weigerte, in eine Klinik zu gehen.
»Wenn das Kind lebend zur Welt kommt, kannst du es bei mir lassen. Ich werde mich darum kümmern. Es wird mir auf meine alten Tage Gesellschaft leisten. Aber du kannst mir glauben, es wird nicht leben«, sagte Periamma, stopfte sich den Mund mit Betelblättern voll und beendete damit das Gespräch.
Amma fuhr wieder nach Hause, und ich begann erneut darauf zu warten, dass es starb.
Periamma machte sich keine Sorgen, als meine Schwangerschaft sichtbar wurde. Sie hatte allen von Anfang an erzählt, dass ich eine verlassene Ehefrau war. Mein Mann habe mich wegen einer anderen Frau verlassen, erklärte sie jedem. »Was ja auch der Wahrheit entspricht«, sagte sie, als sie sah, wie ich das Gesicht verzog. »Er hat dich doch verlassen, oder etwa nicht?«
»Auf diese Weise wird keiner schlecht von dir denken«, fügte sie hinzu.
»Aber warum können wir nicht das Gleiche im Krankenhaus sagen«, fragte ich. »Ich bin doch erst im vierten Monat.«
»Das könnten wir, aber im Krankenhaus werden sie Namen und Details wissen wollen. Deinen Namen. Den deines Ehemannes. Deine Adresse. Deine nächsten Verwandten. Willst du, dass jeder weiß, wer du bist? Lass es mich auf meine Weise tun. Dann wird niemandem geschadet.« Periamma fächelte sich mit flinken Bewegungen Luft zu.
Die Hitze fraß sich in unsere Haut und sickerte aus unseren Poren. Es war Mai. Der glühendste Monat im Jahr. Die Hitze verdorrte die Erde und erstickte jede Brise. »Das ist der schlimmste Sommer, den ich je erlebt habe«, sagte Periamma, während ich die Böden mit Wasser abspritzte in der Hoffnung, dass es die Zimmer abkühlen würde. »Viel-

leicht wird die Hitze das schaffen, was alles andere nicht geschafft hat.«

Einen Monat später gaben wir auf. Das Kind in mir lebte immer noch. Wie mochte es weitergehen?, fragte ich mich.

Ich presste meine Handfläche gegen meinen Bauch. Geh weg. Verlass mich. Ich will dich nicht, erklärte ich diesem Wesen in meinem Leib. Die Kreatur trat. Mein Bauch wogte leicht. Stirb, stirb, betete ich.

Es kam einen Monat zu früh auf die Welt. Die Schmerzen begannen, zwei Eisenfäuste, die aus dem unteren Teil meines Rückgrats gekrochen kamen und an meinen Hüftknochen zogen, sie auseinander zu reißen versuchten, während sich ein riesiger Fuß auf meine Eingeweide presste, drückte, quetschte, so dass ich innen in meine Wange biss, um den Schmerz zu bezwingen … Periammas Augen verzogen sich zu Schlitzen, und sie schüttelte wissend den Kopf. »Ich habe es dir ja prophezeit«, sagte sie. »Es wird eine Totgeburt.«

Periamma hielt Wache, als ich es mit einer mächtigen Anstrengung aus mir herausstieß. Durch den Schmerz und die Erleichterung darüber, dass es keinen weiteren Schmerz mehr geben würde, vernahm ich einen Schrei. Einen sehr lauten Schrei.

Wie durch einen Nebel erblickte ich die Freude in Periammas Augen, und ich wusste, dass sie dies alles so geplant hatte. All die Mittel, die sie angewendet hatte, um mein Leben wieder zusammenzusetzen, waren nichts als Betrug gewesen. Die weniger schlimmen hatte sie mir verabreicht, und bei den wirklich starken hatte sie es nur vorgegeben.

»Warum? Warum?«, schrie ich.

Sie drückte das Baby an ihre Brust und sagte: »Es hat nicht darum gebeten, geschaffen zu werden, aber wer sind wir denn, dass wir Gott spielen und ihm das Leben nehmen dürfen, jetzt, wo es einmal da ist?«

Der Anblick meines Kindes, das Gefühl, es im Arm zu hal-

ten – Periamma hatte geglaubt, dass all dies mich dazu bringen würde, dieses Kind zu wollen. Aber sie kannte mich nicht gut genug und auch nicht die Macht des Hasses.
»Leg dir deinen Sohn an die Brust. Lass ihn saugen. Auf diese Weise nimmst du Verbindung mit dem Kind auf, auch wenn die Nabelschnur schon durchschnitten ist«, erklärte Periamma und hielt mir das Baby hin.
Ich wandte mich ab. »Nein«, antwortete ich. »Ich habe dir gesagt, dass ich nichts mit ihm zu tun haben will. Es ist noch nicht zu spät. Stopf ihm ein ungeschältes Reiskorn in den Schlund. Dreh ihm den Hals um. Töte es.«
Periamma drückte das Kind fest an sich und starrte mich an. Sie wollte ihren Ohren nicht trauen. »Du bist ein schlechtes Mädchen, und du hast dieses Kind nicht verdient«, sagte sie und ging mit ihm weg.
Ich starrte zur Decke hinauf und spürte, wie Tränen meine Augenwinkel benässten und mir ins Haar liefen. Warum bloß konnte niemand verstehen, wie ich mich fühlte?
Amma traf ein. Amma würde es realistischer sehen. Ich wollte ihr vorschlagen, das Kind bei Periamma zu lassen. Schließlich hatte sie angeboten, es bei sich aufzunehmen, falls es lebendig zur Welt kommen sollte.
»Nimm den Kleinen mit«, sagte Periamma. »Mit der Zeit wird sie schon lernen, ihn zu lieben. Eines Tages, wenn du nicht mehr bist und sie niemanden auf dieser Welt hat, wird er für sie da sein …«
»Amma, ich will ihn nicht. Du hättest mich für eine Abtreibung in ein Krankenhaus bringen sollen. Es ist alles ihre Schuld. Sie hat uns betrogen«, sagte ich und zeigte mit dem Finger auf Periamma. Ich hörte, wie Amma schockiert nach Luft schnappte. So benahm man sich einem älteren Menschen gegenüber nicht, niemals. Man zeigte weder real noch im übertragenen Sinn mit dem Finger auf ihn.
»Sie wusste, dass dieses Baby lebendig zur Welt kommen würde, aber sie hat uns glauben gemacht, dass sie sich um

alles kümmert. Soll sie es doch behalten. Oder auch weggeben. Ganz wie es ihr beliebt. Ich will es nicht in meiner Nähe haben.«
Amma registrierte nichts von dem, was ich sagte. Periamma wusste, wie sie Amma überzeugen konnte, und so entschieden sie, das Baby als das Kind einer Verwandten auszugeben. Ein Waisenknabe, dessen Eltern bei einem Unfall ums Leben gekommen waren und der nur noch Amma hatte.
Ich sah zu, wie die Frauen ihn liebkosten. Für sie war er ein Baby, für das es zu sorgen galt, das man verwöhnen musste. Für sie war er schuldlos. Für sie war er meine Krücke in der Zukunft.
Aber was war mit dem Hier und Jetzt? Mein Leben … wie sollte ich jemals das Geschehene vergessen, wenn er vor meinen Augen heranwuchs, eine ständige Mahnung daran, was aus meinem Leben geworden war …

Ich ging zurück nach Vellore. Das Aushilfsdienstmädchen fand eine neue Stelle, und ich zog wieder ein, als hätte sich nichts verändert. Ich wartete darauf, dass die beiden Engländerinnen das Thema meiner Ausbildung anschneiden würden. Aber das taten sie nicht.
Das Leben der beiden Frauen hatte sich auch verändert. Missy V. sah nicht sehr glücklich aus, und ich spürte eine gewisse Spannung zwischen ihnen. In manchen Nächten schloss Missy V. ihre Tür ab, und dann klopfte Missy K. leise und rief: »Viv, ich bin es, Viv, bitte mach die Tür auf …«
Aber entweder gab Missy V. vor zu schlafen, oder sie schlief wirklich. Missy K. ging schließlich zurück in ihr Zimmer, und manchmal fühlte ich ihren Blick auf mir. Jetzt wusste ich, was sie voneinander wollten: geliebt werden – Münder, Finger, Zehen, die sich krümmten, Zungen, die sich wanden …
Ich dachte daran, wie mir das Monster im Mangogarten

Gewalt angetan hatte, und ich sagte mir, dass das, was diese beiden Frauen taten, nicht falsch war. Nichts konnte schlimmer sein als das, was mir zugestoßen war. Nichts konnte so falsch sein wie ein Mann, der eine Frau vergewaltigt.

Ich war neunzehn Jahre alt. Meine Träume waren Asche, und der vorherrschende Geschmack in meinem Mund war Bitterkeit. Meine Augen blinzelten vor Selbstmitleid, und man sah es mir an. Es war in meinem Gang, in meinem Auftreten, in meinem Gesicht …

Meine Nächte waren von Furcht einflößenden Träumen überflutet. Beinahe jede Nacht wachte ich schreiend auf. Missy V. gab mir Tabletten. »Nimm jeden Abend eine davon, bevor du dich schlafen legst«, sagte sie.

Missy K. hielt nichts davon. »Du gewöhnst sie da an etwas, ohne das sie bald nicht mehr schlafen kann.«

»Lass deine scheinheiligen Bemerkungen«, fuhr Missy V. sie an. »Ich weiß, was ich tue. Sie braucht Hilfe. Hörst du denn nicht, wie sie jede Nacht im Schlaf schreit? Hältst du das etwa für normal?«

»Ich streite ja gar nicht ab, dass sie Hilfe braucht. Aber das hier«, sagte Missy K. und deutete auf die kleinen weißen Tabletten, »das ist keine Hilfe. Das wird mehr Schwierigkeiten bringen, als du glaubst.«

Es war mir egal, was Missy K. sagte oder dachte. Ich nahm jeden Abend eine Tablette und schlief wie eine Tote. Keine Träume, die meinem Gedächtnis einen Stoß versetzten; nichts, was mich berührte. Wenn ich morgens wach wurde, fühlten sich meine Arme und Beine so schwer an, als wären sie mit Eisenstäben gefüllt. Auch meine Lider waren schwer, und mein Körper war von einer Lethargie befallen, die ich den ganzen Tag nicht loswurde. Ich wünschte mir nichts sehnlicher, als mich hinzulegen und zu schlafen. Vielleicht entgingen mir deshalb die Anzeichen, dass es um den Haushalt schlecht bestellt war.

Missy V. würde nach England zurückgehen, und Missy K. war darüber nicht glücklich. Ich hörte sie die ganze Zeit streiten, und oft stürmte Missy K. mit versteinertem Gesicht hinaus, während Missy V. in ihrem Zimmer saß und Papier in kleine Stücke riss.

Periaswamy war verschwunden, und nicht einmal die beiden Engländerinnen wussten, was es damit auf sich hatte. Der Garten war verwildert und überwuchert, und während ich darauf wartete, dass mein alter Freund zurückkommen würde, jätete und goss ich und versuchte ihn, so gut es ging, zu vertreten.

»Missy K., jemand muss sich um die Rosen kümmern«, sagte ich eines Tages.

Sie erhob sich von ihrem Stuhl und ging mit einer Gartenschere hinaus. In aller Ruhe machte sie sich daran, die Rosen abzuschneiden, bis sie nur noch ungefähr fünfzehn Zentimeter hoch waren. Dann nahm sie eine Hacke und grub das Beet um, bis sämtliche Rosenpflanzen mit entblößten Wurzeln zitternd dalagen …

»Kate, was machst du denn da?«, schrie Missy V. vom Fenster aus.

»Diese Rosen waren für dich«, sagte sie. »Ich will nicht, dass sie mich an dich erinnern.«

Missy V. wandte sich vom Fenster ab. Als das Rosenbeet rettungslos verloren war, ging Missy K. wieder ins Haus.

Einige Monate nach Missy V.s Abreise rief mich Missy K. und sagte: »Mari, ich verlasse Vellore. Ich gehe nach Bangalore und werde dort in einem Krankenhaus arbeiten. Soll ich dir eine andere Stellung hier in Vellore besorgen?«

»Missy K., was ist mit der Ausbildung im Krankenhaus? Ich hatte gehofft, sie würden mir eine Empfehlung schreiben.«

Missy K. blickte zu Boden und vollführte eine komplizierte Bewegung mit ihren Armen. Ach das, schien sie damit zu sagen. Sie seufzte: »Was das angeht, werde ich dir wohl

nicht helfen können. Ich glaube nicht, dass du die Richtige dafür bist.«
»Warum? Weil ich eine unverheiratete Mutter bin?«
»Du hast dich verändert, Mari. Als du das erste Mal hierher kamst, da dachte ich, du seist geeignet für die Arbeit. Da war so viel Freude in dir, eine Bereitschaft, gefällig zu sein. Von dir ging ein Strahlen aus, das mich glauben machte, du würdest etwas Licht in diese schrecklichen Krankensäle bringen. Aber das ist nicht mehr so.
Die Arbeit einer Hilfskraft ist schwer und undankbar. Du musst mit dir selbst im Reinen sein, um gute Arbeit leisten zu können. Aber mehr als alles andere brauchst du Mitgefühl. Und du …« Missy K.s Gesicht war ganz blass von der Anstrengung, diese verhassten Worte auszusprechen.
»Geben Sie mir die Schuld an dem, was aus mir geworden ist?«
»Nein, das tue ich nicht, aber …«
»Nicht jeder in den Krankensälen ist eine freundliche und gütige Seele«, fuhr ich sie an.
»Das weiß ich. Mitgefühl ist eine sehr unterbewertete Tugend, Mari, aber nur wo Mitgefühl ist, kann Heilung stattfinden.
Ich würde mir ja gern einreden, dass das alles nur eine Phase ist. Dass du eines Tages wieder zu der wirst, die du einmal warst: dass du dich deinem Sohn zuwenden und ihn als dein eigen Fleisch und Blut annehmen wirst. Die ganze Zeit habe ich darauf gewartet, dass du mir von deinem Kind erzählst. Ich dachte, du würdest den Jungen gern sehen wollen. Aber ich sehe eine Frau vor mir, die so tut, als hätte sich ihr Leben nicht geändert. Wie kann ich die Augen davor verschließen, was aus dir geworden ist? Was ist mit dir geschehen, Mari?«
Ich verzog das Gesicht. Was mit mir geschehen ist? Fragen Sie Gott. Fragen Sie Brahma, der mein Schicksal geschrieben hat.

… Ich bin gut geschult worden darin, alle Hoffnung aufzugeben. Die Verzweiflung überkam uns leicht, meine Mutter und mich. Und wir akzeptierten es, denn wir sagten uns, dass wir das verdient hatten, was uns zuteil geworden war. Aber Amma setzte Grenzen, wie viele Opfer die Verzweiflung fordern durfte. Ich dagegen tat nichts dergleichen. Manchmal glaube ich, dass ich so sehr an die Verzweiflung gewöhnt war, dass ich sie zu mir heranwinkte, selbst wenn sie vor mir zurückwich, und wenn sie näher kam, hieß ich sie mit ausgebreiteten Armen willkommen, statt mir einen Korb überzustülpen und mich vor ihr zu verstecken …

Der Chettiar starb, und der Haushalt fiel auseinander. Rajendran Anna zog nach Kancheepuram, und Ranganathan Anna blieb auf Dauer in Madras. Sridhar Anna und Sujata Akka erbten das Chettiar Kottai. Mit seinen Türmen, seinen langen Fluren, den quietschenden Türen, den bodenlosen Brunnen und der verrückten Frau im Westflügel.

»Wenn man sie doch nur von ihrer Krankheit befreien könnte«, stöhnte Sujata Akka. Aber ich wusste, dass sie eigentlich dachte: Wenn sie doch nur sterben würde.

»Sie mag ja alt sein, aber die Dämonen in ihr werden mit dem Alter nur noch wilder. Vadivu wird nicht mehr mit ihr fertig. Sie hat mir gesagt, dass sie uns verlassen will. Was soll ich tun? Ich kann sie nicht in eine Irrenanstalt sperren. Wir müssen uns um sie kümmern, und wir brauchen jemanden, der jung und stark ist.« Sujata Akkas Augen versenkten sich in meine. »Kommst du zurück, Marikolanthu?«

Ich nickte. Ich wollte nicht zu Hause leben, wo das Kind war. Ich wollte nicht die Verachtung in den Augen meiner Brüder sehen – oder mir ihre selbstgerechte Polemik anhören. Seit meine Brüder verdienten, hatte Mutter ihre Stellung aufgegeben und widmete sich jetzt ganz der Erziehung des Kindes. Wenn ich zu Hause wohnte, würde Amma von mir erwarten, dass ich all dies übernahm. Amma hatte immer noch nicht die Hoffnung aufgegeben, dass ich ihn eines Tages akzeptieren würde.

Ich starrte auf meine Füße. Missy K. hatte Recht, dachte ich, ich muss wohl streng und kompromisslos wirken, ohne jedes Mitgefühl, jede Sanftheit – die perfekte Hüterin für eine verrückte Frau.

»Du wirst im Haus wohnen müssen. Jemand muss die ganze Zeit über ein Auge auf sie haben«, fügte Sujata Akka hinzu.

Amma war wütend auf mich. Sie schlug sich mit der Handfläche gegen die Stirn und zischte: »Warum konntest du nicht in Vellore bleiben? Es ist immer noch besser, jemandem die dreckige Unterwäsche zu waschen, als das Dienstmädchen einer verrückten Frau zu sein, selbst wenn dort nicht viel tun ist. Sie ist gefährlich, begreifst du das nicht?«

Ich zuckte die Schultern. »Ich habe keine Angst. Und die Bezahlung ist gut.«

Amma warf mir einen forschenden Blick zu. »Komm schon, gib es zu, du möchtest gern in der Nähe von Muthu sein. Deshalb nimmst du diese Stellung an. Hab ich nicht Recht?«

Amma gab niemals auf. Sie dachte, dass ich irgendwann lernen würde, dieses Kind zu lieben, dessen Anblick mich krank machte. Sie nannte ihn Muthu, seltene Perle. Ich nannte ihn »das Kind«. Aber Amma ließ den Mut nicht sinken.

»Bitte, Amma«, sagte ich und erhob mich vom Boden, wo wir saßen. »Das hier hat nichts mit dem Kind zu tun. Manchmal habe ich das Gefühl, selbst verrückt zu werden, und wenn ich den ganzen Tag mit einer verrückten Frau zusammen bin, lerne ich vielleicht, meinen eigenen Wahnsinn im Zaum zu halten.«

Amma sank in sich zusammen. Sie hob ihre Augen zum Himmel und murmelte: »Wann wirst du endlich Erbarmen mit mir haben?«

Die nächsten Jahre vergingen – nicht zuletzt dank der Tabletten, die Missy V. mir verschrieben hatte – wie in einem Nebel. Ich erhöhte die Dosis auf zwei am Abend, und auf diese Weise gelang es mir, all das, was um mich herum geschah, auf Armeslänge von mir fern zu halten.
Ein Tag glich dem anderen. Es gab keine Überraschungen. Keine Ereignisse, die mich aus meinem tranceähnlichen Zustand hätten rütteln können, in den ich hineingetrieben war. Manchmal, wenn sich der dichte, schleierähnliche Nebel, der meinen Verstand umgab, für einen kurzen Moment hob, sah ich in den Gesichtern meiner Brüder, wie die Zeit verging. Ich sah, dass meine Brüder verheiratet waren. Ich sah, dass ihre Schnurrbärte vor Entrüstung zitterten, wenn sie mich in ihrem Haus erblickten. Dass sie nicht wollten, dass ihre Frauen irgendetwas mit mir zu tun hatten. Ich sah die Jahreszeiten kommen und gehen. Ich erfuhr, dass das Kind inzwischen die Dorfschule besuchte. Ich erkannte, dass das Alter niemanden verschonte, als meine Mutter gebeugt zu gehen begann und über Rückenschmerzen klagte, die nicht mehr nachlassen wollten. Aber ich musste nichts weiter tun als blinzeln, und schon war ich wieder da, wo ich hergekommen war, in der ruhigen grauen Welt, wo sich nie etwas änderte und wo ich wusste, wer ich war: die Hüterin der verrückten Frau.
Jeden Morgen weckte ich Chettiar Amma und überredete sie, ins Badezimmer zu gehen. An manchen Tagen putzte sie sich ruhig die Zähne. An anderen weigerte sie sich oder hörte gar nicht mehr auf damit, so dass ich fürchtete, ihre letzten noch verbliebenen Zähne würden ausfallen. Dann badete ich sie. Zehn Eimer mit kaltem Wasser mussten über ihrem Kopf geleert werden – um ihren Organismus

kühl zu halten, hatte der Kräuterarzt gesagt. Dann trocknete ich sie ab und half ihr in ihre Kleider. Sujata Akka hatte entschieden, dass *saris* zu unpraktisch waren, und Chettiar Amma, die immer nur die feinsten Seiden- und Baumwoll-*saris* getragen hatte, war nun gekleidet wie eine alte Angloinderin, in langen, tristen Kleidern.

An manchen Tagen benahm sie sich kokett und mädchenhaft und wollte, dass ich ihr Blumen ins Haar flocht, das bis zu den Ohren gestutzt war. Und an anderen weigerte sie sich, irgendetwas anzuziehen, und wanderte nackt herum. Sie krabbelte herum wie ein Baby, mit schlaffen Brüsten, einem runzligen Bauch und einem faltigen Hinterteil, spielte mit ihrem Kot und spuckte mir das Essen ins Gesicht. Ich ließ sie sein, was immer sie sein wollte.

Wir waren gar nicht so verschieden. In ihrem Wahnsinn entkam sie der langen Eisenkette, die sie an diese Welt fesselte. Im Schlaf entkam ich dem Kind, das im Haus meiner Mutter heranwuchs.

An einem feuchten Oktobernachmittag gelang es Chettiar Amma endlich, dem Wahnsinn und der Kette auf immer zu entfliehen.

Als ich den Westflügel geputzt hatte, ging ich zu Sujata Akka. »Was soll ich jetzt tun?«

»Geh nicht fort. Ich möchte, dass du hier bleibst. Ich werde etwas für dich finden«, sagte sie.

»Ich werde nicht den Platz meiner Mutter in der Küche einnehmen, und ich will keine zweite Rukmini Akka werden. Ich werde weder Ihre Höfe kehren noch die Kuhställe säubern. Und jetzt, wo Prabhu-papa im Internat ist, braucht er auch keine *ayah* mehr, die hinter ihm herläuft. Was bleibt da noch für mich zu tun?«, fragte ich.

Sujata Akka blickte mich nachdenklich an. Ich spürte, dass sie mich nur ungern gehen lassen würde. In vielerlei Hinsicht war ich die einzige Verbindung, die sie zu ihrer Vergangenheit hatte. Zu der Zeit, als sie noch die Schwiegertochter des Hauses war und nichts weiter von ihr erwartet wurde. »Du wirst meine Assistentin sein – meine Augen und meine Ohren. Deine Hände werden dort sein, wohin meine nicht hinreichen. Deine Füße werden dort gehen, wo meine nicht hinkommen. Verstehst du?«

Ich blickte sie ungläubig an. Bedeutete das wirklich das, was ich dachte? Sie wollte, dass ich ihren Platz einnahm, ihre Stellvertreterin wurde.

»Sind Sie sich da auch sicher?«, fragte ich. Sie blickte mich lange an und antwortete: »Ja.«

Also nickte ich zustimmend.

Wie ich schon erwartet hatte, war Amma damit nicht einverstanden. »Für wen hält sie sich? Für eine Königin? Was für eine Stellung ist das? Welche Frau, die bei Verstand ist, würde die Führung ihres Hauses einer anderen Frau überlassen? Ihre Assistentin!«, schnaubte Amma. »Wenn du mich fragst, besteht das Kunststück darin, eine Stellung zu finden, wo man unentbehrlich ist … Was soll das Ganze? Es wird nur böse enden.«

Dann wischte sich Amma das Gesicht ab und damit auch ihr ganzes Verhalten. Ihre Stimme wurde weicher, als sie mir gut zuzureden begann. »Möchtest du Muthu nicht sehen? Er wird in ein paar Minuten aus der Schule kommen. Er ist klug, und der Lehrer hat gesagt, dass wir ihn auf eine gute Schule in Kancheepuram schicken sollten, wenn die Zeit gekommen ist.«

»Nein«, erwiderte ich. »Ich will ihn nicht sehen. Soweit es mich angeht, enden meine Pflichten mit dem Geld, das ich für seine Versorgung zur Verfügung stelle. Mehr darfst du nicht von mir erwarten.«

»Aber das ist doch wider die Natur!«, rief Amma. »Er ist dein Sohn, wie oft du es auch leugnen magst. Wenn ich dich mit dem Enkelsohn des Chettiar sehe, macht mich das so wütend. Wie kann man das Kind einer anderen lieben anstelle des eigenen?«

Ich ging davon. Ich hatte meine Arbeit zu tun. Musste jemandes Augen, Ohren, Hände und Füße sein. Amma konnte ihren Rat und ihren Muthu für sich behalten. Ich wollte nichts damit zu tun haben.
Mein Leben war so, wie ich es haben wollte. Ich schlief weiterhin im Westflügel. Ich zog seine Isoliertheit der Betriebsamkeit im Haupthaus vor. Meine Tage hatten kein bestimmtes Muster; ich tat, was Sujata Akka mir auftrug. Ich war nicht unglücklich. In der Nacht fegten mich die Tabletten in ein dunkles Loch, in dem ich kauerte, bis der Morgen mit seinem langstieligen Besen kam und mir in die Rippen stieß.

… Ein Jahr später entdeckte ich, wie dünn die Wände dieser stillen Zufriedenheit waren. Ein Jahr später war ich gefangen in einem wirbelnden, wilden Gefühlsstrudel.
Langweile ich Sie auch nicht? Soll ich wirklich weitererzählen? Falls ja, so muss ich Sie warnen, Sie werden bestimmt nicht gutheißen, was als Nächstes geschah.
Ich schäme mich nicht. Es tut mir nicht Leid. Es quält mich kein schlechtes Gewissen. Ich habe getan, was ich tun musste. Wenn mich überhaupt ein Gefühl bewegt, dann ist es Wut. Weil ich mir so wenig wert war …

Sujata Akka war siebenunddreißig Jahre alt. Ich kannte sie seit siebzehn Jahren. Was bedeutete, dass sie mindestens seit neunzehn Jahren verheiratet war. Aber sie hatte nur ein Kind. Ich fragte mich wie alle anderen auch, warum dies so war. Bis zu dem Tag, an dem sie mich in ihren Augen lesen ließ und mir die beiden Engländerinnen in Vellore einfielen …
Jeden Nachmittag schauten Sujata Akka und ich für eine Weile zusammen fern. Oben auf dem Dach befand sich eine Satellitenschüssel, die eine Auswahl von sieben Kanälen bot. Für mich war es wie ein Privatkino.

Der Haushalt des Chettiar hatte sich vor vielen Jahren einen Fernseher zugelegt. Doch er stand in der Halle und wurde selten eingeschaltet – eigentlich nur drei Mal in der Woche. Für den sonntäglichen Spielfilm, für eine Sendung mit Filmliedern am Freitagabend und eine weitere Sendung am Mittwochabend.

Aber nachdem Chettiar Amma tot war, änderte Sujata Akka, die die neue Chettiar Amma wurde, alles. Die schweren alten Möbel wurden ausgetauscht, Vorhänge vor die Fenster gehängt, und es wurde ein neuer Fernseher gekauft.

Sujata Akka ließ ihn in die obere Halle stellen und schaute fern, wann immer ihr danach war. Und ich durfte ihr dabei Gesellschaft leisten.

Ich reduzierte die Dosis meiner Schlaftabletten. Es war nicht länger nötig, den Tag im Nebel zu verbringen. Der Fernseher beschäftigte meine Gedanken. Ich wollte nur noch nachts schlafen. Ich nahm langsam wieder zu, und die dunklen Schatten unter meinen Augen verschwanden. Ich hatte keine Ahnung, was die anderen Dienstboten von mir hielten, aber es war mir egal. Ich musste ja keinen freundschaftlichen Umgang mit ihnen pflegen. Wie damals schon, als ich vor siebzehn Jahren hergekommen war, drehte sich für mich alles um Sujata Akka. Mehr brauchte ich nicht.

Gegen zwei Uhr am Nachmittag begann Sujata Akka schläfrig auszusehen, und ich wusste, was zu tun war. Ich ging ins Schlafzimmer, zog die Vorhänge zu, schaltete den Ventilator ein und schlug die Bettdecke zurück, so dass sie sich nur noch hinlegen musste. Während sie schlief, stellte ich den Fernseher leiser und sah mir einen Film an. Um Viertel nach vier weckte ich sie, und dann nahm sie ein Bad und zog den *sari* an, den ich für sie herausgelegt hatte. Sujata Akka war längst nicht mehr die junge Schönheit, die sie einmal gewesen war, als sie ins Chettiar Kottai kam, aber sie war immer noch eine schöne Frau.

Eines Nachmittags, als ich das Zimmer für sie vorbereitete, sagte sie: »Bring eine Matte mit und lege dich her, dann können wir uns ein wenig unterhalten.«
Ich wusste, dass Sujata Akka einsam war. Sridhar Anna war immer beschäftigt oder auf Reisen, und Prabhu-papa besuchte ein Internat in Ooty. Es gab kaum jemanden, mit dem sie reden konnte. Wenn sie sich mit den anderen Frauen anfreundete, würden sie das ausnutzen und anfangen, Forderungen zu stellen, das war ihr bewusst. Sie hatte niemanden außer mir. Es machte mir nichts aus, dass sie sich mir nur deshalb zuwandte, weil sie keine Alternative hatte.
Eines Nachmittags lag sie auf der Seite, hatte mir das Gesicht zugewandt und sagte mit stockender Stimme: »Erzähl mir noch einmal von den beiden Engländerinnen. Sag mir, was du gesehen hast.«
Im ersten Moment schwieg ich, doch dann erzählte ich ihr von der seltsamen Liebe der beiden und dass sie offenbar niemanden sonst brauchten, wenn sie zusammen waren. Und von dem Vergnügen, das ihnen der Körper der anderen zu schenken schien.
Sujata Akka starrte zur Decke hinauf und sagte: »Fragst du dich manchmal, wie es ist, mit einem Mann zusammen zu sein?«
»Ich bin mit einem Mann zusammen gewesen. Das ist der Grund, warum ich jetzt hier bin und ein Kind im Haus meiner Mutter heranwächst.«
»Das meinte ich nicht. In all den Filmen, die wir uns ansehen, machen sie so viel Aufhebens um die Liebe. All die Dialoge, die sie führen, all die Lieder, die sie singen. Wenn diese Heldinnen nur wüssten, was danach kommt.«
»Was kommt denn danach?« Ich drehte mich auf die Seite, damit ich ihr Gesicht sehen konnte.
»Abscheu. Wenn er in meine Nähe kommt, habe ich das Gefühl, als würde mir eine Echse über die Haut kriechen.

Aber ich schließe die Augen und lasse ihn das tun, wonach ihm ist. Ich weiß, dass er zu anderen Frauen geht, aber wenn ich ihn immer abweisen würde, hätte er schon längst eine Mätresse wie sein Vater und würde direkt vor meiner Nase mit ihr prahlen. Jeden Abend, wenn ich zu Bett gehe, warte ich auf seine Berührung. Erst wenn er sich auf die Seite dreht und einschläft, schlafe auch ich ein.

Marikolanthu, ich mache mir Sorgen, dass etwas mit mir nicht stimmt. Was ist, wenn ich verrückt werde wie seine Mutter? Ob es wohl dieser Abscheu gegenüber der körperlichen Seite der Ehe war, die sie zu einer Wahnsinnigen gemacht hat? Ob es eine Art Fluch ist, der auf diesem Haus liegt?«

»Sujata Akka«, sagte ich und erhob mich, um mich aufs Bett zu setzen, »seien Sie nicht albern. Mit Ihnen ist alles in Ordung.«

Ich legte meine Hand auf ihren Bauch. »Hier … fühlt sich das etwa an, als würde eine Echse über Sie kriechen?«

»Nein, aber …«

Und dann begegneten sich unsere Blicke, und ich sah den Hunger in ihren Augen. Die Sehnsucht. Das frustrierte Verlangen. Das Begehren … Ich erinnerte mich daran, wie Missy K.s Augen Missy V. gefolgt waren. Ich begann zu begreifen, dass Sujata Akka das gleiche Verlangen erfüllte, das Missy K. dazu gebracht hatte, Missy V.s Nähe zu suchen. Aber wie sollte sie jemanden wie Missy V. finden?

Nach diesem Gespräch kehrten Sujata Akka und ich jeden Nachmittag zu diesem Thema zurück, und ich wusste mit Sicherheit, dass es nicht die Berührung an sich war, von der sich Sujata Akka abgestoßen fühlte, sondern die Berührung eines Mannes. Ich fragte mich, ob ich genauso war.

Ich wusste es nicht. Es war ganz so, als hätte ich jegliche Empfindung auf einen Punkt direkt unter meiner Kopfhaut eingeschränkt, so dass ich mich nur dann lebendig fühlte, wenn mir jemand mit den Fingerspitzen durchs Haar fuhr.

Als mir dann Sujata Akka eines Nachmittags mit den Fingern durchs Haar strich, spürte ich, wie sich meine Gefühle langsam regten.
Ich wusste nicht, was ich tat. Ich wusste nur, dass es ganz von selbst geschah, als ich daranging, diesen Schmerz in ihr auszulöschen, dieses Verlangen in ihr zu erfüllen ... Ich strich mit meinem Handrücken an der Seite ihrer Brust entlang. Mit der anderen Hand drehte ich sie um und ließ meine Finger ganz sanft über ihr Rückgrat gleiten.
Ihre Stimme schlich sich hervor, schien meine Berührung zu begrüßen. »Du hast Zauberkraft in deinen Fingern.«
Ich erhöhte den Druck ein wenig und spürte, wie sie sich unter meinen Fingern wand. »Ich mag es, wenn du mich berührst«, sagte sie, und ich wusste, dass sie niemals mehr über ihre Empfindungen preisgeben würde.
Wie leicht es doch ist, eine Frau zu erfreuen. Sie verlangt so wenig, außer dass man ihr das Gefühl gibt, begehrenswert zu sein, dass man sie mit Leib und Seele umwirbt und zärtlich liebt. Ich befeuchtete diesen ausgetrockneten Körper mit meinen Fingern und meinem Mund, meinen Augen und meiner Seele. Ich ließ eine Million Regentropfen sinnlicher Freuden herabregnen, die sie mit dem Durst eines Menschen aufnahm, der zu einem Leben in der Wüste verdammt ist und alle Hoffnung aufgegeben hat, jemals auf eine Oase zu stoßen.
Ich umfing, ich liebkoste, folgte Konturen. Ich leckte, saugte und knabberte. Brustwarzen erblühten zu Granatsteinen. Zunge streifte Haar. Wange an Wange. Ihr Haar verwickelte sich mit dem meinen. Unser Atem traf sich.
Ihre Finger schmiegten sich an meine Handfläche. Das war alles, was sie für mich zu tun bereit war. Ich war es, die sich aufgemacht hatte, ihr Lust zu bereiten, und in ihrer Lust lag meine Belohnung. Mehr würde es nicht geben. Aber das war mir egal. Ich hatte sie schon so lange mit meinem Herzen geliebt, dass es mir ganz natürlich erschien, sie nun auch

mit meinem Körper zu lieben, meinen vereitelten Träumen und meinen unerfüllten Sehnsüchten.
Wir sprachen niemals darüber. Über das, was plötzlich zwischen uns geschehen war. Aber jeden Nachmittag, wenn das Haus schlummerte, erfand ich neue Wege, ihre Nervenenden zu reizen. Ihren Durst zu stillen. Sie leise hervorstoßen zu lassen: »Genug, genug.«
Nichts hatte sich zwischen uns verändert. In unserer Beziehung gab es ohnehin keinen Raum für Veränderung. Ich war glücklich mit dem, was ich für sie verkörperte, und brauchte nicht mehr. All meine Fähigkeit, zu lieben und zu geben, fand ihr Ventil in Sujata Akka.
Und um ihr Glück, ihre Position im Haushalt, ihren Einfluss auf Sridhar Anna zu erhalten, gewährte ich Sridhar Anna Zugang zu meinem Körper.
Solange ich seinen Appetit befriedigte, würde er nicht nach einer anderen Frau suchen. Solange ich verfügbar war, würde er Sujata Akka an den Tagen, an denen er zu Hause war, nicht belästigen. Ich würde niemals mehr von ihm verlangen, als ich bekam. Ich war die kleine Schwester des Originals und war zufrieden mit dem, was ich hatte.
Wie leicht es doch ist, einen Mann ins Bett zu bekommen. Schwieriger ist es, ihn dort auf Dauer glücklich zu machen. Ich hatte keine Ahnung, wer ich sein sollte, wenn ich mit ihm zusammen war: das naive Mädchen oder die schamlose Hure. Also war ich beides, und er schien es zu genießen. Ich muss gestehen, dass es mir gelang, aus den Momenten seiner Ekstase ein paar Tropfen für mich selbst abzuleiten. Ich war nicht darauf aus gewesen, so dass ich es als unerwartetes Geschenk betrachtete.
Manchmal dachte ich über die Ironie der Situation nach und lächelte in mich hinein. Am Tag sammelte ich mit Sujata Akka Lilien an einem riesigen See, wo Reiher fischten und eine sanfte Brise wehte und über die braunen Köpfe des Schilfrohrs hinwegstrich. In der Nacht trieb mich Sridhar

Anna in die Mitte der Erde, wo geschmolzene Lava meine Füße umklammerte, während ich mich in seiner Umarmung aufbäumte, in ihr stöhnte und verbrannte.
Keiner von beiden liebte mich. Aber sie brauchten mich. Diejenigen, die keine Liebe haben können, müssen sich mit dem Gebrauchtwerden zufrieden geben. Was ist Liebe, wenn nicht ein verkleidetes Bedürfnis?

Als meine Mutter starb, geriet mein Leben aus den Fugen, und der Zauber, der es in der letzten Zeit unverwundbar gemacht hatte, schwand dahin. Nach der Beerdigung sagten meine Brüder: »Akka, es ist an der Zeit, dass du Muthu zu dir nimmst. All die Jahre hast du dich vor deiner Verantwortung gedrückt. Als Amma noch lebte, da hat sie dich nach deinem Gutdünken leben lassen. Aber wir wollen nicht mehr für ihn verantwortlich sein. Schließlich bist du ja nicht tot, und du verdienst dein eigenes Geld.«
Ich hörte ihnen schweigend zu. Ihr brüderliches Einvernehmen erwuchs aus ihrer Achtbarkeit. Ich war die Außenseiterin, die das Land der Schande betreten hatte. Wie sehr ich mich auch bemühte, mich davon zu distanzieren, sie sahen nur das, was sie sehen wollten. Für mich war in diesem Haus kein Platz mehr. Ich hatte meine Rechte verwirkt.
»Behaltet ihn noch ein paar Tage hier«, bat ich. »Ich muss Vorbereitungen treffen. Ich muss Sujata Akka davon erzählen.«
Was sollte ich mit dem Jungen anfangen? Würde Sujata Akka mir erlauben, ihn mit ins Haus zu bringen? In den letzten Monaten war mir aufgefallen, dass sie mir all das missgönnte, was mich davon abhielt, mich ihr zu widmen. Es missfiel ihr sogar, dass ich allein fernsah. Nur meine Nächte waren ausgenommen. Egal, wie lange Sridhar Anna auch bei mir verweilte, er schlief immer in ihrem gemeinsamen Bett an ihrer Seite.
Aber als ich ins Chettiar Kottai zurückkehrte, musste ich

wieder einmal erkennen, dass die Säume meines Lebens auseinander gerissen worden waren.
Sujata Akka war kalt und distanziert. Am Nachmittag, als ich zu ihrem Zimmer ging, fand ich die Tür verschlossen vor. War sie vielleicht wütend auf mich, weil ich so lange fort gewesen war?
Ich seufzte. Es war nicht zu ändern. Manchmal benahm sich Sujata Akka unvernünftig. Im Stillen fügte ich Worte der Entschuldigung, Botschaften der Liebe zusammen. Wenn ich es erst einmal erklärt hatte, würde sie sich wieder in meine geliebte Sujata Akka verwandeln.
Ich kehrte in mein Zimmer zurück und wartete. Sie würde schon bald nach mir suchen. Am Abend – genau wie ich es erwartet hatte –, kam Sujata Akka in den Westflügel marschiert. »Ich will, dass du deine Sachen packst und sofort von hier verschwindest«, sagte sie.
»Aber was ist denn geschehen?«, fragte ich. Ihre zitternden Nasenflügel, die Wut in ihren Augen, die Verachtung in ihrer Stimme jagten mir Angst ein.
»Wie konntest du mir das antun?«, rief sie. »Wie konntest du mir meinen Mann stehlen? Hast du etwa geglaubt, dass ich es nicht herausfinden würde?
Ich hätte es vielleicht auch nicht, alberne, vertrauensselige Närrin, die ich nun einmal bin ... wenn ich nicht gestern dieses Zimmer betreten hätte, um es säubern zu lassen. Ich hatte mir gesagt: Es war so lange verschlossen, warum lasse ich es nicht für Marikolanthu herrichten ... und da sah ich seine Sachen herumliegen. Und mit einem Mal wurde mir klar, warum er mich schon seit einiger Zeit nicht mehr belästigt. Er hat ja dich, seine Hure, direkt unter meinem Dach!
Wie konntest du nur all das vergessen, was ich für dich getan habe? Und du dankst es mir mit Verrat ...«
Ihre Worte nahmen mir fast den Atem, drohten meine Antwort zu ersticken. »Ich habe es für dich getan«, ver-

suchte ich mit dem vertrauten Du unseres nachmittäglichen Beisammenseins zu erklären. »Ich wusste doch, wie verhasst es dir war, wenn er in deine Nähe kam, und andererseits wollte ich nicht, dass du ihn an eine andere Frau verlierst.«

»Du bist eine andere Frau.« Sie stand steif da, unberührt von dem, was ich sagte.

»Aber doch nicht auf die Weise, wie du denkst. Ich wollte doch nur, dass du glücklich bist.« Ich berührte ihren Arm.

Sie schüttelte meine Hand ab. »Ich hätte es wissen müssen. Ja, ich hätte es mir eigentlich denken können. Du bist nicht normal. Weißt du das? Du wendest dich von deinem eigenen Kind ab. Du ziehst die Gesellschaft einer verrückten Frau der deiner Mutter vor. Am Tage tust du so, als wärst du meine Freundin, und in der Nacht labst du dich an der Lust meines Mannes. Was für ein Dämon bist du?«

»Das solltest du doch wissen«, erwiderte ich, inzwischen selbst wütend. »Uns verbindet mehr als nur dein Ehemann. Was wirst du tun, wenn du mich wegschickst? Wer wird dich dann so lieben, wie ich es tue?«

»Halt den Mund! Halt sofort den Mund, hörst du!« Sujata Akkas Stimme erhob sich zu einem Schrei. »Du bist ein böses Geschöpf. Ich weiß, dass du schwarze Magie benutzt hast, um mich zu deiner Sklavin zu machen … damit ich Dinge tue, die keine Frau sonst tun würde … aber damit ist jetzt Schluss, das wird nicht mehr funktionieren. Scher dich aus diesem Haus, bevor ich dich hinauswerfen lasse.«

Ich verließ das Chettiar Kottai. Ich holte mir nicht einmal mehr das Geld ab, das sie mir als Gehalt schuldete. Ich wollte nichts mehr mit ihr zu tun haben. Sie hatte meine Liebe zu ihr mit einer Hässlichkeit entstellt, deren Anblick ich nicht ertragen konnte.

Im Haus meiner Brüder bat ich um eine Gnadenfrist. »Ich brauche noch ein paar Tage«, sagte ich. »Sujata Akka trifft die nötigen Vorbereitungen, um ihn auf eine Schule in Kancheepuram zu schicken«, log ich, weil ich nicht wusste, was ich sonst hätte tun sollen. Ich hätte mich am liebsten hingelegt und geschlafen. »Das Kind und ich werden noch einige wenige Tage hier bleiben. Ist es etwa zu viel verlangt, wenn eine Schwester ihre Brüder darum bittet?«

Ich sah, wie ihre Gesichter erbleichten. Aber sie stimmten widerwillig zu.

Ich lag auf der Matte und starrte zur Decke hinauf. Tief unten in meinem Bauch setzte der dumpfe Schmerz ein. Die ersten Male, als Sridhar Anna mit mir schlief, hatte ich Angst, dass ich schwanger werden könnte. Aber er sagte, ich solle mir keine Sorgen machen und dass er vorsichtig sein würde. Und wie um mich zu beruhigen, wurde meine Periode länger und stärker. Dann begann der Schmerz. Ein dumpfer Schmerz, der sich oft in einen pochenden verwandelte; in eine Schwere. In jener Nacht wurden die Schmerzen so schlimm, dass ich am Morgen wusste, ich würde es nicht mehr länger hinausschieben können. Ich musste einen Arzt aufsuchen.

Ich hatte eine Wucherung in meiner Gebärmutter. Mehrere Wucherungen sogar. Fleisch in meinem eigenen Fleisch, das sich von meinem Körper ernährte und wuchs. Einhundert winzige Kinder, die mich bei lebendigem Leibe verspeisten. Ich musste mir die Gebärmutter, ihr Zuhause, entfernen lassen. Woher sollte ich das Geld für eine solche Operation nehmen?

Ich besaß vierhundert Rupien. Ich hatte niemals daran gedacht, auch nur eine einzige Paisa beiseite zu legen. Ich hatte immer nur ein wenig Geld für mich behalten und den Rest meines Verdienstes meiner Mutter gegeben. Ich hätte Sridhar Anna fragen können. Er hätte mir das Geld gegeben. Aber damit wäre ich zu einer Hure geworden. Einer Frau, die Geld dafür nimmt, dass sie einem Mann erlaubt, ihren Körper zu benutzen. Ich dachte an Sujata Akkas Gesicht. Ich wollte nichts, was ihr gehörte. Weder ihren Mann noch sein Geld.

Im Bus, der mich zurück ins Dorf brachte, fasste ich einen Entschluss. Es war an der Zeit, dass der Junge seine Schulden bezahlte. Und es war an der Zeit, dass Murugesan für das bezahlte, was er mir angetan hatte.

Ich brachte den Jungen nach Kancheepuram, wo die Webstühle standen. Zu Murugesans Webstühlen. Murugesan war nicht da. Er war zu einem viel beschäftigen Mann geworden, einem reichen Mann, wie man mir versicherte. Er reiste viel. Sogar mit dem Flugzeug ins Ausland. Bestellungen für seine Seide kamen aus weit entfernten Orten. Aber ich wollte Murugesan gar nicht sehen. Sein Geschäftsführer reichte mir. Er wusste sofort, was ich wollte. Andere wie ich waren schon vor mir dort gewesen. Es war bloße Routine für ihn. Jeden Tag nahmen sie Jungen auf, um die Ketten an den Webstühlen zu spannen und sie mit Fäden zu versorgen, damit die komplizierten Muster der *saris*, die dort gewebt wurden, Gestalt annahmen. Also verpfändete ich den Jungen für die nächsten zwei Jahre für die Summe von fünftausend Rupien. Er würde zehn Rupien am Tag erhalten. Dreißig Tage ergaben dreihundert Rupien, zwölf Monate brachten dreitausendsechshundert Rupien. Alles, was ich benötigte, waren fünftausend Rupien. Der Rest des Geldes würde für den Unterhalt des Jungen reichen.

Eine widernatürliche Befriedigung flackerte in mir auf. Murugesan wusste es vielleicht nicht, aber ich hatte ihm seinen eigenen Sohn verkauft. Ich hatte endlich die Miete für die neunmonatige Unterbringung des Jungen kassiert. Mit dem Mietgeld, das der Schweiß und das Blut des Jungen einbrachte, würde ich die einstige Behausung und das Band, das unsere Leben miteinander verknüpfte, zerstören lassen.

»Ist das die neue Schule, auf die mich Sujata Akka schickt? Es sieht gar nicht wie eine Schule aus«, sagte der Junge. Er

war erst acht Jahre alt, aber er begriff mehr, als man ihm erzählte.
Ich nickte, entschied mich dann aber, ihm die Wahrheit zu sagen. »Das hier ist keine Schule. Hier stehen Seidenwebstühle. Sie werden dir hier ein Handwerk beibringen; wie man webt. In dem Sinne ist es schon eine Schule.«
Der Junge sagte nichts. Er blickte auf seine Füße. Ich reichte ihm die kleine Stofftasche mit seinen Kleidern und Habseligkeiten. »Ich muss jetzt gehen«, sagte ich.
»Wann kommst du zurück, um mich wieder mit nach Hause zu nehmen?«, fragte er.
»Es gibt kein Zuhause mehr. Aber ich werde eines Tages zurückkommen«, erwiderte ich und schritt davon.
Nach der Operation verschwand der Schmerz, aber die Schwere blieb. Sie zog an meinen Füßen und betäubte meinen Verstand. Ich entschied mich, in Kancheepuram zu bleiben. Das Dorf mit seinem Mangogarten und dem Chettiar Kottai war mit zu vielen Erinnerungen verbunden. Ich fand eine Anstellung als Köchin. Eine Reihe von Anstellungen. Sobald die Gerüche eines Haushalts in meine Poren drangen, ging ich wieder. Ich war ein ruheloser Geist, verschroben und verbittert. Manchmal dachte ich an die Vergangenheit und spürte, wie sich etwas in dem Vakuum bewegte, das nun in mir existierte.

Ein Jahr später starb Murugesan. Ich las darüber in einer tamilischen Zeitung, die in dem Haus herumlag, wo ich arbeitete. Er war geschäftlich nach Singapur gereist und hatte dort einen Herzinfarkt erlitten. Sein Leichnam würde in drei bis vier Tagen zu Hause eintreffen, hieß es dort.
Die Straße, die zum Einäscherungsplatz führte, war zwei Straßen von dem Haus entfernt, in dem ich arbeitete. Ich wartete mit gespitzten Ohren. Jedes Mal, wenn ich einen Leichenzug vorübergehen hörte, eilte ich auf die Terrasse

hinaus, von wo aus ich die Geschehnisse gut beobachten konnte. Am vierten Tag, nachdem die Nachricht in der Zeitung erschienen war, zog seine Leichenprozession vorbei. Er lag in strahlend weißer Kleidung auf einem Gestell. Wäre er hier gestorben, hätten sie ihn in einen Stuhl gesetzt, als ob er noch leben würde. Aber sein Leichnam musste steif geworden sein, und um ihn in einen Stuhl zu bekommen, hätten sie ihm das Rückgrat und die Glieder brechen müssen.

Trommelschläge erfüllten die Luft, und seine Söhne – seine rechtmäßigen Söhne – schritten mit einem Topf Wasser in den Händen dahin. Blumen regneten herab, und ich war froh, dass die grünen Zweige der *marikolanthu* niemals den Leichnam dieser Kreatur zieren würden. Rosenblütenblätter und Ringelblumen, Chrysanthemenranken und Maiglöckchen – der Duft der Blumen und des Weihrauchs hing schwer in der Luft. Straßenkinder tanzten, wie sie es immer bei Begräbnissen taten, auf leichten Füßen, drehten sich und wanden ihre Körper mit einer fieberhaften Freude, während sie im Rhythmus der Trommelschläge durch ihre Zähne pfiffen. Unter den Straßenkindern entdeckte ich den Jungen.

Tanze, tanze, sagte ich ihm. Tanze beim Begräbnis deines Vaters und lass seinen Geist dabei voller Traurigkeit zusehen. Weil du sein Dahinscheiden mit solch wundervoller Hingabe feierst.

Der Einäscherungsplatz lag im Abendlicht da. Es war Januar. Die Nacht würde früh hereinbrechen. Wie seltsam, dachte ich, welch ein Zufall. Im Januar hatte er mein Leben zerstört, und nun war sein Leben in einem anderen Januar zu Ende gegangen.

Hinter einer Baumgruppe, die am Rand des Platzes stand, sah ich, wie der Scheiterhaufen aufgebaut wurde. Ein Holzhaufen, der den Himmel mit dem Streifen des Todes beschmieren würde. Wenn er nur noch Asche war und alle gegangen waren, wollte ich auf dieser Asche herumtrampeln und darauf spucken.

Murugesans Sohn, sein rechtmäßiger Sohn, entzündete den Scheiterhaufen, während der Junge am Rand stand und zusah. Was macht er nur hier?, fragte ich mich.

Die Flammen loderten. Stimmen waren zu hören: Der Leichnam brennt nicht. Muss wohl an all den Chemikalien liegen, die sie benutzt haben, um ihn zu konservieren. Legt mehr Holz darauf. Hier, Junge, leg das auf den Scheiterhaufen.

Die Flammen erstarben. Ein entsetztes Flüstern: Der Leichnam ist unberührt. Etwas verkohlt an einigen Stellen, und die Haut hat sich abgelöst. Aber er ist immer noch da. Die Söhne dürfen ihn so nicht sehen. Hier gibt es nichts mehr für uns … Sag, Junge, bist du nicht von Murugesans Webstühlen? Bleib hier und wirf ein Auge auf die Männer, während sie noch einmal versuchen, den Leichnam zu verbrennen …

Schließlich war es der Junge, der bei der Reise seines Vaters in die andere Welt mithelfen musste. Bis auf die Männer, die dort arbeiteten, den Jungen und mich lag der Einäscherungsplatz verlassen da.

Im Schutz der Dunkelheit stand ich da und beobachtete den Jungen dabei, wie er Holz sammelte, um den Scheiterhaufen erneut zu entzünden. Ich sah, wie er über den Platz lief und nach übrig gebliebenem Anzündholz von anderen Scheiterhaufen stöberte, nach Zweigen, Ästen, trockenem Gras … nach allem, was brennbar war. Das Gesicht des Jungen war vor Trauer ganz angespannt – oder war es Mitleid?

Ich schlich näher und erblickte den halb verkohlten, nicht mehr unversehrten Leichnam. Erwachsene Männer, Murugesans Verwandte, waren davongegangen, weil sie den Gedanken, mit einem so schrecklichen Wesen konfrontiert zu werden, nicht ertrugen. Was mochte der Junge denken, als er den zweiten Holzstapel entzündete? Ich spürte, wie mich eine große Traurigkeit überkam. Ich hatte den Jungen dazu gemacht. Zu einem *chandala*. Einem Hüter der Gräber, einem Aufseher der Toten. Das hier hatte er nicht verdient. Und auch alles andere nicht, was mit ihm geschehen war.

Als die Flammen in die Höhe schossen, verbrannte mein Hass in ihnen. Was war schon noch übrig geblieben in dieser Welt, worauf ich meinen Hass richten konnte? Murugesan war ein Haufen glimmender Asche. Da war Muthu. Aber weshalb sollte ich ihn hassen? Meine Bitterkeit löste sich auf. »Muthu«, rief ich leise.

Er drehte sich zu der Stelle um, wo ich stand. Ich sah, wie sein Gesicht vor Freude zu strahlen begann. Ich hatte Feindseligkeit und Wut erwartet, aber nicht diese reine Freude. Zum ersten Mal verspürte ich Scham. Nicht etwa Reue, weil ich ihn als Baby abgelehnt hatte, nein, das meine ich nicht. Das war so vorherbestimmt. Aber ich verspürte Scham, weil ich ihn benutzt hatte. Was unterschied mich von der langen Reihe von Menschen, die mich erst benutzt und dann einfach ausrangiert hatten, als sie mich nicht mehr brauchten? Ich wusste, dass ich das bei ihm wieder gutmachen musste.

Es gab so viel zu tun, bevor ich Ansprüche auf ihn als mein eigen Fleisch und Blut erheben konnte. Ich musste das Geld auftreiben, um ihn zurückzukaufen. Missy K. fiel mir ein. Missy K. würde es verstehen und helfen. Vielleicht würde sie mich sogar dabei unterstützen, Arbeit in der Stadt zu finden, in der sie lebte.

Wieder einmal verspürte ich eine Bewegung in meiner Gebärmutter, die doch gar nicht mehr da war. Mein Kind stand kurz vor der Geburt.

… Wissen Sie noch, was ich Ihnen über die Rollen in meinem Leben gesagt habe, dass sie keine richtige Abfolge hatten, keine Angemessenheit? Nach alldem riss ich zum ersten Mal die Kontrolle über mein Schicksal an mich. Ich würde niemals Kriege führen oder Königreiche regieren. Ich wollte nichts weiter als ein gewisses Maß an Glück. Ich wollte lediglich Muthus Mutter sein.

So lange Zeit war ich damit zufrieden gewesen, die kleine Schwester des Originals zu bleiben. Die Ersatzhausfrau. Die Ersatzmutter. Die Ersatzgeliebte. Aber jetzt wollte ich mehr. Ich wollte selbst das Original sein.

# 11

## *Akhila spricht*

Akhila sitzt auf einer Bank am Meer. Sie wird dort sitzen bleiben, bis die Straßenlaternen eingeschaltet werden, um dann zum Hotel zurückzuspazieren. Nicht weit von ihr entfernt, zwischen ihr und dem Meer, lehnt ein junger Mann an seinem Motorrad. Er versucht sich mit dem Rücken zum Wasser ein Zigarette anzuzünden. Die Brise hebt sein Haar und lässt es ihm in die Stirn fallen. Trotz des dicken Schnurrbarts ist sein Gesicht rundlich und jungenhaft. Seine Augen sind nicht die eines Kindes; seine engen Jeans und das rostfarbene T-Shirt umhüllen einen Körper, der angeberisch männlich ist. Als er seinen Kopf von den zum Schutz gegen den Wind um die Zigarette gelegten Händen hebt, begegnen sich ihre Augen. Sie steht ihm in seiner Musterung in nichts nach. Er senkt den Blick. Wenig später sieht Akhila, wie er davonfährt. Sie lächelt. Solch eine Macht hat sie noch niemals zuvor empfunden.

Seit zwei Tagen wohnt Akhila in einem Hotel in Kanyakumari. Das Hotel liegt am Strand und heißt Sea Breeze. Die Veranda führt in ein kleines Foyer. An einer Wand steht ein Sofa mit einem türkisch gemusterten Bezug. Auf der gegenüberliegenden Wand befindet sich ein großes Wandgemälde. Der mit einem weißen Hemd und einer schwarzen

Hose bekleidete Mann an der Rezeption lächelt sie an und nennt sie »Madam«.
Dem Hotel ist ein Restaurant angeschlossen. Das Essen dort ist einfach und vegetarisch. Akhila sitzt drei Mal am Tag allein an einem Tisch und versucht bei jeder Mahlzeit ein anderes Gericht. Sie hat bereits die ganze Karte durchprobiert. Hier steigen Familien und ältere Ehepaare ab. Touristen und Pilger. Akhila hat keine Ahnung, zu welcher Kategorie sie gehört. Aber das spielt keine Rolle. Sie lauscht den Gesprächen, die um sie herumwirbeln.

Akhila hat ein Zimmer mit Meerblick. Von ihrem Balkon aus kann sie sehen, wie die Sonne auf- und untergeht. Unter dem Horizont erholt sich das Wasser; eine ruhige Fläche aus Kupfer. Jeden Morgen und jeden Abend geht sie spazieren. Manchmal starren die Leute sie an. Sie sind nicht an den Anblick einer Frau gewöhnt, die ganz allein herumläuft. Bei einer Ausländerin könnten sie das noch verstehen, aber bei einer Inderin … Sie geht langsam an ihnen vorbei, ohne ihren Schritt zu beschleunigen oder erkennen zu geben, dass sie ihre Blicke zu deuten vermag. Es spielt keine Rolle. Sie schert sich nicht mehr darum.
Fünfundvierzigjährige alte Jungfern haben einen gewissen Ruf. Sie sind bekannt für ihre Sittsamkeit, für einen bösartigen Zug um den Mund, für austrocknende Poren, Falten und Kanäle, für eine Beschäftigung mit sich selbst, die einer Besessenheit gleichkommt, und für die unfehlbare Fähigkeit, in allem, das schön und makellos ist, einen Fehler zu entdecken.
Und so war es mit Akhila. Alte Jungfer. Ältere Schwester. Einst der Ernährer der Familie. Immer noch der Goldesel.
Aber Akhila ist überzeugt, dass sie sich von ihrer Familie nicht mehr ausnutzen lassen wird. Seht mich an, wird sie ihnen sagen. Seht mich an: Ich bin die Frau, von der ihr glaubt, dass ihr sie kennt. Ich bin die Schwester, über die ihr

euch gewundert habt. Da steckt mehr in dieser Akka. Denn in mir steckt eine Frau, die ich entdeckt habe.
Am nächsten Abend wartet er auf sie. In Jeans und einem olivgrünen T-Shirt lehnt er lässig an seinem Motorrad. Sie gibt vor, ihn nicht zu bemerken, und setzt sich auf ihren üblichen Platz. Er räuspert sich. Sie wendet sich ihm zu und lächelt. »Hallo«, sagt sie.
Verwirrung zeigt sich in seinem Gesicht. Die Frauen in seiner Welt sprechen nur, wenn sie angesprochen werden, und selbst dann würden sie nichts mit einem Fremden zu tun haben wollen.
»Wie heißen Sie?«, fragt sie. Doch dann ändert sie ihre Meinung und fügt hinzu: »Nein, sagen Sie mir das lieber nicht. Ich will Ihren Namen gar nicht wissen.«
»Vinod. Mein Name ist Vinod«, antwortet er schnell. Sie blickt ihn an. Sie kommt zu dem Schluss, dass er ungefähr Mitte zwanzig sein muss.
Sie steht auf, um zu gehen, und spürt, wie sein Blick ihr die Straße hinunterfolgt.

Akhila entdeckt, dass sie gern allein ist. Sie hat keine Zweifel mehr, wie ihr Leben sein wird, wenn sie allein lebt. Selbst wenn es nicht so werden sollte, wie sie es sich erträumt hat, so hätte sie zumindest den Versuch unternommen, es herauszufinden. Und vielleicht ist das alles, was sie im Augenblick vom Leben verlangen sollte. Dass es ihr erlaubt war, es auszuprobieren und zu erfahren.
Akhila sitzt am Meer. Der junge Mann ist nicht da. Für einen Moment, aber nur für einen kurzen Moment, verspürt sie einen kleinen Stich der Enttäuschung. Sie schließt die Augen und spürt, wie die Brise ihre Lider liebkost. Zum ersten Mal in ihrem Leben erfährt Akhila, wie es ist, den Augenblick zu gewinnen.
Ein Motorrad fährt dröhnend an ihr vorbei und kommt dann stotternd zum Stehen. Sie hält ihre Augen geschlossen. Sie

vernimmt ein Räuspern, mit dem jemand seine Gegenwart ankündigt. Akhila öffnet die Augen. Es ist der junge Mann.
»Hallo«, begrüßt sie ihn. Sie sieht, wie seine Augen vor Erleichterung aufleuchten.
»Ich war mir nicht sicher … ob … ob Sie hier sein würden. Ich dachte, Sie würden vielleicht versuchen, mich zu meiden.« Die Worte wurden stockend hervorgestoßen.
»Wie kommen Sie denn darauf?«, erwiderte Akhila.
»Ich weiß auch nicht … weil ich Sie gestern angesprochen habe«, sagt er und fährt sich mit den Händen durchs Haar.
»Das haben Sie nicht. Ich habe Sie angesprochen«, berichtigt sie ihn.
»Woher kommen Sie?«, fragt er unvermittelt.
Akhila lächelt. Er ist ein Junge, der vorgibt, ein Mann zu sein. »Warum möchten Sie das wissen?«
Er senkt den Blick.
»Warum setzen Sie sich nicht?«, sagt sie und deutet neben sich auf die Bank, und als er lächelt und sich rasch dort hinsetzt, da weiß Akhila, wie sich die Katze in einem Katz-und-Maus-Spiel fühlt.

In der Nacht nehmen Akhilas Träume ein Muster unaufhörlichen Suchens an. Sie wacht mit einem Geschmack nach Kreide im Mund auf und dem Gefühl einer nach oben steigenden Hilflosigkeit. Ich weiß, was ich tun möchte. Also warum hinterlassen meine Träume eine solche Niedergeschlagenheit bei mir?, fragt sie sich eines Morgens. An dem Tag nimmt sich Akhila vor, den jungen Mann zu verführen. Eine letzte Tat, um ihren Entschluss zu bekräftigen. Der Verstand wird dem Körper folgen, sagt sie sich, alles zurückweisend, was man ihr beigebracht hat. Eine wagemutige Tat, um dorthin zu gelangen, wo sie noch niemals zuvor gewesen ist. Wenn ein Berg in der Nähe wäre, würde Akhila versuchen hinaufzuklettern. Sie spürt, wie die Lust in ihren Schläfen kauert und von ihr verlangt, zu tun, was sie befiehlt.

Akhila nimmt sich vor, ein kleines Spiel zu spielen: Wenn er den ersten Schritt tut, werde ich nicht weiter gehen. Ich will keinen Mann, der versucht, seinen Horizont mit meinem Körper zu erweitern. Ich will keine weitere Erfahrung sein. Sie spaziert zur Bank. Er wartet dort auf sie. Ein Lächeln zieht an ihren Lippen. Sie beugt den Kopf, um es zu verbergen. Als sie das Gesicht hebt, sieht er eine Akhila, die nur noch den Geist eines Lächelns trägt.

»Hallo«, sagt er. »Sie sind heute spät dran.«

Sie zuckt mit den Schultern und setzt sich. Er wartet darauf, dass sie ihn einlädt, neben ihm auf der Bank Platz zu nehmen. Akhila beginnt ihr kleines Spiel zu genießen.

Sie schaut aufs Meer hinaus.

»Wollen Sie sich denn nicht setzen?«, fragt sie.

»Woher kommen Sie?«, wiederholt er seine Frage vom Vortag.

Sie lächelt und schüttelt den Kopf. »Ich mag keine Fragen«, sagt sie. Warum widerstrebt es mir nur so, über mich selbst zu reden? Das hier ist für den Augenblick. Es muss hier enden. Das ist der Grund, sagt sie sich.

Er weiß nicht, ob dies eine Abfuhr ist und er besser verschwinden sollte. Er vermag nicht zu erkennen, was sie will, und dennoch widerstrebt es ihm zu gehen. Um die Stille zu füllen, seinen Aufenthalt hinauszuzögern, beginnt er ihr von sich zu erzählen. Akhila lässt seine Worte an sich abprallen. Sie sieht, dass die Leute auf der Straße sie beobachten. Sie stellt sich vor, was sie sehen: eine Frau mittleren Alters und einen jungen Mann. Sie stellt sich die Spekulationen vor, die ihnen in den Sinn kommen werden. Sie stellt sich vor, wie das, was sie sehen oder sagen werden, unwichtig ist für sie.

Sie wendet sich ihm zu und blickt ihn an. Morgen hat sie vor, das gleiche Spiel noch einmal zu spielen, und dann beabsichtigt sie zu tun, was sie tun muss. Am darauf folgenden Tag wird dann die Zeit für sie gekommen sein, zu gehen.

Am Morgen weckt ein Zeitungsartikel über einen Selbstmord Akhilas Aufmerksamkeit. Eine ganze Famile in einer Kleinstadt in Kerala war betroffen. Der Vater hatte seiner Frau und seinen vier Kindern Gift verabreicht und sich dann anschließend an einem Deckenhaken erhängt. In seinem Abschiedsbrief redete er von Hoffnungslosigkeit. Er litt an Aids und wollte nicht, dass seine Familie seinetwegen geächtet würde. Er wisse keinen anderen Ausweg, um sie vor Schande und Traurigkeit zu schützen, hatte er geschrieben.

Ob seine Frau überhaupt mit ihm sterben wollte? Und was war mit seinen Kindern?, denkt Akhila. Wie konnte er es wagen, ihre Leben zu nehmen, als wäre es sein Recht, über Leben und Tod zu entscheiden?

Akhila blättert empört die Seite um. Ihr wird bewusst, dass sie einen solchen Artikel vor zwei Wochen noch gelesen hätte, ohne sich über die Frau oder die Kinder Gedanken zu machen.

Zum ersten Mal erinnert sich Akhila nicht mit Mitleid, sondern mit Bewunderung an Sarasa Mami. Der Unterschied, das weiß Akhila inzwischen, liegt darin, dass Sarasa Mami auf die bestmögliche Weise gelebt hat, die sie kannte, während sie, Akhila, dies nicht getan hatte.

Akhila starrt ihren jungen Mann an, als wollte sie sich seine Züge in ihr Gedächtnis einbrennen. Er ist da, treu, liebedienernd und immer noch nicht in der Lage, ihrem Blick standzuhalten. Er wird nicht den Anfang machen, das weiß sie. Hat sie ihr Spiel nun gewonnen oder verloren? Sei kein Feigling, ermahnt sie sich streng. Du willst es doch so. Du brauchst es. Du musst imstande sein, es zu tun.

Sie nimmt seine Hand und sagt: »Ich wohne im Hotel Sea Breeze. Warum kommen Sie nicht später am Abend einmal vorbei?«

Zwei Stunden später läutet das Telefon. Die Stimme des Mannes am Empfang klingt neugierig und missbilligend. »Ein Mr. Vinod ist hier. Er sagt, er sei ein Verwandter von Ihnen. Soll ich ihn zu Ihrem Zimmer hinaufschicken?«
Akhila lächelt in den Hörer. »Ja.«
Sie öffnet die Tür und tritt anschließend hinaus auf den Balkon. Sie hört, wie er die Tür schließt. Sie wartet darauf, dass er den Riegel vorschiebt. Als er es tut, lächelt sie erneut. Sie weiß, was er will. Sie will es ebenso.
Er kommt zu ihr hinüber und stellt sich neben sie.
»Ich liebe das Meer bei Nacht. Bei Nacht bezaubert es all unsere Sinne«, sagt Akhila. Er rückt näher an sie heran. Sie meint seinen Herzschlag zu hören. Sieh an, er hat Angst, lacht sie. Er verlässt sich darauf, dass ich ihm weiterhelfe.
»Hast du ein Kondom dabei?«, fragt sie. Sie weiß, dass er daran nicht gedacht hat. Er dreht sich auf dem Absatz um und verschwindet. Für einen Moment befürchtet sie, seiner Leidenschaft einen Dämpfer verpasst zu haben. Doch dann wird ihr klar, dass er wiederkommen wird.
Als er zurückkehrt, lässt sie sich von ihm lieben, obwohl die Fenster und die Balkontür weit zur Nacht geöffnet sind und das Licht eingeschaltet ist. Als er nach dem Lichtschalter greifen will, hält sie seine Hand zurück. »Wessen schämst du dich?«, fragt sie.
Er ist ungeduldig darauf bedacht, in sie einzudringen. Sie windet sich auf dem Rücken und führt seine Hände zu ihren Brüsten. »Langsam, langsam«, sagt sie. »Ich laufe dir schon nicht weg.«
Aber er kann sich nicht länger beherrschen und schiebt ihre Beine auseinander. Akhila verspürt einen krampfartigen Schmerz. Seit Hari ist schon eine so lange Zeit vergangen. Aber Lust öffnet das Fleisch, und Akhila ist erfüllt von Lust. Eine Lust, die sich entfaltet, nährt und sich in sich selbst zurückzieht. Eine Lust, die die Hitze des Feuers ausstrahlt. Die Energie, die das Leben bestimmt. Akhila ist

Lust. Akhila ist Sakthi. Akhila ist Akhilandeswari, dezimiert auf zehn Wesenheiten.
Kali. Bereit, alles zu zerstören, was sich zwischen sie und den Fluss der Zeit stellt.
Tara. Mit dem goldenen Keim, aus dem sich ein neues Universum entwickelt. Sie wird ihre eigene Leere und Unendlichkeit sein.
Sodasi. Fülle mit sechzehn. Träume und Hoffnungen hegend. Selbst jetzt, mit fünfundvierzig.
Bhuvaneshawari. Die Kräfte der materiellen Welt wogen in ihr.
Bhairavi. Auf der Suche nach Wegen und Möglichkeiten, ihre Sehnsüchte zu stillen, bevor alles null und nichtig ist.
Chinnamasta. Die Nackte, die den Zustand der Selbsterhaltung in der erschaffenen Welt fortsetzt, die Zerstörung und Erneuerung in einer zyklischen Folge ermöglicht.
Dhumathi. Personifiziertes Missgeschick. Eine alte Hexe, die auf einem Besen reitet und eine Krähe im Banner trägt.
Bagala. Die Kranichköpfige, die hässliche Seite aller Wesen. Eifersucht, Hass, Grausamkeit, sie ist all dies und mehr.
Matangi. Die zu beherrschen versucht.
Und dann ist da Kamala. Reines Bewusstsein des Selbst, Segen schenkend und Ängste zerstreuend … Die Akhila, die ihre Familie kannte.
All das ist Akhila. Im Ganzen und im Einzelnen. Akhila weiß es, während ihr Körper durch Katakomben von Empfindungen läuft. Eine Welle nach der anderen schleudert sie durch einen unterirdischen Strom, der so viele Jahre eingedämmt gewesen ist. Akhila hat keine Angst mehr. Warum also sollte sie weiter mit gebeugtem Kopf herumlaufen?
Sie wirft ihren Kopf zurück und schreit ihren Triumph hinaus.

Der junge Mann steht an der Tür und fragt: »Soll ich morgen wiederkommen?«

Akhila lächelt. Er hat sie nicht einmal nach ihrem Namen gefragt. Was genau das ist, was sie will. Ein Bedürfnis gestillt. Die Vergangenheit fortgewaschen. Sich selbst etwas bewiesen. Ein älterer Mann würde so viel mehr wissen wollen. Ein älterer Mann würde die Führung übernehmen wollen. Und so lächelt Akhila, denn sie hat entdeckt, dass ihr nun, wo sie ihr Leben dort hat, wo sie es haben will, das Lächeln leicht fällt.

Als Akhila am Morgen erwacht, fällt ihr das alte Bindfadenknäuel ein. Sie erinnert sich an die vielen Stunden, die sie damit verbracht hat, die verwickelten Fäden zu entwirren. Und wie sorgfältig und methodisch sie sie immer aufgewickelt hatte, ein Ende an das andere gebunden, damit nur ein einzelnder Faden von der Mitte des Knäuels bis zu seinen letzten Zentimetern lief … Und dann erinnert sie sich an Hari. Diese eine unaufgelöste Verschlingung. Dieser eine Knoten, den sie durchtrennt hat, anstatt ihn zu entwirren. Und sie denkt, dass sie auch dies klären muss. Ich muss herausfinden, was aus ihm geworden ist. Und ich muss es heute tun, jetzt, wo ich mich als Ganzes und stark fühle.
Sie hatte einmal gedacht, sie werde niemals wieder einen anderen Mann so lieben können, wie sie Hari geliebt hat. Ihm ihren Körper und ihre Seele schenken. An diesem Morgen glaubt sie, dass alles möglich ist. Dass sie den Mut aufbringt, dort weiterzumachen, wo sie aufgehört hat, und neu zu beginnen. Dass, egal wie sehr sie Hari auch begehrte, ihr Verlangen nach dem Leben doch größer war.
Und so geschieht es, dass Akhila ihre Handtasche öffnet und ihr Adressbuch herausnimmt, in dem Hari ein Name unter vielen ist. Sie greift zum Telefon und meldet ein Gespräch nach Madras an. Ob er wohl da ist?, fragt sie sich im Stillen. Benehme ich mich albern?, fügt sie in Gedanken hinzu. Hari hatte sich gewiss ein Leben geschaffen, und

hier stand sie nun und benahm sich wie eine Heldin in einem Liebesroman. Ob er sich wohl überhaupt noch um das scherte, was vor so langer Zeit geschehen war? Oder warum sie damals vor ihm weggelaufen war?
Hari könnte verheiratet sein. Schon längst nicht mehr in Madras wohnen. Aber wenn sie diesen Anruf nicht macht, wird es sie bis in alle Ewigkeit plagen – ein Stück Faden, das sich nicht mit dem Rest des Knäuels verknüpfen ließ.
Also wartet sie …
Sie hat noch eine Stunde Zeit, bis sie sich auf den Weg zum Bahnhof machen muss. Um die Zügel ihres Lebens wieder an sich zu reißen, sagt sie sich, während sie ihre Rückfahrkarte betrachtet.

Das Telefon neben dem Bett klingelt. Akhila geht darauf zu. Ihr Herz rast. Ob er es ist?
Haris Stimme klingt tief und vorsichtig; und auch ungläubig.
»Hallo«, sagt sie. »Hier ist Akhila. Akhilandeswari.«

# Anmerkung der Autorin

Bis Anfang 1998 existierte ein spezieller Schalter für Damen, Senioren und Behinderte am Kantonnement-Bahnhof von Bangalore. Und in den meisten Schlafwagen mit Zweite-Klasse-Abteilen gab es Damen-Coupés.

Inzwischen wurde der Schalter für Damen in sämtlichen Bahnhöfen abgeschafft. Verschiedene Eisenbahnmitarbeiter – hauptsächlich Stationsvorsteher und Schaffner – haben mir auf meine Anfrage hin versichert, dass das Damen-Coupé nicht mehr existiert und die neuen Waggons nun ohne ein solches Coupé gebaut werden.

# Danksagung

Rohini Kumar, Rhoda Stamell, Gita Krishnankutty, Nalini Suryavanshi, Prema Divakaran und meine liebe Rajeshwari Amma – wenn diese Frauen nicht gewesen wären, deren Stärke, Mut und Talent, Freude zu empfinden, mich oft inspiriert haben, wäre dieser Roman über gewöhnliche Frauen und ihren unbezwingbaren Geist nur ein bloßer Gedanke geblieben.

Wie immer schulde ich den folgenden Menschen viel:
Laura Susijn, meiner Agentin, für ihre fortwährende Unterstützung und ihren unerschütterlichen Glauben an meine schriftstellerischen Fähigkeiten.
Karthika V.K. von *Penguin India* und Rebecca Carter von *Chatto & Windus*, die an dieses Buch geglaubt und mir damit geholfen haben, an mich selbst zu glauben. Für wertvolle Beiträge, die dem Akt des Umschreibens den Stachel genommen haben, und dafür, dass sie die besten Lektorinnen sind, die ich mir vorstellen kann.
Namas Bhojani, der sich überreden ließ, viele Stunden auf den richtigen Zug zu warten, um nach dessen Eintreffen die Stimmung dieses Buches mit seiner Kamera einzufangen.
Jayanth Kodkani, dessen Vertrauen in meine schriftstellerischen Fähigkeiten das meine bei weitem übertrifft und der mein erster Leser und meine Testperson war.

Jayapriya Vasudevan von *Jacaranda Press*, die mir ihr Heim überlassen und mich in ihr Herz geschlossen hat und immer für mich da ist – ein wahrer Fels in der Brandung.
Amy Eshoo, deren Zuneigung und Freundschaft ich zu schätzen weiß. Für ihr tiefes Verständnis und ihre Bereitschaft, sowohl meine Erfolge wie auch meine Fehlschläge mit mir zu teilen.
Für Ratschläge, Kameradschaft und miteinander lachen. Dafür hatte ich immer Sumentha und Franklin Bell, George Blecher, Anand, Amrita Chak, Antonio E Costa & Tania Mendonca und Bala Sethi.
Andrew Nash, der mich die außerordentlich wichtige und magische Lektion der Richtigkeit des Jetzt lehrte. Und »den Tag zu pflücken«, selbst von einem Fenster aus.
Onkel Mani in New York dafür, weil er mich angespornt hat. Und Onkel Mani in Mundakotukurissi, Kerala, weil er mir die Türen zur örtlichen Bibliothek und zur Welt der Malayalam-Literatur geöffnet hat.
Die Hand gehalten haben mir, wie immer, meine Eltern, Soumini und Bhaskaran. Und Sunil, Rajani und Unni.
Und Maitreya, Mutters kleiner Gehilfe und der beste Freund einer Schriftstellerin.